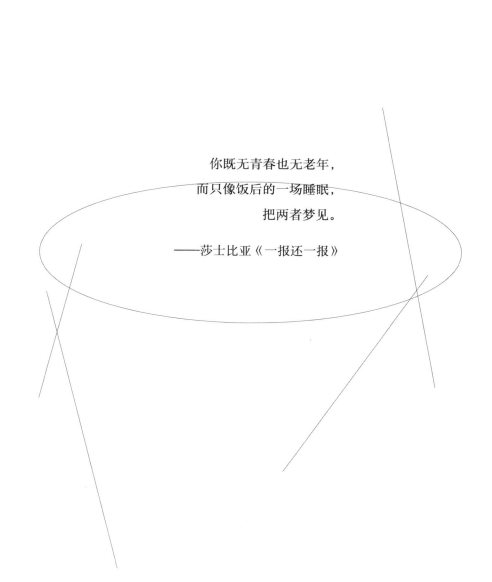

你既无青春也无老年，

而只像饭后的一场睡眠，

把两者梦见。

——莎士比亚《一报还一报》

一

今夜，尤玲和她的男孩儿相聚，那么多的未来，不用想明天、下个小时下一分钟，时间对一个十五岁的女孩儿来说没有意义。她知道可能要发生什么，但究竟会怎样发生却茫然无知。在狭窄的木床上，两个身体紧抱着，汗湿的皮肤黏在一起，谁也看不见谁，黑暗拥抱着黑暗，危险在增加，当青春带来最强烈的冲动，界限将消失，事情就会发生，也许就在下一分钟。

大院门口的战士采取稍息的姿势站立着，等待着换岗的时刻。这是七月，一年中最热的日子。入夜，各家的窗子都开着，整幢大楼布满一个个黑洞。楼下的水泥操场反射着路灯的微光，一团团杨树的黑影纹丝不动。站岗的战士能听到传达室的挂钟咔哒咔哒咔哒地走着，时针指到三点三十六，然后是三点三十七，三点三十八……

进入七月以来，海里的鱼儿像是疯了，梭鱼、鲇鱼、鲈板鱼纷纷浮上海面，翻白，极易捕捉，渔民遇到了从未有过的好运气。七

1

月中旬，养鱼场，草鱼成群跃出水面，高达两尺。更奇者，鱼儿尾朝上头朝下在水面上倒立，像陀螺一样飞快打转。七月二十七号这天，有两条金鱼从鱼缸里跳出来，发出尖叫。

现在是二十八号三点四十分，涂刚被尿憋醒，翻身下床，在黑暗中用脚摸索拖鞋，旁边床上有动静，像是喘息，又像是人在死命地憋着笑。懵懂间，涂刚叫了一声："哥……"

床上的两个人都很紧张，但又觉得好笑。涂强嘴里的热气吹进尤玲的耳朵："别出声。"随后他压低声音问弟弟："你要干吗？"

"撒尿。"涂刚回答。

隔壁就是父母的房间，爸爸的鼾声清晰可闻，妈妈的呼吸也很粗重，但隔着墙听不到。

涂强用一贯的命令口吻说："去，尿你的，小声点儿……"一边抓过毛巾准备盖住自己和尤玲的身体，就在这时床猛地一动，从原来的位置跳开，继续嘎嘎跳跃。不是床，是屋子，是大楼，大地。时间是一九七六年七月二十八日三点四十二分五十四秒，大地在唐山裂开，裂缝上的物体顷刻间坍塌、粉碎。

北京离唐山二百六十公里，这里，大楼摇动，墙皮在颤抖中噼啪剥落。景山后街，总参大楼中式屋檐的一角断裂，从高空坠落，差点儿砸死站岗的战士。人们从睡梦中惊醒，从屋子里逃窜而出，有些灯亮了，就是在这个时候涂刚看到一个女孩儿，尤玲，躺在哥哥床上，涂强的一支胳膊正搂着她，他们两个人什么都没有穿，赤身裸体……

地震加上尤玲的光身子，涂刚彻彻底底傻了。在以后的混乱记忆之中，那白光光赤条条的女性身体压倒一切，地震反而变为模糊的背景。

混乱、令人惊恐的时刻，父亲涂尖里看见大儿子涂强拉着一个女孩儿冲出房门，完全弄不懂是怎么回事儿，女孩儿的模样也没看清。小儿子涂刚紧随其后也冲出屋门。昏暗的楼道里，无数奔跑的脚发出轰轰隆隆的巨响，身体冲撞着身体，孩子们都光溜溜的，大人们大都半裸。

在不可思议的灾难气氛中，现实感消失，一切都失去了意义。尤玲只感到涂强的手紧紧抓住自己，世界在分崩离析，只有她和涂强是连在一起的，连她自己都不知道她在笑。

尤玲有一个叫得很响的名字：镇十条。东四大街上有十条胡同，尤玲的漂亮在这一带无人可比。玩闹的男孩儿们都想一睹"镇十条"的芳容，三五成群，骑着锰钢车，身穿将校呢，从大街拐进胡同再拐上大街再拐进胡同，像鱼群在河道和小溪间游弋，一次次从尤玲家的院子门口经过，经过时集体拧动自行车把上的转铃，铃声响成一片，招摇而过，对胡同里居民表现出极大的蔑视和挑衅。

如果运气好，碰上尤玲出门或从外面回来，他们就追上去，超过她，拦住她的去路。

"嘿，交个朋友吧。"

尤玲目光低垂，绕过他们继续往前走，他们尾随着，再次拦住她，用两辆自行车把她夹在中间。似浓密枝丫间的阳光，刘海后面眼波熠熠闪射，牙齿轻轻咬住嘴唇，"让我过去。"口吻是命令的，她知道美丽是她的特权。

"听见没有？让我过去！"她加重语气，一面撩开刘海儿，用火辣辣的大胆眼神配合。大多数男孩儿会不由服从她，让开路放她走，有的男孩儿就决不。涂强就是。

十七岁，结实而匀称，在众多男孩儿中一眼就给人挺拔的感觉。脸上最突出的是那端正的大鼻子。男人的鼻子小可不好看。涂强好勇斗狠，身手矫健，如果在战争年代可能成为将军，现在他是大院的首领。到七十年代中期，那些比他大的男孩儿已渐渐淡出，权力自然而然地转移到最厉害的人之手。弟弟涂刚和哥哥没有丝毫相像，白胖的圆脸，层迭多肉的下巴，走路时肥墩墩的屁股可爱地扭来扭去，像一头小白象。

在大院孩子们的生活体系中，涂强是王，涂刚是士兵，随从，仆役，同时也是被保护者。父母对他们来说只是一种无法消灭的存在，来自家长的喝斥和责骂从来不会真正触及到孩子，即便是挨打，也是值得吹嘘的荣耀，当然也产生了另一种东西，仇恨。父子间的冷漠与仇视在军队大院里十分普遍。

阳光移进门洞，把淡淡的金黄涂抹到狮子门墩上，左边的小狮子掉了半个脑袋。涂强跨坐在自行车大梁上，已在此守候多时。一抬眼，啊，她来啦！穿过斑驳的树影尤玲的身影那么婷婷袅袅。嘴上一声口哨，脚下猛力一蹬，自行车像鱼那样溜了过去。

很少有人能把口哨吹得这么好听，像一只长了翅膀的小鸟在空中缭绕。自行车也围着尤玲转，转了一圈又一圈，弄得她无法走路，心怦怦乱跳。

"干吗你！起开点儿，别拦着我。"

自行车在尤玲正面停住。涂强一只脚离开车蹬子，撑住地面，目光肆无忌惮地盯着女孩儿，一丝若隐若现的笑意在脸上弥漫。

小鹿意识到自己遇到了豹子。豹皮的花纹十分华丽，尖利的爪子落下来竟然很温柔。更重要的是，涂强证明了自己比同类更加勇猛。这时胡同里又出现了几个男孩儿，也是冲"镇十条"来的。对方是五个人，涂强只有一个，因此他们无视涂强的存在，上前和尤玲搭讪。而涂强一句话不说就扑上去，就像他是没有感觉的，是机器，不可能被伤害。那五个男孩儿被打得鸡飞狗跳，逃之夭夭。涂强的头破了，一道黏稠的血顺着耳后染红了军装的领口。

"没事儿，走吧你，回家吧。"他命令尤玲。然后就这副样子招摇过市，骑回大院。

血结成痂，把头发粘成一层硬壳，涂强从家里拿了脸盆，要去男厕所冲洗。门迎面推开，涂尖里下班回来。他被儿子的模样吓得一怔，"怎么搞的？"

"让人打的。"涂强简短回答。父亲的目光像锥子，"怪啦，人家为什么偏打你，不打别人。"

听到这句话涂强的手一甩，脸盆"咣"地撞到地上，搪瓷渣渣一地。不等涂尖里有所反应，儿子已经从眼前消失。

涂强一个多月没有回家。而尤玲就此成了他的婆子。

　　一九七六年七月二十八号夜里，可能发生的那件事并没有发生，地壳的大破裂阻止了青春欲望的喷发。但是谁都没有想到这一次的阻隔竟然成为永远。

　　大地震使城市陷入前所未有的混乱，男孩儿们个个像打了鸡血，情绪亢奋，神经紧绷，骨头节发痒。大院操场上聚集的人数比平时多得多，交流着四面八方的信息。地震后第四天，一个叫马晓建的孩子神色惶惶从外面跑回来，嘴肿着，左颧骨上有伤痕，向涂强报告说自己在街上挨了打，打他的是一伙西城来的家伙，流窜到他们的地盘。顷刻间，十几辆自行车呼啸着冲出大院，冲上大街。涂刚坐在哥哥的后座上，几次急转弯时差点摔下去。半个小时的疯狂追踪，终于在一条狭小的胡同堵住了那帮入侵者。

　　"嘿，站住！你们哪儿的？"

　　"你们哪儿的？"对方虽然只是四个人，但并没示弱。

　　"你妈逼，认识老子是谁吗？"

　　"孙子，骂谁哪！"

　　用不着再废话了，涂强一回头，"打丫的！上！"

　　一场可怖的混战，肉体扭成一团，布帛撕裂，砖头砸在硬物上，喉咙发出窒息之声，血沫飞溅，几分钟之后，侵犯者退却了，涂强弯身扶起倒在地上的自行车，咬牙发出命令，"操他妈的，追……"

　　他跨上自行车像跨上一匹战马，涂刚紧赶慢赶一屁股坐上自行车的后座，自行车向前冲出一段距离，大约不到十米，摇晃了两下，吭当歪倒在地，坐在后座的涂刚仰面摔倒，磕得晕头转向，稀里胡涂爬起来，看见哥哥侧着身子，姿势别扭地压在车把上。他叫了一声：哥！涂强没有反应，他用力帮涂强翻过身，涂强的脸像雪一样白。

对方有刀，那一刀从涂强的肋骨扎进去碰到了心脏。午夜十二点，涂强死在附近的鼓楼医院。

涂刚和马晓建藏在医院后院的旮旯，他们把涂强送到医院就藏起来了，恐惧压得他们透不过气。天黑以后医院静下来，灯光也熄灭了。他们靠墙坐在地上，身体紧挨着身体，月亮在游云中穿行，大地时明时暗。那时候城市的路灯十分昏暗，丝毫不能阻挡月光的挥洒，涂强的心脏停止跳动的那一刻，月亮从云中露出脸，世界一片银白。

在7.8级、震中烈度XI度的地震中，唐山消失，大地依然在喷水、冒沙、塌陷，传言有更大的地震，将把北京城毁灭。但这一切对尤玲没有丝毫意义。

她躺在床上，想着涂强，在痛苦中打滚。如果地震要毁灭一切，那好，毁灭吧，她不在乎，她欢迎，但愿如此。

那张脸多可爱啊！脸上的神情微带强悍，但笑容会在一瞬间布满脸庞，像雨过天晴，美不胜收。街道树影婆娑，他骑车带着她，坐在自行车的横梁上等于坐在他怀里，美妙的口哨声在耳畔吹拂，从瑰色的余晖中一直骑进夜晚，骑进路灯下隐秘的角落。男孩儿们的目光中掩不住羡慕，所有的人都因为他而变成她的奴仆。那一夜肌肤紧贴着肌肤，棱角分明的骨骼硬硬的，象征着力量，可她竟没有屈从那力量，没有。

悲痛是如此真实，比生命本身还要真实。体温一直在三十八度五到三十九度之间徘徊。一种会永远这样存在下去的感觉让尤玲异常衰弱，反应能力减到最低。

"闺女……玲儿，妈的宝，你好点儿吗？"妈妈左新玲跪蹲在床前，拉着女儿的手。爸爸尤国臣俯下身子，倾听女儿的呼吸是否依然急促。夜晚来临，他们轮流守护在床边，一分钟一分钟地挨着，急切期待药物发挥作用。

第二天上课的时候，尤国臣的模样引起学生们的好奇，"尤老师，你的眼睛怎么红了，像兔子的眼睛。"

"因为我好几夜没睡觉。"

"你为什么不睡觉？"

"因为我女儿病了。"

"她得了什么病？"

尤老师的心被刺痛，干咳一声："感冒，发高烧。"

尤国臣知道女儿生病的原因。女儿咧着嘴大声痛哭，脸扭成一团，不可想象地难看，泣不成声地叫着那个名字："涂强，涂强，涂强……"终于哭不动了，眼泪顺着额角无声地流进头发，然后开始发烧。为什么？为什么一个和他们一家毫不相干的混蛋小子会让他的女儿伤心到如此程度，假如是他自己死了呢？他不信女儿会这样。想到这儿尤国臣心上愤愤难平。

　　有一天他在院子门口撞上过涂强，他让他走，别再缠着他女儿。男孩儿和他脸对脸，目光直逼他的目光。街坊们在一旁看着，他丢不起这个脸，冲动地挥手扇了男孩儿一耳光。立刻他的胸口就挨了一拳，像动物的反应那么快。尤国臣呆住，而男孩儿扭身跑开，眨眼之间消失得无影无踪。

　　那天尤国臣打了女儿。皮带抽在女儿身上，也抽痛了他自己，也许更疼。为此，妻子左新玲一个礼拜没有和他说话。母女二人看他就像看一个敌人。

　　现在那个混蛋小流氓死了，唯有想到这一点尤国臣才感觉舒畅些。

　　夜静极了，静得像坟墓。细若游丝的口哨在静夜里飘荡。尤玲确信自己听到了口哨声，坐起来，想下床穿鞋。在接下来的瞬间，死亡向她展示了最残忍的面目，是的，就是这样，她不可能再看到涂强，永远永远也看不见了。当意识到死亡的这一层含义，永别，尤玲浑身僵直，咕咚倒下去，"哇"地大哭出来。

二

大院的孩子们沿用过去的称呼，把涂刚叫作老二或者二哥，他在团伙中的角色似乎没有改变。然而这是假象。真正的变化发生在涂刚的体内，有时他会忽然感到恶心，想吐，没有原因，过两三分钟就好了。更深刻的变化发生在他和父母之间，哥哥的离去并没有使他和父母关系紧密，悲痛反而把对方推得更远。一种说不清道不明的怨恨阻隔在他们中间。没人知道该怨恨什么，可怨恨的感情无法消除。

妈妈范云在床沿上无声地抹眼泪，爸爸涂尖里在她身边坐下，迟疑地抬起一只手放到她肩上。涂刚突然闯进房间，爸爸迅速抽身走开，谁也没有说一句话。

死寂的沼泽冒出吓人的气泡。

饭桌上涂刚闷头扒饭，腮帮子塞得鼓鼓的，吞咽时几乎哽噎。涂尖里和范云同样费力地咀嚼着，默不作声。他们能感觉到小儿子的痛苦，可他们的痛苦呢？除了痛苦他们还丢尽了脸，吞下了多少本不该属于他们的污秽。也许他们就不该生他们。革命军人啊，你应该是坚强的。

坚决拆掉大儿子的床，尽快抹平痕迹。涂刚在夜里醒来欠起身张望，床确实不在了。他躺下，两手相握放在胸脯上，但压不住汹涌的热流，咸涩的泪水堵住嗓子眼儿令他无法呼吸，他不得不坐起来，靠着墙，艰难地吞咽着大团大团带泡沫的空气，让自己一点点喘过气来。哭过之后，平静地睡着了。

感情世界的缺口像一个空洞，灰色的虚空中只有一个亮点，一个幻影，那就是尤玲。那天夜里涂刚看到了她光溜溜的身体，每当那鲜明的印象蹿出，心跳就不由加快，胸口憋闷，情绪烦乱。他悄悄跟踪尤玲，像贼一样不让她发现。跟踪尤玲不是为了自己，绝不是，而是要保卫一样东西。他不去想那究竟是什么，只觉得那是属于哥哥的东西。

很快，不用再跟踪，因为尤玲又和大院的孩子们混在一起。烧退了，一天又一天，生活不可思议地恢复成原来的样子。青春和美丽都在原地等待着，再次遇到它们时尤玲感到惊喜，心上还留着些微的刺痛，感官却格外新鲜。不管涂强曾经意味着什么，时间都把他一层层包裹起来，藏到一个越来越隐秘的去处。偶尔，涂刚会听到哥哥在身后叫他，一回头，谁都没有。有一次尤玲告诉他听见涂强吹口哨，涂刚的心一热。原来他们有相同的感受。

在理发馆，涂刚坐在发凉的皮椅子里，身上围一块大布，由左阿姨用推子把他的脑袋理得圆圆的。左新玲一点不讨厌这些男孩儿，更不觉得他们有多危险，这些闹嗡嗡的小蜜蜂被吸引在女儿身边有什么可大惊小怪，谁让她的女儿是一朵花儿呢。

此时理发的职业大部分由女人担当。左新玲是一把好手，剪刀灵巧地上下翻飞，咔嚓作响，嘴里还轻盈地哼着歌曲。当年尤国臣走进学校附近的这家理发馆，就遇到了左新玲。对这个头她理得格外仔细，时间超过别人的两倍。这个年轻的小学老师紧绷着脸，严肃极了，不过没关系，这让她更喜欢。

基因的神奇无法预料！就像把一大堆东西放到一块捣碎，搅啊中和啊反应啊，而尤国臣和左新玲的结合，结果几近完美。黑云般的头发是妈妈的，圆圆的杏核眼也像妈妈，皮肤白嫩一如爸爸，还有那精巧的小鼻子，眼看着心肝宝贝儿一点点长大，一天比一天变得伶俐漂亮，快乐溢满心田，生活再苦再难也是幸福的。

第一封情书夹在四年级的语文课本里。横格本上撕下的一条，一行字歪歪斜斜："知道我是谁吗？我想和你交朋友。"小姑娘觉得像个谜语，好奇地猜着，是谁？是他吗，还是他，要不就是他？纸条在书包角落里渐渐被揉烂，遗忘，她想都没想过要交给老师。之后此类字条源源不断，尤玲失去了猜谜的兴趣。

中学时代"镇十条"的名字传开，也传到父亲尤国臣的耳朵里。不知为什么，他在女儿面前总有点不知所措的感觉，小心翼翼地提醒女儿不要和坏人来往。女儿的目光从浓密的睫毛下面瞟着爸爸，很难形容那样的目光，心不在焉、混沌无邪、鄙夷、撒娇、挑衅，一切都有，又什么都没有。这时期丈夫和妻子的分歧日益明显，左新玲一边给女儿编着辫子一边笑着说，"玲儿啊，你这孩子是走的桃花运。别的我倒不担心，就怕你挑花了眼，到时候耽误了自己。"

尤玲眼里满是活泼泼的笑意，"妈呀，你还怕我嫁不出去吗，等我跟了别人你可别伤心。"这话从一个十四五岁的小姑娘嘴里说出来有点不成体统，可左新玲被逗笑了，心想女儿的话没错儿。

白天，大人上班了，涂刚、马晓建和别的男孩儿紧紧地挤在尤玲铺着花床单的床上，靠墙坐成一排。尤玲侧身靠着衣柜站着，翘起兰花指，模仿女特务的样子，给他们表演抽烟。另外的白天他们在涂刚家、马晓建家、大冬瓜家，在大楼的深处，东倒西歪，说着粗话，消磨着对他们毫无意义的时间。十月，四人帮被粉碎了，这一重大历史事件有时会进入聊天的内容，但他们对食堂卖肘子更有兴趣，对马晓建把他爸的呢子军服拿到寄卖行卖了十三块钱有兴趣，对和警卫班的篮球赛有兴趣，对尤玲衣襟下日渐鼓起的乳房有兴趣，这种兴趣不仅限于尤玲，是对所有女孩儿的。他们觉得日子会一直这样下去，丝毫不觉察它正在消失，混沌的青春自有别期。

三

涂刚和马晓建是邻居，在幼儿园睡上下铺。小时候有一种气味涂刚非常熟悉，空气中丝丝缕缕飘来的尿骚。第二天马晓建那印满黄色地图的褥子就会晾晒在攀登架上。马晓建会编故事，他的鬼故事在小朋友中极受欢迎。十四岁到十六岁两年间，他的身体变起了魔术，每时每刻在拉长变瘦，很快成了他们这伙人里最高的一个，一双长腿像筷子，头发也是最长的，第一个留起了大背头，微带自然的卷曲，显得那么与众不同。

"嗨，马晓建……"尤玲坐在床上叫了一声。

马晓建正站在窗前，从楼上看街景，回过身期待地望着尤玲，"干吗，什么事儿？"但尤玲并不知道自己有什么事儿，好像没有事儿，于是抿嘴笑着，"不告诉你。"

"不行，快说。想急死我呀！"

尤玲头一扭，嘴凑到身边涂刚的耳畔咕咕哝哝，涂刚又是点头又是笑。

"嗨，笑什么呢？笑个屁，瞧你丫那操性！"

为了气马晓建，涂刚愈发夸张地大笑，笑了半天才告诉他尤玲说他像只花毛公鸡。马晓建没说话，忽然伸长脖子，下巴颏仰起，学公鸡打鸣，呜呜啼叫，双手探到屁股上摆来摆去，两条细腿东一脚西一脚，惟妙惟肖。

尤玲的笑声像银铃摇荡，突然蹿出床沿，冲上去打他，逆光之下挥舞的小拳头形成一团白色影子。这样的时候总是他们三个人在场。

不久又多了一个尤玲的同学，齐丽丽。好天气里他们四个人去爬香山。爬到半山涂刚的胸口像风箱剧烈地抽送，几乎喘不上气。他站住，仰头喘息，苍穹高远，深不可测，身体摇晃着要被吸进去。头顶上突然传来怪叫，"呜哇哦……"马晓建的声音在山涧里冲撞，随后加进尖厉的女声，是尤玲和齐丽丽。他们叫着笑着，呼唤着他的名字，涂刚，你在哪儿，在哪儿，哪儿，哪儿……

涂刚深深吸了几口气，奋力抬腿向上迈步。

爬香山是马晓建提议的，更准确地说是他别有用心的安排，然而这种少男少女的用心往往连他们自己都并不十分了然。

齐丽丽站在山径的拐弯处，冲涂刚招手，涂刚龇牙咧嘴，一步步走上来，气喘吁吁地问："他们呢？"

齐丽丽随手一指，"上边。"

倾斜的山体被茂密的树丛覆盖，树影像海浪在风中起伏，爬山人的行迹隐藏在海底。拂面的阴凉空气让人舒坦，同时也掠过一丝暗影。他们在哪儿，在干什么？

也许人真的有直觉，暗影从涂刚心头掠过时，马晓建正抓住尤玲的胳膊把她拉向自己，而对方黑漆漆的眼睛里放射出旋转烟花般的惊诧喜悦的光焰。身体贴上身体，嘴唇似乎也触碰到嘴唇，却没有构成亲吻，在一阵类似挣扎的动作之后尤玲推开了马晓建。

说不清是什么力量把他们分开，是碎石在脚的压力下移动的声响，是山路上的人声，光影摇曳，风，那来自死者的叹息。他们回到石径上，脸发热，心咚咚跳得很急，嘴不由自主地咧开，绽放笑容，什么话都没有再说。

涂刚和齐丽丽赶上来，能感到一种异样的小颗粒在他们四周飞旋，但判断不出那是什么物质。

之后的几天四个人一直在一起，好像谁都离不开谁，好像世上再也没有人比他们四个人更亲密的了。马晓建带着明显的纵容之意把齐丽丽推向涂刚，让她坐到二哥的腿上。齐丽丽笑着骂他讨厌，涂刚则尴尬地从椅子上站起。

"哪儿去！你丫跑什么呀。"马晓建一把没有拽住他，涂刚挣脱了。

再一天，游戏更进了一步，马晓建和齐丽丽似乎达成了某种默契。他让齐丽丽坐到自己腿上，齐丽丽没有犹豫。马晓建用一只手搂住她的腰，她也把一条胳膊搭到他的肩膀上。

"看见了吗，"马晓建扭着头对涂刚说，"她不是老虎，不吃人。"

"咬他，丽丽，咬他一块肉。"尤玲在一旁起哄。马晓建向她瞟去，斜睨的目光意味深长。

"丽丽,等什么哪,还不快咬!"尤玲嚷起来。

齐丽丽咻咻笑,身子在马晓建腿上乱颤。马晓建一副赖皮相,令人厌恶,涂刚却在笑着,只是皮肉发紧。他很害怕接下来可能发生的事,非常害怕。然而他没有办法,除了傻笑几乎没有别的选择。他坚持笑着。

接着发生的改变让人眼花缭乱,齐丽丽换成了尤玲,坐到马晓建怀里,几次张开嘴做出咬人的架势,都因为笑得太厉害而作罢。马晓建搂住摇摆的腰肢,越搂越紧:"咬,咬,快咬,咬哇!"

距离近到不能再近时,像鸡啄米,马晓建亲了尤玲一下。尤玲没有动,没有反对,马晓建又亲了一下,这次她像弹簧一样蹦起来:"讨厌,真坏!"马晓建从椅子上一跃而起,涂刚以为他要去抓尤玲,可他抓的是齐丽丽,把她拉到面前。

"来,老二,别不好意思,亲一个,我都亲了。"马晓建的脸发出兴奋的红光,随即绕到他背后推他。

齐丽丽光亮扁圆的鼻子离得那么近,涂刚看见毛孔中渗出一粒粒油汗。

"别闹!"他大喊一声,身体向后猛撞马晓建。

"操,你丫真没治。看我的,好好学着点儿。"一转身走到尤玲面前,张开双臂把她整个人搂进怀里。

涂刚定睛注视,他已经看见尤玲推开马晓建,啐他:"去你的,臭无赖,滚蛋!"

但事实又怎样呢？

尤玲的衣服在后背处被马晓建的手揉得皱成一团，身体紧贴身体，两张嘴也浑浑噩噩地粘住，连喘气都困难。这就是接吻，他们在接吻。

喉咙里溢出一股酸水，恶心的感觉引发了整个肌体的反应，涂刚失控地冲过去猛力一推马晓建，推得他撞到墙上。

"操你妈！你丫干什么！？"声音激动得劈了。

空中飞来一拳擦过涂刚的左腮，反击的一拳砸中马晓建的下巴。一股兽性发作的快感窜遍全身，卡住喉结死不松手，红色迷雾呈波纹状在眼前翻卷，粗重气息扑面而来。仇恨的怒潮涌起到退潮也许是半分钟，也许是一百个半分钟，完全没有界限。唯一清楚的是马晓建首先松开手。

那天晚上，他们三个人，涂刚、马晓建、尤玲去了一家饭馆，从各自的口袋里一共凑出十七块六毛钱，阔绰地点了红烧肘子，熘肝尖，拔丝山芋，一瓶白酒。炖得酥烂的肘子入口即化，香味四溢，这样大口地吃肉让涂刚满心舒畅。碰杯，碰杯，再碰杯，随着五十六度的酒精冒着金色的火苗在里血液里点燃，他们坦诚相待。

"老二，你说你为什么打我？没什么不好意思说的，知道这叫什么，异性相吸，懂吗！"

"吸个屁。"

"好好好，吸个屁。"马晓建笑了一声，呛住，咳得直流眼泪。"不管怎么着，老二，你丫敢打我……"

"你丫就是欠揍。还不服吗？"

"服，不服谁也得服你。"笑眯眯的，"你呀，天底下要是有我一个哥们儿，那就是你。你这个胖子，白胖子，可爱的肥猪，知道他怎么长大的？"马晓建转向尤玲，"你猜不着，别想猜着。他是闻着我的尿骚味长大的，在幼儿园他睡我下铺，真的，就差把你小子冲到太平洋去。"

涂刚看见自己在黄色的波涛中挣扎，伸出一只手求救。马晓建用尿柱朝他喷射，那景象简直要把他逗死。

到七点多钟他们都已经醉了。马晓建用手去抓盘子里的剩菜，尤玲举着勺子非要喂涂刚吃饭，把油腻的汤汁涂到他脸上。四下里景物在飘移，光线忽明忽暗，在一个时刻，饭馆的门口处猛然现出一团亮光，涂强推门而入，黑暗的夜色衬托出他鲜活的身姿，迈步朝他们走来，眼里闪着恶作剧的诡异光芒。他来到他们身边，坐下，望着他们，目光变得温柔。

泪水最先堵住了尤玲的喉咙，痉挛的气息断成一股一股，"我……我真、真的想、想他、极了……"她难看地扭歪着嘴，俯身在桌上哭起来，一发不可收拾。时间扭成麻花，在过去和现在飞转，身体失去平衡的能力。马晓建瞪着充血的眼睛，看着尤玲从椅子上往下溜，在饭桌边消失不见了。而涂刚泪眼蒙眬，像瞎子一样。

饭碗不知被谁的手一抹，抹到地上摔碎，锋利的碗碴儿扎破了马晓建的手，看到自己的手在流血他很高兴，得意的笑容在灯光下缓缓铺展。尤玲继续痛哭流涕，强烈的眩晕使她支撑不住身体，索性就地卧倒，四肢一点点蜷缩，像回到母亲子宫里的婴儿。涂刚跪下去想拉她，反被拽倒，浑身污秽，又哭又笑。

接到饭馆打来的电话，派出所出动了两个警察，后来又叫来一个。在饭馆服务员的帮助下，三个丑态百出的小流氓被拖到派出所。完全不记得发生了什么，也不记得警察的盘问，记忆跳过从饭馆到派出所的过程，直接来到一间冰冷的西厢房。空无一物，只能靠墙坐在地上，没有炉子，在十二月的冰窖中他们清醒过来，警察们都去休息了，没人理他们。一只光秃秃的灯泡从房顶悬垂，投下昏暗的阴影。尤玲脸色发青，瑟瑟发抖，又冷又难受，哼哼唧唧哭起来。马晓建把自己的棉衣脱下来让她穿，搂住她用身体为她取暖。尤玲不再哭了，隐藏在麻木中一动不动。

涂刚一个人蹲在角落，把头埋在膝盖之间，邪恶的肿块在胃里慢吞吞转动，规模越来越大，向上顶，最后吐出一摊棕黄色的黏液。身心是那么痛苦，他恨透了自己，虽然他不知道恨的是什么。

漫长而寒冷的一夜过后，警察把他们放了。

"走吧，再敢胡折腾就不是一夜的事儿。小心点儿。"

晚上，涂刚躺在温暖的被窝里，听见泪珠"吧嗒"一声滚到干燥的枕头上。他想念涂强，非常想念，但是没有用，他回不来了。还不如不想。

他也尽量不去想马晓建和尤玲。他知道他们好了，对此他无话可说。遭背弃的感觉像一只小虫子在细细地噬咬。这天之后，出门进门涂刚都形单影只。孤独成了他的伴儿，有时候他觉得没有比这个伴儿更好的伴儿了。

　　一个女人的歌声给了他巨大的安慰。

　　生平第一次涂刚在蔡包子家看到了录音机，像一块黑色砖头，是蔡包子在香港新华社工作的妈妈带回来的。一盘磁带插入机器，按下开关，音乐响起。

　　天哪，世上怎么能有这样好听的歌，清柔曼妙，如仙乐，听得涂刚身上起了一层鸡皮疙瘩。他向后仰去，闭上眼，歌声流过身体，把污垢一层层冲开，露出新鲜的肌肤，又有了欢悦的感觉。

　　他知道了唱歌女人的名字：邓丽君。

　　那天他在蔡包子家一直待到吃晚饭，临走的时候强行拿走录音机。第二天他没去上学，把自己关在屋里，让邓丽君为他一个人唱，得到她温柔的抚摸，进行奇异的交媾。泉水在流，群树开花，他只想永远这样听下去。

　　录音机最后不得不还给蔡包子，但听觉继续神游在那根丝弦上。他用口哨吹出曲调，一刻不停，但是他真正喜欢的是那些歌词。

　　　　明明白白我的心

　　　　渴望一份真感情

　　　　曾经为爱伤透了心

　　　　为什么甜蜜的梦容易醒

　　　　……

星光灿烂风儿轻

最是寂寞女儿心

告别旧日恋情

把那创伤抚平

不再流泪到天明

四

工厂里有句话:紧车工,慢钳工,溜溜达达是电工。涂刚运气不坏,中学毕业分到电子机械厂,在维修班当电工。

师傅宁树柏眼看着一个白胖子,挺着圆鼓鼓的肚子,扭搭扭搭来到面前,冲他叫一声"师傅",他把烟头啪地扔到地上用脚踩灭,鼻孔里冒出两股青烟,"走错地方了吧,这儿不是屠宰场。"一句话引来哄堂大笑。

外表看宁师傅不过是个四十来岁的干巴老头,手指被烟熏得发黑,嗓音暗哑,但在厂子里他绝对是个与众不同的人物。从来不穿工作服,热天一件白衬衫,冷天一件灰夹克,不管是衬衫还是夹克,上面看不见一块油污,是最有力的证明,证明宁树柏技术一流,干活利索,绝不会弄脏衣服。而那些工作服上黑乎乎一片的年轻人是多么笨啊。涂刚就是一个。背着工具包,紧跟在师傅屁股后面,在报修的机床前只见师傅俯下瘦削的身子,双手轻捷地左右一扒拉,雪亮的眼睛如探照灯，唰！唰！唰！

铣床的继电器烧了，填单子吧。

拿着填好的单子，涂刚去工具科领件儿。这时自有人从裤袋里掏出好烟递到宁师傅手上，"来棵烟，歇会儿。"只等继电器拿来，手到病除。

包豪斯风格的厂房高大，宽敞，天光在任何时候都毫无阻挡地倾泻进来。很长一段时间，一走进机器轰鸣的车间涂刚的肾上腺素分泌就会升高，自己的师傅是厂子最牛的师傅也让他隐隐自得。

中午吃完饭，宁师傅迈步站到食堂门口的磅秤上称了一下，一百零九。"来，你也称一称。"涂刚站上去，一百六十七。师傅的手如一小块硬木板拍打着徒弟，"好小子，到底是部队大院出来的，油水大。"

油水，一个准确的用词。工厂食堂里天天飘着熬白菜的气味，一份熬白菜八分钱，土豆片也是八分，加两片肥肉就变成一毛二。涂刚把馒头掰成小块和菜搅到一起，嚼碎肥肉片，让油腻的香味满口弥漫。铸工的劳动强度最大饭量也最大，但涂刚的饭量超过铸工。

直到十八岁，还没有什么比肠胃的欲望更加强烈的欲望。一心想吃得更好，从不在意体重问题。学徒两年间在大伙的哄闹下他多次上下磅秤，每次重量都有所增加，最后一次是一百九十七斤。打赌他超过二百斤的人输了。维修班集体来到厂门口，在瓜摊上挑了一个最大的西瓜，输者掏钱请客。

卫校门口的油菜花开了，远远看去像铺了一块金黄的地毯。两扇涂成紫红的大铁门油漆剥落，锈迹斑斑。天黑以后大门关上，进出的人只能低头从大门上的小门洞钻过去，十一点左右小门上锁，钥匙在看门人夏尔福手上。

　　大门旁的传达室黑黢黢，四壁涂满蚊子的血迹和乱七八糟的笔画，角落的木板床上堆着臭烘烘的被褥。第一次走进传达室，尤玲不由自主喊出来："妈呀，难闻死了！"

　　一道阴森发亮的目光扫向她，她有所感觉，扭头看到独眼儿夏脸上干瘪的瞎眼窝和一只灼亮的右眼，像藏在皱巴巴皮肉里一小块闪亮的玻璃。

　　听到新来的女生娇喊"难闻死了"独眼儿夏并不在意，这样的话他听得太多。但是这个女生他早就盯住了。

　　传达室的窗口女孩儿们来来往往，未来的护士们，可没有哪一个这么扎他的眼。只要她一出现，就像是混沌中刺出一道亮光。她像小葱，像白馒头，像花骨朵，像蜜桃儿。黑暗发臭的空间再也束缚不住夏尔福，想象的力量令他无法自拔。半夜三更，独眼儿夏站立在传达室窗口，望着铁门手淫，尤玲一遍遍走过，向他转过脸，诱惑地笑着。

　　比油菜地更远是一片小树林，树下的泥土发潮，马晓建把外衣铺在地上，和尤玲相拥而坐，斑驳的树影给他们披上美丽的花衣。那湿润的嘴唇如娇嫩花瓣，马晓建希望自己变成小蜜蜂。

"别闹，听不听我说！"

马晓建被迫停止亲吻。

"什么卫校，要多脏有多脏！厕所里的味能把人熏晕过去。我现在憋气的本事大极了，能憋五分钟。信不信？"

他当然信。

"知道我为什么选上铺，因为我怕哪天床散架了。我可不愿意被砸死，脸砸扁了多吓人。恨死我爸了，要不是他谁会到这鬼地方来。女生都那么讨厌，假模假式，我才不爱搭理她们呢。"出于某种隐性规律，尤玲在女生中没有人缘，女生们有点故意冷落她。而卫校里男生极少，一想到这些男生以后要当男护士，尤玲就对他们提不起兴趣。

马晓建没听见尤玲在说什么，她的肉体在无限膨胀，像天空一样大，罩住他，炙热，绵软，让他无法呼吸。必须把她从令人厌烦的卫校生活里拉出来，拉到自己身边，让她的身体为他而存在，通过拥抱和亲吻占有她的身体，全面占有。

然而太阳无情地向西方坠落，屁股底下的泥土越来越凉。现在是十月底，经过了春天，夏天，冬天又要来了，他依然没有如愿以偿。在最后关头总是遭到拒绝，"不，不行，别这样……"

他不知道尤玲也同样在经受煎熬。违反天性的坚持使她消耗极大。一朵含苞的花浑然绽放，急需吸收养分，但是……她没有给过任何人，连涂强都没有得到。那娇嫩、珍贵、无价的宝贝又怎能交出去。还有一种不明的顾虑，一旦给了人就会在身上留下印记，别人会看出来，岂不很可怕。一个女孩儿无论如何不愿意身上有一种能被识别的不良印记。

他们在悬崖边搏斗，翻来滚去，危险而刺激。不停歇地亲吻越来越揪心，突然间全部感觉汇集到齿尖，尤玲咬住马晓建的嘴唇，狠狠咬下去。舌头尝到血腥的滋味。马晓建大叫一声，猛力推开她。

在长途汽车站两个人默默相对，沮丧、焦虑、渴望把人弄得精疲力竭。长途汽车突突作响，掀起大团的尘土，消失在暮色笼罩的公路上。尤玲迈开小鹿似的腿飞跑赶回学校。经过传达室，从黑暗的窗口投出的目光如刀子，剜着她的肉，只是她感觉不到。

十二月，北风撕扯树林，赤条条的枝杈在风中互相抽打。林中约会已不可能，幸亏寒假到了。尤国臣也同样放假在家，不管他如何监视着女儿，尤玲总是倏忽间就消失不见。

入冬前新换的烟囱热得烫手，暖融融的睡梦中尤玲把被子踹蹬到一边。尤国臣为女儿盖被，看到发育的身体，乳房把棉毛衫绷得紧紧的，不由忧心忡忡。女儿懂些什么，懂不懂危险在何方，懂得保护自己吗？可他又不能问。对妻子说出心里的担忧，左新玲嘻嘻直笑，"你知道什么呀，一个女孩儿，能不懂吗！"

"宝儿，你知不知道什么是你身上最要紧的？"左新玲问尤玲。

女儿没有回答，向妈妈投去疑问的眼神。

"你每月不是流血吗，就那地方。浑身上下哪都能碰，就那地方不能碰。"

"为什么？"女儿满脸无邪。

"得，一句话，那地方只有一个人能碰，就是将来和你结婚的那个人，你丈夫，除了他谁也不能碰，不然你后悔来不及，懂吗？"

尤玲既懂又不懂。混沌是最好的保护色。

风渐渐改变方向，不再只从冰冻的北方刮来，转为温润的南风。进入四月，卫校的女生们迫不及待地脱去穿了几个月的肥厚冬装，换上单衣。而魔鬼的脚步也随着春天越走越近。

猥亵女孩儿的历史隐瞒下来，没有人知道。在万物复苏的春天，夏尔福的心被魔鬼抓住，在幻象中揉搓着噬咬着女孩儿雪白的身体。

熬到六月。

接连两天的大雨，红砖校舍浸泡在泥泞之中。室外的男女厕所被彻底冲刷，连骚臭气味都一时消散。入夜，月朗星稀，青蛙四下里鸣唱，蛐蛐的小调柔声陪衬。尤玲被尿憋醒，走出宿舍，走进清新澄澈的夜色里。

天空中横着一道乳白的光晕，冰凉的露水正在凝结，尤玲感觉仍在梦中。褪下裤子，蹲下身，听着尿液在茅坑里溅落，哗哗作响，感受排泄的畅快。走出女厕所，瞌睡的小虫继续轻盈舒适地绕着她飘飞。一个黑影窜出，用蛮力抱住她，还没有发出任何声音人已经倒在杂草丛中，嘴被一团肮脏的东西堵住。似乎是可怕的恶梦，然而不是，发臭的呼吸喷到脸上，冰凉发黏的手在身上乱摸，撕扯裤子，湿乎乎的地面像黑暗的陷阱黏住她，尤玲疯狂扭动身体，挣扎，手碰到一件硬东西，是一块砖头。

独眼儿夏的后脑壳被砸开，浓稠的血在月光里像一条粗粗的黑色蠕虫，嘴朝下像在啃泥土。他没有死，还有呼吸。

这是卫校有史以来发生的第三起强奸案，强奸未遂。而前两次罪犯都得逞了。一个附近村庄的农民隐藏在路边的庄稼地里，突然出现在夜归的女生面前，女孩儿被吓得半死，在庄稼地里一直躺到天亮。另一起案件发生在病理解剖室，准确地说是一起诱奸案，教解剖课的赵常山老师被判了十二年徒刑。两个女孩儿都选择了退学，掩盖掉踪迹，在社会的丛林中消失。第三起案件的情形完全不同，令人振奋，罪犯在被绳之以法前被受害者制服，下场可悲。

看着这名女生，警察们彼此传递着意味深长的目光。女孩儿的两只黑眼珠像一对炭球，能把人烧个窟窿，死在她手上也许是该着。

独眼儿夏尔福没有再真正活过来，即便活着也已经不是他了。没有审判，也没有判刑，生不如死就是他的下场。没人在意他是什么时候离开这个悲惨的世界的。他罪有应得。

尤玲的身上披了一层层色彩，勇斗歹徒，大胆，正义，被推到一处独立的高点，所有事物都和她拉开距离。有时她真希望一切都没有发生，她不属于这个世界，和什么都没有关系。她瘦了，下巴尖尖，用新的方式微笑，说话。

当马晓建伸出胳膊想拥抱她，她不假思索"啪"地打开他的手，"别碰我！"

马晓建既迷惑又气恼，"为什么？"

得不到回答。因为根本就没有答案。马晓建继续努力，这时拒绝变成了反击。尤玲用力推搡他，歇斯底里地大喊："你走，我不想理你，再也不理你了！"

　　门吱呀开了一条缝，左新玲悄无声息地溜进女儿屋里，来到床前。女儿的呼吸在被子下起伏。她静静站立，内心泛起一阵冷战，天哪，要是女儿被糟蹋了她可怎么活。牙齿在下嘴唇咬出一道白印，不！她想，老天爷不会允许这样的事发生，上天把美貌给了女儿是要让她过得更好。一定是。

　　此时尤国臣在外屋呆坐，想：已经发生的事情也许并不可怕，可怕的是今后。一时间胸口忽然憋闷极了，他发觉他是在恨自己，恨自己父亲的角色，恨一个父亲的无能为力。

　　窗外隐约传来小孩们追跑打闹的嬉笑。尤玲在昏睡的边缘微微睁开眼，窗帘紧闭，妈妈的身影灰蒙蒙的，一切都沉浸在温和的安宁之中，于是她又闭上眼。

五

宁树柏开始为徒弟考虑婚姻大事，介绍的第一个对象是自己姐夫的弟弟的女儿。姑娘长相普通，是幼儿园老师，宁树柏觉得女方各方面的条件都比不上徒弟，没想到见了一面姑娘表示不愿意。接连又介绍了两个，也都没成。

在食堂的饭桌旁，宁师傅手拿一个猪蹄点向徒弟的鼻子："你呀，给我好好听着，别灰心，没关系，咱找更好的，听见没？"

涂刚的腮帮子上沾着一小块肉皮，含混地"嗯"了一声，丝毫没有影响地啃猪蹄。宁树柏看着徒弟，从口袋里掏出一块干净手绢递过去，让他把脸擦擦，没有再说别的话。

回到家他忍不住对老婆发泄心中的丧气。

"有什么呀！就说句实话，那闺女满脸没别的，就看见一嘴烂牙，里出外进的，不说她长得丑是客气，她还挑。"

"活该她挑，那是她命不济，没福气。"老婆喜欢充当添油加醋的角色，"刚子怎么了，不就胖点儿。他们倒想胖，祖宗八辈啃窝窝头，胖得起来吗！"

"嫌我们眼睛小，要那么大眼睛干吗，又不是猫头鹰。"

"猫头鹰眼睛可不大。刚子的眼睛没别的，就一个毛病，有点像睡不醒。"

"说谁哪！就你那眼睛，大是够大，三角的。"

老婆一怔，扑哧笑了，"我要不三角，能和你。"

这正是问题的关键。男孩儿的长相真的就这么重要吗。遗憾的是在女孩儿眼里确确实实很重要。

好几次被师娘逼问喜欢什么样儿的女孩儿，涂刚支支吾吾，像是害羞，其实是答不上来。邓丽君，那是他喜欢的人，梦想中的人，但那毕竟是梦。还有一个真实存在的人，尤玲，可他和她没有一点关系。

尤玲在疾风中奔跑，脸被风撕成一片片，然后又聚拢成形。醒来的时候涂刚的心脏在不安地咚咚跳动，像是从另一个世界来的东西。

正是这一段时间发生了强奸未遂案。

一个晚上马晓建忽然来找他，进屋一屁股坐到床上，一言不发。一种在最亲密的人之间的静默。终于用力向后捋捋头发，"告诉你，尤玲和我吹了。"

惊讶使涂刚张开嘴，空气在其间穿梭。半晌吐出一句，"我操……"

公共汽车在滂沱的大雨中开得像蜗牛，雨刷发疯地摇摆，划开一层层水帘。涂刚和马晓建坐在后排的座位上，默默望着车窗外白茫茫的田野。卫校到了，他们或者下车或者继续坐到终点站再坐回来，等待雨停。马晓建选择了下车，涂刚只得紧随他。一两分钟身上就浇得透湿，衣服紧紧贴住皮肤，头发一缕缕盖在眼睛上，涂刚想起上学时学过鲁迅的文章，里面有一句名言："痛打落水狗。"可惜这副狼狈相尤玲并没有看到，因为她根本不肯露面。

另一个晚上，两个人偷偷溜进校门，躲在树丛的阴影里。等到大半夜，堵住一个形似尤玲的女孩儿。女孩儿的惊声尖叫划破卫校寂静的夜空，所幸他们事先考虑好了退路，蹿上一人高的垃圾堆，翻墙逃窜。

又一个星期六，落日的余晖在胡同狭窄的缝隙间流泻，尤玲远远走来，辫子蓬松地搭在胸前，脸庞闪射着瑰色的光，把马晓建和涂刚都看愣了。

然而她像看两个陌生人，目光毫不停留地从他们脸上扫过，移向前方，留下无情的背影。

整个晚上马晓建都在咒骂尤玲，从牙缝里挤出最恶毒的语言，嘴角边聚集起小块的白色分泌物。涂刚从来没有看到过他的这位朋友如此愤怒、痛苦，痛苦得让他想发笑。

他决定不再找尤玲了，剩下的事就是把尤玲剥得一丝不挂，反复玩味，仍然不能解恨。涂刚的存在格外重要，没有这个倾听者和见证人，事情的意义就会大打折扣。

六

这一年，新的舞台拉开了大幕。

尤玲身穿白大褂，走在第二人民医院的走廊上。左新玲帮女儿把宽松的护士服掐了腰身，下摆像裙子一样散开。她的女儿永远都应该是美丽的。

由于强奸未遂案，尤玲很难不为人知，夸大其词的流言又给她蒙上一层危险而神秘的色彩。大伙都知道医院新来了一个护士，一砖头把罪犯拍死，脑浆涂地。如今第二人民医院长得最好看的护士已经不是曲秀，也不是姬小月，詹红，马兰田，而是她，尤玲。护士们纷纷把白大褂改得更合身，医院里四下晃动着充满女性曲线的身影。

病房里从早到晚有很多事要做。一开始尤玲有点手忙脚乱，不久就摸清了规律，毫无问题。爸爸却还在不断地唠叨着护士的责任重大，人命关天，简直让她烦死了。

她发现同事们都对病人摆出一副假正经的样子，长得越好看的护士越是冷冰冰的，带着矜持的面具，于是她也摆出矜持的架势，也许她应该更矜持才对。但这样一点也不符合她的性格。

一段时间以来尤玲一直压抑自己，感觉已经很难受了。晚上躺在床上，不由自问：这是干吗？为什么要这么憋着！去他妈的吧，我不在乎。

星期一上班尤玲像变了个人，在病房走来走去，嘴里哼着歌，指使病人帮她干这干那，病人们反应踊跃。值夜班时总有人来陪着她，说笑话逗得她乐。护士长提醒她值夜班不能和病人聊天。尤玲知道是谁告的状，挨着值班室312床胃切除的那个老太太。早晨端着针具走进病房，雪白的口罩上方两道寒光闪闪，针头扎进皮肉时老太太一哆嗦，咧了咧嘴。

"怎么，疼？"尤玲短促地问。

"不，没……"

拔出针头，扔进托盘。离开前，她忽然决定恩赐，冲老太太笑了笑，扭身走出病房。

她发觉自己心情豁然开朗，乌云一扫而光，也许本来就没有乌云。有些人就是喜欢看你摔倒的样子。他们不会如愿。

一个胆结石病人出院后给她打电话，说买了两张电影票，《庐山恋》，想请她去看。思考了五秒钟她答应了，不是为那个病人而答应，也不为了电影，就是想这么做。女主角一身身地换服装，后来听说一共换了43套。尤玲不由陷入幻想，觉得自己就是那个华侨姑娘或者是女演员张瑜。看过那场电影后，她再也没有理那个病人。

又有病人约她出去吃饭，她拒绝了一次，第二次没有拒绝，反正晚上也没什么事儿。有一件礼物，一条鲜红的毛围巾，她想都没想就收下了，红色是美丽的颜色，她喜欢。不断有大大小小的礼物送到她面前，她的原则是一看东西二看人，喜欢就收下，不喜欢就拒绝。

二十二岁生日，有人请她去莫斯科餐厅吃西餐。也是她的病人，叫余科峰，不久前做阑尾炎手术住院六天。

输液时她轻轻托起他的手腕，皮肤很白，白得几乎发青，血管在皮肤下若隐若现。轻拍两下，敏捷地扎下去，针管渗出深红的血。病人抬起眼睛，对她虚弱地一笑，眼睛四周泛起两圈红晕。不知为什么尤玲的心一动。

第二天走进病房，迎接她的是火辣辣的如钩的目光，眼圈浸润在深深的红晕里。她不由一怔，回了个笑脸，电波霎那间接通。以后的六天电波每分每秒都在增强。弯下身为他换药，指尖触摸到他腹部的肌肤，心一阵阵发软发酥。

有时不向女人表示爱，更能引起她们的爱。直到出院余科峰也没有和尤玲说更多的话。他出院的那天，尤玲情绪低落，怅然若失，神思恍惚。

裸体的男子躺在洁白的病床上，青色血管在皮下搏动，预示着血脉偾张，黑丛丛的下部发出诱惑的气息，脸部却一团模糊。醒来心跳剧烈。

一个星期后，走廊上有人喊：尤玲，电话！她浑身一振，飞奔着冲进医生办公室，抄起话筒，听到余科峰的声音，他约她去莫斯科餐厅吃饭，祝贺生日，她快活得想跳起来。

　　莫斯科餐厅，全城闻名的时尚场所。华丽的圆柱，房顶四周堆砌着奶油蛋糕般的花纹，大理石地面像巨大的棕色冰块，高深的空间充分吸收人声，一桌桌吃饭的人都像在窃窃私语。

　　隔着餐桌，桌布雪白，刀叉闪射着静物画般的光泽。

　　没有语言，依然只有那穿透性的凝视。尤玲感觉头有点发晕，"你怎么不说话呢？"她忍不住问。

　　作为回答余科峰的手从桌面上探过来，果断地攥住了她的手，"我爱你，我想要你。"他说。

　　如此的直接，纯一，尤玲的心被刺中了。不久她就了解到自己遇到的是一个性欲无比旺盛的男人。金边的盘子里飘来牛肉、西红柿、香叶混合的浓郁香味，可他们几乎不知道自己吃的是什么。

　　莫斯科餐厅旁边就是动物园，他们无处可去，走进动物园。从一个个铁笼前走过，猴子，獾，北极熊和大猩猩，无所顾忌地打滚，交配，而他们却不能。对另一个肉体的渴望竟然会如此强烈。此前尤玲的身体一直在做着各种复杂的准备，现在一切都准备好了。虎山传来两声沉闷的狮吼，尤玲的心一哆嗦，感到自己身体里最宝贵的部分终于要被人血淋淋地取走。而这正是她渴望的。

　　深夜，外屋传来妈妈均匀的鼾声，爸爸睡得很安静。尤玲翻身下床，摸黑检查了门销是否插好，脱下绒布睡衣，打开灯，走到衣柜的镜子前。白光光的身子触目惊心，发出一股强大的吸力，吸引着她的手。腹部很柔软，胯骨被一层结实的肉紧包着，很滑腻，手臂凉而滑，像缎子，肩膀也是。轮到乳房的时候，手不再属于她，变成了余科峰的手，从下面托起沉甸甸的充满弹性的双乳，轻轻摩挲，逐渐用力。余科峰在镜子里等着她凑上去。乳头触到冰凉镜面的瞬间身子一哆嗦，随即不顾一切地贴上去。圆鼓鼓的乳房被镜子挤得扁圆，她的身体正被人紧紧拥抱，为了让拥抱更加热烈，她忘乎所以地扭动，完全不知道自己在呻吟。

突然传来左新玲关切的声音："玲儿，怎么了，干吗呢？"

火热的面颊抵住镜面，玻璃上浮现出一小片白雾。她悄悄撤退，关灯，钻进被窝，再没有发出一点声音。

早上左新玲用疑问的目光盯着女儿，女儿装作没看见。

"昨晚上怎么了，直哼哼？"

"头疼。"

"哟，怎么搞的，还疼吗？"

"不。"她不想多说一个字。

很快，他们就有了机会，只要是上班时间机会遍地都是。在父母宽大的木床上，尤玲觉得自己像一块肉，被猛烈地捶着砸着，颠来倒去，余科峰窄窄的胸膛里好像有一只翻滚的炼钢炉，把她从头到脚熔化。她不知道肉欲可以是这样疯狂，这样为所欲为，令人沉迷其中，无时无刻不渴望，像有上千个魔鬼在折磨她，她只希望他能长在她的身体里。

尤玲告诉爸爸妈妈自己有了一个对象，在新华书店上班，二十四岁。左新玲和尤国臣惊讶之余感到一阵欣然，提出想见见这位小余。尤玲痛快地答应了，"好哇，没问题，等他休息的时候就让他来。"

可是余科峰一直没有露面。

他不是二十四岁，而是二十八岁，已经有了一个三岁的女儿，妻子远在山东老家，供销社的会计。而这些情况尤玲一无所知。两个赤条条的人在床上尽情打滚，余科峰身上一排排紫色的小牙印表达着尤玲难以表达的爱和情欲。

七

　　涂刚听好几个人说有一个星星美展。星期天休息，出于好奇他决定去美术馆看看。展览并不在美术馆里，而在馆外的空地上。大大小小的画挂在树和栅栏上，内容奇怪。人不像人，动物不像动物，太阳长着火焰的翅膀，脸被劈成两半，鼻子在一半，眼睛在另一半。在一张像是女人的画像前涂刚驻足了一会儿，吸引他的是一对巨大的乳房，乳头如探照灯发射出两道光芒，而女人的脸黑黢黢乱糟糟难看极了。他探头探脑了一会儿，很快失去兴趣。然而空气中有一种骚动的分子让他没有立刻离开。果然，警察出现了。他们要把这些难看的画摘下来，几个年轻人，画就是他们画的，和警察争论起来。警察态度强硬，围观的人似乎也不站在他们一边。

　　你们的画是什么意思，想教育人民什么？你们的领导是谁？什么美展，我看一点不美。是制造垃圾。一位中年妇女的话部分地表达了涂刚的心中所想。

画家虽然孤立，但个个勇气十足。人越围越多，涂刚被挤到外围，看不到里面发生了什么，也不想再挤进去，重要的是肚子在提醒他时候不早了。

萃华楼饭庄离美术馆不到一站的距离，走向它时涂刚脑海中浮想联翩，油焖大虾闪耀着红彤彤的光彩，亮晶晶的葱烧海参滑腻可口，口袋里揣着昨天刚发的工资，嘴里已然口水满溢。

然而他竟没有吃成这顿饭。

在大快朵颐的客人中，他一眼看见了尤玲，而尤玲也同时看见了他。两个人四目相对。

天平上下晃，两边各有砝码：不理睬，或是打招呼。

对涂刚来说没有什么选择余地，因为他的反应总是慢半拍。而尤玲凭着一股本能的快活劲儿，一跃从桌边站起，朝他走来。

"嘿，老二，怎么又胖啦，都成小白猪啦。"

如此亲切的话语让涂刚心里一热。但他没忘了和尤玲同桌的男人，一眼眼瞟着那个小白脸。尤玲并不准备告诉他那人是谁，让他猜去吧。她问候他的父母、工作、女朋友，听说还没有就告诫他不能再肥了，小心找不着对象，态度像一位可亲的大姐姐。涂刚只问了一个问题，你在哪儿工作，得到回答，第二人民医院。

他知道自己不能坐下点菜，等着菜送上来，那样会很别扭，于是装模作样地四下眺望，甚至想逗尤玲一下，说马晓建这孙子怎么还没来，看她会有什么反应。可他还是不愿让她感觉难受，结果就说和一个朋友有约，看来那人有事儿不来了。

小白脸眼神飘忽不定，目送他离去。

很多休息日涂刚都要登上5路公共汽车，坐在中门售票员旁边的座位，陪马晓建度过一段时光。马晓建十分厌烦这份售票员的工作，他的心很活，只是不能确定要干什么。

"难道你小子就打算一辈子当工人吗？"他多次问涂刚这个问题。"工人阶级领导一切，你丫别忘了。"涂刚每次都这么回答。

隔着车窗玻璃，马晓建一眼看见站牌下涂刚的身影，当他上车时他反复按动开关，车门吱吱响，关了开，开了关，想要夹住这胖子。涂刚情急地骂了一声："操你妈别闹！"

他匆匆赶来是为了通报尤玲的消息。马晓建曾向他表示过，自己恨尤玲，但是却忘不掉她，爱情是天下最痛苦的感情，他无法自拔。听哥们儿说出这样酸溜溜的话，涂刚身上起了一层鸡皮疙瘩，印象深刻。

涂刚把和尤玲相见的情形尽可能详细地描述了一遍。马晓建只问了一个问题：那人长什么样儿？历来他都是逃票人的福星，此刻买票的人反而像做了错事，打扰了他们的谈话，又皱眉又挥手："行了行了，快下去吧。"

涂刚说完，马晓建扭过脸，目光穿过一缕长发狠狠瞪视着车窗外。以后的路程他再没有说话。

第二人民医院是一座六层灰楼，四面八方的病人像马蜂扑来，钻进灰色的蜂巢，消失不见。

左转右转来到住院部，马晓建留在外面，让涂刚先进去。

在一个个病房门口探头探脑时，涂刚被护士长叫住："嘿，找谁？"

他说出尤玲的名字，护士长上上下下打量他半分钟，才吐出一句："走到头，第一个门。"

那是女厕所。涂刚以为自己被耍弄，就见尤玲搀扶着一个穿病号服的老太太从里面走出来。

"你怎么来了？"她语调惊讶。

涂刚本能地伸手帮忙，尤玲干脆把老太太全交给他，直到把老太太轻飘飘的身子放到病床上躺平，老太太说了声谢谢。

"有人想见你。"涂刚低声对她说。

"不见。"回答简短。

"你知道谁吗？"

"废话。你告诉马晓建，我和他没关系，不愿意见他。还有你，老二，你要是这样就别来啦！"

涂刚再也憋不住了，"告诉你，是余科峰的事儿。"

就像端起一盆花兜底一扣，亮丽锦簇的花朵顷刻间变成一堆散发腐殖质臭气的烂泥。世界脱光了衣服，变得那么可憎。

如果不是马晓建站在面前，尤玲也许会发疯，会破口大骂，会号叫，会哭，痛哭流涕……而此刻她咬紧牙关，脸像一块生铁。

"我知道，你说的我都知道。"

"知道？"马晓建惊讶得喊出来，"不可能！你知道余科峰有老婆？！"

　　"对。"牙几乎咬碎。

　　马晓建不信，他当然不信，涂刚也看得出尤玲是在说谎。跟踪了多日，受了多少刺激，心力交瘁，才打听到的事实，绝对是致命武器，杀得尤玲片甲不留，气息奄奄。涂刚简直不忍心看她的样子，又不得不佩服她的坚强。

　　马晓建一心期待着揭示真相的时刻，期待着失声痛哭，由他来抚慰，然而这情景却没有出现。

　　"马晓建，你真卑鄙！"尤玲咬牙切齿地吐出这句话，扭身走开，头也没有回。

　　最黑暗的时刻是人生的磨刀石。能不能把软弱掐死在萌芽状态，把自己磨得锋利，获得自由，这样的时刻很关键，度过去也许就是另一番天地。

　　然而度过去真难啊！好像被千百个魔鬼折磨着，某种可怕的力量逼迫着尤玲撕裂自己，让她觉得正在死去。

八

此处的新华书店又大又旧，房顶印着大片棕色水迹，散发出一股霉味，惨白的日光灯照度微弱。

尤玲摇摇晃晃走进来，撞到人身上也毫无知觉。咬着牙把眼泪吞进肚子，在昏暗里用力分辨，却怎么也找不到余科峰的身影，就在她要大声喊出余科峰的名字时，忽然，余科峰从书架后面抱着一摞新书钻出来。

仇恨的黑雾升腾而起。现在她不用再撕裂自己了，她要把自己发射出去，让闪着蓝光的炸弹从弹膛飞旋而出，毁灭目标。

在一团糊涂的状态下余科峰被撞倒在地上，书哗啦啦散落一身。尤玲抬起脚把书踢飞，跺着脚蹬踏，抓起书砸向余科峰的脸。

整个书店大惊失色。

反应过来的人上前阻止，尤玲被几只手揪扯，疯狂怒火被浇了油，她抡开身子，挣脱那些手，完全忘了自己是谁，在干什么，抓起能抓到的任何东西砸向她的目标。她甚至觉得自己并不认识这个人。

一本坚硬的书脊砸中余科峰的右眼，一声惨叫。

情况急转直下，所有的关注都被伤者吸引过去。受伤的右眼如刀剜一般疼，无法睁开，想到可能变成瞎子余科峰惊恐万分，什么都顾不得，在七手八脚的搀扶下奔出书店，向离此地不远的白塔寺医院奔去。自始至终余科峰没有机会说一句话，虽然他不是有意的，但他的表现好像书店发生的这场飞来横祸与他并无关联，他只是无辜的受害者。事后他还主动赔偿了被损坏的十几本《大众菜谱》。

惊魂甫定，人们想起肇事者，但肇事者消失不见，跑了。书店里没有她的影子，人们冲出书店，四下搜寻，繁华闹市中再也不见了那个疯女人。很年轻，还是个女孩子呢，长得还很好看哪。有顾客猜测可能是从疯人院跑出来的，另一些人却不以为然，他们相信事出有因。一段时间里，猜测，将为生活增添有趣的谈资，直到时间把事件推向遗忘的深井。

下午，将近四点，同院的邻居神色匆匆推开理发店的门，向左新玲通报了坏消息，她的女儿在家里号啕大哭，锁着门，谁敲门也不开，不知道出了什么事。

左新玲置顾客的呼喊于不顾，扔下理了一半的头，穿着肥大的白大褂跑回家，跑得上气不接下气。可惜她白白冲刺了三站地，在女儿的房门口被挡住，无论如何也进不去，没人给她开门，急得跳脚也没用。

被自己的举动造成的可怕局面吓住，尤玲本能地逃离现场，逃回家。扑倒在床上，仿佛死去。渐渐，眼泪从心底涌出来，这是释放能量的最好方式，她凭着一股蛮力放声号啕，直哭得声嘶力竭，大汗淋漓。

与生俱来的天性使尤玲几乎从不担心别人怎么看她，现在她也丝毫不考虑妈妈的感受。她谁也不需要，没人能安慰她，也许她就要这样一直哭下去，和任何人都没有关系，除非……哭声戛然而止。浑浑噩噩的脑海里灵光一闪，那迅速增殖变大的景象令她着迷。

羊肉胡同历史悠久，胡同两旁的槐树有上百年的树龄，浓荫蔽日，到了晚上路灯隐没在枝枝杈杈间，几乎发不出什么光亮。十月四号那天晚上，大约十一点左右，简易楼里的住户听到两声惨叫，匆匆推开窗子，却被黑沉沉的树冠挡住视线。只有住在最西头的吴老头从树冠的一侧看到些情况。

一个人倒在地上，两三个人站在他身边。到底是两个人还是三个人呢，面对警察的盘问吴老头不能确定。受害人屁股上被扎了一刀，说明行凶者是从身后袭击的。三名书店员工住在羊肉胡同57号的宿舍里，他是其中之一。祸不单行，几天前他的一只眼睛刚受伤，还裹着纱布。因此他没有看清凶手的长相，他觉得不认识他们，肯定不认识。

这就是爱转化为恨的一个实例。爱情是无法治疗的，除了爱之弥坚，另外就剩下毁灭了。实施报复计划的两个人是马晓建和涂刚，幕后策划者自不必说。

但是事情并没有完，还有一个令人震惊的结尾。

过了大约十来天，一个女人出现在第三病区，皮肤黝黑，屁股滚圆，浑身带着电光，沿走廊走来，扯开嗓子大喊：尤玲！尤玲！病房的窗子微微震颤。

刚刚打完一针，针管还在托盘里滚动，尤玲应声走出病房："谁呀，嚷什么！"

"你，你就是尤玲？"女人的目光直瞪瞪的。

尤玲眯起眼睛，"对。你是谁？"

没有回答。女人迈步走向她，气势汹汹，尤玲感觉不妙，但为时已晚，头发被铁钳般的手一把揪住，脚底下连踢带踹，唾液啐过来挂在眼皮上，贱货，破鞋，臭不要脸的妖精，找操的……

俗话说天外有天，尤玲碰上了她的克星，来自山东供销社的女会计。突然袭击使她来不及反应已经彻底处于下风，下意识用手护住头，身体蹲坐到地上。同事们赶过来，在乱拳之下连拉带拽，把尤玲弄进医生办公室，迅速关上门。走廊上依然传来阵阵咆哮。

尤玲紧抓着椅子的靠背，不能自持地浑身哆嗦，急速涨满的恐惧、委屈和愤怒把她淹没，使她窒息。没有眼泪，眼泪在涌出眼眶之前被怒火瞬间烧干。

之后的一段时间，噩梦怎么也醒不过来，一想到自己受到余科峰老婆的那场羞辱，尤玲就两眼发黑，恨不能以死相拼。然而到此时地狱里的暗路已快到尽头，体内的能量已然耗尽，心已寒，即便仇恨的火焰还炙热烤人，但生命的自我保护机制开始发挥作用。

妈妈做的鸡蛋羹很诱人，把葱花和虾米皮剁碎，撒在鸡蛋羹上，再洒点香油，整整一碗，连碗底的一点汤都喝光。然后倒头昏睡，灵魂飘出体外，带着她游荡。醒来一时不知身在何处。怎么了，出了什么事？一切事情的意义何在？

医院里总有人对着她的背影指指点点，干脆请病假。内心抱定了豁出去的态度，你们算什么，谁他妈在乎你们。

傍晚时分，西天的霞光就要褪尽，路灯还没有亮。马晓建准时来到第二人民医院大门。尤玲出现了，穿一件紫红色呢子大衣，黑皮靴紧裹着细巧的脚腕，轻盈走下台阶，绕过花坛，向马晓建走来。

她当然知道他在等她，却并不朝他看一眼，径自走过去。如铁屑被磁石吸引，马晓建随即跟上，走在她身旁。这样的情形已经维持多日。陪着尤玲在车站等车时马晓建说刚才在医院门口碰上了值夜班的护士长，他有个发现，葛护士长的下巴最适合的用途是当鞋拔子，话音未落尤玲"扑哧"笑了，这一笑给了马晓建极大的鼓舞。

卞大夫的脑袋可以摘下来送菜市场当冬瓜卖。而李主任的嘴，见没见过猴屁股？没见过没关系，只要看看李美凤的嘴就知道猴的屁股是怎么长的。

继续板着脸很困难，尤玲感到自己已经不可抑制地要笑出来，赶紧扭过身去。但马晓建无赖地跟着转到她面前，尤玲再转，他再跟着，再也没有办法，尤玲倏地抬手"啪"地打了他一下。

"讨厌，无赖！"

冰冷的盔甲稀里哗啦化为碎片。久违了的快乐感觉像地下水汩汩冒出来。马晓建一个笑话接一个笑话，逗得尤玲开心大笑，带着不自觉的表演成分，表演给自己看。

只是有一点她并不知道，内心里有样东西已经死了，永远无法再全心热爱，无法彻底信任。

九

　　和一般父母不同，涂尖里和范云的脑子里没有望子成龙的想法，对他们的这个儿子根本不抱什么希望。但现在别人家的孩子都在考大学，涂家的人难道就是低能儿吗？即便上不成大学也可以上夜大，最起码可以增添一些知识。总不能甘当混混吧！一天到晚混日子，没有革命理想，没有文化，一脑袋糨糊，糊涂虫，说到激动处，唾沫星儿从涂尖里嘴里飞溅而出，在儿子的睫毛上颤动。

　　咫尺之遥，涂刚不动声色地垂下眼睑，尽量不引起父亲更多的关注。这是此刻他脑海里唯一的想法。

　　"你不要不爱听，古人说得好，忠言逆耳利于行。古人还说，少壮不努力老大徒伤悲。作为父母，我们当然希望你好，好到什么样子不敢说，但是……抬头，看着我，不要老和马晓建混在一起，没好处。"涂尖里顿了一下，"你怎么想，表个态吧。"

　　"我看还是定个时间表吧。"范云提出积极建议。

时间表很快定出来，用图钉摁到墙上。钢笔打出的表格框住涂刚下班后的所有时间，连坐公共汽车的时间都用作背单词。涂刚觉得真可笑，心底最大的疑问是：难道他能上大学？怎么可能！

　　然而，毕竟，工人阶级领导一切的时代正在接近尾声，高考恢复，新时代的大门一点点开启，耳聪目明的人们都跃跃欲试。涂刚也觉得要顺应潮流。整套的初高中数理化课本和五花八门的学习材料堆在桌子上，高高一摞。印着部队管理处大印的书桌是从父母的卧室搬过来的。吃完晚饭，涂刚走进自己房间，关上门，在书桌前坐下，发一会愣，打两个饱嗝，然后拿起物理课本。

　　隔壁房间，父母很自觉地把电视机的音量调得很低。范云还给儿子买了一盏台灯，聚光的效果把白纸黑字照得一清二楚，分外醒目。涂刚埋头背诵，口中喃喃有声。九点钟过后，数字和公式逐渐化作一团黑乎乎的苍蝇在眼前乱飞，脑袋嗡嗡响。他感到学习的痛苦，不，简直是一种不堪忍受的折磨。

　　然而就在此时，谁能想得到呢，隔着一堵墙有人正在翻云覆雨。

　　爷爷病重，父母急匆匆赶回老家去了，这个家就成了马晓建和尤玲的温柔乡。第一次射精，马晓建的身体弯成弓形，不自知地哎哟哎哟直叫，像个受惊的孩子。真实感受超出一切的想象。

　　足不出户，有人敲门也不开，世界缩小到一张床上，不分白昼与黑夜，不知疲倦地翻上翻下，内心如电光石火。身下的人让他爱得要发疯，每一下抽送都是至爱的表达，剧烈到欲砸穿床板。

　　同样的刺激，同样眩晕，一样忘乎所以，有时尤玲甚至忘了身上的人是谁，马晓建还是余科峰。

一个星期后父母从老家回来，用钥匙拧开门锁，一股过度射精的气味扑面而来，闻起来微微生腥。

"什么味呀？"父亲不由咕哝。

屋子里很整洁。儿子的床铺居然也很整洁。这一反常现象并没有引起怀疑，更没人仔细察看床单，寻找蛛丝马迹。母亲径直走向窗子，按下把手，开窗透气。

马晓建和尤玲的性经验通过种种管道流传开来，细节栩栩如生，激发着大院男孩儿们荷尔蒙的分泌，引起阵阵性中枢的兴奋。篮球场，树下，花坛，男孩儿们的话题离不开这对情侣。也难怪，看看马晓建那管不住的德行，搂着心上人的脖子，随时随地偷空亲吻，此前在大院里谁敢像他这样！马晓建在大院孩子眼中成了开先河者，特立独行的人。

涂刚自然也听说了一切，包括细节和感受，内心受到刺激。晚上，坐在台灯下，他无法理解课本上白纸黑字的意义，一道题也做不出来。想象力空前活跃。他想起多年前那个地震的夜晚，尤玲白光光的身子，还有哥哥，也光着身子。哥哥变成了马晓建，赤裸着，那么难看。

受不了那景象，伸手啪地关上台灯。在突如其来的黑暗中凭感觉走到床前，咕咚倒下。去他妈的，什么都不想，都滚得远远的。

可他自己却无处可滚，现状是他无法摆脱的。

他对自己并不满意，怎样才能有所改变呢？也许什么都变不了。

茫然的感觉如海浪般起伏，不知道自己会漂到什么地方。

范云推开儿子的房门，粗重的喊声在黑暗中震响。算了，今晚就让他睡吧，叹口气，轻轻把门关上。

黑夜庞大而充实，每一个细胞都充满生殖力的欲念。

配电室，宁师傅叫住正要出门的涂刚，告诉他星期天要加班。涂刚的嘴不由自主地咧开，"太好啦！"

"好个屁呀傻小子！"师傅的小木扳手把他的后脑勺拍得生疼。

越来越多的星期天涂刚在工厂"加班"，在各车间溜达，和人东拉西扯，笑眯眯的小眼睛被多余的肉挤得更小。后进厂的年轻人尊称他涂师傅，同事们大多叫他胖子。肥胖和好脾气一直是他备受欢迎的原因。经过坑洼不平的空场，几个孩子在踢球，他也参加进去，飞起一脚把球踢到高墙外面。实在没事可干他就去食堂帮忙择菜。这是他的池塘，他如鱼得水。

而大院是他的根，他不可能脱离大院。

涂刚仔细回想了马晓建和尤玲是怎么好的，前前后后，几番起落，心渐渐平了。他明白自己不能对马晓建的爱情一直抱着抵触的情绪，早晚有一天要接受，现在是时候了。

他们又开始聚在一起，三个人，在大院后面的为民餐厅轮番享用回锅肉、熘肝尖、熘肥肠、糖醋带鱼。灰乎乎的塑料升里啤酒的颜色尿黄，没有泡沫，五毛六一升。尤玲不喝啤酒，就要北冰洋汽水。唯一的问题是排泄，公共厕所远在胡同深处，他们就尽量憋着，比赛谁憋到最后，付出的痛苦代价只有自己知道。

"别傻了，憋尿会使膀胱黏膜的抵抗力降低，肌肉过度拉扯还会损坏神经。"尤玲嘴里吐出医学术语让人觉得很好玩。

"厉害呀，懂得够多的。"涂刚说。

"废话，谁像你这么无知。"

"嘿，可别这么说。"马晓建表情夸张地责备尤玲，"人家是未来的大学生，你比得了吗。"一面笑眯眯瞄着涂刚，"准备上哪个大学，清华还是北大？"

涂刚也笑眯眯的，"听说过吗，哈佛。我要上哈佛。"他知道厂里李总工程师就是从美国哈佛大学毕业的。马晓建对哈佛完全陌生，涂刚得意地告诉他哈佛是美国最好的大学。

"英语的大学怎么说？"尤玲嘴快地问。涂刚明明是知道的，可怎么都想不起来，急得直拍桌子。

"没关系，不知道拉倒。操，操怎么说？"

"什么操？"涂刚没明白。

"别装傻，操，学名性交。"马晓建冲涂刚挤眼。

"讨厌，真恶心！"尤玲娇嗔着抬手打过去，被马晓建攥住手腕，她欠起身要咬他的手，马晓建咻咻直笑。

现在在涂刚面前他们完全无所忌讳，打情骂俏，身体亲密接触，把性生活当谈资，开玩笑，涂刚一点都不在乎，而且兴味盎然。一直以来，这就是他的性经验，他不是不渴望实践，但是没有机会。

书和课本堆在桌上落了一层灰。涂尖里站在桌旁，想狠拍桌子以发泄怒气，手指甚至感到微微痉挛。从参军到入党到当干部，所填写的每一张表都有文化程度一栏，他只能填高小。看来涂家出不了大学生，不可能。

夜里他梦见了大儿子，健硕，英俊，活泼泼走到面前，龇牙一笑：爸，我考上了！被不知觉的哽咽弄醒，感觉面颊发潮，原来自己竟哭了。

十

没有泡沫的生啤酒虽然度数可疑，喝够了量还是有兴奋作用。

马晓建的双颊染上两朵可爱的红晕，"嘿，你们俩，知道我最最最想成为什么样的人吗？"充满期待的目光在两张脸上扫来扫去。

涂刚一时摸不到方向，问："什么人？"

马晓建抓起生啤，咕咚再一大口，用手抹抹嘴，清晰而快速地回答："有钱人。"

不知从什么时候，钱，成了谈话中出现频率最高的词汇。马晓建一心想挣钱，挣大钱，多多的钱，他的雄心壮志是当万元户，而售票员的工资不过三十七块六毛五。

如今他再也无法忍受天天卖票的生活。好在尤玲有办法开出假条，他的肝、胆、胃、肾轮流出问题，而最终无法查明的是头疼，疼得他一夜夜撞墙。车队里风传马晓建的脑袋里有好几个瘤子在挤来挤去，他听到后窃笑。

二十世纪八十年代，很多物资需要有政府批文才能搞到，马晓建开始倒批文，切缝，嘴上谈论的都是千百万吨的煤炭钢铁化肥。涂刚第一次听到"切缝"不明白，得到他简明扼要的回答。

"有货要卖的叫上家，有钱要买的叫下家。我，跟上家说我有钱，再找下家说我有货。跟上家说这东西两块钱太贵，只能卖一块五，跟下家说这东西两块钱绝对买不来，起码两块五。中间就是我的。"

涂刚被绕得有点糊涂，弄明白以后咧嘴一笑："要我，一脚把你踢一边去，谁让你丫瞎掺和。"此话切中要害。

是的，成功的唯一保障就是不能让上下家见面，需要一天二十四小时不间断盯守。最长的一次，九天九夜，马晓建陪着一个手上有盘条的陕西佬等着下家打款。白天吃喝拉撒寸步不离，夜晚窝在旅馆前厅的椅子上，睁一只眼闭一只眼。第十天早上迈着轻飘发虚的脚步来到203房间敲门，叫陕西佬一块去吃早饭，没人响应，叫来服务员，房间已经空了。

一条利比里亚货船坏在塘沽港外的锚地，在白浪滔天的海面上孤零零漂摇了一年零九个月。最终港务局把船拍卖，卖给了拆船厂。船上有几百台电器。

郑州百货商店的采购员两只眼睛瞪得溜圆："妈呀，二十九寸的电视我在北京华侨商店见过，要一万多块钱！怎么才九百？"

"怎么，嫌便宜？"马晓建一脸冷冰冰的笑，"还要我说多少遍啊，拆船公司拆船公司，都是要拆的东西。在港口一停两年，把这破船卖了都还不起停泊费。"

"两年！那电器不生锈了？"河南人很担忧。

"什么叫远洋货轮，那是成年累月围着赤道转的，东西都是最好最结实的。港务局的汽艇送我上的船，我一看，妈的，空调冰箱电视烤箱洗衣机全部德国制造，说句不夸张的话，中国人就没见过，太先进了。"对自己的话马晓建从来深信不疑。

现在他要自己成立公司了，眉头微蹙思考着公司的名字。涂刚笑着说，"这事儿好办，我早想出来了，骗子公司。"

"别他妈闹，好好想。"

涂刚想出太平洋公司，环宇公司，金山公司，都只得到马晓建"呸"的一声。尤玲在屋子里溜来溜去，忽然站定："尤加马！"

尤加马是什么？难道是来自外星的暗号？

尤玲两眼放光，捂住胸口，"尤，就是我，"再指马晓建，"你是马，你加上我，尤加马！"

涂刚"噗"地乐出来，什么怪名字，简直像外国人的公司。

"这就对啦！要的就是不像中国像外国。"马晓建兴奋得摇头晃脑。

"还马加尤呢。"涂刚嘲讽。

"不，就尤加马！"他们两人异口同声。

加急制作"尤加马贸易有限公司"的牌子，涂刚取来，夹在自行车后座上，骑到华侨大厦。

马晓建已经租下 512 房间，是里外两间的套房，一天一百六，三天四百八。牌子挂到门上，屋里配置一些零碎物件，文档夹，报纸，茶杯茶壶，还有两盆花。

卫生间的门开了，马晓建从里面走出来，抹了油的头发向后梳成大背头，笔挺的西装带着裤线，黑皮鞋闪闪发亮，尤玲"哇"的大叫一声，扑上去，把自己挂到马晓建脖子上。

费尽心机接待的是港商卓先生。尽管卓先生的屁股只有两个小拳头大，但财力丰厚。有多少箱101毛发再生精他就要多少箱，见货掏钱，一分不少。

女秘书尤玲笑盈盈端茶倒水，光鲜的脸蛋让卓老板的精神有些涣散。照计划，业务员涂刚两次敲门进来向经理报告进货情况，马经理点头示意：知道了，继续谈生意。说话带一点咬文嚼字的感觉，显得彬彬有礼。涂刚不得不佩服。

"尤加马"前后卖给卓老板三十六箱101，赚了五万多块，可惜断货了。世界之大，大有所为。公司如今有了经常性的办公地点，平安旅馆地下室。那地方管道密布，来去须格外小心，别碰头。

给"尤加马"办事对涂刚来说不是为挣钱，是为哥们儿情谊，同时也为自己高兴。然而一回到家他就觉得自己犯了难以饶恕的错误，对不起父母。他弄不清这是为什么，可家里的气氛就是这样。他能做的只有逃避。说心里话他也想成为一个让父母引以为荣的人，上大学绝不可能，那么像马晓建一样做生意当老板呢，也许是一条能走得通的路。他时常陷入冥想，想象自己当了大老板，脖子上系一条领带，巨大的办公桌像操场般宽阔平展，大片大片的雪花从天而降，落到桌上才看出是一张张白纸黑字的合同，印章鲜红如血。

　　不知何时他睡着了，打哈欠时溢出的一滴清泪在眼角凝固成痂。

十一

    根据卫生部《关于加强输血工作的请示报告》，北京市政府规定每个职工献血 200 毫升，给六十元营养补助，休假三天，工厂再发二十元奖金。

    献完血，涂刚在车间转悠，徒弟告诉他有个姓尤的女的找过他，让他回电话。照电话号码打过去，尤玲让他明天下午三点半到前门饭店五楼会议室。他问什么事儿，尤玲说好事儿。

    "我刚献了血，两大管子，八十块钱补助咱明天可以大搓一顿。"

    尤玲未置可否，说："明天见。"就挂了电话。

    骑一小时自行车骑到前门饭店。乘电梯到五楼，女服务员迎上来问他找谁，他说出尤玲的名字。

    脚踩在走廊的地毯上一点声音都没有，一直走到第二会议室。门敞开着，铺着雪白桌布的长桌上一溜溜玻璃高脚酒杯反射着午后的阳光，晶莹耀眼，色泽沉稳的酒瓶像炮弹摆成两排，一圈紫红色沙发，沙发前的茶几上摆着一盘盘花生米和一种涂刚没见过的干果：腰果。

他四下睃望，寻找熟面孔，看到尤玲吓了一跳。那是她吗？蓝色眼圈，嘴唇鲜红，脸蛋也红艳艳的，头发不知怎么梳的，像一顶高帽子戴在脑袋顶上，最关键的是领口的扣子忘了扣，脖子连着大片雪白胸脯，醒目之极。朝她走近时她看见了他，向他伸出一只手，涂刚不明白她要干什么，原来是要和他握手。太逗了。

尤玲一面握住涂刚的手一面向站在身旁头发灰白、西装革履的老头子介绍："我的朋友涂刚，在外交部工作。"眼睛似乎冲着他眨了眨。

哦！涂刚恍然大悟，赶紧伸出手彬彬有礼地和老头儿握手："您好。"

"你好，我姓辜……"

"辜先生，美籍华人。"尤玲简洁介绍。

到场的还有三个大院的孩子，抗美、蔡包子、多多，他们分别来自文化部、卫生部和教育部。奇怪的是马晓建没有出现，几个哥们说要是他来了一定是国务院的。

时间已过三点半，尤玲吩咐服务员打开酒瓶。涂刚注意到暗绿色酒瓶上有一个金色小人骑着一匹小金马，还注意到每只酒杯只斟了一小口酒，像是不舍得让人多喝。尤玲示范地举起酒杯，叮嘱大家不要干杯，慢慢品，好好感觉感觉，然后把感觉告诉她。

"什么感觉，感觉什么啊？"蔡包子大剌剌地问。尤玲向他们几个冷冷地瞥了一眼，没有理睬。

这个尤玲让涂刚觉得陌生，长着鳞片的另一类生物。他忽然想起另一个尤玲，咒骂着余科峰的老婆，满眼仇恨的闪电，热切而鲜活。

酒杯叮当作响，认识和不认识的人频频碰杯，好像在演戏。一个年轻人举着照相机不停穿梭，噼噼啪啪按动快门。没人说出什么感觉，倒是有这种白吃白喝的事情让大家比较兴奋。盘子一会儿就空了，地毯上残渣星星点点。

威士忌，白兰地，这两种酒涂刚以前就听说过，喝到嘴里感觉有股药味儿，但还可以忍受。他认真地把自己的感觉告诉尤玲。

"傻瓜，你知道这酒多少钱一瓶吗，告诉你吓死你。"她不肯告诉他，"猜去吧，猜着了我请客。"

那么这样白吃白喝是什么意思呢？尤玲回答这叫市场调查。涂刚又问了一句晓建怎么没来，回答是去外地出差了。

站岗的士兵注意到，几天来马路对面总有几个陌生人出现，有时其中一个会穿过马路，来到大院门前探头探脑，问他找谁，他不回答，走开。班长让战士们保持警惕。

星期六，情况突变，几个男人一齐来到大院门口，要进去找人，但又说不出要找的马晓建家住在几楼几号。战士不放行，叫来班长。班长态度强硬，这里是军事重地，不离开就扣起来。

几个男人面面相觑，不服，那么多人出来进去，凭什么他们不能，非进不可。争执中发生了肢体接触，事态恶化，结果五个人三个跑掉，两个被死死摁倒在地上。

经过审问，很快弄清了事情的来龙去脉。马参谋的儿子马晓建拿了他们的钱，现金，四万八千块，答应给他们买化肥，还签了合同。一个月了，化肥一会儿在路上一会儿给了京郊的菜农，接着化肥厂厂长的父亲死了，再接着供销科长又让车撞了，再后来马晓建消失。公司上了锁，鬼都不见一个。好不容易打听到他家的地址，相信人民解放军不会保护骗子。

跑了的人又回来，拿来合同证件介绍信，证明事情的真实性。班长不表态。一个黑脸男子急了：不让进我们就睡这儿。一屁股蹲到地上。

"庄稼人，汗珠掉地摔八瓣啊！"上年岁的老汉双腿一弯想下跪，被班长拉住。最后同意他们作为正常访客，在传达室登记，但是只能进去两个人，其他人立即离开。

马参谋的爱人谢圣华坐在钢琴前，十指分开，按下一个个和声，咪咪咪吗吗吗。听到敲门站起来，下意识把额前的刘海儿弄蓬松，走去开门。

"这家是姓马吗？"一股多日不洗澡、火车站的腌臜气味迎面扑来。

谢圣华眉头微蹙，把住门："你们找谁？"

"我们找马晓建。"

"谁是马晓建？"

谢圣华绝不是想否认有马晓建这个儿子的事实，只是本能地想把来人推出门去。但怎么可能。弄清了来人和儿子的关系，她的脸微微涨红，心情复杂。

"对，我是马晓建的妈妈，可是我儿子干了什么和我没关系。我是歌唱演员，唱歌的。"她没有开公司，更不做生意，她不知道什么尤加马，没听说过这鬼名字，"所以，请你们走吧。"

来人告诉她他们不打算走，就要在这儿等，见不着马晓建就住下。绕开谢圣华走进屋，一身脏衣脏裤一屁股坐到沙发上。

"干什么你们？还讲不讲理！"因愤怒和激动谢圣华眼泪汪汪。

道理人人都有，遗憾的是彼此讲不通。丈夫不在，处境糟糕到极点，照谢圣华的脾气恨不能拔腿就走，叫警卫班把这两个粗鄙的家伙赶出去。可她什么都没有做。本能告诉她此事不宜声张。

差五分四点，站岗的战士看见马参谋迈着他那独特的鸭子步走进大院，手里的网兜装着几个苹果。战士目不斜视，脸上的表情锁得严严的。

门把手一动，谢圣华从椅子上跳起来，"你上哪儿去了？！"声音颤抖，充满怨恨。

两个男人也从沙发里站起来。军人毕竟是军人，即便戴着眼镜，深度近视，还是比平民有权威得多。

脾气温和的马参谋此刻他的温和看上去更像是严肃而又冷静。听完来人的话，他抻了抻军装的前襟，军装代表正义，违法的事很难和穿军装的人沾边。

"坐，咱们坐下说。"他带头坐下，扶正眼镜，"你们刚刚介绍了情况，我也想介绍一下我们这方面的情况。我的儿子，马晓建，他没有念多少书，可脑子很灵活，他做生意我知道，我们没有阻拦，因为阻拦不了。他不听我们的，小的时候阳奉阴违，大了我行我素。今天，出了这样的事……"停顿，默默叹息，"你们找不着他，其实我也一样。你们还知道他公司的地址，我还不如你们。他有他的地方，很少回家，不过这里毕竟是他的家，他不可能永远不回来。你们要在这儿等，从理论上说没有问题。"研究军事理论的马参谋知道，理论是无所不能的，而实际呢？"还有一个办法，我人在这儿，跑不了，你们留下联系方式，他回来我会通知你们。"腰板挺了一下，让自己坐得更直，"还有一个办法，杀人偿命欠债还钱，天经地义。你们可以告他，把他送上法庭，甚至送进监狱，我支持，没有意见。"

无人搭腔，无话可说，能感觉到这番话发自真心。多天的蹲守也确实证明那家伙不回家。然而能这样一走了之吗，离开这儿还能去哪儿？

晚饭是马参谋从食堂打的，每个菜都买了双份，量很足，一斤半米饭。在食堂门口警卫班长和马参谋擦肩而过，眼神带着询问，但没有得到回应。

谢圣华躲在儿子的房间，轻而易举地酝酿出一股股怒气，气儿子更气丈夫，当然还有最最可恶的来人。要是让她和他们一起吃饭她肯定会吐出来。

吃，多吃，吃光。马参谋独自招呼着客人，其实不必招呼，眨眼间饭菜就一扫而光，这让他的心感到些许的放松。

饭后，没有人再提化肥和钱，牡丹牌香烟抽完一包又开了一包，屋里浓烟滚滚。超长时间的静默意味着事态难以为继，曙光露出一线。这曙光当然只对马参谋而言，结束煎熬。对于受害一方，暗夜愈发看不到尽头。

瞟一眼墙上的钟，十点啦！黑脸汉子把抽了半截的烟扔到地上，伸出脚捻灭。是，可以不惜一切代价抓住马晓建，把他送进监狱。但是钱呢，预感告诉他钱不会再回来了。教训也许就是所能获得的唯一结果。

小心，马晓建，这辈子别让我碰上，碰上你就没命了。

尤玲坐在马晓建腿上，感觉他的两条腿像通了电，一刻不停地颠啊颠。

"你怎么了，出什么事儿了？嘿！"

马晓建一激灵，惊醒过来，"没，宝贝儿，没事儿。"

"你可别骗我。"

很多时候就是需要骗她，尤其是只有坏消息。为了不让尤玲气急败坏，制造加倍的烦恼，马晓建隐瞒了被追债的事，只说自己要到外地出差。

十二

北京饭店 2106 号房间是辜先生长期包租的。和他同出同入的女孩儿年轻又漂亮。辜先生呢，一头灰发纹丝不乱，腰板挺直，步伐微带弹性，十分神气。倒是女孩儿有时候穿了极高的高跟鞋不得不小心翼翼走路，又要有所掩饰，有点可笑。

鞋啦衣服啦都是辜先生送给干女儿的礼物，在香港女人街上买的。认尤玲做干女儿的时候，如果辜先生知道女孩儿的男朋友正关在萍乡县化肥厂的小平房里，他是不是会考虑一下自己的做法呢？

可惜他毫不知情，因为尤玲也毫不知情。

跳蚤在草垫子上狂欢，弹跳能力天下第一。马晓建就是它们的盛宴。柳瘸子翻脸不认人，不给化肥，还把他关起来，这是他再也没想到的。再想想又有什么不可能，如果换成他，说不定也干得出来。不，绝对要这么干，必须如此。他为自己从前的种种软弱而恼恨，为自己不像柳瘸子而恼恨。多么幼稚多么愚蠢啊！

入夜，万种念头在黑暗中纷沓而至，互相撞击。前途时而黑暗，时而光芒万丈。无论黑暗或光明马晓建都感到自己的心越来越硬，像块石头。只有在想到尤玲的时候心才会变软，那是一种微带刺痛的空虚感，空虚得难以承受，他多么多么想把她抱在怀里啊！

而辜先生手腕轻摇，温柔地晃动酒杯，鼻尖探进杯沿，深深吸气。

"啊，很好，好极了，正是太阳晒干的麦芽沾上了泥炭气息。你来尝尝，单纯麦芽威士忌。"

尤玲接过杯子，小口饮啜，杯口上方一对大眼睛熠熠发光，表示出有所理解。于是继续灌输知识。芝华士，1801 年在苏格兰成立公司，对威士忌无比沉醉的芝华士兄弟发现威士忌酿制的秘密，三重调和。1820 年，苏格兰人 John Walker 受调制混合茶叶的启发，调制了他的第一杯威士忌，酒味深邃而精致。他的儿子在他死后又调配出一种全新的威士忌，"老高地威士忌"，就是今天的"黑方"。还有传奇的帝王威士忌的首席调酒师 A.J.Cameron，他独创了"融陈"，存在陈年橡木桶里，吸取陈年橡木的独特气味和色泽。而百龄坛口味绵滑，带有大麦的丝丝甘甜，苏格兰的乡间泥炭用火点燃后好闻的烟味，山泉流淌的清澈气息，加上乡间纯净的空气。装在钴蓝色瓷瓶里的百龄坛陈酿，神秘而高贵，散发出丝丝金雀花的悠长芳香。

"这一行大有学问，这学问此地几乎无人知晓。你可以大有发展，成为这方面的专家，愿意不愿意呢，孩子？"辜先生轻轻拍了拍女孩儿的手。

"可、可是……"手背上一小块褐色老年斑让尤玲短暂走神。

"可是什么？"

"我不会喝酒呀！喝醉了怎么办？醉了胡说八道怎么办？说不定把酒瓶都砸了，那可怎么办哪！"一连串的怎么办抑扬顿挫，唱歌一般，充满撒娇，辜先生听得好开心，开怀大笑起来。

这天尤玲穿了一双镂空的银色高跟鞋，鞋跟如锥子一下下狠刺灰泥地面。

马晓建讥嘲地冷笑："您千万小心，小心扭断了脚脖子。"

"我愿意。"尤玲狠狠白他一眼。

现在的情形就是这样，只要看到尤玲穿一件新衣服新鞋马晓建就冷嘲热讽，加以攻击，令尤玲火气蹿升。而摊牌的欲望同样在马晓建胸中日益难以抑制。

从化肥厂的小平房逃出来，直到长途汽车开出了萍乡县地界，马晓建才相信柳瘸子不打算把他怎么样，危险过去了。想到要见到尤玲，心阵阵发烫，一切都抛到脑后。

肌肤相亲的快感无以伦比，其他一概忽略。但存在的事就是存在，无法抹杀。

而此刻尤玲故意扭动腰肢，在马晓建面前走来走去，漂亮得让人心疼，有多可爱就有多可恨。

"我问你个问题成不成？"

"什么问题？"

"别急，别紧张。"

"谁急啦！咱俩谁紧张？你照照镜子看看你那样儿。告诉你马晓建，谁坑你找谁去，少拿我撒气！"尤玲双眼瞪得如灯泡，混身上下充满恶狠狠的活力。

"好，什么也别说了，咱们结婚。"

结婚的提议让尤玲怔住。事实上连马晓建也同样感到突然，但回头的路已被堵死。

"说啊，你同意不同意？"

尤玲鼻孔里冒出两股凉气，"你开玩笑呢吧。"马晓建用力吸气，"好，我明白了。"

"明白什么？"

"别再装了。直说吧，那个老混蛋，他和你，你们俩什么关系？"

没有回答，牙齿咬得咯咯响。

"操，不就几件破衣服吗，要卖也不能卖得那么贱吧！"

这一刻的到来既在意料之中又让人震惊。因为不知道它会以什么方式到来，不管什么方式都不是希望的，都让人刺痛，感到羞辱。尤其当你心里有鬼，这正是尤玲此刻的感觉。

她自己还不知道，人已经冲过去，随着身体的冲力，伸出的拳头狠狠打到马晓建脸上。那张脸一下子变了形，鼻子歪向一边。尤玲吓得呆住，天哪，怎么回事儿？赶紧用手去捏马晓建的鼻梁，把鼻子捏正，还好，鼻梁骨又正过来，但已经有点发青。她看着他，脑子里一片空白。而他对自己鼻子的遭遇丝毫没有觉察，甚至没有在意自己挨了打。

"你为什么不回答，你说话！"

"我不想理你。"

"不行！你必须老实回答，敢骗我的话……"会怎么样他并不知道，怨怼地喘着粗气。

眼看着马晓建的鼻子飞快变成青紫，尤玲忽然觉得他很可怜，"你别瞎想好不好，他比我爸岁数都大，他是要帮咱们做生意……"

深呼吸，极力厘清思绪，"做生意认什么干女儿！别想蒙我。他他妈是个老色鬼，傻逼看不出来。告诉你，他和那个独眼夏没区别，独眼辜！"

突然间尤玲"扑哧"笑了，独眼辜，太逗了。马晓建也想笑，但仇恨压制了想笑的感觉。

"行了，马晓建，你爱说什么说什么，和我没关系。我还有事，对不起，再见。"说着尤玲走向桌子，去拿放在桌上的包，拿到手里之后把扭结的皮带理顺，把搭扣扣好，把包挎到左肩上，再一想又改挎到右肩。

"我走了，再见。"

说完这句话她必须走了，没有理由再拖延，于是扭过身向门口走去。马晓建没有动，狠狠盯着她，直到身影消失。门敞开着，像一个黑洞。

管道在头顶纵横交错，尤玲知道在哪儿该低头哪儿地势低洼有水。身后传来咚咚的跑步声，知道是马晓建追来了，本能地加快脚步，猛然间胳膊被用力一拽，身体倒转半圈，脚下一崴，人摔倒在一摊肮脏的积水中。

事态在瞬间彻底改变了性质。曾几何时，爱情那么令人沉醉，一切都不在话下。然而一切竟然是建立在流沙上。什么力量使流沙移动，是嫉妒，自私，任性，虚荣？还是爱情本身的自重？抑或和金钱有关？没有时间细想了。

磕破的膝盖、疼痛感触及了尤玲内心深处最黑暗的情绪，不知道怎么站起来的，裙子湿嗒嗒黏在腿上，语调高亢不稳。

"告诉你，我就是愿意认干爹。有人对我好我为什么不愿意。你有什么，你给过我什么?！就这鬼地方，想和北京饭店比，能比吗！除了骗你还有什么本事，骗完别人再让人骗，骗来骗去。完啦马晓建，我告诉你，我和你完啦！"

寂静中，水滴啪嗒啪嗒溅落。

尤玲尖厉的叫声在空洞的地下室引起回响，"敢！你敢碰我一下！"

路灯亮了，霓虹灯也相继亮起来，王府井大街在轮动的七彩波光中闪烁。尤玲的思绪变得散乱，飘逸着，落在橱窗里的商品上，衣物、箱包、器皿被雪亮的灯光打得格外诱人，暂时让她忘记其他。

夜幕中的北京饭店像一颗巨大钻石，高高在上。电梯开到二十一层。房门开了，辜先生的笑脸出现在门后，激越的交响乐从身后冲出。

"哇，没想到，欢迎欢迎，快进来。"

电视里一群高鼻子蓝眼睛的人在演奏乐曲。茶几上摆着酒、酒杯，尤玲认出那倾斜的红色商标和方形酒瓶。辜先生问她想喝什么，回答是可乐。辜先生从冰箱里拿出可乐，还拿了吃的东西，巧克力、饼干和果仁，就像招待孩子。确实，不过二十二岁的年龄比他的女儿还要小十来岁。

尤玲坐在沙发上吃着喝着，眼睛瞟着屏幕。身穿燕尾服的指挥像一只黑色大鸟，踮着脚，疯狂挥动胳膊，想飞起来，那样子把尤玲逗乐。辜先生说出指挥家的名字，她没记住。

从走进房间一种气氛就包围上来。红地毯柔软无声，窗帘垂地，镜子映出沙发、茶几、晶莹酒器，各个角度射出的光线把整个房间映照得华丽而舒适，像一个大橱窗。她走进来，坐下，喝着可乐，亿万颗冰凉的小泡泡在嘴里噼噼啪啪炸响，还有音乐。这里是另一个天地，有另外一套规则，而这规则是有利于她的。

当辜先生问她是不是有什么事情，她不再犹豫，敞开心扉。

从地下室到北京饭店距离有多远？她一路走来，满心痛苦。失去爱情很痛苦，不能按照自己所想去做事也很痛苦，哪个更痛苦呢？她得不到回答。谁能帮帮她？理解她！她和男朋友曾说定挣到十万块钱就结婚，可现在她不知道自己还愿不愿意。她觉得自己是爱马晓建的，所以为公司起了"尤加马"的名字。难道她错了，她和他不可能再在一起了是吗？一种似是而非的困惑像陷阱，让尤玲感到身在其中的无助。其实在她的讲述中始终有一种不诚实的成分，暗示的成分。

辜先生平心静气地倾听，轮到他发表意见了，他讲了一个故事，是他最近看的一个美国电影，《毕业生》。

一个母亲勾引自己女儿的男朋友，弄得这对情侣分了手。后来女儿要做新娘了，那位前任男友闯到婚礼上，在最后一刻新娘决定丢下新郎，跟着那个和自己妈妈发生过关系的男友一起跑掉。多么有意思的故事。离奇吗？也许。可你要知道生活中什么事情都可能发生，都有合理性，没有一定之规的。尤玲的眼睛映出两个小小的辜先生。这个超乎常情的故事让世界显出荒诞的一面，不再沉重，甚至有些好玩。

"我来告诉你，爱情，是一种激情，或者说什么都不是。世上无论什么，只要你心里不想着它，它就不存在，你仔细想想，体会体会，是不是这样？"

辜先生的语调温婉而又宁静，干净利索的程度却不输剁肉刀。尤玲感觉内心所有的东西被翻了一遍，看了个底儿掉。同时她的部分知觉一直警觉地等待，等着那只长了老年斑的手落到她手上。然而她多虑了。辜先生提出一个建议，建议尤玲待在这儿，在饭店房间可以安安静静地思考，不受任何干扰，思考一下自己的人生道路究竟怎样走。而他呢，很抱歉，不能陪她，他和人约好有事要谈，不知道多晚回来。在这里就像在家里一样，如果想走关上门就可以。

尤玲眼睁睁看着辜先生穿上夹克，笑着摆摆手：拜拜。门咔哒一声关上，辜先生真的走了，房间里只剩下她自己。

窗外是城市发光的夜景，从二十一层的高度，连成串的路灯通向远方，西边那微明的一片空旷是中国最大的广场，天安门广场。

一切都寂静无声，亦真亦幻。

而她的问题似乎并没有解决，暂时还不知道该怎么解决。

浴室的门半开半合，干吗不洗个澡。占了半面墙的镜子明晃晃，让人心情为之一振。这么大的镜子，这么明亮的灯光，她一件件脱衣服，慢慢地脱，脱光之后注视自己。谁能说她不好看，谁也不能，她真是美！轻轻转动身躯，摆出几个不同姿势，似乎有只眼睛在看着她表演。

澡盆里放满水，试探着慢慢坐下，让身体浸入热咚咚的水中，无数只滑软的手抚过肌肤。闭上眼，一动不动，任思绪飘荡。

她还爱马晓建吗？她只知道她还不能离开他，还做不到。那么他们就还像以前一样，继续好，做爱，但不结婚。如果马晓建不能接受那活该，就不是她的错了。她没有错，根本没错。

水温渐渐降低，不够热了。她坐起身，想拧开水龙头，再放些热水，忽听"咔哒"一声，天哪，辜先生回来了！

心跳得要从嗓子眼蹿出来，然而谁都没有，是她的幻觉。

十三

下午四点钟左右，范云听到隔墙传来惊叫，是邻居谢圣华的女高音。

她发现儿子四肢伸展，躺在地上已陷入昏迷，于是浑身哆嗦，惊惶叫喊：来人哪！快，救命！范云噔噔噔冲下楼梯叫来警卫班的战士，七手八脚把马晓建抬下楼，用食堂的平板车拉到医院。他吃了安眠药要自杀，经过洗胃抢救过来。

涂刚听到这消息惊呆了，完全无法想象这样的行为，自杀？为什么！怎么可能！他认为是马晓建在开玩笑，一个恶作剧。

那天，马晓建穿得非常整齐，白衬衫上打了蓝色领带，穿过北京饭店的大堂。电梯向上升，一种大事将临的感觉使他的身体微微僵硬。

上午九点半，辜先生刚起床不久，还穿着睡袍。户外是晴朗的一天。窗帘半掩，若明若暗的光线弥漫着一丝暧昧气味。听到敲门声走去开门，看到马晓建站在门口微微怔住，随即反应过来。

"是你哇！"目光上上下下打量，语气带着明显的赞叹，"哇，好帅，真的好帅！"

马晓建没有出声，嘴唇像黏住了。

辜先生不露声色地请他进屋，说自己正有打算，想找他谈谈，一面径自走到沙发前弯身坐下，行动间，睡袍在大腿根不经意叉开，露出私处的黑毛。

"来，靓仔，坐下谈。"面带长者的微笑。

睡衣里的裸体、丑陋的男性生殖器瞬间引发强烈刺激，几天来的思虑，想好要说的话，物质上可能达到的目的，一切都白费功夫。事物总要在某个时刻还原本来面目。

马晓建的手一把拽住辜先生的睡衣领口，鼻子里闻到一股老年人口中特有的酸腐味，"你个老逼头子！我弄死你！"

辜先生并没有被吓住，十分镇静："对不起，为什么？"

"你问我？装什么孙子，老混蛋！"

"可以，你杀掉我都没有问题。但是你的一辈子就完了，我这个老头子比你够本……"

"操你妈，我让你丫够本儿！"

一拳挥来，辜先生眼前一黑。

后来，辜先生是这样和尤玲说的。他报告了饭店保卫部门，他们要报告公安局被他制止。他没有向他们透露马晓建的情况，为什么呢？首先他伤得不重，眼眶看上去很吓人，但问题不大。其次，他们之间确有误会，他只希望消除误会，而不是加深误会，更不想看到因为这件事毁了马晓建的前程。他只希望这件事能对饭店有所警示，不是说持外国护照的人和港澳侨胞才可以随便出入饭店吗，看来这条规定并没有被严格执行，饭店应该吸取教训。

"而最重要的一个原因是……"停顿，沉吟，"是的，他非常粗暴，像野兽一样，但我不愿意看到他倒霉。原因就是你。我不知道你是不是对他还有感情，甚至还爱，如果是，那伤害他就会伤害到你，对不对？这不是一个绅士的做法。"

绅士的称谓几乎把尤玲弄糊涂，有生以来极少听到，不甚明了它的含义，但她还是很感动，甚至喉咙有些发堵，"不，我不，不爱他，不爱……"

干爹的手轻抚女孩儿的后背，"没关系，孩子，难过就哭出来，不要把感情憋在心里，放心，不管怎样我都能理解……"

辜先生的话释放出发泄念头，尤玲感到深受委屈和伤害，就势依偎在干爹胸前抽抽搭搭哭起来。

"你说什么，再说一遍。"

"再说一百遍也一样，我不爱你了，我要和你分手。"

马晓建的心咚咚咚撞击，极力想弄清尤玲的意思，"别废话，你到底想怎样！"

"你听得懂听不懂人话啊！"

"你说的是人话吗!"

"好，那我不说了。"尤玲扭身就走，把马晓建丢在路边的夕照中。夕阳无比刺眼，使马晓建一时间看不见尤玲，他疯狂大喊:"尤玲!小心，你会后悔的!"

尤玲站住，在一股决绝的冲动下回过身，"放心，你就是死了我也不会后悔。"

"好，好吧，我希望你记住你的话。不要忘了。"

"忘不了!"

尤玲走了。黑暗闪电划过马晓建的脑海，一刻不停。

也许每个人一生总要疯狂一次，此刻就是属于马晓建的疯狂。事实上马晓建绝非一个浪漫到和现实脱节的人，后来他变成一个纵情声色的男人也不是偶然的。但在人生的这一关口，他中了邪，无法迈过。

在医院住了两天后马晓建出院回家。涂刚推开房门见他坐在椅子上，眼望窗外的天空出神。

"嘿，哥们儿!"涂刚兴奋地唤道。

目光从虚空移到他脸上，一抹神秘的微笑如云影掠过，"老二，想知道死是怎么回事儿吗?"

"操，别他妈胡说八道。"

"告诉你，就像关灯一样，你身体里的灯一下子全灭了，漆黑一片，什么都没。"微显艰难地往肺里深吸一口气，"一个字:舒坦，特别舒坦。"

"会不会数数儿，舒坦是几个字？"涂刚逗他。

马晓建并不理睬，"毛主席教导说，一个人连死都不怕还怕困难吗？他老人家说得真好啊！"

涂刚"扑哧"乐出来，"还毛主席……"

"笑吧，尽情地笑，风雨送春归，飞雪迎春到，待到山花烂漫时，她在丛中笑。"

涂刚愣住，这家伙在说什么，不会是疯了吧。

说实话他觉得眼前的马晓建十分陌生，那个能说会道、一肚子鬼心眼的人难道蜷缩在皮囊底下偷笑？他的心情既沉重又微微庆幸，不管如何他没有活成这副德行。

然而事情到此并没有完结，死亡仍在前方匍匐，虎视眈眈。

涂刚在工厂接到一个电话，女人的声音很陌生，"涂刚吗，是我，左阿姨。"涂刚差点想不起来，原来是左新玲，让他务必去她家一趟，有重要事情。

涂刚没有问什么事，他有预感，事关马晓建。

一进门他就感觉到气氛不对。尤玲不在家，尤国臣和左新玲各坐在桌子两边，脸色难看。尤国臣勉强朝他点点头，左新玲起身让座，要给他倒水，涂刚拦住。

"您别客气，我不渴。您叫我来什么事？"

左新玲瞟着丈夫，面露难色，"我们俩正在说呢，还不是尤玲……"

"她怎么了？"涂刚装傻问。

左新玲忽然走过来攥住他的手，吓他一跳，"涂刚，救救阿姨吧，阿姨求你了，你不知道马晓建都干了些什么，前天他拿了一瓶汽油来，我都吓死啦！"

"汽油？"涂刚不懂。

"就是汽油，说要和我们同归于尽。他不想好好活也不让别人活，谁都恨，恨尤玲，恨我，恨辜……"一口唾沫噎住嗓子，她结巴了，"辜、人家辜、辜先生是要帮助他们挣钱，他小人之心度君子之腹，尽往歪处想，我怀疑他神经有问题……"

"行了，你别说了。"尤国臣忽然开口。

"怎么啦，马晓建有神经病，怕他报复玲子，这话不是你说的吗！是不是？"

"那让我说行不行。"尤国臣咬紧腮帮。

"好好，你说。"左新玲后退，颓然坐下。涂刚也找了个地方坐下。

尤国臣沉吟，极力厘清思绪。这些日子他身陷恶臭的泥沼，觉得自己再也洗不干净了。

那天女儿拿回一套西装，说有个香港老板想请他们吃饭，让他穿得好一点。在家里女儿的话不容置疑，他乖乖穿上西装。在前门烤鸭店见到了辜先生，辜先生上上下下打量他，对他的穿着极为称赞，弄得他很诧异。原来西装是辜先生送他的礼物。尤国臣浑身针扎一样难受，无法抑制对这个比他岁数还大的老男人的厌恶。

菜肴丰盛，辜先生举杯为他们美丽出众的女儿干杯，他只觉得嘴发干，说不出话。女儿对爸爸很不满，但极力掩饰着。全靠左新玲发挥活跃天性，笑哇笑哇，吐出一串串好听话奉承话。尤国臣则打定主意一言不发。回到家换拖鞋，女儿把脚上的高跟鞋用力甩出去，砸中他的膝盖。左新玲永远站在女儿一边，责怪丈夫没有礼貌，不像话。他忍无可忍，摔门而去。临出门前，回头注视母女二人，"你、你们真是不知羞耻为何物！"

此刻，他并不想和涂刚说这件事，重提只会让自己难受。尤国臣知道自己需要的是明晰的逻辑，以解决问题为目的。

"好吧，我说，"他说，"这件事我认为不能怪马晓建，要怪的人应该是我。是我没把女儿教育好，我是个失职的、失败的家长。现在我不得不承认这一点。"

左新玲张了张嘴，但没有发出声音。

"现在我完全束手无策，不知道该怎么办。也许再没别的办法，只有一个办法，咎由自取。尤玲想怎么样、是好是坏随她去。至于马晓建，你们俩是好朋友，所以我希望你能和他谈，讲清道理。道理其实很简单，只有三个字：不值得。"突然间情绪变得激烈起来，"为这样一个自轻自贱的女孩儿不值得！认清她，越早越好，万万不要为她而毁了自己，那就傻啦！我相信马晓建不傻，很聪明，只是鬼迷心窍而已。他应该找一个真正爱他的姑娘。尤玲不是，绝不可能。她爱的是什么我不知道，大概只爱她自己。"

把自己的女儿说成一个道德败坏、不可救药的女孩儿尤国臣并不完全是虚情假意，他的一部分确实是这样想的。

"啪"的一声，左新玲以手猛击桌面，"尤国臣，你胡说八道！谁自轻自贱，你让谁咎由自取。人家辜先生是想培养玲子，觉得她聪明，有发展……"

"放屁！"尤国臣太阳穴上青筋乱蹦，眼睛似要喷出火来，"他没安好心，你难道看不出来！你脑子里想些什么！"

一片死寂。

涂刚不由低下头谁也不看，跟着站起身，"对不起，我还有点事儿，先走了。"逃之夭夭。

身后传来左阿姨清脆的高音，"都改革开放了，你不知道吗！你木头脑瓜儿懂个屁，怪不得你女儿看不起你哪，你不知道怎么办，束手无策，就别管！谁也不用你管……"

马晓建确实有毁灭世界的计划，这个世界是由柳瘸子、姓辜的老王八蛋、妖婆左新玲以及所有他仇恨的人组成。他把金黄色的汽油装满透明玻璃瓶，这是他的炸弹。在他的计划里，把炸弹砸向地面，呛人的汽油味在空中肆虐飞扬，手伸进裤兜，掏出打火机，只须"叭"的一下，世界将爆炸，化为灰烬。

但他仍在犹豫。尤玲用搂抱，亲嘴，几句软话，甚至我爱你，让复仇的意志减弱，同时在慢慢撤退。尽量全身而退。她告诉自己结局好就一切都好。

她忍不住找涂刚倾诉，痛骂马晓建，相信涂刚站在她一边。"恨死我啦！他简直是个魔鬼。亲他的时候我心里恨不得他死了才好。"

"有那么邪乎吗。"

"就是！他是恶魔，神经病，疯子！"

分手后，涂刚一路吹着口哨，悠扬的哨声显示出好心情。

晚饭食堂吃包子，笼屉里捡出的大包子热腾腾，涂刚吃了三个韭菜的三个茴香的，一碗大米粥、两个咸鸭蛋。他暗自希望能遇上马晓建，和他聊聊。但马晓建没有出现。

睡觉前，躺在床上他又想到马晓建，想到那个姓辜的老混蛋，还有尤玲的父母，他们蹦蹦跳跳真热闹，像小时候看木偶戏。丝毫不能理解他们的痛苦。在一片奶白色的柔光中，尤玲的笑脸飘飘悠悠，像晴空里一只美丽的风筝。

电话里尤玲的声音紧张短促，"快来，马晓建在我家。"

涂刚赶到时冲突刚刚过去。尤玲来开门，头发乱蓬蓬，眼睛红肿，衣服零乱。地上一片白花花水银碎片，暖壶的空壳横在桌腿旁。左新玲的手划破了，还在流血。面对如此景象涂刚傻了。

"怎么了你们？"总算问出一句话。

马晓建站在暗影里，"你怎么来了？"

涂刚不由朝尤玲看了一眼，但没有出声。

"你叫他来的，叫他来干吗？"马晓建盯着尤玲，眼睛里有一种让人害怕、恶心的光。

半个小时前左新玲回到家，女儿的房门关着。出于母性的直觉她走过去用手推门，门从里面锁上了。耳朵凑到门上谛听，没有动静，正在想要采取什么行动，忽听有物体滚动的沉闷声响，随即门猛地打开，尤玲腿迈出门槛，胳膊却被马晓建死死扭住，疼得哎哟哟直叫。左新玲什么也顾不得，冲上去保护女儿，引起混战。

此刻屋子里飘荡着一丝血腥气味。

"我问你，你叫他来干吗？"马晓建重复提出同一个问题。左新玲忽然崩溃，再次向马晓建冲过去，不是为战斗而是求饶，"扑通"一声跪到他脚下。

"求求你，放了我女儿，放了她吧！"

"妈！"尤玲喊着上前拉她起来。而妈妈的身体摇摇晃晃，难以站立，重量完全坠到她胳膊上。

涂刚没有多想，走过去用肩膀架住左新玲的身体，让尤玲得以解脱。

"你还要怎么样啊？"尤玲用哭腔问马晓建。

马晓建的脸像一块生铁，"我不要怎么样。"

"那你能不能走？"

"不，我不走。我就待在这儿，哪儿都不去。"

尤玲觉得身体就要爆炸了，眼泪在一瞬间灌满喉咙，令她窒息。一股强烈的无以名状的受挫感、绝望感逼得她拔腿就跑，转身跑出家门。

而马晓建没有动，没有追出去。

涂刚继续架着左新玲。一分钟，两分钟，左新玲慢慢睁开眼睛。女儿离开了，危险过去了，她可以喘息一下了。

"扶着我，我想躺会儿。"

涂刚顺从地扶她来到靠墙的大床，让她在床沿坐下，她两腿抬起身子一歪，躺倒，然后费力地向里翻过身，让自己面朝墙壁，不再动。

嗡嗡的市声从遥远的街道飘来，隐约可闻。这个下午原来这么安静。

那一天剩下的时间左新玲再没有下床。听到门响也没力气动。许久才挣扎着扭头看了一眼，屋里空空，马晓建和涂刚已经不在。

晚上尤国臣做好饭却没人吃，女儿没有回来。左新玲头疼，吃了四片去痛片也不起作用，反而感到恶心，想吐。空中飘浮着一些阴森森的黑影，她伸出手却抓了个空。

黎明时分，尤国臣被妻子的呻吟声弄醒，开始还以为是她在噩梦中呓语，欠起身推推她，那身躯随即仰面朝天，像一堆沉重的死肉。这个丰腴的生气勃勃的女人，满头天然的鬈发，此刻在鬈发的覆盖下，大脑半球，血管壁难以承受压力已然破裂，出血灶已然形成，出血量在加大，邪恶的血肿正在把脑室挤向一边。沉重而急促的呼吸让尤国臣感觉不对头，凑得更近，发现妻子的嘴角渗出一道晶莹的黏液，枕头上有呕吐物。

"我的天，新玲，你怎么啦！？"丈夫失声呼喊，换来低微而含混的嗫嚅，听不出任何意思。

阳光下，女儿粉嘟嘟的小脸多么可爱，左新玲凑近亲了又亲，玲儿，妈的宝贝儿！

十四

尤玲紧攥着妈妈的一只手跟着担架车向前走，直到护士提醒她才松开，眼睁睁看着妈妈被推进手术室，消失。一切情况都是她无法理解的：血肿，凝血块，颅压，脑积液循环障碍，脑疝形成呼吸衰竭，微创抽吸术以及开颅。她听不懂，也不想弄懂。等候手术的时候眼泪断断续续流淌，和思想、意志毫无关系。恍惚而奇异的局外感。

之后一连九天，她坐在病床前的一把椅子上看护着昏迷不醒的病人。这个头发剃光、脸庞肿胀、眼睛闭紧、赤裸着身体、满身管子的人是她的妈妈！她简直害怕看她，宁愿让自己处于麻木之中。在此之前经受的痛苦和眼前的痛苦不能比，没有相似之处，现在她丧失了所有的能力，是一个没有知觉的废人。

一下班尤国臣就从学校赶来。妻子身上散发着药物、汗、尿等分泌物混合的气味，十分难闻。他想给妻子洗洗身子，被护士制止。

涂刚到医院来过一次。病房里，向晚的天光中，尤玲在怔怔发呆，侧影孤单无助。他的心一抽，他多么想帮助她啊。可他只会傻站在病床前。压抑的气氛使他们说不出两句话，后来尤玲忽然想起爸爸就要来了，让涂刚快走。

"没事儿，别难过，会好的，肯定能好。"涂刚的劝慰毫无医学根据，但充满真诚，尤玲木然点了点头。

走向医院的大门，涂刚被一股巨大的茫然笼罩，在这大千世界自己要去向何方呢。说到底，发生了那么多的事，尤玲和马晓建的爱情，躺在病床上的左新玲，甚至还包括死去的涂强，他不是不想理解，可生活显现出的一切超出了他的理解能力。

身边不断有穿白大褂的人匆匆走过，他不由想象自己也穿着白大褂，是一个医生，走到尤玲面前，对她说："你妈妈没有危险，我已经把她的病治好了。放心吧。"

左新玲一直没有醒过来。由于舌根下垂，强烈的鼾声如巨大起伏的潮汐，护士用纱布包住舌头，轻轻向外拉。第十一天出血部位再度出血，颅压迅速升高，并发了多个脏器功能衰竭。抢救的场面十分混乱。生命的游丝在混乱中飘荡，飘荡，飘荡，终于断了。

一九八五年，四十四岁的左新玲走了，离开了这个纷乱世界。

十五

宁树柏坐在厂部办公楼前的花坛边，嘴上叼着烟卷，在袅袅上升的烟煴中眯起眼睛，盯住从楼里走出来的每一个女人。

他在等一个叫刘青的姑娘。通过财务科武大姐已经大致了解了情况，刘青家里是工业局的，因为有关系所以一进厂就分到财务科学会计，未婚，二十五岁。对于相貌，武会计说有种人年轻的时候不显年轻，岁数大了也不显老。见到刘青之后宁树柏觉得武会计说得不错。那是一张扁平的脸，短鼻子，眼大而无神，说二十五、三十五都行。而关键的一点是二十五岁的大姑娘还没有对象肯定有点心急，所以他认为有戏。

凭着从厨房飘来的气味宁树柏知道老婆在炸酱。这是徒弟最爱吃的一口儿，师娘做的炸酱面。三两肥肉馅，一袋黄酱，一大勺白糖，葱姜也不能少，面条煮得硬硬的，用凉水过了，舀一勺酱，再倒点儿醋，黄瓜的嫩刺儿微微扎手，不切丝，咔嚓掰成两截，来两瓣紫皮大蒜，天下有什么能比吃炸酱面更过瘾哪！

十点钟涂刚进门。为了这次约会他买了件新衬衫，天蓝色，下身一条八成新的草绿军裤，三接头皮鞋擦了油，头发也理了，笑呵呵站在师傅面前，带着一丝自嘲。

"师傅，您看我像不像个二傻子。"

"挺好，挺像样儿。"宁树柏满意地点头。

闻到炸酱的香味涂刚不由咽了口唾沫，对美味面条的期待削弱了等待女方时的隐隐不安。

十一点五分刘青敲门，比约定的十一点只晚了五分钟。

他们两人应该在工厂照过面，只是没有印象。今天刘青要给人留下印象，紫红外衣上一排银扣子大如星斗，咖啡色裤子裤线笔直，一双奶白色高跟鞋。让宁树柏微感惊异的是两个年轻人没有丝毫扭捏，笑着握手，大方得如同熟人。

"你好。"

"你好。"

宁树柏脑子里闪过"门当户对"一词，不错儿，就是有道理。主要说话的当然是宁师傅，谈的都是厂里的事儿，张三李四王小二，涂刚在一旁为师傅敲边鼓，说些凑趣的话，刘青感兴趣地听着，不时被逗笑，用手捂住嘴。涂刚心里有一点得意。

饭好啦！师娘端着碗筷推门而入。这时候刘青才想到帮忙，站起身却被师娘阻止，"别动，坐着你的。"

眨眼间饭桌摆得满满的。炸酱里的肉丁是一斤肥瘦肉切的，面条是自己手擀的，黄瓜，豆芽，心里美萝卜，青豆，绿的红的白的，剥好的大蒜瓣，切好的粉肠，小肚，肉皮冻，黄嫩嫩的葱花炒鸡蛋，这么些好吃的！

师傅当然要喝酒，涂刚也陪着喝两盅。刘青不喝，上来就吃面，慢条斯理地转动筷子，卷起几根面条放进嘴里，脸上现出兴奋的表情："哟，太好吃啦，真香！"

师娘心满意足。

三杯二锅头下肚，宁师傅开始回望历史，历数工厂一个个有头有脸的人物，从苏联专家到"文革"中跳楼的技术员。跳楼还不算稀奇，令人唏嘘惊叹的是大司徒。那位印度尼西亚华侨家里钱多得数不清，有造船厂有大楼还有一座岛！那岛是用他爷爷司徒正午的名字命名的，正午岛。而他的孙子司徒黎明偏偏不愿继承家业，要回祖国参加建设。四十多岁没结婚，童男子。黑黢黢的面庞，目光如炬。有人说他不喜欢女的，鬼知道。一九六六年十二月，好大的一场雪啊！雪片密匝匝布满天地。雪后香山公园银装素裹，冰冷的空气凝固不动。在一棵巨大挺直的松树下司徒黎明用剪刀剪断自己的动脉，鲜血散发红光，冒着腾腾热气，沁入白雪融化冻土。

想想真让人脊背发凉，得多么坚决地想死才能这么干哪！宁师傅重重叹气，仰头干杯，把酒杯往桌上"嘭"地一蹾，杯子跳了两跳。

师娘微嗔道："喝多啦，说点吉利的不好嘛。"

那棵百年老松长势惊人，层层松枝叠上云天，即便盛夏酷暑人只要往树下一站，身上必冒出一层冷汗。有一年夏天厂子里几个人结伴去香山游玩，来到树下，本来是好好的晴天，猛抬起头，翻卷的黑云已压到头顶。耀眼的闪电跟着一声惊天动地的霹雳，大颗的雨点噼里啪啦砸下来。

"真的?！"刘青眼睛瞪得鼓出来。

"管他真的假的。来，再吃一碗。"师娘把手伸向刘青，要拿她的碗。

"不行，吃不下了，撑死了。"刘青抱住空碗说。坐在一旁看他们吃喝。

吃光两碗面后，涂刚实在忍不住又再盛了半碗，直吃到嗓子眼。在美味面前他很难考虑其他。二锅头喝得只剩了底儿，宁树柏的脸红得像猪肝，冲着徒弟一个劲挥手，口齿不清："去去去，送人，回家，送刘会计，走。"

刘会计是谁? 刘青询问地看着涂刚，原来是她自己。

他们有了第一次约会，去北海公园。一块块白云的影子投在水面上，船桨一下又一下深深插入水中，把影子搅碎。明亮的阳光下，一把红伞把刘青的脸映得红通通的，涂刚胖乎乎的脸蛋化作两朵红云，白皙的手臂热辣辣，像两截粉肠。

临要分手的时候，刘青问他："你会照相吗? 我家里有台相机，哪天你帮我照几张相吧。"

"好，没问题。"

刘青可真爱照相! 透过镜头涂刚把她的样子看得不可能再清楚。

乳白的皮肤有点粗糙，靠近鼻子的部位毛孔清晰可见，大而圆的眼睛微微突出，像金鱼的眼睛，一笑满口齐整的白牙。在水边、在树下、在假山前、在长椅上、在牡丹花丛中、在亭子里、在庙门口、在一片银白的雪世界，大致相同的姿势，笑容不变。

从洗出来的照片里，涂刚挑选出两张比较满意的拿给尤玲看。尤玲举着照片故意远远近近端详，"就这样儿啊，这样儿的还不遍地都是。"

涂刚一时不知如何反应，脑子转了几下才冒出一句话，"没错儿，我这样的也遍地都是。"

"哟，还生气啦，"她语带讥嘲，斜眼瞟着他，"你爱上她了？"

这个问题把涂刚难住。首先什么是爱他都说不清，没有体会。尤玲和马晓建那种冰雪烈焰般的爱情是不会在他身上发生的，这一点涂刚几乎可以肯定。那么他爱不爱刘青呢？也许爱，也许……他希望自己爱刘青，是的，他爱她。

尤国臣躺在床上，没有开灯，也没有脱衣服，甚至鞋都没脱。

尤玲回来了，打开灯，"怎么了爸，不舒服吗？"她问。

"没什么，挺好。我还以为你不会回来了呢。"说着欠身坐起来。

父女二人四目相对。一瞬间尤玲想说她一直住在北京饭店，但心一软，咬住嘴唇。

尤国臣似乎能感到女儿的心里活动，"孩子，我没有别的意思……"

"那你什么意思？"忍不住质问。火山依然在活动期，谁也不知道会发生什么。

"今天，你妈离开咱们三个月了，你忘了吧。"

尤玲呆住，视线变得模糊，爸爸的脸在水波中横向拉长，脚下凉气蹿升，人似被冰冻。

女儿眼衔泪珠的模样让爸爸心痛极了，很想把可怜的没妈的孩子抱在怀里，可他不敢，不习惯这么做。然而一双嫩滑的手臂已经勾住他的脖子，女儿啜泣的热气在颈窝间吹拂，"爸，爸爸……"

天哪，多少年没有抱过自己的女儿了，那时她还是个小女孩儿。此刻这热乎乎颤微微的身体让他心慌，难以承受，他泪水涟涟，闭上眼睛。

黑夜的脸紧贴在玻璃窗上。

左新玲的死解决了马晓建的问题，他不再纠缠尤玲。一切已变为不可能，他要走了。

离开北京的前一天晚上，马晓建约涂刚一起吃饭。两个人溜达进胡同，发现为民餐厅已经变成了阿金酒家。长方形的玻璃窗上贴着四个大大的红字：生猛海鲜。箱式的玻璃水柜闪着蓝光，鱼虾蛤蜊们在闪亮的气泡间游弋。再也没有回锅肉熘肥肠的影子，更没有五毛六一升的啤酒。

"妈的，粤菜当道，看来是该去广州。"马晓建咧嘴一笑，却看不出高兴。

基围虾一百零八块钱一斤，马晓建要了半斤。涂刚虽然觉得远不如十块钱的爆三样或者十几块钱的红焖肘子，但还是说好吃，因为这是马晓建的心意。

服务员要把空啤酒瓶撤走，"别动，就放这儿。"马晓建说。让八个空瓶排成两排，让数目继续增加，而压在心上的黯淡离愁逐渐转换为一股激越的火气，越蹿越高。

"老天有眼，她就该死，活该。"马晓建恶狠狠说。

"谁？"不等回答涂刚已经明白，当然是左新玲。他心里不以为然，沉默着。马晓建立刻感觉到了，用白眼瞟着他，"你丫想什么我知道……"

你怎么知道，你知道个屁，涂刚心里说，但依旧没有出声。两个人都感觉到有些不自在，甚至隐隐的敌意。

马晓建招手叫服务员再拿两瓶啤酒，倒酒时四溢的泡沫洒了一桌子。

"小心点儿。"涂刚提醒。

马晓建才不管哪，端起杯子就喝，泡沫如一圈白胡子。放下酒杯，"嘿，哥们儿送你句忠告吧，听不听？"

"什么？"

"用不着憋着，想上就上，别犯傻。"

涂刚的脸忽地一阵发热。

"知道我说的什么吧。"

涂刚没反应。

"没什么不好意思的。你丫一直喜欢她,谁不知道。"失恋的痛苦、屈辱和愤恨逼着他把话说得更加下流,"告诉你,丫就是一婊子,不上白不上。老王八蛋都上了,你还等什么。再给你透露点儿,她那地方有点松,不过你那大家伙还行,凑合了。"说着哏哏哏笑起来。

涂刚也可以笑,这完全可以理解为玩笑,可他却觉得受了侮辱,心气得怦怦跳,想翻脸。

门从外面推开,一个穿警察制服的人探头进来四下睃视,目光从他们脸上扫过,然后消失不见。正是这位警察的意外出现扭转了局面。

"嘿,你丫还记得那次吗,景山公园那次,来了多少警察啊。"

怎么会不记得。涂刚记得砖头呼呼乱飞,差点儿把他耳朵削掉,马晓建的胳膊让三棱刮刀划了个大口子,血流如注。来了一卡车警察。旧日的皇家园林,厚厚的红墙足有一丈多高,他们四个愣翻墙而逃,真不知道是怎么蹿上去的。只有一个人没跑,打到最后,就是涂强。结果被抓进局子,办了两个多月学习班。他们偷偷给他送吃的。

往事历历在目,少年的热血在血管里流窜。

"问你,那时候咱们最盼望的是什么?"马晓建的问题让涂刚有点发蒙。"妈的,第三次世界大战哪!"

哈,涂刚想起来了,第三次世界大战,一点不错!涂强说他要战死沙场,绝不能死在床上。哥哥那副好勇斗狠、雄心万丈的样子活灵活现跳到眼前。这一刻他和马晓建是那么心有灵犀,就像一个人。

他笑着端起酒杯向马晓建真诚祝福:"哥们儿,祝你好运,心想事成，发大财。干一杯！"

　　没有了左新玲的家那么空空荡荡。尤国臣把心扑在了工作上。他已经逐渐习惯不再管女儿的事，连接着他们父女的那根线断了。寒假来临，一清早尤国臣就起身出门，后海的冰面闪烁着铅灰色的微光，嘴里冒出一股股白烟，脑浆被冻住，已无所思。太阳从雾气中钻出，像鸭蛋黄，路人多了起来，尤国臣走向自由市场，买完菜回家。

　　炉壁和拐着弯的烟筒散发热气，玻璃窗一片朦胧，犄角的地方结着冰花。记忆变得鲜活，妻子矮墩墩的身影四下闪动，急躁的声音，温暖的肌肤。忽然听见女儿穿过院子的脚步，然而是邻居。最后他打开灯，去做晚饭。

　　熬过了寒假，尤国臣被调到丞相胡同小学当校长。到了放暑假的时候他结婚了，新妻子是教育局的干部于海燕。

十六

　　于海燕是尤玲这辈子见过的最假惺惺最虚伪的人，表面看起来软弱可欺，内心诡计多端。人人都是演员，可她还没有见过比她更会演的，眼泪像自来水，开关简便到极点，流的不是眼泪，全是她肚子里的坏水儿。尤国臣这个小面人儿，就让她攥在手心捏来捏去，太可恨啦！最最可恨的是她爸爸什么也看不出来！他完了，从头烂到脚，根本不是原先的那个人了。

　　说着时候尤玲的五官随着激愤的情绪在脸上跳舞，逗得涂刚发笑。但他绝不敢笑出来，而是做出认真倾听的样子，时而点头表示理解时而应和。在尤玲一泄心中怒火时，必须和她一样激愤，一起咒骂，否则就可能招来怨怼，成为被攻击的目标。这点要领他早已掌握。一个时刻敞着口的大口袋。任何体积、形状、气味的东西，尤玲想都不用想一股脑倒进去。倒光之后她可以获得暂时的歇息。

　　现在家变成了战场，回家就为了作战，和于海燕作战，和爸爸

100

作战，从暗斗到明争，到撕破脸。

饭桌上，尤玲从盘子里夹起一块红烧鱼放进嘴里，随即"呸"地吐到桌上。

"辣死了，放这么多辣椒！"

没人出声。她很清楚在于海燕的老家四川，没有辣椒是吃不了饭的。

"我不能吃辣椒，吃了拉肚子。不想让我回家吃饭完全可以明说。"

于海燕咬住嘴唇。尤国臣脸上挂了霜，"以前做菜也放了辣椒，你并没说什么嘛。"

"当然，我能说什么！我知道这是你的家，不是我的……"喉咙不争气地竟有点哽咽。

而于海燕已经泪花闪闪，头一低，泪珠滚落下一串。

尤玲实在气不过："我都没哭你哭什么！"

"啪"的一声尤国臣把手上的筷子拍到桌上。

"你摔谁！"女儿两眼如火焰喷射器，烧得尤国臣皮肉焦糊。妻子无言，起身离座，悄悄抹去眼泪，以另一种方式把他放到炭火上炙烤。

太痛苦啦！不能再这样下去，必须做出抉择。

在不间断的大大小小的冲突中尤国臣已得到了锻炼，自我意识逐渐觉醒。更重要的是生活的现实，包括床上的生活，天平日益倾斜，偏向于海燕，而不是女儿。

这一天终于到来，以往一切的大集合使他勇于面对女儿的逼视，不再退缩。当他意识到自己内心的彻底转变，忽然有些气短。

"天，这日子可怎么过啊！"里屋传来妻子低声的悲叹。

尤玲拼尽全力不让眼泪掉下来，"过不了别过呀，你走啊。"

"给我住嘴！"灯光下，尤国臣煞白的嘴唇在哆嗦。

世界脱光了衣服，显得那么可怖。尤玲抓起自己的饭碗向爸爸扔过去，"混蛋！你是混蛋！"

饭碗飞过桌面，直砸到对面的墙上，摔成碎片。

"滚，给我滚出去！"尤国臣嗓子劈了。

平静的生活看来和尤玲无缘。涂刚对此很有感触。现在她变得无家可归，或者按照她的说法，就是尤国臣给她下跪、求她，她也不会回那个家，不会原谅他。除非于海燕滚出去。

这种情形当然没有发生。

没人知道尤玲住在哪儿，可住的地方太多了。有几次辜先生发觉钱包里的钱数不对，少了几百块，但他假装什么也没有发现。教育局的传达室收到几十封没有封口的信，揭露于海燕种种不为人知的劣迹，包括阴道糜烂。一辆三轮卡车开到尤国臣家门前，一男一女从车上拖下两个巨大的塑料编织袋，拖拽着搬进尤国臣家，说是尤经理订的货。编织袋里发出刺鼻的腌臜气味，割断绳子，长的短的厚的薄的、针织的化纤的尼龙的棉布的、袖口磨损的、领子浸透一圈油渍的、奇形怪状的旧衣服从口袋里涌出，把房间湮灭。一个傍晚，涂刚走出工厂大门，忽然看见尤玲穿过人群朝他走来，几乎以为是幻觉，然而不是。她想打车但没有带钱。涂刚把身上所有的四十几块钱给了她。以后又给过几次。

永远是生活在帮助人摆脱困境。发生了层出不穷的新鲜事，各式各样的新人依次登场，懂得了更多门道，也丢失了更多东西。爪子磨得更尖了，在陌生的房间里吸进大量尼古丁，手指微微发黄，香水的味道却更加美妙。在最短的距离内准备好脸上的表情，推开门走进去，尤玲渐渐消失。

八十年代的中国方方面面的变化都在加快速度，工厂却依然平静。

冬天过去，春天来了。四月的某个休息日，以公园盛开的桃花为背景涂刚和刘青照了他们的第一张合影。涂刚双手背在身后，腹部如中年人隆起，刘青站在他身边，脑袋朝他那边歪了一点，谁也没有碰到谁。其实这时候他们俩已经有过亲密的身体接触，拥抱亲嘴，但在公众场合依然拘谨，热烈的忘乎所以的冲动行为从未发生。这是一场乏善可陈的恋爱，大体是两个人逐渐熟悉的过程，没有出现了不得的矛盾，一切都说过得去。重要的是他们都觉得人总是要结婚的，还有什么理由再拖呢。

以前你不知道自己会碰上什么人，心总在期待，渐渐你觉得不会再出现什么，另外更好的人也许有，可你碰不上。刘青在涂刚之前有过两次失恋的经验，悲伤过也消沉过，心有点灰了。

一九八六年的国庆节，涂刚和刘青举行了婚礼。这一年涂刚二十六岁。他曾想过要不要请尤玲参加婚礼，但是谁知道她会是什么态度，再说又到哪儿去找她呢。

婚后三个月刘青怀孕了。性生活对涂刚来说就是关上灯，在黑暗中亲热一会儿，翻上身去，以大致固定的姿势射精，之后两个人各盖各的被子睡觉。此间真正美妙的乐趣涂刚其实没有体验到，还差得太远。

现在事情变得和以前不一样了，一个小生命在刘青肚子里悄悄生长。是他还是她呢？无法揭晓的秘密增添了这件事的神秘感，似乎一切是由涂刚决定的，他是那个魔术师。而他心里并没有特别的倾向，觉得儿子女儿都好。

在涂尖里的老家，他有五个姐姐一个妹妹，他们的孩子都不姓涂。他们的孩子又生了很多孩子，他几乎弄不清谁是谁，也没有兴趣弄清。老父亲是带着沉重的心病去世的，茫茫人世间涂家的后代在哪儿？

但涂尖里却把真实想法藏得严严的，不说他多么想要一个孙子，只是大度地笑着，男女都一样，无所谓。因为他首先是一个革命军人，不该有传宗接代的封建思想。

那天涂刚正站在商场的柜台前，要为岳父买一件毛衣，忽然眼睛被一双热乎乎的手蒙住。

"谁？谁呀？！"

没有回答，能闻到一股香喷喷的鼻息。涂刚干脆不动，站定等待。

是尤玲。

尤玲总是给涂刚带来惊讶。她的头发烫成大波浪，像电影里的叶塞尼亚，亮晶晶的耳环嘀里嘟噜拍打面颊，拖地长裙色彩绚烂得让人眼花。

"不认识了吗？"脚跟为轴，大幅度地打转，搅起旋转气流似乎让她飞离了地面，慢慢落地，笑盈盈看着他。

"请问，您是哪国来宾？"涂刚彬彬有礼地问。

尤玲喷出欢快的大笑，扑上来用拳头砸他的头。那股亲热劲来得那么自然，就仿佛他们昨天还在一起。涂刚也扑哧笑了，一笑就笑得那么开心。对，这就是尤玲，不光让他惊讶，还带给他一种肆无忌惮的畅快感。

尤玲请涂刚吃饭，这顿饭他却吃得食不甘味。以餐桌为中心，三米之内的空气被尤玲搅得发烫。她就要变成香港人了！香港，东方明珠！没有去过的人永远想象不出那里的繁华，让她怎么形容呢！只要有钱，没有买不到的东西，只要有本事，没有做不成的事。好几个公司抢着要她去，做公关她本事一流。可她不想给别人打工，要干就自己当老板，不然她才不干。但是别以为当老板就是她的梦想，才不是。做生意是能挣钱，太费脑筋，太辛苦，价目表、合同、出货单、报关单，烦死人了。人会老得快的。女人需要的是青春常驻，活得滋润，有个词：得其所哉，听说过吗？懂吗？尤玲以机枪喷射的速度吐出滔滔话语，让涂刚觉得自己的智力、理解力快速下降。

他提醒她吃点儿东西。尤玲伸出筷子夹起两片菜叶，来不及放进嘴里又说起来，她去香港的最大收获就是她真正懂得了自己的价值，一个漂亮女人的价值。不是说她以前一点不懂，但绝没有理解得这么深这么透。猜猜吧，她，一个漂亮女人的梦想，真正属于她的梦想，是什么？

涂刚眨巴着眼睛，显出在费心猜测，但尤玲却已没有耐心等待。一束无人觉察只有她能感到的聚光灯已经瞄准了她。她挺胸收腹，背部竭力伸展，向后弯成弓形，昂起头，抻长脖子，抻到想象中的最高点，脑袋似乎脱离了身体，悬浮在空中，一张脸冰冷而高傲，寒气逼人。

像在看人变魔术，涂刚的嘴不自觉地张开，看呆了。

"你、你这是怎么了，不能动了？"

尤玲保持住姿势，"别讨厌，我现在是模特。"

模特？！

涂刚太无知了。不是那种脱光衣服、让人画裸体画的模特，是穿着千百套美丽服装在台上走过、展示给人看、吸引全世界目光的模特。尤玲曾在香港看过一场服装展示会，那些外国模特是她这辈子见过的最漂亮的人，人间尤物！走起路来脚底下像安了弹簧，无比的生气勃勃，女模特边走边撩起裙子，三角裤闪烁黑色丝光，所有的目光紧紧追随着她们，整个世界都属她们所有。而那些男模特，天哪，尤玲愿意跪下，亲吻他们的脚。真的，她真的愿意。

就在上个星期她看了一支北京模特队的表演，上身缎子花袄，下身西服裙，走起路来扭扭捏捏，像受气的小媳妇，看得她气个半死。要是她在台上会比她们强一百倍！说着尤玲突然一跃而起，撩起想象中的裙摆，扭动腰肢，不可思议地在餐桌间穿行，直走餐厅门口再返身走回来，引来众人注目。

终于她的肚子感觉到饿了，轮到吃东西的时候。这时涂刚才有机会把自己结婚的事说出来，还说了刘青已经怀孕。尤玲边吃边抬眼瞟着他，似乎若有所思。

涂刚的心提起来，对不想听到的话产生了充分的戒备，"你想说什么？"

"这辈子你真的就打算这么过了吗？"

"那你说还能怎么过。"

尤玲闭嘴咀嚼，把食物咽下去，"行哇，你觉得好就行，反正是你自己的日子。"

压力消失了，心上的盖子不知不觉开启，一些想法溜了出来。

"告诉你句话，实话，其实我也不知道怎么活更好，好像只能这么活。有时候我也想使把劲儿，可往哪儿使呢？"这时候他们已经吃完饭走出饭馆，来到街上，准备告别。初秋的风干爽宜人，路灯洒下的黄光温柔美好。尤玲微微仰着下颏看着他，并没有反应，似乎有点走神。涂刚接着说，"有时候我觉得这样也还行。我和刘青，我们俩没什么矛盾，各方面条件差不多。她爸妈对我不错，老爱跟我说我就是他们的亲生儿子……"突然卡壳，说不下去了，"嗨，你说要是涂强活着，活到今天，他会是什么样？"

"你说谁，涂强？"

脑子里闪过万千图像，速度快得什么也看不清，直至速度渐缓才分辨出模糊影像。那是一对少男少女，勾肩搭背，欢喜地说说笑笑，那么年轻，无忧无虑，自由又快活！

一股巨大的怅然若失的情绪猛推尤玲一把，把她推向涂刚，闭上双眼靠到他胸前，感觉靠着涂强。让她回到那美好的时刻，哪怕只是一小会儿。

涂刚呆立，心无比轻飘，又有些沉甸甸的。

一辆汽车驶过，司机按下喇叭。逝者的世界蓦然远去，来不及多看一眼，现实世界迎面扑来。在这个世界，尤玲即将远行，而涂刚不久就要当爸爸了。

十七

一个肉嘟嘟的小家伙、两只小手在空中乱抓、小脚丫乱蹬，精巧的小嘴叼住妈妈的乳头一心一意地嘬呀嘬，地球就这样围绕着这对母子运转，转得要多畅快有多畅快。

本来涂刚一直是随波逐流的，早上的影子跟随在身后，黄昏的身影起来迎着他。现在，儿子改变了他的生活，生活变得充满意义。

爷爷给孙子起名为涂亮。父母的喜悦让涂刚高兴而又得意。今生今世，不管如何，他这次终于达到了他们的要求，让他们满意了。

他和刘青抱着儿子回家，爷爷奶奶手忙脚乱，完全不知道该怎样抱婴儿，把孩子搂得太紧，弄得孙子哇哇直哭，而他们哈哈大笑。

涂尖里自己没有说，但是通过妻子转达了他的想法，等他们退休了，就让他们来带孙子。涂刚迅速瞥了刘青一眼，没有出声。

刘青休完产假上班后就把儿子放到父母家。刘青的妈妈田兰荣是个面带苦相的女人，事实上也确实受过不少苦，做过胃切除手术，只剩下三分之一的胃，生刘青之后又怀了一次孕，宫外孕大出血，摘除了子宫。本来不是柔弱的性格，但经历了这样两场手术深感力不从心，干什么都慢半拍，习惯了家人不耐烦的催促、指摘，习惯了隐忍。爸爸刘德榜正相反，红光满面的大扁脸下堆积着厚厚的双下颌，一双爆眼，声音雄壮，有着风云突变的脾气。

灌好奶瓶，放进大号搪瓷缸，让滚烫的开水把奶温一温。那边等不及的小外孙却在哇哇大哭，被子也蹬到一旁。田兰荣几次冲到床边抱起孩子，哄哄，再冲过去拿起奶瓶，挤几滴到嘴里试温度，慢慢积累经验。洗澡水也如此办理，添一点开水再加一点凉水，反反复复。

对外孙的爱使刘德榜一改往日甩手大爷的脾气，事事插手帮忙，粗声大气的命令让妻子手足无措，连累带气，病倒了。

天下事永远利弊相等。通过这次生病全家人认清了田兰荣的不可替代性。人心惶惶地度过了困难的十几天，等到她重新负担起涂亮的吃喝拉撒，大家都采取鼓励安抚的态度。刘德榜也尽力压制着说三道四的冲动，甚至倒了过来，妻子命令："快，奶瓶，磨蹭什么呀你！"而刘德榜就去拿奶瓶。

从儿子出生涂刚就对妻子、岳父岳母怀着感激之情，把自己完全交给了这个家。岳母生病期间他陪同看病，做饭也是他的事。夜里一次次拧开灯，看儿子的小脸从黑暗中跃然而出，哼哼唧唧用小手揉着眼睛，换尿布，喂奶，闻着浓浓的屎臭和淡淡奶香，心中涌动着无限满足。

涂亮的嘴里长出了小牙，对肉表现出浓厚兴趣，像极了爸爸。肉吃多了拉稀，发高烧，灼热鼻息一起一伏，小嘴烧得干干的，起了皮。涂刚坐在小床边眼睁睁看着儿子，为想象中的景象而害怕。儿子脸色青白，呼吸越来越弱，眼睛紧闭不动，身体发凉。他极力排除吓人的幻象。

抱着儿子去医院打针，一个穿白大褂的身影一晃而过，多么像尤玲啊。当然不可能是她。

回到家里煤气罐空了，换来煤气一鼓作气提上五楼，由于用足了劲，脸肿胀起来。岳母给他沏了一杯热茶，他来不及地喝了一口，牙膛烫起大泡。

十月下旬，买冬储大白菜的季节，涂刚请了半天假，排队买了二百斤一级菜。姥姥抱着小外孙，指挥着女婿把白菜一棵挨一棵斜靠在楼道的墙根下，整整齐齐一排，慢慢阴干。这些事他以前从来没干过，现在却做得那么好，因为这是他的生活，他心甘情愿。

涂刚不是个想入非非的人，但是爱设想儿子长大以后的事。涂亮上了大学，学的是贸易，然后有了自己的公司，他甚至费心为儿子的公司起名，忽然想起尤加马，扑哧一笑。刘青问他笑什么，他说出脑海中的设想，妻子积极响应，两人一起描画，十分激动。为什么不呢，大家正在向万元户的目标迈进。

月初，涂刚拉开抽屉，把刚领的工资放进去，一百零九块。

"嗨，把抽屉关上。"刘青提醒丈夫。

家里的钱由她管着，目前他们有三张存折，一年定期的是四千六百块，另一张九百，活期存折上有五百多块钱。

又到了秋天，大雁飞过没人觉察；大雁比去年少了很多，也没有人觉察。天空中已经很难看到雁阵了。

黄昏时分，霞光迅速暗淡，操场上传来篮球砸地的嘭嘭声。涂刚从食堂走出来，手上端着的饭盒里装着香喷喷的红烧排骨，塑料袋里是四个大白馒头。一队大雁从高天飞过，发出鸣叫，他不由仰头张望，看到一排移动的细长黑影。

"涂刚！"有人叫他，是马参谋。

他面带礼貌的微笑叫了一声"马叔叔"，之后就干干地站着，不知道再说什么。马参谋告诉他马晓建回来了。

见到马晓建涂刚眼前一亮，这家伙从头到脚每一根汗毛都在闪闪发光。递过来英国三五牌烟，硬盒的，漂亮的黄铜打火机"咔哒"一响，蓝色火苗蹿得老高。

宾馆的房间被办公桌、沙发、文件柜及各种办公用品塞得满满的，又挤又乱。

"这房子你租了几天啊？"涂刚开了个玩笑。

马晓建告诉他这里只是暂时过渡，过两天就要换地方，比这儿大得多。现在他做的是建筑材料，说着从口袋里摸出一张名片，不对，再摸，还不对，再摸……总算摸对了，烫金的总经理，总经理，总经理，三个总经理。

涂刚看着笑出来。

"笑什么笑，都是真的。"

他笑得更厉害了，"好，真的真的。"

到了吃午饭的时候涂刚才发觉马晓建确实是鸟枪换炮了，请他去建国饭店吃自助餐，九十八块钱一位，两个人就是二百块。涂刚的肚子被五花八门的食物塞得满满的，冷的热的甜的咸的生的熟的，已经吃到嗓子眼又发现了蛋糕和冰激凌，每样都极为诱人，不可不尝。

在世上活了二十九年，涂刚还没有坐过飞机，而马晓建把坐飞机说得像家常便饭，上个月飞成都，下礼拜要飞南京。吃完饭马晓建坐进饭店门口等候出租车，汽车开动时向涂刚挥手，"有事儿找我！"

涂刚有点发怔，笑不出来。

再一次见面是半月之后。涂刚顶着西北风骑了四十多分钟的自行车，马晓建已经搬到更大的宾馆，房间宽敞。是他约涂刚来的，见面开门见山，有位广东老板要在北京开一家粤菜馆，地方已经找好，正准备装修，全权委托他负责。可他事情太多，需要一个信得过的人帮他盯着，想想还能有谁呢？

涂刚飞快思忖着事情的利弊，看上去像是脑子没转过来。马晓建不轻不重地拍拍他肩膀，"嘿，你丫犯什么傻哪！有个词叫落伍知道吧，说的就是你这样的。都什么时候了还在工厂泡着，就你那点儿工资够干什么的。饿不死就满足了世界还怎么进步？！"

涂刚很难把自己和世界联系在一起。

"告诉你，这个世界属于先觉悟的人，再不觉悟就晚啦！"马晓建目光灼灼，"说句不好听的话，咱们俩现在有差距，但还可以衡量，如果你再不改变，到时候你我的差距就很难计算出来了，懂吗？"

涂刚明白这不是数学问题。

"别告诉我你怎么想，我也不想知道。就问你一句话：想不想挣钱？"

"废话。"他脱口而出。

马晓建咧嘴笑了，"那就行了，等我电话吧。"伸手搂了搂哥们儿的肩膀，"你会感激我的，真的。"

奇怪的是涂刚心里并没有生出感激之情，但是当他回到家把这件事告诉刘青的时候却已经有了倾向，倾向于去。在语气上却没有显露出来。

刘青默默听着，脸板得死死的。

涂刚感觉诧异，问她怎么了，在想什么？她惊醒过来，抿了抿嘴角，说这么大的事她需要想想，好好考虑考虑。如此严肃的态度很不寻常，涂刚理解她和自己一样，也动心了。

晚上涂刚翻过身要睡觉，刘青推推他的后背，"嗨，别睡呀。"他平躺过来，连打了两个哈欠，"说吧。"

刘青说其实她一直在想这个问题，她和涂刚，他们两个人肯定不能拴在一棵树上。本来她也打算辞职，去一家公司。

惊讶使涂刚睡意顿消。

原来刘青有一个同学自己开了公司，需要会计，想让她去。消息过于意外，涂刚不由责问为什么早没告诉他，刘青的理由是因为自己还没有想好。这样的回答涂刚很难接受。

　　"那你应该和我商量啊，我不就和你商量。"

　　刘青无言以对，显得有点不高兴，"你急什么！我也没说我一定要去。再想想吧。"

　　那晚没有再谈。

　　马晓建在电话里语气匆匆，他明天要出差，让涂刚下午三点去公司，向他交代装修的事。说完就挂断电话。

　　涂刚只得给他再打过去，说自己去不了，刘青老家有亲戚要来，下午他要去火车站接人，随即又补充了一句：等你回来吧，行吗？

　　电话那边没有声音。"喂，晓建……"涂刚唤道。

　　话筒里传来马晓建激昂的话语，"什么亲戚，你认识吗？和你什么关系呀！他们家人干吗去了，怎么非得你去，就你没事儿干是吗？"

　　电话这头只有沉默。

　　马晓建沉重而不满地吁了口气，"算啦，等我回来吧。"

十八

已经半个多月没洗澡了，站得离涂刚近点儿的人就会闻到一股臭烘烘的气味，他自己当然也能闻见。幸亏是冬天，如果天热就要臭不可闻了。

饭店装修已接近尾声，每一件事情都需要用眼睛盯住，盯死。昨天就因为他去吃饭，大厅的灯有四盏装错了地方，十一盏装得不正。眼看着富丽堂皇的效果在眼前呈现，精疲力竭的同时内心也有一种成就感。等饭店装修完毕涂刚觉得自己完全可以开一家装修公司，这方面没什么他不懂的。材料，价格，工序，进度，和那些偷奸耍滑的包工头打交道，用一句广东话：全搞定。

脸蛋上的红润不见了，眼圈有些发青，但体重却没有减，反而长了两斤。体力消耗大、饥饿感增强的结果。本来他睡觉就打呼噜，现在如雷的鼾声弄得刘青一夜夜睡不好觉，早上照镜子照出一个黄脸婆，情绪低落。

夜晚来临，用力推动沉重的身躯，使鼾声停止。但宁静是那么短暂，不到两分钟轰炸机又飞回来了。还能有什么办法呢，只有睡到父母家去。

事后追溯，也许那就是分居的开始。

无风的冬日，晴空万里，阳光好极了。刘青抱着儿子坐在阳台上晒太阳，端详着那张热嘟嘟粉嫩嫩的小脸，忍不住亲了又亲。

"宝贝儿，妈妈的小心肝儿，你说你爸，星期天都不休息，也不管咱们，咱们不跟他好了。等他来了也不理他，听见了吗宝贝儿……"

到中午涂刚打来一个电话，说他争取晚上回来看儿子。"回来干吗，别回来了。"刘青气哄哄把话筒一摔。

两个月前的那天，刘青亲戚乘坐的列车晚点了，害得涂刚在火车站等了三个多小时。在站台上走来走去时一个问题像充气皮球在水面上怎么按也按不下去：难道他就准备这么过一辈子吗？

近两年，看到或听到别人发财心会波动得很厉害，严重时甚至会影响食欲。最后他总能有办法安慰自己，让情绪平复。但这一次不同。看看马晓建吧，他的话是对的，如果再不改变，他和他的差距将无法衡量。

为什么不敢想自己也能挣大钱呢！谁不想挣钱谁孙子。

对面站台的列车到站，吐出大包小裹的旅客，黑压压鱼贯走进通道，消失。透出车窗玻璃看到多重影像。脚下的站台忽然移动，吓了他一跳，原来是那列空车驶离。

时空的交错如此具象，产生不可思议的感觉，自己此时此刻站在这个地方多么奇怪呀！为什么要傻乎乎站在这儿？如果没有他，刘青的亲戚来了怎么办，会从地球上消失吗？他为刘青家做的事从来没有为自己的父母做过。当然这不是问题的所在，真正的问题是……

亲戚带来大量土特产，小米、红小豆、大芸豆、白薯干，涂刚的手掌上勒出深深红印，弯曲的手指半天都难以伸直。一双手纳的小布鞋，绣着一对虎头，穿在儿子脚上非常可爱，又好玩又神气。

吃了一顿热热闹闹的晚饭。回家的路上，涂刚和刘青说："那件事我又想了，你说得对，咱们俩肯定不能都待在工厂，谁走谁留我也想好了，我走。"声音中透出一股决绝。

刘青飞快地瞥他一眼，"为什么？"

"因为我是男的。"

刘青笑了，微带讥嘲。

涂刚还有一个理由，"我和晓建是从小的哥们儿，你那个同学和你什么关系，有我们这么铁吗？"

笑容隐去。街灯的阴影笼罩着他们。两个人默不作声地往前走，气氛沉闷得有些奇怪。后来刘青长长吐出一口气，"行吧，我同意。你去，我留下。"

出乎意料的是宁师傅没有丝毫阻拦的意思。

"好，好哇，真不赖……"他龇着牙，一只手把大腿拍得噼啪响，脸上没有一丝笑意，冷冰冰的。涂刚心里有些难受，师傅不想听他的解释，不给他机会，因为那些话可能会触痛他那颗工人的心。

于是深夜十二点半的街头，涂刚骑在自行车上，眼睛快要睁不开了，路灯把孤零零的身影投向四面八方，虚虚实实，不停地缩小与放大着。忽然车把失控地一扭，猛地横过来，车子随冲力翻倒，把他狠狠摔在马路牙上。

活该，谁让他睡着了。扶起地上的车推一推，轱辘还转，还能骑。万幸。

拖着沉重的脚步上楼，用钥匙打开家门。墙上的挂钟咔嚓咔嚓地走着，鼻子闻到一股淡淡的臭脚丫味儿，床上乱糟糟还是早上离开时的样子。他木然站立，心里有股说不出的滋味，来不及捉摸，衣服没脱就扑到床上，不到一分钟就开始打呼。

金樽海鲜大酒楼开张前涂刚彻彻底底地洗了个澡，不是在大院的澡堂，而是去了清华池。热气熏蒸，汗水把每一个毛孔都冲刷干净，身体在热咚咚的水池里半漂浮着，无比舒服，舒服得他睡着了。

儿子在草地上奔跑，脸蛋红喷喷，天空蓝莹莹。一辆银光闪射的汽车开来，儿子张开小手向汽车奔去，涂刚急得大叫：小心，小心车！

车门打开，马晓建向他招手，来，来见见老板。一身白色西装的男人从汽车里走出来，涂刚大吃一惊，是涂强！

老板是个广东佬，秃顶，半圈头发呈月牙形挂在后脑勺上，眼睛深陷在黑洞般的眼窝里，说一口鸟语。涂刚一句也听不懂，马晓建不光听得懂，还能说，让人不得不佩服。

　　罗老板的女儿罗仙芝长着一双和爸爸一样的亮眼睛，眼珠黑白分明，高颧骨，皮肤近乎棕色，让人想到热带的阳光。绕着舌头说出的普通话基本能听懂。她带来一部大哥大手机，两万块，贵得吓人，是她送给马晓建的礼物。这时候涂刚才知道这位罗小姐是马晓建的女朋友。一切自有缘由。

　　罗仙芝小小年纪就在父亲开的杂货店里帮忙，进货卖东西，一分钱都不错。文化不高但脑筋极灵活。金樽海鲜大酒楼由她掌管。涂刚当上了经理，负责管理服务员，几十个女孩儿和男孩儿，盯住他们的表情、语气、动作，对菜品是否熟悉，回答问题是否让客人满意，勤快与否，手脚干不干净，表现得不好就罚钱。顾客是上帝，他们永远有理，对这条规则涂刚心里并不那么服气，可他本性随和，好脾气，不管什么样的客人他都能应付，却时常因为管理不严惩罚不够受到罗仙芝的批评，告诫他心肠一定要硬起来。

　　黑色丰田车刚在饭店门口停下，领位小姐的脸已经笑开花，迎着从车上下来的罗英奎：老板好！一连串的"老板好"追着罗英奎，他向服务小姐们摆着手：好好好，大刺刺走向豪华包间。

　　大圆桌已经摆好，雪白硬挺的餐巾折成花朵，镀金的碗盏，象牙筷子，水晶高脚杯反射多棱光辉，细瓷的小酒杯美妙精致，罗英奎目光犀利地一扫，一切尽收眼底，满意地哼了哼，"唔，没问题。"

涂刚悬着的心落了地。

豪华包间里有卡拉OK，酒足饭饱之后歌声响起。最初听到各种蚊子哼哼野驴嚎叫的声音，涂刚忍不住窃笑，现在早已见怪不怪。一位中年胖子手握话筒，眼睛紧张地追逐着屏幕下端的歌词，喉咙里直通通冲出一个个字像扔出一块块砖石。一桌人端坐倾听，嘴唇微张，表情庄严。唱到高音时胖子的脸憋得发红，罗老板随即叫好："好！洪局长，唱得好！"热烈掌声响成一片。

一拨拨客人来来去去，涂刚小心盯着不出一点纰漏。不久，罗英奎回广东去了，宴请停止。等他再来宴请又变得频繁。马晓建有时会在宴席上出现，身着笔挺西装，话不多，谦和有礼。

更多的时候"老板好"的问候追随着罗仙芝，这是马晓建特意叮嘱涂刚的。后来罗仙芝和涂刚说她来的时候问候一次就可以，不必见一次问候一次，很烦。

奇怪的是涂刚脑子里从来不能把罗仙芝和马晓建的女朋友联系起来。他注意到他们碰面时彼此点头招呼，看不到亲昵表情，更没有依恋或撒娇。一副工作就是工作，假正经的样子。

陪着马晓建走过他的爱情旅程，不懈追求，热情似火，失恋的死去活来，直至自杀未遂，涂刚不相信马晓建真的爱罗仙芝。虽然不至于讨厌，但绝对谈不上爱。那样的女人不可能吸引男人，只可能对男人有用。有一种女人，譬如尤玲，她们芬芳妖艳，人见人爱，不在于有什么用。

现在涂刚活得比过去明白多了，绝不主动和马晓建提起尤玲，等待他问起。但他一直没有问过。

他讲的最多的是罗英奎偷渡的故事。

为了去香港，罗老板十一次偷渡，九次坐牢，大腿被边防军的狼狗咬穿，暗色的疤痕像一张凸起的小嘴。

正午的日头毒辣辣，撒开腿飞奔，跑得胸口阵阵作痛，心就要从嘴里蹿出。布满海草的滩头，湿滑的礁石，尖利的贝壳像刀子一样把皮肉割开，身后的甘蔗田里传来民兵追赶包抄的哨音，被破渔网绊了个跟头，终于被抓住。

又一个黑夜，远方海岸上星星点点的灯火像指路的灯塔，巨大的吸力吸引罗英奎穿越多变的海流向目标靠近。五公里的距离，黑沉沉的海面，救生圈、充气枕头在这一带根本没有，是违禁品。罗老板想出办法，偷了学校的两个篮球塞到塑料网袋里，用绳子捆在身上。很少的钱小心地用蜡纸包好，把蜡纸塞进一块洗衣皂里。一块肥皂在海水里多长时间会化掉？可惜他没有机会知道，在离海岸不到一公里的地方香港水师的巡逻艇发现了他，把他遣返回来，回到他刚刚离开的监狱。

还有船。罗英奎和四个人乘一条小渔船出发。风暴来了，巨浪像一堵堵高耸的墙，小船被抛上抛下，像片小小木屑。没有方向，连地平线和天空都分辨不清。血管里流淌着恐惧。巨大的可怖的声音在轰轰作响，那是浪头试图撼动岸边的峭壁，被撞得粉碎。

黑影像庞大的怪物越来越近。船底撞上礁石，水顷刻间灌进来，船消失不见了。咸腥的海水冲进喉咙，迅速消蚀掉最后一点力量，在要死的时刻，罗英奎看见祖祖辈辈生息的村庄，炊烟袅袅，芭蕉树在暖风中摇曳，晚霞似火。看见老婆挺着大肚子，脸上满是泪水。女儿仙芝揪着爸爸的衣襟，还那么小就要没有爸爸了，可怜的女儿。

醒来他发现自己卡在一条狭窄的岩缝间。海鸥的不祥叫声在头顶盘旋。居然他没有死。

1979年5月6日，一则传言引爆了最严重的逃港风潮。传言说在伊丽莎白女王登基那一日实行大赦，凡身在香港的人三天内向政府申报，就能够成为永久居民。

这一天，来自惠阳、东莞、宝安多个乡镇的几万群众，像凶猛的洪流黑压压扑来，两个海防前哨在短短的半小时被人海吞噬。第二天，毗邻香港的20公里海面上漂浮着数百具尸体，景象惨不忍睹。

事件之后的调查报告里有一条最能说明问题，深圳这边的罗芳村，村里人均年收入134元，对岸香港的罗芳村，人均年收入13000元。

劳动布工作服被塞到箱底。现在涂刚每天上班须穿西服，打领带。头一次打领带时的兴奋已逐渐淡忘，另一身工作服而已。

如今的车间里，亮晶晶的烧鹅悬挂半空，头戴白色高帽的师傅站在明亮的操作台前，刀起刀落，拼出各色卤味，摆上萝卜花，点缀几根碧绿芹菜，由服务员把完成品端上桌。一面巨大的玻璃墙让涂刚想起在什么电影里看过的海族馆，用力记忆那些奇形怪状的生物们的名字：象牙蚌，虎皮贝，黑牛眼，文蛤带子，毛海红，海螺蛳，麻蚬子……

对客人说话永远压低嗓音，练就讲道理的语气，时刻衣着整洁，准备着，需要时立即铺展开礼貌的微笑，由于天性使然，涂刚圆圆的胖脸上的笑容会多一丝真诚。每天沿着看不见的轨道滑行，几乎没有停歇，没人计算过滑行距离是几公里还是十几公里。

再一次从广东回来，罗老板觉得服务员的服装太土气，缺乏女性美，提出穿旗袍。小姑娘们兴奋极了。要知道只有在长城饭店才穿旗袍，身材高挑的小姐们旗袍叉开得高高的，走起路来婷婷袅袅，美腿忽隐忽现。

"哎呀哎呀，"罗英奎仰头大笑，口腔深处的金牙暗光浮现，"就应该是那个样子，金樽就是要比长城还要高级！"

于是领带换成黑领结，西装换成燕尾服，身后的开叉处，燕尾服张开两只黑色翅膀在涂刚的肥屁股上左右扑扇。马晓建一眼看到他的背影忍不住笑出来，随即向他伸出拇指："好，特好，特有派！"

涂刚知道他在逗他，在说反话，随便。

近来电视剧《渴望》正在播出。剧中人刘慧芳坎坷的命运紧紧抓住刘青的心，时常产生错觉，觉得自己和刘慧芳是同一个人。好几个晚上涂刚推开家门都看见妻子坐在电视机前抹眼泪。如果他回来得晚，刘青已经睡了，第二天早上她的眼泡也会是红肿的。

"嗨，咱俩都有孩子了，你们家那么大的事干吗还瞒着我。"

"我瞒你什么了？"刘青一脸惊异。

"你有个姐姐，我怎么一直不知道啊。"

"你说什么！什么姐？"

"刘慧芳不是你姐吗？"涂刚故作认真地问。刘青大叫一声讨厌，抓起枕头向他砸过去。

关灯之后涂刚贴近，伸手从后背抱住妻子。

"干吗你？"刘青的语调里隐约有一丝拒绝。

涂刚继续动作，爬上去。妻子的身体非常柔软，既是顺从又带着被动意味。性生活就是这样，有满足感，永远没有浪漫和激情。

在金樽工作有一件事让涂刚最高兴，他学会了开车。

饭店的司机二林子也是从工厂来的，和涂刚很哥们儿。夜深人静，两人坐在小皮卡的驾驶舱里，二林子的大呼小叫在夜晚的寂静中格外刺耳：油门！妈的，哪只脚？！分不出左右啊！笨蛋，快刹车，你妈逼踩啊，踩，踩到底！！！

涂刚觉得自己简直比熊还笨，手脚不听大脑指挥不说，大脑干脆也失去了指挥能力。夜凉如水，可他浑身大汗淋漓，自信心降到最低点。

终于，自制力一点点恢复，人在一团混乱中站稳了脚跟，能够做出正确的判断，采取行动了。

一只手伸向车门，猛力拉开，身子一跃就坐到驾驶员座位上，"嘭"地关上车门。镇静片刻，平稳拧动钥匙，汽车陡然一颤，发动起来。右脚踩住油门下压，小皮卡向前轻轻一蹿，开动起来。马路向后闪，速度加快，震颤从屁股下面向全身传导，一股渐渐蹿升的冲动让踩着油门的脚越发使劲，越踩越死，几乎踩到底。

"嘿，慢，慢点儿，操，你丫抽风啊！"

巨响隆隆，钢铁巨兽向前猛冲，速度带来的刺激让胸口阵阵发热。涂刚忍不住快活大叫，二林子看着他笑了。

最后，马晓建帮涂刚弄到一张驾照。

五月的休息日，涂刚、刘青、儿子、刘德榜和田兰荣乘一辆借来的老华沙外出郊游。车子里大包小裹，光涂亮的东西就装了两口袋，奶瓶、毛巾、毯子、小碗、小勺、多件玩具。车厢里混合着香肠、面包和茶叶蛋的气味。

天气好得不得了。天空像一块巨大的蓝水晶被阳光的手旋转着，一朵朵小黄花小紫花在嫩嫩的草丛里眨着眼睛。刘德榜兴致高涨，走在前面，一家人依次跟随。刘青抱着儿子，涂刚手提肩背、身上坠着四包。跟在后面的田兰荣空着手，依然跟不上丈夫的速度，不时心急地喊：慢点儿，等会儿！

一团从蓝天飘过的白云吸引了儿子的注意。

"马，马马！"他叫道。

刘青赶紧答应："哎，儿子，哎！"

可儿子并不是在叫妈妈。由于没有被理解他很着急，舞动小手："马马，马马……"

"妈妈在，妈妈抱着你哪！"刘青哄道。

儿子却更加急躁，身体在妈妈怀里使劲向上挺，仰面朝天。还是涂刚忽然恍然大悟，儿子指的是天上飘移的云团。

　　一家人为涂亮的想象力而欢呼起来，啊，马，真像一匹马啊！高空，风在劲吹，云朵走得很快。现在呢，宝贝，现在像什么？像不像船？大帆船！

　　看不见的魔术师在表演神奇魔术，无限造化无人可以预料。要不是儿子谁会发现大自然如此的神奇呢。拥有孩子眼光的大人们在这一刻变得像孩子一样快乐。

　　后来儿子睡着了，涂刚抱着他，发觉他睡得并不踏实，眼球在粉色的眼睑下转动，在睡梦中继续和大自然交流。

十九

时间倒回到 1988 年 6 月的一个夏夜，那晚广州人家的电视机都调到 34 频道，观看广州体育馆举行的中国第一次选美大赛的实况转播。

事实上谁也不敢提"选美"二字，必须避开它事情才有可能。活动的正式名字定为：广州地区首届新时代模特大奖赛。

广州一百七十公里之外的深圳，旅馆房间的电视前，尤玲被万般矛盾的心情所折磨，想看又怕看，胸中翻腾的妒意甚至让她感到一阵阵窒息。那些屏幕上的女孩儿，她认识她们，从报名到初试再到复试，她和那些大学生、做模特的、拍过广告的、舞蹈演员们搏斗了两个月，一点一滴想起来都感到心痛。

她们太年轻了，还不到二十岁，小杨树一般的身材，每个毛孔都发散出青春气息，而她隐瞒了三岁，因为二十五岁是参赛的年龄上限。

竞赛把一切无限放大。细小的黑斑，眼角处肉眼难以分辨的皱纹，一个微微变色的虫牙，任何意想不到的瑕疵都是一场灾难。为了减掉腰间赘肉，尤玲整整一个星期只吃水果。

复赛要求选手穿泳装，尤玲站在镜子前千百遍打量自己的身体，想象它将怎样展露在评委们探照灯一般的目光下，某一瞬间她忽然感觉灰心丧气，在下一分钟又鼓起斗志。突然传来了坏消息，上级部门不同意穿泳装，下令停赛。所有人的心都悬在半空。

经过忐忑不安的等待，比赛继续进行。但是对于尤玲来说比赛很快就结束了。她没有通过复赛。进入半决赛的姑娘们拉着她的手，有的还和她拥抱，表现出无限的惋惜和不舍。真实内心藏得严严实实。有些人就是喜欢看你跌倒的样子。

实况转播尤玲坚持看到最后，虽然深受刺激但被深深吸引，那个四川女孩儿最终戴上了冠军桂冠。聚光灯下，她献出完美的笑脸，汹涌的泪水倒灌进肚子。她太能理解她的心情了。而尤玲自己的心如同被掏空，说不出的怅然。想要而得不到的感觉竟然如此折磨人。

夜里她做了梦，梦见陪着公司的客人去沙头角疯狂采购，她帮客人提着数不清的塑料口袋，肩上交叉背着好几个大包，好像上刑。后来大家坐在中巴车上，从一条狭窄的小街开过，车窗外晃过女人的脸，笑声淫荡。她诧异怎么到这种地方来了。一张漂亮的脸脱颖而出，不是那个选美冠军吗！这时尤玲仿佛变成男人，怀着想玩玩她的心情。女孩儿笑盈盈走到她面前，伸手丢下什么东西，尤玲低头一看，衣服上爬满了蠕动的毛毛虫，她吓醒了。

霓虹灯透过窗帘一明一灭，房间消失，出现，再消失，尤玲眼睁睁看着，再也睡不着。人被思绪的波涛冲来冲去。辜先生欺骗了她，最终没有给她办成香港人，但是她也没让他好过，到现在也忘不了他发心脏病的样子。离开辜先生她又在两个公司干过，她讨厌订单、发货单、报关单，也不喜欢客户。她喜欢的是钱，但不是这样挣钱。

那些堕落的女孩儿，她们的钱来得多么容易，只要把双腿叉开。在发廊剪头时，一个洗头妹忍不住对她夸耀，自己头天晚上遇到一个大方的港客，挣了五百块。

也许只有摘下镣铐才能痛痛快快跳舞。天哪，难道她想要那样的生活？想象中的所有男人都没有面部，只有身体。

霓虹灯熄灭，一切猛然间陷入黑暗。窗帘渐渐显露出灰色，那是东方的天空，正一点点亮起来。这一刻，无法遮蔽的孤寂赤裸裸展现在眼前，身居闹市犹如置身荒野。哦，回来吧，可爱的小姑娘，妈妈的娇宝贝！回来吧，漆黑大眼睛、头发卷曲的小美妞……不，她怎能背叛自己的妈妈，背叛她给予她的身体，柔软如棉又充满弹性，丰腴乳房上两粒红樱桃般的小乳头。让美貌为美貌而生吧。好比清晨的雨滴，太阳一露头就干了，尤玲眼中的泪水迅速退下去，斗志又重新鼓起。

在某公司的酒会上，米大贝出现了，惹眼的披肩长发，满脸紫红疙瘩。他和尤玲同时伸手去拿一杯饮料，不由对上眼。那天尤玲穿一身闪亮皮装，产生奇异的类似爆炸的效果。

米大贝立即做了自我介绍，自称导演。张艺谋、红高粱、香港邵氏公司、李翰祥、贝纳多·贝托鲁奇、末代皇帝，摇滚青年、黄土坡的婆姨们、妈妈再爱我一次嘀里嘟噜一串串挂在嘴边。尤玲瞪大的眼睛里散发着孩提般的喜悦，唾沫星子飞上眼球都没有感到任何不适来。酒会接近尾声，米大贝问她想不想当演员。几个小时之后尤玲和他上了床。

半个月之后，费节省，费导，顶替了米大贝。米大贝不过是费导的喽啰。

好，现在可以回到金樽海鲜大酒楼了。涂刚身穿黑色燕尾服在缓步巡视，忽然听到一种令人诧异的声音，掌声，是谁在鼓掌，干吗鼓掌？他四下搜寻。

尤玲是为了费导刚刚说的话而鼓掌的。费导对一个中戏表演系女生说："如果你只愿意和一个男人做爱，那么只说明一点：你根本不喜欢做爱。"说得多么精彩，太精彩啦！一桌的人都跟着尤玲又是鼓掌又是哄笑。

好一会儿涂刚都不敢确认，那个剪了男孩一样短发的女人是尤玲吗？在他依然有一丝拿不准的时候，尤玲的目光随意一扫，瞥见了他。

"天哪！"她惊叫一声，从座位上跳起来。

尤玲从费导开始转圈为涂刚做介绍，一桌人有演员，有编剧，有中戏、电影学院学生和从小就喜爱艺术的老板。您好您好，幸会幸会。欢迎各位多多光临。

尤玲告诉涂刚自己的头发剪得这么短是角色的需要，她要演一个红军女战士，女扮男装。听说尤玲成了演员涂刚毫无惊讶，顺嘴说出好话："早就知道有今天，你这么漂亮的人不当演员那不成了最大的浪费嘛。"

尤玲伸手勾住他的肩膀，"二哥，我们剧组就在附近，肯定常来，你得给我们多打折啊。"

接下来的一个月尤玲来了四五次，涂刚向罗仙芝争取了八折优惠。同时他的心也有点悬着，马晓建人在南方，不知道什么时候会出现。到现在为止涂刚没有告诉尤玲金樽和马晓建的关系，根本没机会说。

那晚生意很好，几乎满座。涂刚只能给尤玲找一个小桌，吩咐服务员搬来两把椅子。时间在忙碌中过去，一桌桌客人酒足饭饱后招呼买单，打着饱嗝起身离开。喧闹的气氛渐渐安静下来。尤玲那桌人逐渐突出，时断时续听到尤玲一直在说话，众人不时爆发开心大笑。后来所有的客人都离去了，只剩下他们一桌。熄灭了大部分的灯，留下照亮一隅的光源。最后连服务员都走了，是涂刚让他们走的，而他坐到桌旁也成为听客。

没有什么故事比得上一个美丽女人的爱恨情仇更引人入胜，尤其在真实的基础上尽力发挥。涂刚的旁听丝毫没有困扰尤玲，她知道不会有人揭穿她。有的故事涂刚曾身临其境，有些知道却不在场，虚虚实实，亦真亦幻，听起来格外有趣，好玩极了。

尤玲用一种超然的态度讲述，好像故事里的女主角并不是她，而是一个活得超级精彩的女人。敢爱敢恨，尽情享受人生，一次次接近猎物，交换舞伴，语气微带着不屑。夜总会里暗香浮动，每饭必 XO，九十九朵红玫瑰，陌生房间里以头撞墙，黑暗街头孤独的漫步，男人啊，没人比她更懂他们。低潮来临，女人变相卖身，有什么了不起的。大家都怕可她不怕，怕又有什么用。活着就要把生命像个橘子似的榨呀榨呀，榨出全部滋味。

讲到辜先生的一段让涂刚忍俊不禁。明明是老人可偏要装年轻，有没有搞错！可以骗人但骗不了自己，一生气就犯心脏病，想谋杀他太容易。

看着这样一个皱纹如网、皮肉下垂的男人睡在床上，女人为自己感到难过，忍不住哭出声来。而辜先生以为是为他的病而哭，大为感动。

喏，尤玲的纤纤玉手捏起脖子上的项链，钻石的流光如火舌窜动，"这是他送的，大哭一场的结果，是不是很有意思。"

端起酒杯一饮而尽，杯子放回桌上，邻座的编剧立即拿起酒瓶把杯子斟满。尤玲默默看他倒酒，眼中浮现迷醉的笑意。空荡荡的幽深背景衬托着她，衬托着他们这一桌，此地真是世上一处极好的所在，黑暗的闪闪发光的核心，散发出神秘诱惑。

那天晚上是编剧送尤玲回家的。

涂刚对自己的判断很有把握，相信尤玲和两个男人都有关系，一个是费导一个就是编剧。开玩笑说出自己的想法，尤玲瞄着他的眼神充满讥诮，"你说阿杰吗，傻瓜，他就是看上你也不会看上我。"

这话把涂刚弄得一头雾水。尤玲欢快大笑，你不会不知道吧，有一种男人只喜欢同性。编剧阿杰就是这样的人。

"他是被我的故事吸引，想写电视剧。我要演我自己，懂了吗？"

可是女红军战士呢？

尤玲的神情微显沮丧，"嗨，出了点问题，有点麻烦。"

再见到阿杰，涂刚觉得他镜片后的眼神让人不舒服，很暧昧。世界之大无奇不有，这道理涂刚已经懂得，可他还是无法接受同性恋。随着阅历的增长所有的果实都会成熟，一切都将不在话下，现在却还为时尚早。

对费导他没话可说，一个百分之二百的男人。根据眼皮下垂程度估计年龄在五十左右，中分的头发微带波浪，夹杂着几根白发，哈哈大笑时露出两排整齐的黄牙，很有感染力。老婆一骑绝尘去了国外，他和尤玲的关系很难界定，爱人，情人，姘头？但不管哪一种都属正常。

接下来，终于，马晓建和尤玲难以避免地相遇了。

那天涂刚正站在厅堂入口处，有人拍了他的屁股一下，"嘿，猪猪！"尤玲给他起了很多新名字：猪猪，二肥，二胖儿，小肥象。

两人正习惯地打趣说笑，马晓建和罗仙芝肩并肩从二楼走下来。

这一刻，除了罗仙芝，另外三人全都呆住。

罗仙芝历来步伐敏捷，高跟鞋在楼梯上发出一连串清脆声响，发觉马晓建没跟上来，回头看他，"怎么了，走呀！"

马晓建演技一流，抬起一只脚，好像鞋出了问题。这小小动作被尤玲一眼看透，目光从马晓建脸上倏地移开，就像这个人根本不存在。完全陌生。

马晓建追上罗仙芝，目不斜视地从尤玲身边走过去。倒是罗仙芝冲这位眼熟的女客人礼貌周全地点头致意。

涂刚为此受到强烈指责，为什么他从来不说，不告诉她马晓建竟然是金樽的老板。就算不是老板，老板娘是他的情人不是一样的嘛。马晓建也怪涂刚不事先提醒自己，让他差点露馅。

"你和尤玲早断绝关系了，还有什么可怕的。"涂刚不以为然。

"你懂个屁！这种事什么时候也说不清。"

这话涂刚觉得有理，不由笑了。马晓建气呼呼白他一眼，"笑什么笑。"

涂刚当然不能说出心中的真实想法，他相信自己的预感不会错，要有好戏看了。

二十

那天涂刚休息，晚上八点，按尤玲所说准时来到大吉祥胡同219号。尤玲告诉他是个有趣的聚会，有吃有喝，又唱歌又跳舞。

街门紧闭，两头斑驳的石头狮子在昏黄的路灯下默默蹲伏。用力敲门没有动静，乐声却隐约可闻，四下搜寻发现门楣顶端的电铃，按住就不撒手。

厚实的木门从里面吱呀打开，一个长发飘飘的女孩儿问清是尤玲的客人，带他走向后院。音乐和喧闹的人声正是从那儿传出。他问这是什么地方，回答不知道。

后院一排北房灯火通明，两棵枝叶繁茂的大树在灯光映照下光斑闪烁。烟雾和人的热气从敞开的门窗飘然升腾，整个院子恍若一个巨大洞穴的入口。

一进屋女孩儿就消失不见。热烈疯狂的气氛迎面撞来，像打在神志清醒的迟到者脸上的耳光，打得人直发愣。每个人都像谁又都不像谁，最终涂刚确定在这些来路不明、奇形怪状的人里面没有一个是他认识的。夹杂其间的漂亮脸蛋像一缕缕挥洒的月光照亮他。一只手忽然扯住袖子，又是那女孩儿，"给，酒！"酒杯塞到手上人又不见了。

> 天上有个太阳，
>
> 水中有个月亮，
>
> 我不知道我不知道我不知道，
>
> 哪一个更圆哪一个更亮……

刘欢高亢的男声唱着电视剧《雪城》的插曲，有人跟着高声吼叫："我不知我不知道我不知道！"另外一个声音突兀地插入："小子，你不知道谁知道！"引爆了哄堂大笑。

涂刚也不由笑出来，心一下放松，既然来了，去他妈的，喝吧。

接下来播放的歌曲涂刚都很熟悉，有电视剧《便衣警察》里的"少年壮志不言愁"，有杭天琪的"黄土高坡"，他大口喝着啤酒，身体随着歌声左摇右晃。空气中散播着迷醉，欢乐和隐隐的莫名的愤怒。

响起了崔健的《一无所有》。

> 我曾经问个不休，
>
> 你何时跟我走，
>
> 可你却总是笑我一无所有……
>
> 我要给你我的追求，

还有我的自由，

可你却总是笑我一无所有……

　　心不知为什么变得有些激动，四周的身体开始疯狂摇晃，几十条喉咙加入进来。

告诉你我等了很久

告诉你我最后的要求，

我要抓起你的双手，

你这就跟我走。

　　涂刚发现自己也在跟着唱，不，不是唱，是喊，敞开喉咙狂喊，好不痛快！自从告别了打架的少年时光，几乎再没有机会体验这般亢奋、迷乱和野性的快感。电波在体内窜动，火星飞溅，当迪斯科的节奏轰轰响起，他冲入这场群架之中。

　　音乐声大得什么也听不见，人像被扔进搅拌机，身不由己，忘乎所以。突然间，疯狂世界停止转动，万籁俱寂。

　　马晓建的手臂环抱住一个女人，慢悠悠慢悠悠地摇摆，摇摆，摇摆，如入无人之境。而那女人正是尤玲！涂刚呆住，被人左碰右撞，全无感觉。从跃动不止的人缝当中马晓建的目光和涂刚相遇，这家伙真他妈行，不动声色，只冲他挤了挤眼睛。

　　没错儿，好戏已经开场。

二十一

"我不懂，真的不懂，既然这样你为什么不结婚呢？"尤玲用一种真诚的关切的语气问马晓建。

马晓建面带若有所思的微笑，没有反应。

"嘿，怎么不说话，回答我呀！"

"为什么要结婚？"马晓建笑着反问。

"是罗小姐不想结吗？"

"不，她当然想，是我在拖延。"

"为什么？"

"你说呢？"

"我说……"

"对，说。"

两个人四目相对，眼神越来越直勾勾的，看谁先败下阵来。没想到竟是尤玲，她抬手一点马晓建的鼻尖："你呀，花贼一个。"

马晓建眼睛一亮，畅快地大笑。

一切都没有什么不对头，除了一点：马晓建对自己有女朋友、并打算结婚毫不否认，一点也没有想隐瞒，这让尤玲的心微微刺痛。

换了一名编剧，阿杰不见了，换成一个叫鄢明的，外号剪刀手。现在他们不再到金樽来谈剧本了，换到其他地方。因为在别处马晓建也可以参加，为故事添油加醋。

原来编剧本是件这么好玩的事情，让谁活就活让谁死就死，让勇敢少年身中五刀却不死，老家伙脚下拌蒜，一个跟头就上西天。故事越编越精彩，鲜活得无以复加，不断激起剪刀手的创作冲动。剧本大纲很快弄出来，费导提了大量意见，再修改，再提意见，四易其稿，最后剪刀手又不见了，换了位女编剧，黄若心。

全剧结尾时，女主角翎子和青梅竹马的男友在海边重逢，两人沿着长长的弧形沙滩朝彼此走近，层层海浪卷来，冲刷脚面，脚印被海水灌满，终于面对面站住。大海伸进天空，水天一色，主题歌起。

这结尾既预示着美好的爱情，又带有一定悬念。但生活却需要落到实处。在此期间发生了两个情况，一是马晓建和尤玲重归于好，回到床上。再是费导和黄若心眉来眼去，到了什么程度一时还看不透。第一个情况尤玲对费导保密，第二种情形对马晓建保密。

"爱情这个词太深奥了，谁也说不清。我不敢说我爱尤玲，这话你可别和她说，可我需要她，非常需要。操，你丫别笑好不好。"

涂刚收起笑容。

"世界是什么? 是一根钢丝。我马晓建就站在这根钢丝上, 时时刻刻。有时候真想, 别操蛋了, 去你妈的! 可……不行哇, 事情实在太复杂。小姐, 嘿, 小姐! 过来过来, 再来一瓶干红。"

事情其实一点不复杂, 简单得令人吃惊。

脱光衣服, 赤裸着彼此注视, 向后仰倒, 抛弃所有花样儿, 只用最古老的方式做爱。

窗外雷声隆隆, 巨大的雨点砸在玻璃上, 世界变成了一副水帘。闪电在一瞬间给赤裸汗湿的肉体镀上一层耀眼的银色。一切是那样熟悉, 像自己和自己做爱, 从未有过的深入感觉, 深入得无以言表。

似深水中沉溺, 做垂死挣扎, 膨胀的感觉接近痛苦的爆裂边缘。大雨中的世界湿滑, 充盈, 庞大。

一小时之后雷声远去, 强烈的宁静降临, 一如世界末日。

永远的墨菲定律: 可能发生的事情就一定会发生。罗仙芝发现了马晓建和尤玲的关系。

其实早就应该发现。只是把太多的精力放在生意上, 或是马晓建的本事太大, 抑或许罗仙芝天生不敏感, 在感情方面她的方式基本就是一厢情愿。

出租车在狭窄的胡同里开得很慢, 小心不刮擦到什么。终于在标着 135 号的门洞前停下。

"到了, 135 号。"司机从后视镜里瞟着后座上的客人, 她却不动。

"小姐，到啦！"

客人有了反应，抬起手从包里拿出钱夹，抽出一张百元钞票。"没零的吗，找不开呀。"司机面露难色。

"不用找，我要你在这儿等着。"罗仙芝说着打开车门，把一百块钱留在座位上。

午后的院子空寂无人，一排灰砖灰瓦的平房，玻璃窗上白色布帘静静下垂。就是这里，这就是幽会的地点，此刻人就在里面。匿名电话说得很清楚。

罗仙芝的心跳得那么剧烈，震动传至神经末梢。她发现白色窗帘上的一条深色缝隙，凑了上去。经过几秒钟的适应她获得了一条狭窄的视线，就在那缝隙之间，在半明半暗的光线里，罗仙芝看到四条光裸的大腿勾结盘绕。

那女人把两腿翘得高高的，肥硕的大屁股翻上了天，乱发遮住半张脸，而骑在她身上的人像是要害死她，拼命地把她弄疼，不管她怎样呻吟。

小小的罗仙芝因为肚子疼得厉害从学校回家，此刻站在家门口，被眼前的情景吓得呆住。床吱吱嘎嘎摇动，马上要垮掉，而那个害人的人不是别人，就是她的爸爸罗英奎。

这是第一次，她第一次亲眼目睹父亲和村里的女人乱搞。她几乎不懂这意味着什么，但女性的本能超越年龄，让她明白羞耻。

夜里她被嘤嘤的哭声弄醒，是妈妈在哭。她感到害怕，一动不动。

后来在村里碰到那个屁股翻上天的女人，她眼皮一垂，走过去。

没有听到父母吵架，有几次听见爸爸冲妈妈发脾气，大吼，回应他的永远只有哭泣。哭声逐渐消失，家里的生活越来越好。妈妈胖起来，披金戴银一副富态相。而她已经长大，什么都懂。村里的那个女人早已老得不知去向，新登场的更加年轻、更加机灵。

妈妈一天到晚美滋滋的，她为她难过，但心中愈发明白了一条道理：钱才是最可靠的。她是罗英奎能干、懂事、有出息的女儿。一直是。

然而这一刻，透过窗帘缝隙看到的景象揭开了坚硬的伤疤，鲜血淋漓。四条纠缠的光腿在血光中蠕动，伸来伸去，一下下剜她的心。冲动之下，她只想杀了这对狗男女。扭身四望，墙角有一堆煤，走过去找了最大的一块，拼尽全力砸向玻璃窗。

闪光的碎玻璃喷射到地上，发出尖利的脆响。白色窗帘带着乌黑的印记缓缓飘飞。

两张惊愕的脸，一上一下，像两个白色惊叹号。

"马晓建，我看见你了，什么都看见了！"说出这句话罗仙芝不知道再说什么再做什么，转身逃离。

司机发动汽车载着女客人驶离 135 号门口，出租车的引擎盖依然发烫。

事情在马晓建面前呈现出这样的形势：金钱，爱情，两者选其一。如此地黑白分明，似乎不可能是真的，可事实竟就是这样。

和罗仙芝分手他将在物质上失去很多。最现实的就是不久前他帮罗英奎把大批佛山的陶瓷卖到南京，如果他不低头认罪，那笔生意他连一分钱也见不着。

　　烟灰缸里堆着小山一样的烟头，马晓建又杵进一支，用力杵灭，像是在对烟灰缸说话，"是，我是伤害了你，我向你道歉，对不起。已经发生的事情无法挽回，我也不想要求你原谅，除非……"他停住。

　　"你要说什么？"罗仙芝眼里的怨恨像大海一样深不可测，宽恕的小舟在浪尖颠簸。为此她的牙咬得咯咯响，腮上的肉在哆嗦。

　　那时马晓建刚进公司不久，这个北方小伙子不动声色说的笑话常把她逗得笑弯了腰，账本和报表一时间都抛到脑后。他更是一个善于行动的人，把她拥入怀中的力量不容抗拒。按照家乡的传统罗仙芝本能地采取了阻挡的姿态，但男性的灼热呼吸令她晕旋不已，没有人这样对待过她，她简直不知是好还是坏。办公室的保险柜里装着十几万现金，柜门开着，而她竟然忘了，幸亏他提醒了她。

　　无论在外面吃饭还是玩他从不让她花钱，她买多贵重的礼物给他他都毫不在意，有时她疑心那无所谓的态度是做给她看的，随即又对自己的多疑感到厌恶。和别的女孩儿相比她太明白自己的优势在哪儿，希望他看重这一点又怕他看重这点。忍不住去问爸爸：你觉得马晓建人怎么样？

　　罗英奎盯住女儿，"看你要他做什么，做事可以，没问题，是个醒目仔。不过，你想要他为你做什么？"女儿脸热心跳，不知如何回答，而罗英奎已经明白："别急，等等看，这种事要慢慢来。"

他自己却从来不会慢慢来。

这就是男人，他们不可能不让你受伤，除非你根本不把他们放在心上。谁又能做得到？至少马晓建会道歉，和她说对不起，而爸爸却对妈妈大声吼叫，吓得她脸发白，缩进墙角。可他也给了她补偿，很多的钱，她从来都花不完。马晓建却无法补偿她。钱是属于她的武器，从来不属于他。

现在武器似乎失效，罗仙芝感觉手中空空。缺少了握在手上的东西让她心慌、恐惧又愤怒。难道就这样放他一马？还是让他去死？

香港打斗片中的画面浮现而出，她希望那个跪地求饶、磕头如捣蒜的人就是马晓建，愿望如此强烈，以至于觉得想象已然成真。

"马晓建，我可以原谅你，但是你必须做一件事情……"

马晓建用微微惊诧的目光询问，什么？

"跪下，我要你跪下求我。不然我就告诉我爸爸，他一定会要你的好看。"

马晓建有点没弄明白，当他确实弄清罗仙芝想要他干什么，只觉得这女人可笑到极点，她以为她是谁！

"我不想说难听的话，不想再让你受刺激，别的话都不说了，就一句话，咱们分手。"话一出口马晓建忽然觉得心头一紧，难道一切就这样决定了。是的，决定了。

在另一个地方进行着另外一场摊牌。

尤玲趴在费导的床上翻看剧本，看了几页就啪地把剧本合上，一扔，翻身坐起来。

"看完了，那么快。"费节省正享受着朋友送的雪茄，吐出青烟。

"她把我的戏删了那么多，什么意思？"

"没有哇，是男主角的戏加了，我的意思。"

"那你是什么意思？"尤玲忽然失去了耐心，"你不想让我演了是不是？"

"我说了吗？这可是你说的。"费导举着冒烟的大雪茄，欣赏着。

"老费，咱们别绕圈子了，你告诉我你是不是和黄若心好了？"

微黄的眼珠盯住尤玲，"那我也问你一个问题，你和马晓建在床上感觉怎么样，尽兴不尽兴？"

尤玲不出声，一下下咬着嘴唇。

"我现在越来越明白了，艺术创作的真谛是什么，不是别的，就是琢磨人。有句话文学就是人学，一点不错……嗨,你在听我说话吗？"

"你说你会琢磨人。"尤玲语调平板。

"是的,这方面我是行家里手,确实是。"嘬一口烟，深深往里吸，很满足，"我还有几句话想说，你愿不愿意听呢？"

"什么？"

"女人哇，只要动了感情就是一场灾难。我希望你能记住这句话。我可不是咒你，我希望你能有美满结局，只是生活太厉害，咱们谁都不是个儿。但愿你造化大。人生只有那么多，懂得取舍的人才是聪明人。你这个人啊，是悲剧是喜剧真的很难说，得走着瞧。"

"可惜啊……"

"什么可惜?"

"可惜你看不见。"

"这不过是虚拟语气,不用我看,"雪茄指向天花板,"上面有眼睛。"

"谁?"

"还有谁,老天爷嘛。"

这时尤玲已经知道没什么可说的了,但仍不甘心,"我就问你一句,我还能不能演翎子了?"

"能,当然能。现在的问题是钱,只要你能拉来钱。"

本来尤玲指望通过马晓建让罗英奎投资,现在自然想也别想。事情发展到这一步无论尤玲还是马晓建都不在预计之中。但奇怪的是当这一天真的来临,一切都泡了汤,他们两个人却并没有多么地难过沮丧,相反,他们为自己所制造的惊人结果深深触动,感悟超常。困境并非只是困境,而是向他们呈现出积极的一面,是人生考验,而他们居然闯过了这一关,经受住了考验。想想吧,是怎样巨大的考验啊!那些王八蛋们,自以为握有制胜法宝,能轻易制服他们,可悲啊可悲,他们看错了人。也许不能怪他们,连他们自己都小看了自己。

只有最真实的力量才可能战胜金钱,而他们居然拥有这样的力量。他们!黑和白,雪和煤,在强烈的对比之下他们又怎能不深深感动呢。

再次回忆和罗仙芝谈话的情形，马晓建激动得脸都变了形，妈的，还说什么要他好看，来呀，来吧！在这个世上谁怕谁。他不怕！谁都不怕。

尤玲深深地看着他，伸出一只手，用手指在他的脸上轻柔地勾勒出五官的曲线，鼻子、眼睛、嘴，喃喃有声，"宝贝儿，那你怕我吗，怕不怕？怕吗……"

马晓建用行动作答，如豹子般窜起，把滑嫩的肉体重重压在身下，咬牙切齿，"我爱你，知道吗，我爱你！"

铙钹齐奏，震动心弦，眼泪夺眶而出。失控的尤玲脸哭得七扭八歪，什么都顾不得了。马晓建受到传染，胸口发热，眼眶发潮，忘情地吸吮着泪水的咸味。

那天做爱之后他们跑出城外，去了香山。爬上"鬼见愁"时天色向晚，彩霞瑰丽。田野和城市在遥远的下方匍匐着，伸向灰蒙蒙的天际。暮色中，两个人搂得紧紧的，眼睛在冷风中变得泪汪汪，闪闪发亮。

曾经他们还是男孩儿和女孩儿，站在香山的半山腰尖声喊叫，山风把阴凉的树影投在他们身上，马晓建抓住尤玲的胳膊把她拉向自己，嘴唇触碰到嘴唇，似是而非的亲吻如触电一般。如今亲过的嘴唇多得一时都记不起来，亲吻时再也没有那样的电流通过身体，更可怕的这似乎已变成永久性的缺失。然而这一次情况变了，激情又来了，冲刷着他们的身体，使他们变得新鲜、纯粹。山盟海誓不再显得可笑，今生今世相亲相爱也不再不可能。这正是人类渴望美好的天性使然，丧失掉这样的天性非常可怕。所幸他们还没有。

"哦——"马晓建扯开嗓子号叫，尤玲也加入进来。

二十二

听到马晓建和尤玲打算结婚涂刚很意外。他知道他们在一起，上床，都知道，可没想到会结婚。他不由扪心自问自己是支持还是反对，没有答案。

白塔寺的口福居涮肉一流，羊肉红中有白，极嫩，芝麻酱喷香扑鼻，韭菜花的气味冲鼻子，玫瑰色酱豆腐挂着一层晶莹薄膜，小碗辣椒油红亮诱人，微微的腥鲜味道来自卤虾油，四大盘羊肉下肚，一瓶二锅头喝下大半瓶，涂刚历数了尤玲的风流艳史，马晓建面带微笑地听着，若有所思。

"嗨，你丫笑什么？"涂刚不明白。

马晓建笑，是因为想到尤玲脱得光光的为他跳舞……

被涂刚惊醒："得了，你说的都没错儿，她就是那么招人，有什么办法。"

这话让涂刚很不受用，"成哇，那你就等着她再和别人……"

"她敢！"马晓健一瞪眼。

涂刚翻起眼皮瞟着他，心在冷笑。脑子里的想法开始变得清晰、明确，像尤玲这样的女孩儿，好可以，什么都可以，就是不能结婚。要结婚还应该是罗仙芝，虽然丑。

他干脆说出自己的观点，马晓建伸手拍拍他肩膀，"谢了哥们儿，你懂得真多，真聪明。"毫不掩饰的嘲讽。

涂刚有点冒火，"我说得不对吗，你这家伙爱的就是钱，要不然你会和……"

"对，对极了，就是因为她爸有钱，没错儿，千真万确。我知道你们都这么看，不怪你们，因为事实如此。但是还有一个事实你不知道……"

"说哇！"涂刚催促。

"我爱钱，可是没爱到给人下跪的地步。懂吗？你懂不懂？！"马晓建的情绪再次变得激动，抬手用力抹了抹脸，让自己平静。"我和尤玲，你不知道，你根本不了解，她不在乎钱，她确实爱我。"

"你说什么？！能再说一遍吗？"涂刚觉得马晓建脑子进水了。

"知道吗，为了和我好，她戏都演不成了。她牺牲了很多。"

"牺牲"这个词让涂刚忍俊不禁，哏哏笑了。他的笑惹得马晓建火气上升，"笑吧，老二，我理解你，完全理解。"

"你理解什么？"

"我知道你结婚了，有老婆，但是我说句话你别生气，这辈子你谈过恋爱、知道爱情是什么滋味吗？老实说我有点怀疑。你这家伙其实挺惨的，可能有点儿嫉妒我，我不怪你，真的。"

涂刚脸上的表情没有变，一直笑眯眯的，"说完了吗？我就一句话，咱们走着瞧。"

暂时涂刚还没有离开"金樽"，但是迟早的事。也许明天罗仙芝就会把他叫到办公室，告诉他炒了他的鱿鱼。也许他该主动提出辞职，可他没有这么做。

马晓建那番刻毒的话在脑子里萦绕不去。因为他思前想后，觉得自己确实没有尝过爱情的滋味。遗憾吗？也许有点，爱情到底是什么，能带给人什么？他不得不佩服马晓建，自己自杀一次，还害死了左新玲，竟然还敢往前冲。如果这就是爱情那还是算了吧。

还有尤玲，他真的不喜欢她、那么嫌弃她吗？答案当然是否定的。他对马晓建表达的意思并不完全产生自他的大脑，是集合了大众的想法。他有点后悔说了那么多尤玲的坏话，其实他只是觉得婚姻是人生的正经事，而尤玲实在不够正经。让他没想到的是马晓建竟然把他的话和尤玲说了。

一个彩色的毛绒大怪物，四条超长的软绵绵的胳膊甩来甩去，涂亮瞪大眼睛看着它，眼神微带惊恐。

"它叫尤尕，和我一个姓。来，和它握握手。"尤玲抓着尤尕又长又软的手，举向涂亮。

涂亮不由向后退缩，缩进妈妈怀里。

"不怕不怕，是玩具，不咬人。"刘青说着把儿子的脸扳向自己的颈窝，不让他看那个怪物。

尤玲咯咯笑，"那么胆小啊，勇敢点儿！"说着绕到刘青背后，猛然把尤尕贴到涂亮的脸上，毛乎乎的感觉吓得涂亮失声尖叫，挥起小手拼命打过去，"不要，打死它打死它！"

尤玲顺势举着尤尕和涂亮对打，噼里啪啦打来打去，涂亮不由哧哧笑起来，涂刚站在一边也跟着笑了。只有刘青板着脸，任随儿子在怀里扭动，一声不吭。

和小孩儿玩闹了一会儿，尤玲说要走了，让涂刚送她出门。涂刚想也没想，披上一件外衣就随她走出去。

涂刚家住在四层，下到一层半的时候尤玲已忍耐不住，猛然站下。

"嘿，我做什么对不起你的事？招你惹你啦！我一直叫你二哥，有你这样的二哥吗！"她浑身上下发出咄咄逼人的光芒，"你他妈凭什么诬蔑我？你怎么知道我的事，你看见啦？我把心剖开你敢看吗，敢吗！我算认识你了。你们这些男人，要说坏你们才最坏，最不是东西。想毁我是吗，没门儿！晓建不会听你的，他爱我我也爱他。你看着有气活该！死去吧你！"

涂刚站在比她高两级的楼梯上，垂头丧气，知道自己这回算完了，干脆什么也不想。头顶上面忽然传来刘青的声音："嗨，你们俩，有事进屋说，吵什么哪？！"

人与人之间的关系实在微妙。楼梯上的两个人怔怔的，面面相觑，突然尤玲冲涂刚一吐舌头，拽住他的胳膊："走，快走。"而涂刚想也没想就跟着尤玲下了楼。

在涂刚默默跟随的这一段距离，尤玲的火气迅速消减，在老婆和她之间选择了跟她走，让尤玲内心获得某种满足，提出让涂刚送她到大街上。

大约八九点钟的样子，小区已安静下来，路灯昏黄。几家窗口冒出一些活动的光亮。

涂刚的心情平复下来，"不生气啦？"他问。

"我根本就不是生气，我是恨，恨死你啦！"夸张的语气其实是在撒娇，乐滋滋的笑容在涂刚的胖脸上铺展开来。

事情有时会是这样，经过一场变故，涂刚说了尤玲的坏话，尤玲找他算账，翻脸大闹，两个人的关系越过某种界线，结果他们不是疏远了而是更近了。当然，这种情形一般只发生在异性之间，同性的情况就不会这么让人愉快了。

某人家的窗子里传出钢琴声，曲调从激越转为悠扬再从悠扬转为激越，透过枝杈洒在两人身上的灯光随之跳跃。俗话说：打一巴掌再给一甜枣，眼看顺顺当当把涂刚摆平，尤玲伸出手一把挽起二哥的手臂，仿佛他们是一对情侣。

推开家门的一刻，刘青正在收拾澡盆，刚给儿子洗完澡。她直起身子，恶狠狠瞪视涂刚。

"你还知道回来！你上哪儿去啦！"声音里充满压制的暴怒。在楼道里气冲冲喊了两句，刘青想当然以为涂刚会立刻上楼回家，结果却不见人影儿。现在她根本不听涂刚说话，"我问你，尤玲是你什么人？她凭什么跟你那么嚷嚷，你凭什么那么听她的！还跟着她走啦，你是她的狗呀！什么二哥，不要脸，真他妈恶心！"

涂刚以前没见过刘青这么凶狠，不知该怎么回应。刘青开口大骂，骂尤玲是不要脸的贱货，淫妇，臭婊子，马晓建也不是什么好东西，一对狗男女，边骂边用脚踢澡盆，盆里的水泼溅到地上她也不管。冲动的情绪使涂刚震惊，觉得不可理解，同时又不知为什么有点心虚。

不，他和尤玲的关系要多正常有多正常，是刘青蛮横的态度强加给他一种做错事的感觉，而他没有错，错的是她，她怎么能这么对待他呢。儿子的哭声从里屋传出来，涂刚来不及地走过去探望，只见儿子坐在掀开的被窝，肉嘟嘟的小身体半光着，咧着嘴，小手揉着眼睛。他走上去把儿子抱起来，湿润的喘息喷到脸上，让他心疼。都是他的错，是他让儿子受了这么大的委屈，这么可怜，哭得上气不接下气。除了认错他还有什么话好说呢。

这之后涂刚和妻子的关系比以前冷了，以前也不能算热，可还是有所不同。

在他的家里再也不能提马晓建和尤玲这两个名字，只要一提刘青立刻就酝酿出一腔的怒气，说出难听话来。涂刚无言反驳，因为他现在已经丢了工作，在三十而立的时候成了无业游民。但是正因为这样，刘青那些难听话就愈发使他受刺激，反感。心里的火只能憋着，不能发，他几乎有些恨刘青了。当然他也知道自己没有道理，造成他没有工作的人是马晓建和尤玲，不是他老婆。

　　此时，诞生于1984年的变形金刚在中国风靡，玩具机械人神奇旋转，变成汽车、战斗机、大型武器。在全然开阔的宇宙大舞台上，变形金刚种族一次次进化，成为斯比顿人，宇宙大帝，银河战士。

　　大黄蜂迷你部队售价十一块，威震天一百零八块，巨无霸伏特要四百多块。据有关当局不完全的估算，变形金刚及相关产品在中国赚了几十亿元，这里面也有涂刚的贡献。

　　"爸爸，你怕不怕麦加登？"

　　"谁？谁是麦加登？"

　　"爸爸，头领战士厉害还是目标战士厉害？"

　　"都比我厉害。"

　　"你相信星云行星吗？"

　　"相信。"

　　"那你打得过星云星人吗？"

　　对这些问题涂刚尽力做出让儿子满意的回答。当方舟坠毁，他张开手臂做飞翔状，飞向与地球相反方向无数光年的星球。当能量战士柯伯文死去，他仰面躺倒在地上，让儿子储存下自己的脑波。时常，儿子径自喃喃低语，左手和右手激战，他不出声地坐在一旁看他玩，感受着父子之间的温暖的电流感应，脸上带着不知觉的微笑。

　　儿子本来是在岳父母家，涂刚不再上班以后，经常把他接回家来。有一次他三天没送儿子回去，刘德榜和田兰荣找上门。

刘德榜坐下，喝了两口涂刚倒的白开水，问起他找工作的情况，涂刚说在找，没问题，让他们放心。

"说得容易，我们能放心吗？"田兰荣抱着外孙凑过来，她一天到晚以家为小天地，想什么说什么，"你要是一个人，那谁也不操心，可你有老婆孩子呀。现在亮亮我们养着，没和你们要过钱，你们给多少、给不给都随便，就是一分钱不给亮亮照样什么都不缺，可是话说回来了……"

刘德榜注意到女婿的脸色变得难看，"行了，说这些干吗，他心里都明白，用不着你废话。"

"我怎么是废话呢，你不也说……"

"住嘴！"

那天他们把涂亮抱走后，涂刚心里很不是滋味。他不是没有感觉的人。回想起婚后几年，他为他们做了很多，而他们对他还是不满意，是因为他现在没工作，还是觉得他老实可欺？不管什么原因都让他不痛快。

本来他可以不计较，以前他从不计较，可现在不同，他需要来自亲人的理解。他和刘青几乎不能交谈，因为他的现状和马晓建直接相关，怎么也绕不开。刘青的话不是讽刺挖苦就是夹枪带棒，不愿听都不成。

"还记得你当初说过的话吗？"

"我说什么了？"

"那时候我说要去公司，你不让，你说你和马晓建的关系铁，可不是，真够铁的。"

两个人刚刚在桌旁坐下准备吃晚饭，涂刚身上还系着围裙。

"马晓建在干什么，你找他了吗？要不是他，你在工厂干得好好的。"

涂刚不吭声，大口扒饭。

"慢点吃，有那么饿吗，一天什么都没干……"

他用力把嘴里的东西咽下去，"你什么意思？不让我吃饭是吗？我应该饿着是吗？我该死是吗！"

刘青怔怔地看着他，埋下脸，吃饭。

曾经一星期一次的性生活拖长到半个月，甚至一个月。被抑制的欲望虽然渐趋萎缩，但无法消除。这是让涂刚感觉最糟的，他不想求她，可必须求她。

手伸过去放在刘青的乳房上，没有反应，他开始抚摸，依然没有反应。

"你不想吗？"他问。

"你想？"短促地反问。

几秒钟的迟疑，手拿开了。

并非总是这样，隔一段时间刘青会有比较积极的响应，让涂刚感觉到其实她也有需要。可性生活只是一种需要吗？吃饭也是需要，没饭吃人会饿死，性欲不能满足又能怎么样？

从内蒙古吹来的强风夹带着黄沙，刮得天昏地暗。城市被硫黄色的天空笼罩，似要上演一出可怕的戏剧。

涂刚发现窗台上、桌子上，屋里所有的平面都被一层细细的黄沙覆盖。他用抹布擦掉尘土，很快又是一层，再擦，前后擦了五次。

天黑之后风势减弱，空气中依然充满尘土的气味。刘青回到家立刻去厕所洗脸，洗了两遍，吃晚饭的时候还是被嘴里的沙粒硌了牙。

"真吓人，这天。"

"可不，到处是土，我擦了好几遍都擦不干净。"

最早沙尘暴的记录是在四百多年前的北魏时期，万历十六年三月有过这样的记载，"黄尘蔽天，日色晦冥，咫尺莫辨……"现在北方土地的荒漠化速度在加快，快得惊人。

不过这与他们无关，他们有自己的问题要面对。

"有件事……"刘青说。

"什么？"

"早和你说过，我有个同学开公司，让我去当会计。记得吧？"

涂刚记得。

"结果你去了金樽，我就没去。现在人家干得挺好，还是希望我去。"

"谁，什么公司？"

"不是告诉你了，我的同学，索友亮，大索。"

大索是刘青的同桌，全校出名的差生，经常把老师气哭，把毛毛虫放到她铅笔盒里，作业抄她的不说，试卷也全都抄她的。她亲眼看见他和人打架，胳膊杵到地上，断了，弯成可怕的形状，吓得她夜里做噩梦。刘青打开话匣子说哇说哇，兴味盎然。谁想到人家娶了个老婆，爸爸是外贸部的，有权，帮他开了贸易公司。他给她看过他老婆的照片，长得挺漂亮，只是身体不大好，据说有风湿病。不过这女的还是够有福，干脆在家养病，丈夫养着。

妻子的话涂刚没有听见多少，他不认识大索，因此没什么兴趣。他只是知道刘青要去这人的公司，这件事已经决定了。而且这也应该是件好事。

涂刚去看过师傅，宁树柏问他想不想回厂子，愿意的话没问题。不，他不愿意，好马不吃回头草，谁愿意人家把你当成一个没能耐的失败者，倒霉蛋。

他一再叮嘱刘青，在他父母面前千万别说漏嘴，千万别让他们知道他没有工作。刘青问为什么，为什么不让他们帮你找工作呢。涂刚的回答只有三个字：用不着。和父母的这种关系已经深入骨髓，是改变不了的。

倒是刘德榜把女婿的事很放在心上，他的一个老领导退休后需要一个秘书，他介绍涂刚去。老领导很客气，没有说不成，但是提议涂刚应该先上夜大。意思已经很明白了。通过朋友他又把涂刚介绍到出版社，分配他做校对。几天下来涂刚两边的太阳穴里各有一把小锤儿砸个不停，一下比一下狠，吃阿司匹林也不能阻止疼痛的感觉，眼睛越来越红，像兔子的眼睛，看东西变得模糊，他感到害怕，坚决不干了。后来又去过冶金研究所办公室，东跑西颠很忙碌，可惜没过多久办公室主任的小姨子高中毕业，把他挤走。

有一天他接到尤玲打来的电话，说认识一个做服装生意的老板，需要一个帮手，必须会开车。涂刚对服装一窍不通，但是他会开车，有驾照，而且喜欢开车。

涂刚很动心，决定去试试，只是犹豫要不要征求刘青的意见。

刘青下班回到家，闻到炖排骨的香味儿，"啊，真香啊！"涂刚忽然不再犹豫，直截了当地告诉她尤玲来过电话以及自己的态度。刘青的脸沉下来，"开车？你又没当过司机，能开吗？"

"你又不是没坐过我开的车，怎么不能开。"

"你愿意当司机？"

"我觉得开车挺好，我喜欢。"

刘青不说话，把脚上的皮鞋踢掉，换上拖鞋，趿拉着走进屋。涂刚紧随其后，突然间她猛回身，两个人的鼻子差点碰上。

"哟……"涂刚闪身一躲，笑了。

刘青没笑，"我就不懂啦，我爸给你介绍了多少工作，都不干，怎么她一说你就这么喜欢。"

涂刚愣了一下，竭力控制住情绪，"你这话什么意思呀？"

"我的意思不清楚吗，你难道听不懂？"

"不懂，一点也不懂。"

"那你是装傻。"

"我装什么了？我有什么可装的！"

刘青语塞，忽然恼羞成怒，"去吧，随你的便，给尤玲当狗去吧！"

涂刚看到自己一身白色卷毛，甩着尾巴，围着尤玲汪汪大叫，吓得她一动不敢动，忘了生气，扑哧笑了。

"你笑什么？"

"我笑你，你太可笑了。"

"滚你的蛋！"

"我说，你怎么也爱骂人了，是跟尤玲学的吗？"

"对，你不是就爱听她骂吗，骂得你多舒服啊！怎么，许她骂不许我骂？"

夫妻间的吵架就是这样，开始时往北，走到一半往西，然后又向东，向南，最后方向感完全消失，陷入肮脏的泥沼，手脚并用，爬不上来就沉没。

砂锅里炖好的排骨刘青一口没吃，刚换下的皮鞋很快又蹬到脚上，穿上外衣，用无限轻蔑的目光盯住丈夫的胖脸，"告诉你，看见你我就恶心。"

"那你怎么不吐啊，你倒是吐啊！"涂刚大声说。

门在刘青身后"嘭"地关上。她消失了，回父母家去了。好，太好了，去他妈的，最好别回来，涂刚脸色煞白，心在哆嗦。

模式一经确立就自动运行，以后只要他们俩有了矛盾，吵了架，刘青就摔门而去。如果儿子在家，她就抱着儿子一块走。剩下涂刚一个人独自消化难以消化的东西。他的胃从来健壮，现在有时候会感觉不舒服，微微作痛，他就吃两片胃舒平。

新老板姓江，是个喜怒不形于色的人，不满足于从广州倒腾服装，准备自己开服装加工厂，雄心勃勃。他有个姐姐一双巧手，当了多年的裁缝，给尤玲做过不少衣服，现在姐弟二人合起伙来。公司的车是一辆七座金杯，工资是三百六十块，不算高也不算太低。

为表示感谢，涂刚请尤玲和马晓建两口子吃饭，目前还不是法律意义上的。一顿饭的时间里尤玲忙着用勺子喂马晓建吃东西，亲吻他，摸脸揪耳朵。涂刚简直有点看不下去。

"操，别这儿来劲了，赶紧结婚得啦。"

"结，挣够了钱就结。"马晓建语气肯定。尤玲侧身倒在他怀里，笑眯眯望着涂刚，"先别说我们，你怎么样，怎么还不离婚哪？"

当然，尤玲是开玩笑的，却刺到了涂刚的痛处。思考问题不是他的擅长，可他更没有办法消灭问题。

每次吵架过后他说不清自己是不是后悔，也不知道自己是想原谅刘青，还是想让刘青原谅自己。他不知道自己还爱不爱刘青？或者调过来：刘青还爱他吗？也许他们之间已经没有爱了，或许从来就没有过。就算是这样又能怎么办呢？

现在刘青挣的钱是他的两倍还多。过了年儿子快五岁了，该上幼儿园了，再不上就没有机会了。在幼儿园和小伙伴们一起长大的涂刚认为孩子应该过集体生活，刘青和刘德榜基本认可，最终田兰荣也答应了。

接下来的问题是上哪个幼儿园。大院里那二层的灰色小楼是多么亲切啊，高敞的大屋子排满黄色的小床，干净整洁，厕所砌着白瓷砖，秋千、滑梯、攀登架，还有沙坑，还有绿色木栅栏围起的小果园。苹果树、桃树在春风中花枝招展，涂刚偷吃过青苹果，想起来还觉得嘴里冒酸水呢。涂尖里和范云都主张孙子上大院的幼儿园。刘德榜两口子却不同意，首先离家太远，接送就是问题。爷爷奶奶认真商议后提出由他们接送，这个提议差点整个推翻了上幼儿园的决定。

"他们想得也太美了吧，孩子大了，上幼儿园了，他们想要孙子了，以前干什么去了。上什么幼儿园，不上啦！"愤愤之情使田兰荣完全忘了她所说的"他们"是涂刚的父母，不该当着女婿的面这样说话。涂刚尴尬地笑着，转身去上厕所。

儿子没有上他的幼儿园，想想其实更好，天天有人接送，什么都不用他操心。涂刚能感觉到父母的不悦，似乎他们了解内情，似乎有一股风把丈母娘愤愤然的话吹过一条条嘈杂的马路，吹进大院，吹上楼，吹进他们的耳朵。

一次范云和涂刚打了招呼，去幼儿园接走孙儿，他却忘了说，刘德榜又去接，白跑了一趟。

"上星期天不是刚回去过吗，又接什么。"刘青一脸怨气。涂刚想说难道爷爷奶奶连接孙子的权利都没有吗？但话到嘴边变成了："怪我，我给忘了。"

"你可真行，还嫌我爸我妈不够辛苦啊。"

涂刚想说难道我没为你们家做事，做得还少吗？他想说姜老板要是知道他开公司的车为家里办了多少事，非开除他不可。但这些话只是在舌头尖上溜了一圈又吞回肚子里。

"想想吧，有哪个当爸爸的能像你过得这么轻松自在。"刘青扔下这句话扭身走开，做她的事去。

　　一时间涂刚无事可干，从窗口可以望见对面的楼，阳台上有人出来晾衣服，一件红衬衫格外耀眼。是的，正是这些生活琐事使人们的关系联系得更加紧密。琐事像润滑剂，推动生活平稳地向前。人说三十而立，涂刚已经有了家、老婆、儿子，该有的都有了。再过两年儿子就要上小学，想想也确实没有什么可抱怨的。没有发生什么事让他改变对这个世界的看法，这个世界和他的关系不算很好但也不是很差，说得过去。只要不想入非非，不眼红别人。

二十三

马晓建提着他的旅行包走下飞机，夹在同机的旅客中走向出口，满腹心事。突然一道黑影晃过，有人扑向他，两条胳膊揽住他的脖子，把他的脑袋往下拉。

"亲爱的亲爱的亲爱的亲爱的……"尤玲欣喜地低吟着，狂吻，完全不管身边多少人在对他们侧目而视。而马晓建特意不告诉她回来的航班，就是怕她来这套。可她还是来了。

在机场苦苦等候四个多小时，耐心耗尽，精神接近崩溃边缘，最终把爱人等到，赢得了胜利，尤玲显出一种失控的冲动。听说马晓建事情办得不顺，过两天还要走，心立刻下沉，被空虚感紧紧抓住。不，她不让他走，他不能再走了。

马晓建也有些情绪激动，反驳："我怎么可能老陪着你！你要的是我给不了的。"

"你不是爱我吗？"

"不是一回事儿，人得挣钱。"

"别老跟我说挣钱挣钱，我不需要！我要的是你，你这个人！难道你不知道、不明白我的心吗！"尤玲一脸绝望的神色。

马晓建深知她在演戏，逼迫他参加进来，演那个哄她的角色，于是伸开胳膊去抱她，她一把推开，"不，你先答应我不走。答应不答应！"

马晓建选择答应。既没有演戏的雅兴也没有对峙的力气。在爱情面前，很多冥顽不化的人都变得神秘莫测，马晓建当然也不例外。但是爱情从来没有把事情弄好，反而把事情弄糟。在这场漫长而曲折的爱情长跑中马晓建耗尽心力，渐露疲态，而尤玲还浑身是劲呢。什么是男女有别，这正是。

电视在转播欧洲杯足球赛，马晓建看得入神。尤玲本来依偎着他，无聊使她起身离开，坐到一旁的单人沙发里。在这儿可以看着马晓建。屏幕上的光影在他脸上跃动，她盯住那张脸，眼睛微微眯细，想象自己是一个巫婆，对马晓建施以魔咒：你是属于我的，你是属于我的，不许离开，不许记住我的污点，你是属于我的。

上床以后，尤玲骑在马晓建身上，人肉发动机疯狂开动，这时候的马晓建才真的被施了魔法，即便下一分钟就毁灭，他也不会放开怀里的女人。

两天后马晓建又走了，尤玲请涂刚吃饭，要了红烧肘子，炖腔骨，糖醋里脊，都是涂刚爱吃的肉菜。

果然她什么也不吃，只是拿着筷子做做样子，全力以赴开动脑筋，又是分析又是衡量，她在马晓建心里的分量，婚后可能出现什么样的情形，她能不能控制他，控制多少。对情况分析得越透彻尤玲心里就越不平衡。事物的价值不能以它的价格衡量，而要以你为得到它付出的代价衡量。想想吧，本来她就要演女一号了，说不定就会成名，可为了他而放弃，这就不说了。她的青春，初恋，全部的爱情都给了谁？给了他啊。她为他付出了一切。

涂刚可以说是非常了解尤玲的，可还是听得瞠目结舌。一个人怎么会这样把过去的经历一笔抹杀，怎么能像个瞎子一样看不清自己。实在太不可思议了。

忽然间她冷静下来，话锋一转："你说呢，你什么意见？"

"什么意见，我没意见。"

"我是问你我要不要和他结婚，结好还是不结好。"

"你……开玩笑吧？你不想结了？"涂刚试探地问。

"告诉你，马晓建变心了。"

马晓建变心了？这么快？涂刚不大相信。站在马晓建的立场上，他觉得如果变了心也可以理解，像马晓建这么聪明的人根本就不该自找倒霉。他把嘴巴闭得紧紧的，生怕一不留神露出这点意思来。

"傻瓜，逗你玩呢，他敢。"尤玲狡黠一笑。

忽然，结婚的事不能再拖延，尤玲怀孕了。

这是一个意外情况，说意外，其实应该又在预料之中，因为在做爱的时候他们总是那么冲动，贪恋情欲的满足，从没有严格避孕。马晓建回想起上个月的那一次，紧接着还有两次，都是在危险的边缘图了痛快。现在结果来了，无法躲避，只能面对。

尤玲脸色暗黄，斜靠在沙发上，情绪极不稳定，在死气沉沉和兴奋焦躁之间起伏。马晓建端来一杯水，水一进入胃里就引起异样的感觉，她赶紧坐直身子，微皱着眉头，再三判断是否会吐，那纹丝不敢动的样子让马晓建看着好笑。

突然她猛挥手："快！快点儿！"

马晓建冲进厕所，拿着脸盆冲出来，一汪黄绿黏稠的东西已经吐到地上。

吐完后尤玲轻松了，用热毛巾擦了脸，喝了几口热水。马晓建忙着收拾地上的呕吐物，自嘲道："孩子他爹真不是那么好当的。"

尤玲惨白的脸上浮起快意的笑。

他们知道做决定的时候到了。晚些时候屋子里一片沉静，马晓建坐在沙发上，尤玲枕着他的腿，两个人都没有说话，各自想心事。马晓建思忖着年龄问题，他已经三十多岁，也许是该有自己的孩子了；尤玲则有更现实的问题担忧，妊娠反应什么时候能结束，希望快点吧。

马晓建的手下意识放到尤玲的乳房上，就像磁石吸引磁铁。这动作自有其重大的意义，手和乳房代表着他们的关系，这关系某种程度上已经成为他们的本能。他们在沙发上开始动作，从沙发滚到地上，除了喘息没有说一句话。马晓建肆无忌惮，几乎是粗暴的，尤玲比他更加疯癫。

事毕尤玲觉得肚子里有点发空，像是饿了，忽然想起北京开了第一家麦当劳，啊，她想吃！在香港她吃过鱼柳堡，好吃极了。快点儿，快去，她太想吃鱼柳堡，就要鱼柳堡！快！

打的来到王府井南口。下午三点钟光景的麦当劳店就像一个明亮的闹哄哄的大集市，全城的人源源不断拥来，争相品尝美式西餐。柜台前黑压压、人头攒动，马晓建简直蒙了。排了近半个小时的队才端着托盘从人群里挤出来，汗湿的衣服贴住后背，一缕头发黏在脑门上。

鱼柳堡买回来了，尤玲却一脸怨气，"我说鱼柳堡你就买鱼柳堡呀，就不知道买点儿别的吗。"

马晓建无言以对，忽然说："行了，什么也别说了，咱们结婚。"

但是还没等他们结婚，尤玲就彻底垮了。

胃里就像装着一颗定时炸弹，随时会发生爆炸，把肚子里的固体和液体喷射出来。大爆炸小爆炸，爆炸连着爆炸，爆炸套着爆炸，简直一点活路都不给。世界缩小到一张床上，在一堆乱糟糟的棉织物里翻来滚去，昏天黑地。体味、汗味、呕吐物的气味像铁盖子把尤玲闷得死死的，她只能在痛苦中苟延残喘。没人能帮她，马晓建更是帮不了。他甚至变成了那个最可恨的人，因为尤玲就要死去，他却站在一边眼睁睁看着。这太不公平，老天爷凭什么这样对待她！

涂刚被尤玲的样子吓了一跳，这还是她吗？双颊下陷，两只眼窝眍下去，头上顶着一堆乱草，说话有气无力："我，我，快不行了。"天哪，她也有今天。涂刚竟扑哧笑出来。

尤玲又吐了。马晓建不在，涂刚在一旁端茶倒水，侍候着。缓过一点劲来尤玲说，她要死了，她已经忍无可忍，她要做人流。她不能要这个孩子了，没法要。在这种情况下还让她要孩子的人就是要她死！

涂刚觉得这不过是气话，说，"你死不了。不信咱打赌。"

尤玲的脸涨得通红，谁说她死不了，谁敢说！这一切再不结束她就跳楼。说着歇斯底里地哭起来。

涂刚呆了一会儿，问："那……晓建同意吗？"

她不管，他爱同意不同意，这一切必须结束，非结束不可，马上，立刻！

在她的逼迫下涂刚给马晓建打了电话，转达尤玲的决定。难以抽身的马晓建又打电话给尤国臣，告诉他他女儿要做人流。

积怨随时间淡去，血缘是不可改变的。这两年尤玲开始回家，和爸爸一起出去吃顿饭，偶尔于海燕也一块去。生活的轨道长期不交会是相安无事的保证。

晚上尤国臣来了，拿来蜂王精和点心，放在床头柜上。尤玲看着爸爸，眼神发虚。

"我拿来几盒蜂王精，还有你爱吃的奶油蛋糕……"

尤玲发出一连串急促的呻吟，挥手让爸爸赶快把点心拿开，拿到她看不见的地方。

尤国臣照做，然后在女儿床边坐下，为她掖掖被子。

"女人哪，就是可怜。你这样子让我想起你妈，当年生你也是折腾得要死，一直到快生了还吐，而且还要上班，挺着大肚子给人理发……"

尤玲诈尸般猛地坐起来，两手捂住耳朵："别说啦好不好，求求你，我受不了啦……"

激动情绪引发了一阵令人窒息的干呕。

炸弹从身体里排除。

阳光透过白纱窗帘照在床上，尤玲的脸庞因为瘦了显得有点尖，瘫软地斜靠在堆得高高的枕头上，用一种虚弱的方式微笑。

"嗨，你看，我像不像林黛玉？"

"你呀，我看像尤二姐。"马晓建说。

尤二姐是何等人物尤玲并不清楚，只知道也是《红楼梦》里的。尤二姐，哈，好玩儿！

二十四

黑暗中响起急促的敲门声，刘青吓得一机灵，翻身坐起。涂刚也醒了。

"谁呀！"

外面传来女声："我，尤玲！"

涂刚赶紧披衣下床，看一眼床头柜上的闹钟，一点十分。

刘青走到虚掩的门后谛听，尤玲和马晓建又为结婚的事吵架了。深更半夜的闯入已是第二次，脸皮这么厚的人实在天下难找！刘青又气又隐隐高兴，是冲出去让她滚蛋还是让她哭诉，证明自己是一个没人要的贱货，两种想法交替运行，直至困倦登场。刘青倒退着回到床前，躺进被子里，有些恋恋不舍，但浓重的睡意还是占了上风。

那夜涂刚没能睡觉，苦着脸坐在椅子里，尤玲描述着评论着回顾着咒骂着，偶尔他不得不提醒她小声点儿。眼看窗外的天光渐渐发灰，他晕晕乎乎张开嘴打了个大哈欠，尤玲一下子崩溃了。

"你听没听我说话？你他妈屁都不放一个。我早看出来啦，你和马晓建是一丘之貉，都是混蛋王八蛋！"

涂刚的目光空茫地望向尤玲，脑子几乎是麻木的，最真实的话语自然而然地流淌而出，"行了吧你，看看你自己那样儿吧。就你，谁要愿意跟你结婚除非有病。"

霎时，房顶上的电灯对他的话做出反应，电压陡然变低，灯丝忽明忽暗，涂刚一时看不清眼前的东西。等电压恢复正常，房间里只剩下他自己，尤玲已不见了。涂刚靠在沙发上感觉钝如棉絮，身躯如自由落体向一侧歪过去，倒下，一分钟后鼾声响起。

猛然醒过来的时候太阳已高升，刘青已经上班去了，而他也已经迟到。急匆匆用凉水洗了把脸，冲出家门。

在班上给马晓建打了个电话，马晓建没有多说，只说放心，没事儿了。

晚上回到家里正准备做饭，刘青打来电话说加班，不回来吃饭了，涂刚心中一松。煮开水下挂面，卧两个鸡蛋，放上酱油、香油、味精，吃得很香，随即脱衣上床睡觉。

漆黑的大海不祥涌动，一群小黑点浮出水面，黑影越来越近，是偷渡的人。猛然间一道强光刺破黑暗，坚硬的鳞片湿淋淋发亮，妈呀，水中钻出尤玲的脸……

没有机会弄清那到底是什么怪物，一只手把涂刚摇醒，"醒醒，别睡了，起来。"

"干吗？"

"你说干吗，我要和你谈谈。"

"谈什么？"

"昨天半夜尤玲来干吗，你给我解释解释。她是不是疯了？"

原来如此。他以为能躲过这一关，怎么可能。

"涂刚，我看你是有瘾哪，受虐狂是不是？到底是什么心理我怎么就理解不了呢。你给我讲讲，让我也长长见识。"

心在往下沉，涂刚默默看着妻子。

"哑巴啦你！"刘青突然喊。

涂刚一激灵，越发坚定了保持沉默的决心。不说话，就是不说话，什么也不说，没什么可说的。

昨夜的被打扰，早上忍住没有叫醒丈夫，对他心存顾惜，此刻必须得到双倍的补偿。可他却呼呼大睡，像什么事也没发生，现在又一言不发，装傻耍赖，刘青怎么能咽得下这口气。

"起来，你给我起来！"

涂刚不动。

"我让你起来听见没有！！"

涂刚慢吞吞挪动身子，让后背靠住床头。

"你说，尤玲算个什么东西，你自己说！"

涂刚想说她不是东西，是人。但他已经决定不开口了。

"不说话是不是？成，有本事你这辈子别理我。"

惯性使然，刘青扭身冲向门口，胡乱穿上刚刚脱下的外衣，伸手开门，手已经攥住门把，忽然眼前电光一闪，为什么，她为什么要走？

凭什么是她走！

噔噔噔返身回到卧室，果然涂刚已经又躺下，钻进被窝。

"涂刚，你也太美了吧！我告诉你，这房子是我爸的。凭什么我走，我不走！该走的是你，你给我出去！"

异常平静的一瞬，涂刚似乎在费力思索刘青话的含义。一旦想明白，他猛地掀开盖在身上的被子，用脚找到鞋站起来，抓起衣服，一面穿一面没头没脑地窜来窜去。

"你干吗，找什么？"刘青下意识问。

他才不理她。他找到了挂在椅背上的提包，拉开拉链，手伸进去胡乱搅动，摸出他要找的钥匙，激动而颇费周折地从钥匙链上摘下其中的一把，"叭"地放到桌上。

"你看清楚了，这是家门钥匙，我放这儿了。"说着向后倒退着走了两步，倏地扭身走出家门，把门"砰"地摔上。

从始至终刘青一直愣愣地看着，现在屋子里剩下自己，她感到身体在微微哆嗦。

当晚涂刚回父母家住，无须做什么解释。这已是他们之间固有的模式，彼此不必过多了解，不必自寻烦恼。

在家的两夜涂刚睡得很好。

第三天刘青把电话打到公司，涂刚拿起话筒却没人说话，他接连"喂"了几声，听到刘青低沉而平稳的声音："跟你说，我爸要你回家，他病了。"

刘德榜为牙疼所折磨，心情恶劣，坐着涂刚的车去医院，一路脸色阴沉。牙钻的声音如魔鬼在地狱呻吟，涂刚感觉自己的神经同时被钻，躲得远远的。

二十五

涂刚在柜子上发现了一些以前没有的东西，也许以前就有，只是从未注意，是一些化妆品。刘青不在家的时候他好奇地拿起小瓶子小盒子，高的矮的扁的圆的，看看闻闻，还有短短的小铅笔，小毛刷子。这些小玩艺儿散发出新奇而陌生的气息，似乎透露出在什么地方还有一种他不知道的生活。涂刚并不关心那是什么，和他没有关系。

晚上，在床上，涂刚动作着，忽然看见刘青双目紧闭，脸板得死死的，不由停住，"你怎么了？"

刘青没有睁眼，"快点吧，我累。"这就是回答。

涂刚不喜欢这回答，不喜欢这样的性生活，只能竭力把不好的感觉从心里排除出去。或者是自己解决问题，手淫，但他也不喜欢手淫。

他爱上了啤酒。

他盼望下班，盼望回家，不为别的，只是想到一口冰凉的啤酒顺着喉咙流下去的舒畅。吃一口菜喝一口酒，再吃一口菜再喝一口酒，慢悠悠耗过晚上的时光。刘青吃完饭就离开桌子，去看电视或干别的，他一个人微醺地坐在灯下，感觉自己正在非常缓慢非常舒适地老去。

在马晓建的住处见到尤玲，她皮笑肉不笑地说："哟，你到病人家来干什么，就不怕传染？"涂刚没有听懂：什么病人？

"你不是说想和我结婚的人有病吗？"

涂刚咧嘴笑笑："对不起，我错了，我向你认错。是我有病。"

随尤玲怎么嘲讽贬低挖苦糟踏他，涂刚都不生气，相反在心里偷笑。因为他知道尤玲所不知道的情况，马晓建已经向他交了底，他不准备和尤玲结婚，正在想办法。

蒙在鼓里的尤玲依然颐指气使，耍性子，撒娇，为马晓建讲的荤笑话笑得站不住脚，东倒西歪，扶着家具在房间里绕圈，快乐得似乎不真实。可谁知道呢。

睡到中午一点多才起床，洗漱之后刚在梳妆台前坐下，门铃响了。尤玲认为是马晓建和涂刚去外面吃午饭回来，不理。可门铃持续地响，起身气哼哼去开门，门外站着刘青。

"涂刚呢？"没有一句客气话，连招呼都不打。

尤玲斜睨着她，有点发愣。这个刘青怎么变样儿了，好像变漂亮了，头发翻着波浪，衣着衬托出身体的曲线，连乳房都变大了，不再是那个窝窝囊囊的女人。

"涂刚上哪儿去了？"刘青又问了一句。

回过神来，故意慢悠悠回答："你问涂刚啊，他和晓建，他们俩出去吃饭了。"

"真混蛋！"刘青脱口而出。

"你骂谁？"

"对不起，我没骂你。"刘青解释说家里新买了冰箱老出毛病，涂刚说好星期天回去把冰箱拉去修理，竟然和马晓建出去吃饭。

尤玲手扶着门框，一句话不说，意思是走吧你，和我说这些没用。可刘青的气消不下去，"麻烦你告诉他，他要这样，就别回家了。"

像插销插进电门，电流瞬间激活体内能量，尤玲来了精神："刘青，有句话我想提醒你，涂刚是你丈夫，不是你们家奴隶。"

刘青怔住，气得肺都要炸了，"你说对了，涂刚是我丈夫，关你什么事，你是干什么的，算什么东西！"

这下好，机会可算来啦！是她自找的，活该她自找倒霉。尤玲深深运气，肩膀大幅度晃了晃，挺直身子，她要好好教训教训这个蠢女人，让她记住该怎么和她说话，这辈子都忘不了。可机会却不等人，刘青已经噔噔噔转身下楼。也许预感到不妙吧。

"嘿，站住，你跑什么？我还没告诉你我是什么东西哪！"

"我知道，用不着你告诉！"

"你知道个狗屎！有本事你回来，傻逼……"

"你才是哪！谁理你这种人。"

"死去吧你！"

"你死去吧！"

距离迅速拉开，声音在楼道里回响。

两天后涂刚接到尤玲的电话："信不信，刘青有人了。"

刘青有人了？！涂刚的第一反应是不可能。尤玲说这个人就是她现在的老板索友亮。这让涂刚的心乱了。

屈从于疑心是那么容易，但他在挣扎。并不是信任与否，也不是刘青是否忠贞，而是……他认为刘青根本不是这样的女人，说到底，她不具备做这种事的条件。这是他的真实想法。他宁愿把这当成是尤玲对刘青的报复，恶作剧。

晚饭后他们两人一起坐在沙发上看电视剧，涂刚的眼睛盯着屏幕上的男男女女，看他们吵吵闹闹却不知道为什么而吵。一集结束，刘青叹了口气，"唉，这个杨丽娜真够倒霉的，你说呢？"

没有回应。刘青不由瞟一眼丈夫，"怎么了你？"

疑心忽然战胜，涂刚张开黏住的嘴唇："有、有件事儿……"他说出尤玲打电话和他说了什么。

"是啊，她自己是这样的人，以为别人都是她。"刘青的态度极度鄙夷。她和大索，她怎么会和大索，人家大索有老婆。可惜涂刚没见过大索的老婆，长得像电影演员一样漂亮。如果他想见见的话她可以带他见。要说疑心，疑心的人应该是她。他和尤玲到底什么关系？哪个男人会甘心让一个女人那么指使那么骂，没有原因才怪！

他倒疑心起她来了。一股来自内心深处的厌恶使刘青忽然停住，一句话都不想再说。很久以来刘青并没有明确地意识到自己对丈夫的失望，然而她却是失望的。她也不知道失望竟是这样一种可怕的感情，为了和它对抗人真的能做出任何事来。

天地良心，涂刚愿意相信妻子，尽管他觉察出妻子看他的眼神是那么冷冰冰，没有一丝情感热度，但他还是让这个话题到此结束。关了电视，去厕所洗漱，换睡衣，上床睡觉。

闭眼躺在黑暗中，疑问的小虫在身上蠕动，让他十分难受，真的还是假的，到底是真的还是假的？

不久以后他就看清了人人都是演员。当他终于看清这点，却陷入更深的迷惘之中。他甚至不想搞清究竟发生了什么事，因为那又有什么意义呢？任何事物的意义何在？

这一年尤玲三十三岁。临界点在向她逼近，令她焦虑不安。也许并没有什么临界点，只是感觉使然。

深夜马晓建熟睡着，发出节奏平稳的鼾声，尤玲侧身面向他，迎着他吹拂的鼻息在心中念叨：想离开我，你觉得可能吗？我怎么会让你离开。这不是闹着玩的事，这件事我没想闹着玩。你只能属于我，别的可能不存在，知道吗宝贝儿……

当尤玲睡着的时候马晓建也在想她：我了解你，这世上还能有人比我更了解你吗！你这个水蜜桃似的女人，一咬一口毒汁，我被你毒翻了多少回。老天爷保佑，留我活命，我要还不觉悟怎么对得起他老人家。别跟我来爱情那一套，不管你说什么做什么都是出于你的自私和任性。没有别的。

一次和马晓建吵架，尤玲突然扭身冲向窗子，试图跨过窗台从五楼跳下去，被马晓建拦腰抱住。一个傍晚马晓建推开屋门，刺鼻的煤气味扑面而来，冲进厨房拧上煤气灶开关，打开所有的窗子。床上的尤玲已人事不省。以马晓建的体力把丰腴的尤玲抱下五楼十分艰难，但他只能这么干，快到一楼时四肢抽搐，难以支撑，两人翻滚着冲下最后几级台阶，摔在水泥地上。新鲜的空气、一至五层的颠簸、最后的剧烈撞击使尤玲醒了过来，结果他们没有去医院。

半个多月之后马晓建额头上的青紫褪了下去，绝望感在加重。

"妈的，再不能这么下去，这样的日子谁也受不了。"他手一挥碰翻桌上的酒瓶。眼看瓶子咕噜噜滚向桌边，被涂刚伸手挡住。真他妈遗憾。

"你丫听着，我告诉你，尤玲有病，她该去的地方是精神病院，我准备送她去。"

涂刚一怔，随即呵呵呵笑得开心，"行，你丫真行，真能逗。"

不，不是逗，他真的想把尤玲送到精神病院，是真的。涂刚呆住，无言。后来还是说出了自己的想法，他觉得不能这么干，这太狠了，而且他也不相信马晓建真能干出这种事，除非……不，无论如何不能。

"那你丫说，我该怎么办？"马晓建瞪着一对红通通的眼睛，期待着答案。

我不在乎下地狱，也不在乎让你们下地狱，这就是尤玲给出的答案。她不是不爱自己，很爱，但生命有如炸药包，导火索既然点燃，还有什么别的选择吗。

涂刚接到马晓建的电话，说他人在西北出差，尤玲给他打电话哭闹，声称已经吃下一瓶安定，也不知是真是假，让涂刚快去看看。

涂刚拖着昏沉沉、歪歪倒倒的尤玲去了医院。医生对他所说病人吃下一整瓶安定表示怀疑，但还是洗了胃，观察两个小时之后让他们离开。

那天剩下的时间涂刚陪着尤玲度过。出乎意料的是尤玲变得从未有过的安静，眼泪顺着脸颊默默流淌，让人有点心痛又有点害怕。涂刚端来水，她不喝，做了方便面，她不吃，低低喔嚅，涂刚凑近细听才听清。

"他为我吃了安眠药，现在我也吃了，扯平了吧。"

天哪，真是这么回事儿！涂刚不由打了个冷战。后来他靠在沙发里打了个盹，忽然惊醒，不见尤玲，吓出一身冷汗。但不过是虚惊。尤玲躺在卧室的床上，脸朝下趴着，声息全无，睡着了。浅浅的呼吸吹动脸上的发丝，身子轻微起伏，像个哭累了的小姑娘。

而马晓建没有来一个电话。

事已至此谁都看得明白，回头的路彻底断绝。追根溯源，十几年的恋情，少男少女两情相悦，妙趣无穷，世事变迁，几番离合，破镜重圆后的高潮演绎，最终男女双方以吃安眠药的方式扯平。剩下的只有闭幕。

再过两个月就是尤玲三十四岁生日，这时候她变成了孤身一人。当然这么说并不准确，毕竟她身边还有一个人，二哥。

　　世上确实怪事多多，其中一件便是涂刚觉得自己对尤玲负有某种说不清的责任。别人可以抛弃她，而他不能，但是他又完全不知道该怎么帮她。事实上根本帮不了。人只能自己救自己，《国际歌》里早就是这么唱的，尤玲，涂刚，大家，每个人，全人类都一样。

二十六

　　这个皮肤晦暗、头发油乎乎、戴着深度近视眼镜的女人甚至没有说自己的名字，只说她是索友亮的老婆。她还是索有亮的远房表姐，她和索有亮的婚姻是双方家长早就定好的。索友亮是个孝子，只要他的母亲还活着，索友亮就不会和她离婚。但是他不理她，不把她当人看，甚至不和她睡在一张床上，因为他有别的女人，就是涂刚的老婆刘青。眼镜顺着女人的塌鼻梁往下滑，她不断地用手去推。涂刚忽然想起刘青说大索的老婆漂亮像电影演员，"扑哧"笑了，他自己都不相信自己竟然会笑出来。

　　"你不信我的话吗？刘青一直帮索有亮管账，没来公司的时候她就管，现在公司财务全在她手上，大索连看都不看。多少年的关系了。"

　　什么关系？涂刚差点儿问出傻话。

　　过去了的许多瞬间以极高的速度在脑海中闪过，随即又在一霎时冻结，静止得可怕。原来一切都是人家早安排好的。

儿子冲下门口的台阶，完全不顾爸爸的叫喊：小心，小心摔了。一路兴奋地尖叫着，和两个男孩在院子里绕着圈疯狂追跑。涂刚一把拽住他的胳膊，儿子拼命想挣脱，"闹什么闹！"一声断喝。

小脸惊讶地仰起，注意地看看爸爸。你生气啦？谁惹你生气了？为什么生气？生什么气？一连串的问题，得不到回答后很快放弃，遗忘。

冲进家门，嘴和手同时发射着各种武器。刘青蹲下身搂住他，亲他，弄得小家伙极不耐烦。

假的，都是假的，一切都是假的。没有真的。涂刚恨恨地想。他沉默地坐在沙发上，任儿子用机枪反复扫射就是不死，儿子大声命令他倒下，他却仍然坐在那儿发呆。

"妈妈，爸爸不死，你快让他死啊！"

刘青瞟了涂刚一眼，"你爸累了，别闹。"

"你是累了吗？不成，跟我玩，你该死啦！"儿子揪住爸爸的胳膊晃来晃去。涂刚很想对儿子笑，但只做到咧了咧嘴。

九点钟儿子上床，刘青念连环画哄他入睡，一本没念完就睡着了。

涂刚坐在沙发上，屋顶的灯在他脸上投下阴影。

"知道今天谁找我来了？"

"谁？"

"大索的老婆。"语调竟然十分平静。

刘青的眼神一颤，垂下头。如果涂刚不是她的丈夫，对她不够了解，就会认为她没有反应，不为所动。但涂刚是她的丈夫，多年的夫妻，他明白不必再说什么，她已经承认了。

这天晚上刘青一直躲着他，什么话也不说。到睡觉的时候也不出现，不和他睡，挤在儿子的小床上，把儿子搂在怀里。留涂刚一个人靠着床头一根接一根地抽烟。

烟雾缭绕，烟雾迷漫，烟雾笼罩了一切，透过烟雾所看到的除了虚伪还是虚伪。涂刚现在对人的看法是以前所没有的，他想到马晓建，那时候他几乎体会不出他的心情，现在体会得很深刻。想把尤玲送到疯人院去吗，该，送吧！不惩罚她们惩罚谁，她们是杀人不用刀的罪犯。

她们？涂刚一惊，谁是她们，难道是尤玲和刘青？他有点呆住了。事实上他做梦也没有想过把自己的老婆和尤玲并列，当作一类女人。看看刘青的长相吧，她离美丽差着十万八千里哪！然而这么一个普普通通的女人居然也淫荡，无耻地背叛了他。躺在烟雾中，一滴眼泪不知不觉顺着脸颊流进耳朵里。

突然，一道闪电映出了黑暗核心，涂亮，索友亮，为什么有两个亮字？难道涂亮是索友亮的儿子！这念头太可怕，涂刚一下窒息。

终于喘过一口气，不可能，绝不可能。儿子白嫩的皮肤，胖乎乎的圆脸，笑眼弯弯，都是他的，没人能说不像他。但"亮"字是什么意思？到底什么意思！

烟头几乎烧到手指，这问题他必须搞清。全身的神经都渴望着要看看这条路究竟通向哪儿。

掐灭烟头，翻身下床，轻手轻脚走到儿子床前。路灯的光亮透过窗帘映出母子二人模糊的身影。许久，他默默站在床边，又许久，他抬起一只手，用手巴掌揾在流满眼泪的脸上。

这是怎么回事儿？几天前，她、他们是他的亲人，而现在……他不知道，什么也不知道。

"亮"字像一条蛆，让他恶心、难以忍受。他提出要让儿子改名，惹翻了刘青，两人大吵。

本来不善言辞的涂刚愤怒时表现得更糟，出口的难听话和小时候打架骂人相差无几。刘青恶语相加的狠劲也丝毫不输丈夫。夫妻间翻脸到了这个程度，没有动手已属难得。

涂刚再次离家，刘青在他身后怒喊："有本事你别回来！"涂刚站住，"凭什么，这是我的家，我想回就回。"说完摔门而去。

星期六刘青去幼儿园接儿子，把儿子带回父母家，从那天起她就留在父母家了。在此之前她和涂刚在家里有过一次对话，非常简短。涂刚问她到底打算怎么办，她说不知道。涂刚说："操，什么叫不知道！"刘青瞟着白眼，神情极度轻蔑："你说话能不能文明点儿？"

"文明？"

"对，听说过这个词吗？文、明。"

涂刚血脉偾张，粗喘吁吁，"好，我给你文明！"抬手打了刘青一个嘴巴。谈话就结束。

刘青走后，涂刚来到窗前，久久望着窗外一成不变的景象。窗帘上的灰尘味道钻进鼻子里，到处都是尘土。

几乎在同一段时间遭受重创，使涂刚和尤玲产生了同病相怜的感情。

涂刚深陷在沙发里，一只手托着下巴颏。尤玲在他面前走过来又走过去，情绪亢奋，"告诉你，她不会有好结果的，相信我没错儿。谁会真的爱上她，太可笑啦！也不看看自己长什么样儿。放心，早晚有一天把她甩了。到她来求你的时候你让她哪儿凉快哪儿去。哼，就她，什么东西！"

尤玲的本意是帮涂刚排解、出气，但同时却在刺痛他。而这是涂刚不得不忍受的刺痛，置于死地而后生。

中午，尤玲从冰箱里拿出剩菜，做了一锅香喷喷的烩饭，引得涂刚胃口大开，吃了满满两大碗。尤玲看着他哏哏直笑，"行，不错，就该这样，高高兴兴的，气死他们。"

尤玲仍然住在马晓建租的房子里，租金交了一年。房子里看不见马晓建的任何东西，充分表明这个人消失得如何彻底。有生以来这是涂刚和尤玲最接近的时刻，两个伤透了心而孤孤单单的人，四目相对就像照镜子，但又拒绝承认自己的惨状，想从对方那里得到印证，没什么了不起的，他们照样活，活得很好。

饭后涂刚靠在沙发里睡着了，陷入梦魇。尤玲在床上身体平摊，呆望房顶。奇异响动传来，越来越响，是重型卡车从屋前驶过，还是坦克车，抑或轰炸机飞临头顶？如此鼾声，惊心动魄，尤玲笑了。

大索的老婆又来过两次，从镜片后面探视的目光满含无穷的伤心。涂刚不想和她说话，更不想听她说话。这个丑陋女人所做的就是提醒他他有多么可悲，而他只想忘掉一切。他几乎粗暴地让她走，别再来找他。

心情恶劣到极点。

水开了，把挂面下到锅里，用筷子搅动了两下，然后走开，忘了这码事，直到锅里的水溢出来，把火扑灭，差点儿引起煤气爆炸。晚上涂刚快速出门倒垃圾，冷风把门"嘭"地撞上，没有钥匙，身上只穿着背心裤衩。十一月天，站在街边打车，出租车放慢速度，随即又加速开过去，没人愿意拉一个疯子。他产生一种冲动，就这样在大街上跑，一直跑，跑哇跑哇，最后跑回了父母家。

第二天去岳父家取钥匙，田兰荣开的门。儿子从里屋冲出来，奋力爬到爸爸身上，令涂刚产生幻觉，觉得一切还是老样子。已经晚上六点多了，刘青还没回来，田兰荣叨咕着女儿有多忙，老加班，多么辛苦。

他们知道他们的女儿在忙着和一个男人鬼混吗？

涂刚发现自己也是演员，也可以演得很好。他的脸上一直带着笑，东拉西扯，但是等到岳母做好晚饭，岳父摆上酒杯，他却不肯留下，坚决要走，而且没有理由，故意不说理由，就是不吃，断然出门，把疑问关在门里。

果然，刘青回家就受到父母的盘问。

"你和涂刚怎么了？让他吃顿饭他非要走，什么意思？"

"走呗！管他哪。"

"咦，你这是什么态度。"

"实事求是的态度。他要走我管得了吗！"因为心虚，刘青一上来就有点气急败坏。也许她焦灼不安的心一直在等待着这一天，也许对自己的父母她觉得很有把握，他们给了她生命，她就是他们的生命，何必还苦苦对他们隐瞒。

几句争辩之后她说出隐情，承认自己和涂刚闹矛盾，吵架，原因是她爱上了别的人。这句话一出口就感觉后悔，但已经来不及。

父母的反应让她害怕。他们是那么震惊，完全闷住了。

"你们干吗不说话，想骂就骂吧！我不怕。"带着一股小女孩儿赌气的意思。

"无耻！"刘德榜狠拍茶几，疼得倒吸一口凉气，但顾不得了，"你怎么能做出这种下贱事，你不觉得丢脸吗？看，看看你的样子，我怎么养了你这样的女儿！"

田兰荣也向女儿开火，一串串愤怒子弹横飞。他们弄不懂为什么会发生这样的事，刘青到底想要怎么样，他们根本不理解，也不想理解。刘青的嘴唇开始哆嗦，虽然竭力想顶住，可做不到，流下示弱的眼泪。

这一哭就一发不可收拾，哭泣成了她唯一的武器。哭声在空气中震荡，传到儿子房间。涂亮把圣斗士们全部搬到床上，正在被窝里展开一场洞穴大决战，这时小脑袋从被子里钻出来，竖起耳朵。

怎么，是妈妈哭？！孩子的心骤然缩紧，恐惧袭来，压倒一切。他跃下床，光脚冲出屋子，来到客厅，扑向妈妈怀里。

"妈妈!"

儿子长得和爸爸很像,性格却完全不同,是个外向的感情充沛的孩子,这方面更像姥爷。

"妈妈,你干吗哭啊?怎么了你,我妈妈怎么啦?"涂亮转而问姥姥姥爷,而他们像傻了一样,无言以对。这加剧了孩子内心的恐慌,跟着哭起来。

当妈妈的心痛难忍,紧紧搂住儿子。这让姥姥再也受不了,鼻子抽搭抽搭,干脆走过去抱住母子俩。

姥爷浑身僵直,心情复杂。这世道变得让他认不出,在任何角落都可能冒出一张怪物的脸,伸出去的脚不知道会踩到什么。事情没有尽头,只是开始,他在心里发出无奈的叹息。

两天后涂刚被召来参加家庭会议。岳父声音亮若洪钟,大道理满天飞,这世上他最爱听的声音就是他自己的声音。

"我知道世道在变,改革开放嘛,但别以为什么都能变。人要有道德,活着要守规矩,这条永远变不了,变了就糟啦,地球就乱套啦!非毁灭不可,懂吗!"喘一口气,"你啊,你是结了婚的人,你丈夫就坐在你身边,你们俩是夫妻。任何别人都是非法,做非法的事就等于犯罪!做父母的要是不管,就等于纵容孩子犯罪!"

他批判女儿的行为,毫不留情面,甚至举自己和田兰荣的婚姻为例。他们的婚姻难道就尽如人意吗?大家有目共睹,是不是?

田兰荣目光坦然地看着丈夫,可见事先打过招呼。

"人生啊，不如意事常八九，可与人言无二三。有不满意难免，吵吵架也可以，但是金无足赤，人无完人，这个道理要是不懂，永远没有好日子过！人三十而立，你多大了？三十四啦，当妈妈的人啦！你还想怎么样哇你！要这么糊涂下去非摔大跟头、倒大霉。人生最苦的就是吃后悔药，苦死你。要不要吃后悔药，你自己好好想想。"

接下来轮到表扬涂刚，历数他为家里做了些什么事，如何任劳任怨，粗声大气让涂刚感到难堪，但在内心深处并非没有安抚作用。

他一直让自己保持一种沉痛姿态，垂着头，目光紧盯地面。盯着盯着忽见涂尖里从地底下冒出来，一脸幸灾乐祸的笑，你好儿子，感觉怎么样，不舒服吧。你好爸爸，太难受了，还是咱爷俩好，两股道上跑的车，井水不犯河水。

最后轮到夫妻表态。刘青用手指拨弄着靠垫上的流苏，她已屈服，但满心不甘，只说了两句话，"我错了，做了错事儿。"

刘德榜狠狠盯着女儿，却再也等不来其他的话。田兰荣赶紧打圆场，"成，别的不用说了，再没有第二回，是不是？"

女儿低头表示认可。

轮到涂刚，他咽了口唾沫，再舔舔嘴唇，依然无话可说。所有的话他们已经都说了。刘德榜的每一句话都在堵他的嘴，让他有口难言。也许这才是他的目的。他不知道自己为什么有这样的感觉，觉得自己的存在令大家不快，问题的根源在他，而不是刘青。

接下来刘德榜命令搬出黄铜火锅，旧家什虽有几处磕碰，却擦拭得金光闪闪。冰箱里的羊肉是春节时机关发的，冷冻三个多月依然膻味十足。一家人围坐桌边，美中不足的是木炭劣质，套上小烟囱拔，黑烟呼呼蹿升，把房顶熏黑了一片。

这段时间烟抽得太多，手指熏黄不说，呼吸刺鼻难闻，刘青只能背对涂刚睡，对屋子里的空气味道却没有办法。

来自父母的压力已然解除，欺骗父母实在很容易。她做了出轨的事，答应不再出轨，就完了。但是涂刚呢，他心里到底怎么想？她不问他，他也不说。偶尔发生的性生活也是在沉默中开始和结束。这算什么，到底算什么？两个人都在心里问自己，但既然不想离婚，不想破坏家庭，在这个前提下就没有多少余地。生活就像你抬起左脚向前迈步，右脚自然会跟上。

每天刘青照常上班，照常和大索见面，一切照常。她应该感激丈夫的宽宏大量，她却不。恰恰相反，她感觉不快，隐隐生气，同时又知道生气是不对的，没有道理。这让她更加不快。

她没有告诉大索家里知道了他们的事，似乎没有必要，也没什么意义。自己和大索的关系会有结果吗，答案几乎是否定的，这点她心里有数。但"他爱我吗"这样的傻问题还是不时会冒出来。

最初在适当时机两个人发生了肉体关系，亲密了一阵子，如今这样的时机越来越少。身为老板的索友亮几乎没有时间浪费在谈情说爱上，连性生活也摆在次要位置。

但刘青并没有太多失落感，因为他们之间还有一种关系，由账目上的阿拉伯数字组成，体现着她对他的价值的不可替代。

　　儿子午觉醒来，涂刚带他去了公园。五月末的草地像一张柔软的毯子，引得涂亮撅起屁股在上面滚来滚去。

　　涂刚站在一旁，阳光把草地照得鲜绿耀眼，儿子发出吭哧吭哧的喘息，伴随短促的尖叫。情景逐渐模糊，荡漾，融化在水波里。幸福是多么简单的事。

二十七

门从里面打开，涂刚愣住。再一想，可不是，多少年没见谢阿姨了，她应该有六十岁了吧。

"天哪，涂刚啊！"谢圣华惊讶地张大嘴，牙齿上沾了一抹口红，"你怎么来了？有事吗？快进来，风大。"

关上门，风声钻过门缝变得更加尖利。涂刚告诉谢阿姨，好久没有晓建的消息，打过电话，号码已经变了，今天正好路过，想来问问他的情况。

谢圣华没有立即回答，转身向厨房走，"你先参观参观，我给你拿喝的。"

干休所的房子高大宽敞，木地板光滑发亮，墙上镶着半截褐色木板显得十分高级。两年前马参谋以师级退休，搬到这里。今年年底涂尖里也要退休，说不定两家又可能成为邻居。

谢圣华拿着大瓶可乐回来，想拧开瓶盖却缺乏力气，干脆地给

197

涂刚："你自己来吧。我打不开。"

涂刚不客气地拧开瓶盖，对着瓶子喝了两大口，气泡噎人。谢圣华笑笑，"我就不爱喝这东西，喝了打嗝。"

二人坐定。涂刚注意到谢阿姨脸上为遮盖皱纹敷了太厚的粉，说起话来直掉渣。

晓建不在北京，常年在深圳，他已经忘了自己还有个妈妈。太可恨啦！是谁把他带来这个世界，是妈妈呀！当年团里让她演马格丽特，就是茶花女，可她怀了他，就没演。生他的时候用一个词形容最合适不过：痛不欲生。至今想起来都心跳，怕。马晓建，大家都看到的，他是大院里穿得最整洁的孩子，毛衣，小皮鞋，小帽子。没人比涂刚更清楚。说说看，她这个妈妈是不是比别的妈妈更心细，更爱护孩子，从来没打过他一次，永远和他讲道理，哪怕自己被气哭……谢圣华情绪有些激动，做了两个深呼吸，把气吸到丹田，再徐徐吐出，唱歌的人最懂气息的重要。

儿子对不起妈妈的事数不胜数，第一就数那个小妖精尤玲。这辈子她都忘不了。

"你和那个尤玲还有联系吗？"故作平淡的语气。

"不，没有。马叔叔呢，身体好吗？"涂刚扭转话题。

"你问他呀，看，你看看……"谢圣华指着散落四处的书，随手抓起一本《家庭烹饪大全》，"都是他买的，他现在一天到晚不想别的，就琢磨一件事，做饭，还说自己总算活明白了，你说这个人，逗不逗。嫁给他我真是亏死啦，幸亏我还能唱歌，每天练声两个小时，对身

198

体很好，想不想听阿姨给你唱一首歌？"

　　一年多前，也许更早，尤玲打电话来说要搬家。他问搬到哪儿，要不要帮忙。她说谢谢，不用。接着话筒里传来嘟嘟忙音，再没有别的。

二十八

几年间姜氏公司业务变更多次。姐弟反目，服装厂归了姜老板的姐姐。姜大姐对涂刚印象很好，想把他留在自己身边，可涂刚还是选择了姜大哥，和同性相处让他感觉更自在。

在尝试了保健品，饮料，床垫，各种小家电之后，姜老板回归服装界，做起了一家外国名牌服装的代理商，这些变化对涂刚来说没有太多感觉，只是拉着不同的货送到不同的地方。

几年生活下来他逐渐明白了一条道理，无论什么，如果你不牵挂着它，它就什么也不是。

97香港回归是件大事，他在岳父家一起看实况转播。刘德榜对很多内幕了如指掌。英方要把降英国国旗和演奏英国国歌持续到6月30日最后一秒，也就是说要我们推迟一秒，在7月1日零时零分一秒开始升旗。

"我们已经等了一百多年了，一秒钟都不能再等。这就是我们的回答！"说这句话的时候刘德榜眼含泪光。

米字旗徐徐落下，紫荆花旗冉冉升起，伟大的历史时刻！一切都笼罩在庄严的荣光里。泪水盈满眼眶之后继续涌出，扑簌簌滚落，流过面颊。

一家人都默不作声。男人的眼泪，尤其是上了年岁的男人的眼泪具有震慑的力量，让每一个人都感到心灵有所触动，感到渺小个体置身于雄伟历史画卷中，既感到自身的微不足道，同时又感到自身的某种崇高。

现在已是十月，涂刚没有再去过岳父家。一条不知通向何方的路在脚下悄悄延伸，谁也没有注意，他寂寞地走着。偶尔会想到自己曾那么尽心尽力地为他们办事，做一切，多么不值得。但，其实也无所谓啦。

无论什么，只要不牵挂就什么也不是。

中秋节那天夜空晴朗，月亮像一个大银盘，白光四射，亮度之炬几乎让人隐隐感觉不祥。夫妻之间最后一次发生了性关系。

自始至终刘青平躺在床上，几乎没有动一动。半掩的窗帘把她的脸划为明暗两半，双目紧闭，眉头微蹙，射精之前的一瞬涂刚突然看到这表情，但已经来不及顾及。

那次之后涂刚不再和刘青一起睡，睡到儿子床上，让儿子和妈妈一起睡。

树叶在秋风中变脆，生命被抽干，片片尸体在空中飘飞。1997年11月，涂刚在报纸上看到一则消息，昆明中院对四名死刑犯执行注射死刑，是中国首次广为人知的注射死刑，历时三十秒。

他闭上眼睛试图体验三十秒有多长，没能坚持下来。子弹从枪膛飞出射入人体要多少时间？他觉得只是"嗖"的一声。死刑并不新鲜，犯了死罪的就该死。新鲜的是打一针让你死，人类文明的进步。

1998年春节的年三十晚上，涂刚自结婚后第一次回自己家，和父母一起吃年夜饭。

食堂的红烧肘子是传统菜，没有它就不像过年。然而这可能是最后的食堂肘子了，年前涂尖里已退休，不久会搬到干休所去。干休所的食堂做不做红烧肘子、做的水平如何都很难说。另一样传统菜是范云的凉拌菜，小山一样堆满搪瓷盆，独特之处是胡萝卜切丝过油，还要加进剁碎的炒鸡蛋，比没有这两样东西的拌菜要香。

涂尖里不喝酒，儿子本也不准备喝，但爸爸从柜子里拿出一瓶存放多年的茅台，亲自给涂刚倒了一杯酒，让他有些意外，甚至心有所动。饭桌上咀嚼有声，对菜品一一评价，没人问问题，一切都很正常，不是吗。电视里春节晚会开锣，让气氛更加轻松，最后连涂尖里都喝了一杯啤酒，范云喝下两小杯茅台，其实她天生是能喝点酒的。

多少个春节之后，一家三口吃着喝着，看着电视，谁也没有就此说什么话，但是心里是高兴的，温暖的，有一种希望时光能延续下去的感觉。

然而好景不长，大年初一刘青打来电话，说儿子也许是吃多了，有点拉肚子，不能来看爷爷奶奶。涂尖里和范云为迎接孙子的种种准备落了空。昨夜的感觉化作美好假象。

近两年里，涂刚和妻子的婚姻处于事实分居的状态。刘青和儿子住在父母家，几乎不回来住，也没有性生活。性欲被抑制着，一种不正常的常态。刘青也一样，和大索也早已没有那种关系了。

连接他们的纽带是儿子。刘青和涂刚这对父母轮流去学校开家长会，之后互相传达老师的意见，学校的要求，交流儿子的情况。两人看法基本一致：他们的儿子总的来说不错，数学差些，作文却时常被老师拿出来在全班朗读。由于酷爱听评书，小学生作文的文笔竟然颇具古风。

"若问我爸爸长得何等模样，肉大身沉，站如松坐如钟，面如满月，慈眉善目，就像那隐身于深山老林庙宇里的和尚。只可惜我的爸爸从来不知佛祖是哪方神仙。"

这篇名为"我的爸爸"的作文让涂刚笑了好几天，多么神的孩子。他不知道儿子的内心有阴暗的一隅。

体育课对他来说痛苦多于快乐，甚至有一丝畏惧。跑步是痛苦的，跳高也很可怕，投掷介于痛苦与快乐中间，那么什么是快乐的呢？他想象一个动作敏捷的男孩儿从肥胖的身躯里金蝉脱壳，变成和大家一样的人，但想象永远无法成真。赘肉满身滚动，一斤也丢不掉，只在增加。

同学们从不叫他名字，只叫绰号，"二肥"。因为他的爸爸是大肥。

如果能按他的意愿，就把叫他爸爸大肥的人揍扁，揍得他们跪地求饶。可现在四百米跑他要跑将近三分钟，八百米他跑不到终点就快死了，胸口炸裂，身体分崩离析，同学们眼里一个丑态百出的胖子。曾经想到过绝食，但做不到。

放学后站在校门口等候，眼看着爸爸一摇一晃走来，他几乎想转身逃跑，可又能跑到哪儿去。面对饭桌上亮晶晶的红烧肉，小小心灵备受折磨。再看爸爸，嘴巴油汪汪，大嚼大咽，他弄不清怎么活下去才好。

如果没有单田芳，这个世界就没有光明。幸亏有单田芳，有他的《白眉大侠》《七侠小五义》，有震八方紫面昆仑侠童海川，万里追魂老魔头彭公亮，金灯剑客夏遂凉，玉面小达摩白云瑞，三教八十一门总门长蒲度，单田芳那低沉沙哑的声音像一只滚烫的熨斗，熨平孩子褶皱的心，为他铺展开一个充满魔力的天地。

到了五年级的时候，学校里有了这样一道风景：中午在教室里吃完饭，大家急匆匆赶往操场，水泥高台上说书人涂亮眉飞色舞，比手画脚，语调抑扬顿挫，招招式式无可挑剔。台下密密匝匝的小脸微微向上，仰望着那张放光的胖脸。不久后涂亮开始进行自我创作，把班上的同学们编进各个朝代，让他们在战场上追对厮杀，成者王侯败者贼。越来越多的人为之折服，成为他的追随者，甚至心怀崇拜，只可惜对体育课考试成绩无补。

为解决体育课考试不及格，涂刚提出每天陪儿子练习跑步半小时。和刘青商议的结果，早上早起半小时，这样刘青和儿子住回家里。

冬天的早晨，摸黑出门，父子二人一前一后迈步小跑，嘴巴吐出团团白雾，吸进冰冷空气。绕小区跑一圈十分钟，跑到第二圈时速度已十分缓慢、步步艰难，到最后几乎以走的姿态跑着，脑袋空空，什么也没有，除了痛苦的感觉。

半个小时究竟有多长他们最有发言权，今生今世也许都难以忘怀。回到温暖如春的家中，早饭已在桌上摆好，牛奶、面包、煎荷包蛋，或包子，咸鸭蛋，白米粥，每天不同。先洗涮再吃饭，心情竟然出乎意料地好。从科学角度，运动时人体内的新陈代谢加快，肾上腺素分泌增多，会让情绪开朗，愉快。这样的日子维持了半年。

体育课最终过关，儿子上了中学。姥爷带外孙去商场由他自己挑了一辆银色的五速捷安特。脚上的耐克鞋是爸爸买的，比自行车还贵，涂亮的虚荣心得到极大满足。

生活有如胶皮垫圈老化的龙头，再使劲也难以拧紧，渗出细密水珠，形成涓涓细流，水到渠成。无须再说什么，一家三口的生活又回到原来的样子。

十三岁生日，爷爷送了孙子一个高级 CD 做礼物。涂亮就此用耳机堵住耳朵，把所有不爱听的声音排除在世界之外。

温柔的星空应该让你感动

我在你身旁

为你布置一片天空

不准你难过替你摆平寂寞

梦想的重量

全部都交付我……

F4 的《流星雨》是大家的挚爱，也是他的。

我要分享你眼中的泪光

陪你去看流星雨落在这地球上

让你的泪落在我肩膀

要你相信我的爱只肯为你勇敢

你会看见幸福的所在

二十九

2000 年，千禧之年，记忆把多少人引入时光隧道，回到从前，重新变得年轻。

大院的孩子们来了一场大聚会，聚会地点就在大院食堂。食堂此时由二林子承包，据说每年能盈利十来万。聚会的费用全部由蔡局长蔡包子承担，只需一张发票。

多少年不见面的弟兄们都来了，吵吵嚷嚷，哄哄大笑，伴随着噼里啪啦的你捶我打。啤酒白酒葡萄酒一齐上，酒杯咣咣碰撞，阵阵声浪冲上屋顶。涂刚感觉回到了少年时代，心中激荡着久违了的粗野的兴奋之情。

红烧肘子端上来时引起众人欢呼，第二次欢呼本该属于当年同样受欢迎的糖醋排骨，然而却不是。从食堂门口传来喧嚣，逐渐变为起哄的欢腾，涂刚扭头张望，天哪，他看见了谁呀！

尤玲的头发染成金色，满身豹纹，寒冷的一月裸露着半个胸脯，脖子上缠绕着一条毛茸茸的尾巴。他坐的那桌离大门有一段距离，暂时轮不到和尤玲打招呼，只听同桌一个四十来岁的"女孩儿"撇着嘴说："妈呀，这不是鸡嘛。"

尤玲终于走到涂刚身边，他咧嘴笑着，凑到她耳畔亲昵问候："姑娘真漂亮，今年十几了？"

"大爷真富态，今年高寿？"有谁能比得上她的伶牙俐齿。随即搂住涂刚的脖子，在胖乎乎的脸蛋上左一口右一口，咂咂有声。欢腾的叫喊冲上房顶，冲出食堂，滚过正午时分的大院，引来一些惊讶张望的目光。

尤玲无法在哪张桌边坐定，人人想和她喝一杯。谁让她一点不显老，还那么漂亮，光艳照人呢。蔡包子伸出胳膊紧搂着她，逼她把杯中酒喝光，其他人也纷纷效仿。尤玲靠在不同的怀抱里，喝了一杯又一杯，人渐渐迷乱，放荡中混杂着真心的快活。

人和人是多么不一样啊！涂刚暗自感慨。转回来的时候，尤玲非要和他挤在一把椅子上坐，他只得站起来，把椅子让给她。

聚会热烈而混乱，到最后谁都顾不上谁。飞扬的酒气在空中旋转，没有几个人没喝多。两个大醉特醉的人成了最终的主角，大家七手八脚围着他们，不知道在什么情况下尤玲脱下脚上的发糕鞋去接他们吐出的黄汤，也不知道她后来是怎么走的，是否光着脚。

回家的路上涂刚浑身轻飘，感觉无比欢畅。醉意对他而言十分熟悉，可这次不同，刚刚他变成一个男孩儿，置身在一大群兄弟之中，甚至涂强也在，他的胸口甚至被他的拳头捶了几下。

头上的天空渐渐变暗，涂刚恍惚觉得一个人就是一颗星星，在钴蓝的夜色中彼此照耀。啊，千禧之年，一个闪烁迷人光辉的时刻。

大院食堂人去楼空，一片狼藉。

伸手在裤兜里摸出尤玲的名片已经是几天以后，名片上尤玲的身份是某某出版社，编辑。他拨了她的手机。

她家的地形颇为复杂，先找到肯德基店，再左拐再右拐再左拐，绕到背面，一座灰色塔楼。

电梯停在十九层，防盗门很新，很结实。尤玲把涂刚让进屋。

"来，看看吧，我家。"

老式的三居室单元，没有厅，但房间很大。卧室有一股淡淡的香味，外面是个带拐角的阳台，阳光很足，像个大暖房。

"真不错，够美的你。"涂刚真心说。

尤玲一笑，"这间原来是他女儿住的。"

"女儿？谁女儿？"

对于尤玲，涂刚绝对有见怪不怪的心理准备，可听到她说出"前夫"二字，还是一惊，"你结婚了？"

"不，应该说，我离婚了。"

尤玲的前夫是个处长，多年前妻子作为访问学者去了美国，在大学实验室工作，收入颇丰，不再回来。他也曾多次出国探亲，试探各种可能性，但一个像他这样的中国男人，处级干部，在美国算得上什么，又能干什么呢。

说实话他的妻子是个少有的宽宏大量的女人，一心做她的实验，只等他做出决定。他的撒手锏是女儿殷越，他不让她去找妈妈，始终不让。理由非常充分。美国女孩儿上中学的时候，晚上出门当妈妈的会和女儿说什么呢？提醒她带上避孕套。能想象吗！想到他的女儿被长满金毛的胳膊搂抱，他只想用一把尖刀捅了那人。

直到在一次饭局上认识了尤玲。半年后他和妻子离了婚，和尤玲结婚。那年尤玲三十六岁。涂刚问有照片吗，没有，一张也没留。尤玲不想再看那个畜牲、恶魔、混蛋王八蛋一眼。而那时候她竟然把他当成一个正派的好人，把他的出现当成老天爷让她改弦更张、过另一种生活的机会。

茶绿绿的，很香，是今年的新茶。

有一时期她确实想改变自己的生活，或者说改变自己。在很多场合听到介绍别的女人是某某的夫人、太太，还有一些话，譬如：这是我老公给我买的，我老公最爱吃辣，猜猜我老公怎么说的……这样的话让尤玲心里有种说不清的滋味。

离开马晓建之后她发过毒誓，绝不让任何一个男人俘获自己。但是一直这样飘下去吗？世上就没有一种比自己现在的状况更好的状况？万一错过了呢？

女性朋友总问她用什么护肤品，皮肤保养得这么好，这么年轻。心态更值得羡慕，很少看到像她这样凡事都兴致勃勃，而且绝对不是装出来的。可她们怎么知道她是不是装的。

尤玲给茶杯续水，问涂刚想不想吃点心，她有好吃的点心。奶油气鼓很松脆，奶油入口即化，涂刚忍不住连吃了两个。

"你一点没变，还那么爱吃。"

"没错儿，就剩下爱吃了。"

尤玲笑了笑，端起卡通图案的瓷杯喝茶，放下杯子。

"虚伪的男人我见多了，一眼就能看到他们骨头缝儿里，想糊弄我很难。可是像殷争光这样的人，天生长一张特正派的脸，内心要多阴暗有多阴暗，几十年如一日地虚伪，太可怕啦！连他老婆，他前妻，到现在还认为他绝不是坏人，只是性格有问题。以前我不信世上有鬼怪，现在不得不信，因为我碰上了。"

涂刚的胃口被吊得高高的，目不转睛。

"结婚前，所有人和我说的都是他的好话，研究生，处长，学历能力都不用说了，最厉害的是老婆出国这么多年，愣没有别的女人。一开始我根本不信，怎么可能！现在我可知道了，他有病，变态。好几次我撞见他躲在厕所里手淫，浑身抽搐，吓人极了。这三年我大长见识，太他妈好玩。"

尤玲停住，吸气，涂了睫毛膏的睫毛可疑地忽闪了几下，涂刚感觉有点不对，难道她是要哭？

"怎么了？"他不由问。

"二哥，我还叫你二哥好吗？"

"好。"

"你看，二哥，"忽然背过身去，用一只手撩起衣服的后摆，露出大半段脊梁。几块褐色疤痕赫然醒目。

"看见了吗，你猜他用什么打我？"

涂刚说不出话，张口结舌。

"用书。"

"书？！"

"对，就是书。他有好多书，有一套百科全书特厚特硬，像砖头。我撕了他的书，他就砸我，一套百科全书全散了，砸飞了……"眼里泪光浮现，嘴角上却笑得冷酷，"你猜我怎么把他打败的？"

涂刚摇头。

"我把汽油洒了一屋子，书柜，衣柜，沙发，到处都洒遍，我自己都快被熏死了。门一开殷越就叫：爸，怎么这么大汽油味儿啊！他一走到客厅门口我就从椅子上站起来，手上攥着打火机，他多聪明的人啊，马上觉出不对劲，拉着女儿就往外跑。我"叭"地就把打火机点着了……"

镶着蓝边的火苗在手中窜动，在野蛮宇宙的边缘挣扎，她看见他扑扇着烈焰的翅膀，翻滚挣扎，化为焦炭。心跳如战鼓，没有一丝恐惧。

仇人叽里咕噜逃跑，滚出门去，"砰"地关上门。她镇住了他，打败了他，她知道自己彻底胜利了。

此前，片段闪现的回忆一遍遍烧灼她，让她疼痛，现在的感觉就像有人陪她看她演的电影，她演得那么精彩，太了不起了。忍不住想笑，干吗不笑哪。尤玲笑出声来，放纵自己笑得前仰后合，眼泪都流出来了。

听完精彩结尾，慢慢再听前半截。这实在是一个很长的故事。

只要是男人打来的电话，他就记下号码，当一个号码出现五次，就用红笔在号码上打叉。当殷争光拿出记录本质问她，那些刺眼的红叉让尤玲头皮阵阵发麻。她大部分的衣服都不能穿，低胸的不行，超短的不行，紧身的带亮片的全都不行。让她有罪恶感是他最大的本事。她不是想有所改变吗，想做个好妻子吗？那好，那就按照他的话去做吧。说句公道话，他对自己的女儿也一样要求。不过那孩子早就中了她爸的毒，习惯了。永远一身校服。

那女孩儿长得像妈妈，扁鼻子，小眼睛，她好心好意给她化妆，小姑娘看着镜子里的自己既惊喜又不知所措。爸爸快下班了，她要去厕所洗脸，被尤玲死活拦住。她觉得丈夫会高兴，会因为她把他的女儿变漂亮了而高兴。那时候他们刚结婚不久，不然她不会干那种傻事儿。

殷争光把女儿叫到她的房间，关上门。小姑娘嘤嘤哭起来。尤玲忍不住推开门走进去。

"对不起，请你出去好吗。"他非常爱说对不起，伪君子的口头禅。她没有说话，退出房间，穿上外衣走出家门。

回家已是午夜。殷争光坐在客厅里，眼里布满红丝。

"你上哪儿去了？"

她不理他，去厕所洗脸漱嘴。殷争光的脸突然出现在镜子里。吓得她叫出来。

"请你听着，这一次我原谅你，但是下不为例。我希望你记住我的话。"镜子里的脸没有任何表情，像戴着面具，"如果，如果再有一次，你再敢做这样的事……"

"我就这样，你能怎么样！"尤玲咬牙。

一只手从背后伸过来，拿起台子上的唇膏，手臂扬起，左一下右一下，整面镜子上打了个大大的红叉。由于用力唇膏断了，掉到地上。

其实后来出现的情况比打红叉更糟，摔东西，叫骂，搏斗，用脚踢用牙咬，然而都不像红叉带给她的感觉。只要想起就脊背发凉。

他扔了她的化妆品，她撕了他的书。他用百科全书把她的后背砸得血肉模糊，她把汽油浇到柜子上，点着打火机！

之后是漫长的对峙，等待一纸相互可以接受的离婚条款。中间人是谁没人猜得到。是他那位前妻。她回国来说服殷争光不要再纠缠，把房子给尤玲，让她拿出八万块钱。

八万块落下这套三居室，很值，不是吗？这辈子她从不佩服谁，但这位前妻，她不得不服。

由于对面楼的玻璃窗反射阳光，朝北的客厅也十分明亮。墙上挂着尤玲一张放大的头像，美女在搔首弄姿。

尤玲问汤红，她前夫的前妻，"你觉得殷争光不是坏人，那我呢，我是坏人吗？"

"不。"汤红回答得十分干脆，没有丝毫迟疑，"这个地球上不是没有坏人，但没有几个，很少。每个人做的每件事都有他的理由，信不信由你。"她不由自主地像外国人那样耸了耸肩膀，"就拿殷争光来说吧，我觉得他很幼稚，在感情方面毫无经验，简直就是小学生水平，估计这辈子他都很难及格……"

"我问的是我。"不知为什么她很想知道汤红对自己的评价。

"你呀，"汤红的小眼睛漾出淡淡笑意，像大人打量自己的孩子，有些挑剔又有些爱怜，"有一种女人有多重身份，是少女又是荡妇，是狮子也是小白兔，美丽，迷人，有毒。我不是说你，但是你有点像，真的。"呵呵笑出声，露出一口不整齐的牙。

这几句话，尤玲觉得自己大概永远也不会忘记。

三十

回家的路上，涂刚的脑子里还在想这件事，忘不了那几块褐色疤痕。想象着尤玲挨打会是什么样子，心情微感沉重。仿佛走了很远的路程，终于回到出发的地方，此地却面目全非，认不出了。

停车的一刻扫一眼仪表盘，十一点十分，很晚了。用钥匙打开门，忽然听见屋里刘青大喊："来！快，快来看啊！"

涂刚的心一惊，出什么事儿啦？

最初他还以为电视里在放美国的惊险大片，但不是，是真的。飞机撞进摩天大楼里，破碎，变为火球，大楼默默垮下去，坍塌，黑云翻滚，遮天蔽日，人们惊恐奔逃。电视屏幕里不断地播放同样的画面，没有人知道发生了什么，连主持节目的人也一头雾水。

电话响了，涂刚就近拿起话筒，是岳父打来的。刚刚就是他打电话让已经睡下的女儿快起来看凤凰卫视。

此时是 2001 年 9 月 11 日，北京时间将近午夜。涂亮在睡梦中咂了咂嘴。

刘德榜让女婿把外孙叫起来。纽约的世贸大厦被飞机撞毁，百年不遇的大事件啊，这样的历史时刻不应该让孩子错过。

"好，知道了。"他放下电话，在沙发上坐下，有些发愣。怎么会发生这样的事，简直像世界末日。再一转念，地球上有那么多人，嗖嗖横飞的子弹在每个街角等着他们，炸弹随时可能落到他家的屋顶上。他们的麻烦比你大得多。他想起一位阿拉伯父亲不得不收集起儿子身首分离的尸体，放进棺材，世上还能有比那样的事再可怕的事吗？没有了。儿子不需要知道这些事。隔着太平洋，谁也无法阻止涂亮明天上学。他是涂亮的爸爸，还是让他决定儿子该干什么吧。

问题的症结不在于世贸大厦被撞，与阿拉伯悲痛欲绝的父亲也无关，问题的症结在于涂刚感觉到刘青和她父母在对儿子灌输东西。

"前天晚上你干吗不叫我？"儿子从姥爷家回来后问他，用的是质问的语气。

"哪天？叫你干吗？"涂刚不明白。

"你说干吗！美国出了那么大的事干吗不叫我起来。"

涂刚一愣，扑哧笑出来，"美国？你可真逗，美国和你有什么关系。"

"咱俩谁逗，你懂不懂啊！"涂亮用变声男孩儿的粗哑嗓音嚷起来，"告诉你，美国是自找的，谁让他们要当世界警察！"其实他根本不知道美国干了什么，是怎么当世界警察的。在一团混沌的脑海中只有一件事很明确，就是要证明他爸爸是个糊涂虫，傻瓜蛋。

看着儿子那么激动，脸都涨红了，涂刚觉得怪好玩，忍不住想逗他。他提醒儿子，让他想想那些从一百多层高的楼上跳下来的人，他们招谁惹谁啦。

"那开着飞机撞大楼的人哪？！"

"他们那才叫自找呢。"

"瞎说你！"

"我怎么瞎说了，人家自己都承认那叫自杀式袭击。那么多人肉炸弹你不知道？"

"谁不知道！你才什么都不知道哪！"

"好哇，那你告诉我。我听你说。"他依然笑眯眯的。

而涂亮愈发火冒三丈，"看你那样儿吧！还笑呢……"儿子脸上的鄙夷神情让涂刚心里不舒服，但依然保持笑容，"姥爷让你叫我你为什么不叫！"

笑意顿时消失，眼睑下的肉抽搐了两下。

"我为什么要听他的。"

"因为姥爷说得对。"

"对个屁！"涂刚脱口而出。

"好哇，你敢骂姥爷。"

心在咚咚跳，撞击胸口，他紧咬着牙，"小子，别和你爸这么说话。"

"我就这么说。"

"你……你再敢说一句！"涂刚低吼，声音发抖。

直觉亮起红灯，涂亮咬住嘴唇。

再过一个星期就是涂亮的十五岁生日。涂尖里让儿子提前和岳父打招呼，这一次让涂亮到他们家来过生日。他没有说出口的是前几次的生日都是和姥爷姥姥一起过的。这层意思涂刚当然明白。

他和岳父岳母说了，他们表示同意，没有理由不同意。

生日那天，早上，涂亮背起书包要出门的时候涂刚提醒他，"哎，儿子，放了学我去接你，等着我。"

没有回答。

"听见没有，我接你去！"又重复了一遍。

人影消失不见。锐步牌运动鞋弹性十足，轻盈跃下楼梯。

涂刚追到门口，"涂亮！涂亮！！"

"知道了。"声音已经远去。

天空阴沉沉的，午后雨点飘落下来，打湿地面。蒙蒙雨雾逐渐变成针尖一样的雨点，涂刚不得不打开雨刷器。

四点过后，涂尖里站在窗前向外望，铺了柏油的小花园在雨中又黑又亮。厨房里，煎炒烹炸的香味在湿润的空气中弥漫开来，凝结成看不见的小颗粒，刺激味蕾分泌唾液。

差五分五点，电话铃响了。话筒里传来儿媳刘青的声音，她告诉爷爷，涂亮不能来了，他姥姥病了，去医院了，涂亮也去了。刘青的这句话后来成了最大的疑点，她说"涂亮也去了"，"去"字说明什么？说明她自己并不在医院，否则应该说涂亮也来了，而不是去了。再往下推断，刘青就没有去医院，谁都没有去。

而此时涂刚正在学校门口等待。雨更大了，雨刷器噌噌噌在风挡玻璃上不停滑动,身子前倾,趴在方向盘上,极力看清每一个从学校大门走出来的孩子。等到五点二十还不见涂亮的影子,他下了车,冒雨走进校门,来到教室,从同学嘴里得知下午第一节课后涂亮接到电话,说姥姥病了,他请假回家了。

而他的手机始终没有响。

真奇怪,他想,怎么这么巧。他不相信事情会这么巧,难道是故意的?但又觉得他们不至于做出这种事。

给刘青打电话,手机关机。事后刘青的解释是手机没电了。拨了岳父家的电话,铃一声声响却没人接,涂刚的心有点紧张起来,正要放弃的时候有人接听了,是刘德榜。涂刚不安地问田兰荣怎么了,要紧不要紧,要不要他去医院。刘德榜说不用不用,已经回家了,就是血压高,头晕,问题不大。

涂刚问涂亮呢,也回家了。回哪个家了?这儿,在我们这儿。

涂刚有点发怔,时间流逝,话筒里传来"喂喂"的喊声,他说了一句"那我接他去",挂断电话。

一缕湿头发黏在眉毛上挡住视线,他不管。穿过操场时,脚啪唧啪唧踩在水坑里,他没有感觉。拉开车门,坐到驾驶座上,"嘭"地关上门。透过雨帘一切都模糊不清,像他的心一样混沌。

雨中,下班高峰的街道像淤塞的河床,大大小小的泥沙石块极为缓慢地蠕动,在灰蒙蒙的暮色中眼看就要漫过马路,淹没这座城市。为超车他差点撞上护栏,终于赶在变灯之前把那辆白色宝马留在红灯后面。

但是没用，仍然只能二挡。手机在仪表盘上移动了一下，该给父母打个电话，却迟迟没拿起手机。

最后他终于把手机抓起来。

"爸，是我，下雨了，路上堵得厉害，车开不动，我快到学校了，大概还得……"

"你到学校干吗？啊？！"涂尖里的声音充满压抑的怒气，"到底怎么回事儿，你们什么意思，搞什么鬼！"

涂刚不吭声，不知道发生了什么。

"涂刚……涂刚！"

"干吗？"

"我告诉你，你和你老婆，你的岳父岳母，你们不要这样，用不着这样。人要活得正大光明，不要搞小动作，搞阴谋诡计。别忘了你儿子姓涂！"

急雨打在车身上发出一片沙沙声，大拇指费力按断电话。前面刹车灯亮起，赶紧踩住刹车，车轮在湿漉漉的路面上有些打滑，差一点就撞上前车的屁股。亏了他反应快。

到岳父家时已经快六点半。儿子开的门。

"是我爸！"喊了一嗓子，不等涂刚说话就扭身走回屋里。田兰荣从客厅里探出头："这么晚了，我们还以为你不来了呢。换鞋啊。"叮嘱一声后岳母也消失了。

从阴雨的暮色中来到屋子里，灯光是那么亮，明晃晃地照着餐桌上的菜肴和围桌而坐的四个人。

"你怎么吃上了？"涂刚盯住儿子，"爷爷奶奶还在家等着你呢！"

儿子用目光向另外三个人寻求援助。田兰荣马上开口："不怪他，我不是病了吗……"

"我给你爸妈打电话说了，他们知道。"刘青插进来。

而涂刚并不理睬，只盯着儿子："我问你话，你能不能回答。啊？！"

儿子干脆埋下头，仿佛没有他这个人。忽然间他大步上前，攥住儿子的胳膊把他从椅子上拖起来："走，给我起来！"

这举动让儿子感到一丝惶恐："干吗呀你？"

"起来，跟我走！"

儿子像秤砣，使劲往下坠，他拼了命地拉住他，坚决不让他坐下。餐桌边一场混乱，涂刚又推又拉又挡又搂，同时对付着四个人，他一定要让儿子起来，跟他走，越有人阻止他越要这么干，就像中了魔。

他没有成功，当然不可能成功。儿子挣脱他，逃离饭桌，逃到自己的房间去。涂刚觉得右手的中指扭伤了，很痛，但根本顾不得。

"你疯啦！你要干什么？！"刘青声音微颤。

有一会儿他的脑子是空的，什么也没有，然后突然开口，"没什么可说的，咱们什么也别说了，离婚。"

瞬间的死寂。

"离就离。你说怎么办吧。"

"怎么办，好办。我就要儿子，别的都不要。涂亮姓涂。"

他的话像掉进深潭，可怕地沉没，沉啊沉啊，沉入水底爆炸开来，搅动黑暗的涡流，让他感到害怕。

"你说的是什么话，是人话吗？涂亮姓涂？"刘德榜的笑声干巴巴刺耳，"笑话！现在是什么年代了，还讲这套。"

"你要儿子，你怎么不问问你儿子愿不愿意跟你！"田兰荣气得吁吁喘粗气，"哼，就你这样的爸爸……"

"我这样的怎么了？"

"不怎么样。"回答咬牙切齿。

一股说不清的感情怒潮在涂刚心中肆意逞威，他绷着脸站在桌边，一副难看相，"你们……你们想干什么？"

"不是我们想干什么，是你想干什么。我们什么也没干，是你说要离婚，要拆散家庭，难道不是吗！？"刘德榜微凸的眼珠炯炯放光，正义感冲击四壁，发出轰轰回声。

涂刚感觉憋闷，手不自觉地握成拳头，受伤的手指一阵巨疼。

刘青开始哭泣起来，抽咽着诉说自己的不幸，日子过得多么糟糕，心情多么不好，长了一身的牛皮癣，都是因为丈夫。刘德榜板着脸，"行了，不要哭了，哭不解决问题。都不要激动，坐，坐下。"

涂刚顺从地坐下，仿佛置身于一场噩梦中，身不由己。刘德榜调整好情绪，开始发表他的长篇大论，努力把别人的生活纳入自己的轨道。

隔着门缝，涂亮悄悄观望，为过生日而引发的冲突让他有点惶惶然。但他很快说服自己忘掉，因为有好东西在柜子上等着他，纸箱里是一台联想奔腾4，姥爷的礼物。让他们闹去吧，一帮鸟人，谁管得了他们的事。

他轻轻把门关严，锁死，转过身走向柜子，打开纸箱，查看他的高级宝贝。

雨已经停了。路灯照亮一小块闪光的空地，涂刚把车斜插在一辆捷达和帕萨特之间，熄了火，但没有下车，坐在驾驶座上不动。

刘青不肯和他回家，她爸无法勉强，"随你们的便吧。"

岳父和他翻了脸，然后又试图挽回。真的假不了，假的真不了，经过今天他终于看明白了，在他们心里他什么也不是，只是一个外人。多么让人寒心。

不过也好，也许这就对了。人如果看不清自己的位置就活不好，看清了也不一定就能活好，但总比稀里糊涂强。有一件事他似乎看清了，离婚不再是吵架的时候嘴上说说的事，这念头已在心里扎下根，逐渐生长成形。

想到这儿胃里忽然一阵抽搐，也许不是胃，是心。

没有别的选择，回家睡觉是唯一选择。睡着以后他忘了关灯，深夜电压平稳，照度增强。雪亮的灯光下，涂刚咂摸着嘴，微微呻吟。

三十一

"你为什么不离婚呢？你有什么舍不得的？怕什么？你想就这么耗着吗，耗到什么时候！七老八十？一辈子？"尤玲以连珠炮式的质问向涂刚发射，"不就是怕一离婚儿子没了。我告诉你没不了。涂亮血管里流着你的血，变不了，除非换血。换血都没用，有基因管着。改变基因是不可能的，以后也许可能，那时候已经没有你了，你都变泥土了。"依然没有回音。"有一条道理你不懂，完全不懂，我把话放这儿，你这样绝没有好结果。人很贱你知道吗，你越把他当回事儿他越不把你当回事儿，你把他当祖宗，他就把你当孙子。你亏不亏啊！老天爷，我都替你亏得慌！

"想想，你儿子现在就看不起你，小兔崽子，他凭什么看不起你。要我干脆让他尝尝没爸爸的滋味。他就欠这个。你老婆也欠这个，就她那样儿还嫌弃你，别逗啦！这样的女人还值得留恋，还舍不得撒手，你就攥着吧，攥来攥去什么也攥不住，全流走了，因为你攥的是一把沙子，不是金元宝。

"我不是不理解你，我理解人都有惰性，习惯的东西都不想扔，怕扔。结果全让没用的东西给缠住，一辈子白活，比白活更糟，活在垃圾堆里。你就愿意这样，喜欢这样，觉得舒服是吗？你替谁过日子呢？二哥，人不为己天诛地灭你懂不懂！你真这么傻吗？你不能这么傻啊，我求求你啦！

"你怎么就不能学学我。笑什么笑。你们以为我追求的是金钱，错，根本不是。钱不是我的目标，我只希望有人喜欢我，爱我，爱到愿意为我花钱。我从来相信一条，好事儿全靠天助，犯不着我瞎操心，但是我必须提防着，让自己别干傻事儿，你听见没有，啊？说话呀！"

"我……我说你怎么这么多说的。"

"好哇，这可是你说的。从今天起我要是再管你的事我就是小狗。我再不说了，一句都不说。"

"别别，千万别，你说，一定得说，我爱听，特别爱听。"

那夜尤玲成了演说家，开闸啦！滔滔江水一泻千里，鲜活词语如节日彩灯在水面跳跃，天地缤纷。天光渐渐发灰，涂刚瑟缩在角落，眼中看不到任何美景，但毕竟，水声给他带来些许的慰藉。

三十二

桌边的四个人聚精会神，屋子里静得要命，静得像有枪口指着脑袋瓜。

轮到戚海涛出牌，他坐在尤玲左手，是她的上家，眼睛眯成一条缝，沉思。

"嘿，醒醒，睡着啦！"尤玲失去耐性。

戚海涛眼皮一抖，赶紧出牌。

当编辑不用天天上班，大部分时间可以在家看稿子。红桃 Q，黑桃 K，方片 A 就是尤玲的稿子，捧在手里读得入迷，常读到深夜也还舍不得放手。

人家都叫牌局，牌友，她家牌局另有名字：读书会。几个固定的文友隔三差五上门来一起阅读，其乐融融。涂刚是其中之一。

"你这辈子看过几本书啊，能写出一篇作文就不错了，还编辑！"他忍不住打趣。尤玲白他一眼，"傻瓜，知道编辑是干什么的吗，才不写呢，别人写我改。"

"对，你把人家写的都改成错别字了。"

尤玲挥拳打他，他开心大笑。朋友分为不同类型，有一帮是被尤玲骗的，连她的真名都不知道。对涂刚她什么也不隐瞒，告诉他有人给她弄了两张假文凭，加上她能说会骗，别说编辑，总编又有何难，只是她不愿干。

这话虽是玩笑，涂刚却有几分信服。一次三位编辑坐涂刚的车去天津组稿，两个多小时的路途尤玲的嘴就没有停。耳边安静的时间绝不超过一分钟，涂刚的头有点疼。

"你渴不渴呀，"回身递去一瓶水，"歇会儿吧。"

尤玲接过瓶子砸他的后脑勺，"好好开你的车。"

上班的日子，只要尤玲走进办公室，兴奋的小蜜蜂就四处扇动翅膀，男性都开始分心，女性忍不住互对眼神。没人比她更时髦，穿得暴露。有分析认为：当女人知道自身已经不能吸引别人的注意，就得在衣着上下功夫。但有一层他们想不到，现在她想穿什么穿什么，妈的，想和谁上床和谁上床，谁管得着，敢！

"啪"的一声，戚海涛打出一张大猫。尤玲抿住嘴角，紧盯他再出什么牌。对儿9。

"哇"，尤玲欢叫，打出一对 K，不由分说甩出一串同花顺，"有吗，谁有？"

谁也压不住。一张草花小 3 儿，轻轻扔出来，手上空了，她赢啦！满眼喜悦光彩。

"宝贝儿，我就怕你出别的，你要出单张儿我就死定了，我就一对 K 最大，真是我的好弟弟。"伸手勾住戚海涛的脖颈，噘嘴在他脸上来个鸡啄米。

戚海涛的眼睛放光了。

尤玲抓着牌像抓着一把小扇子，两只满目风情的眼睛从扇子上瞭哇瞭。有时候涂刚觉得她还是那么漂亮，那么吸引人，但想法一变，化了浓妆的脸像戴了一层壳，言谈举止简直就是发贱。

戚海涛绝不这么想。他只觉得尤玲是天底下最有魅力的女人，没人能比。治安警察戚海涛今年三十一岁，未婚。在服装批发市场处理纠纷的时候认识了尤玲，她和朋友去那儿淘衣服。他比尤玲小十二岁，所以她叫他小弟弟。

为什么这么大岁数还没结婚，这问题戚海涛自己也说不清。旁观者的看法是他脾气不好，性格鲁莽，缺乏自制力。一次追小偷，他飞奔越过护栏，冲上高速公路，造成三辆汽车追尾，幸亏没有死人。他多次违纪，挥拳打掉的别人嘴里的牙至少五颗以上。曾经他的女朋友受不了他骂骂咧咧，问他嘴里能不能干净点儿，他的回答是：别他妈瞎来劲。于是吹了。他父亲过六十岁生日，因为有事儿他回去晚了，一进家门直接扑到父亲脚前，咚咚咚重重磕三个响头，脑门磕出血印。

现在他被尤玲迷住，像变了个人。

"弟弟，我教教你怎么玩牌，想学吗？"

戚海涛认真点头，眉心拧起一个川字。

"别老皱着眉头，难看死了。"

戚海涛努力让皮肉放松。

"告诉你，玩牌有一个诀窍……怎么又皱上了？"纤纤食指点向脑门。

为了放松眉头，戚海涛的脸都扭歪了。

尤玲哏哏笑出声，"行了行了，不难为你了，我这傻弟弟呀。好好听着，打牌的诀窍，四个字：虚张声势。就是说必须得会咋呼，懂不懂？"

戚海涛面目狰狞，点头。

"你看我能咋呼吧，我那是给他们下套呢。就像那个故事，狼来了，我就是要让他们觉得我在虚张声势，在咋呼，到后来狼真的来了，你手上抓了一副好牌，他们还以为你瞎咋呼呢，就上了套了。嘿，你傻看什么哪！"

他无法不看她，她是那么好看，娇艳，生动，老练，他眼里没有别人只有她。尤玲的手拂过他的面颊，像火焰舔过，皮肤久久发烫，甚至微感疼痛。

2001年7月13号，从中午起全城的电视机都打开了，定在中央一。天色渐晚，人们不再离开电视，主持人告诉观众，投票的房间里只允许国际奥委会成员和那些因职责所在、由奥委会主席批准的人员进入。候选城市所在国家的国际奥委会成员不参加投票，奥委会主席也不参加投票。而第一次用电子表决器取代人工计票，增添了紧张感，人们担心会不会出错。莫斯科时间 18 点 15 分，北京时间 20 点 15 分，一头厚厚白发、身穿深蓝色西装的胡安·安东尼奥·萨马兰奇先生走到台前，打开信封，宣布：第二十九届夏季奥运会的举办城市是，北京。霎时间北京城沸腾了。

戚海涛的手机一直在响，可他根本没听见，后来他给尤玲打过去，才知道她给他打了无数电话。

"你在哪儿啊，为什么不接电话！"

"你听，你听听！"

尤玲听到喧嚣的海潮般的声音，那是千万人扯开嗓子欢呼，大喊大叫，点燃鞭炮，敲响锣鼓，还拼命地按响汽车喇叭。

"人都疯啦！出来吧，出来看看吧。"

"行哇，那你来接我，我们等着你。"尤玲的声音跃跃欲试。

等戚海涛来到尤玲家的时候已是清晨四点多钟，天很快就要亮了。尤玲迷迷糊糊打开门，两面纸做的小旗哗哗作响，在鼻尖摇动，吓了她一跳。戚海涛因熬夜而发灰的脸从后面露出来，"胜利啦！中国万岁，我们赢啦！"亢奋情绪搅动屋内绵软混浊的气息。

一夜的激情澎湃，余波依然在体内流窜，带来的效果不可思议。面对心爱的女人戚海涛一往无前，令尤玲无法抗拒，更不想抗拒。

以为永远不可能，永远只能浑浑噩噩闷在心中的爱终于冲出闸口，冲向了它的河道。他终于把尤玲压在身下，终于进入了她的身体，他胜利啦！

化腐朽为神奇的一夜悄然逝去，晨光把插在杯子里的五星红旗映得格外艳丽。

　　作为旁观者，局外人，涂刚把一切看在眼里，像看戏，看尤玲怎样逗弄这个一根筋的人，嬉笑怒骂，有时也给他挠痒痒。他很快就看出了他们关系的变化，除了其他服务，戚海涛又增添一项性服务，真带劲。真让人有点不知作何感想。

　　管它怎样，每周两至三次"读书会"雷打不动。让神经微微绷紧，让脑子快速运转，牌甩得噼啪作响，飞出桌面，来一点刺激的感觉，生活并非那么索然无味。

三十三

四月，干休所院子里的玉兰开了，有白色和紫色两种，香气扑鼻。涂刚开车经过，不由深吸两口气，真香啊！

花坛旁，一个男人抱着小女孩儿在看花，一瞥之下涂刚打了个激灵，天哪，马晓建？！

急促的刹车声惊动了怀抱孩子的人，扭脸朝这边张望。这下看清了，操他妈，果然是丫的。

面对生人小女孩儿一点不害羞，马晓建让她叫叔叔，她童声稚嫩，问："那叔叔，你叫什么名字？"

"我叫涂刚。你叫什么？"

"马小咪，大名马宇沙。我爸爸叫马晓建，我妈妈叫钟涵，不是寒冷的寒，是……爸爸，是什么涵？"

"涵养的涵。"

"爸爸，我忘了涵养是什么意思。"

"问他，问这叔叔。"马晓建冲涂刚挤挤眼，就像他们昨天还在一起，从未分开。

"涵养啊，就是有礼貌吧。"

马小咪继续自我介绍，她两岁半，家在深圳，不在北京，到北京来看爷爷奶奶。妈妈没来，因为爷爷奶奶是爸爸的爸爸妈妈，不是妈妈的。妈妈要给人生小孩。

马晓建笑着解释："她妈是医生，妇产科医生。"清脆小童声坚持："不，我妈妈就是给人生小孩，一天生十个小孩。"

马晓建笑了，笑得开心死，在女儿鼓鼓的小脸蛋上左亲右亲，咂咂有声。涂刚看愣了，马晓建的父亲形象完全超乎他的想象，需要时间适应。

钱包里放了一张女儿的照片，逢人就拿出来展示，满脸的得意、怜爱与期待，期待得到赞美。这期待从不会落空，照片上的马小咪实在很可爱，圆眼睛带着无限好奇瞪视这个世界，红红的小嘴微微开启，准备发表自己的意见。涂刚看在眼里心里暗暗琢磨，怎么，这家伙真变了吗？才没有。

星期五晚上，吃完晚饭，马晓建提议去做足疗。出租汽车左拐右拐停在一个小区门口，远远看见高层塔楼的一层窗口彩色小灯泡你追我赶地闪烁，拼出"兰轩"二字。

涂刚抬手指了指："是那家吗？"

"怎么样这名字，兰轩，够雅的吧。"马晓建的语气扬扬自得。

涂刚扑哧笑出声："雅，太雅了，雅得厉害。"

老板娘个子不高，一头乱蓬蓬的短发，迷彩军裤缀满口袋，脚蹬笨重皮靴，靴底厚度相当可观。这类休闲加男性化加时尚的装扮与她的实际年龄不符，但若换另一种打扮肯定就是中年妇女一个。实际上她属羊，三十七了，不分年龄身份，人人称她兰姐。

晃一晃短发，满目含笑，"马总来啦，哟，空着手来啦，没给我们带好吃的，你知道丫头们怎么盼着你吗。"

"羊肉串呢？马总，你说话不算话。"

"不对，是麦当劳！上次说好的。"

"马总，你还欠我一顿烤鸭哪！我来北京都两年了，还不知道烤鸭什么味呢。"

"想得美，还烤鸭，马总，快，把脚丫给她。"

水很烫，脚刚刚能放进去，一股草药的异香随着腾腾白雾在房间弥漫。两个人并排躺在卧榻上，兰姐给马晓建做，一个叫小静的女孩儿给涂刚做。

"小静，我和你这位二哥穿开裆裤就认识，绝对的铁哥们，好好做，有多大劲使多大劲啊。"

"哎呀，真啰唆，"兰姐语带娇嗔，"我们小静还用你说吗，兰轩最踏实的孩子就是她了，没有一回不尽心尽力。唯一的缺点是嘴笨了点儿，不大会说话。"

"没事儿没事儿，我更笨。"

听涂刚这么说马晓建笑了，张嘴想说话却只发出一声呻吟，兰姐站在背后为他按摩双肩，他舒服得闭上眼睛。

马晓建在"兰轩"如同在家，看他那随意自在的劲头涂刚立刻心如明镜，他和兰姐有一腿。但事情还不像他想的那么简单，两个人还有另一层关系，房主与租户。原来"兰轩"的房子是马晓建的，租给兰姐，因此可以说这里确实是他的家。

去"兰轩"的次数多了，涂刚对兰姐印象越来越好，能干、开朗、善解人意，心地也不错，这样的女人是个宝，他甚至对马晓建产生了一丝羡慕之情。兰姐不收他的钱，他说要这样我就没法儿来了，于是给他打五折，做一次十八块。而他总是带些水果、零食来。

熟悉之后小静告诉他兰姐有两个孩子，但不是同一个爸爸，她们在东北老家和姥姥一起生活。她见过小女儿的爸爸，来店里送抚养费。一年的抚养费你猜他给多少？三百块。兰姐和他吵起来，发怒的兰姐什么样你想不出，把钱扔到那男人脸上，追出门骂，吓死人了。大女孩儿的爸爸已经又结婚，去年出车祸，一条腿没了，兰姐还给他寄了两千块钱。

"唉，"小静轻轻叹口气，"女人的命都挺苦的，你说为什么呢，二哥？"

涂刚的年龄完全够当她们的爸爸，但女孩儿们对所有男人一律称哥。

"男人的命也苦哇，一样苦。"

"你怎么苦了？"小静好奇而认真。

"我哇……"他欲言又止，觉得很难说清。再说他不想和一个小姑娘说这些事。诉苦吗？不，他不习惯。

小静的手短而粗，肉乎乎的，很有劲儿，狠狠压揉穴位时涂刚忍不住说："嗨，轻点儿……"她扑地一笑，"这么个大男人这么不受力，我还没使劲儿呢。"

又硬又厚、木块般的脚掌在小静的手里活起来，充满知觉，酸、胀、酥、麻，到最后脚丫像点亮白炽灯泡，热度上升至小腿，随温热血液发散到全身，浑身通透。真叫一个舒服！

5月17号是小静十八岁生日。

"我给你过生日，请你吃饭。"涂刚说。

"别，不用。"

"你就说，想吃什么吧。"

"真的？"小静的眼睛闪烁喜悦光彩。

"说吧。"

小静停住手，歪头思忖，语气微带试探："娟子没吃过烤鸭……"

"想吃烤鸭，行啊。"

"那叫上娟子行吗？"

"有什么不行，还想叫谁？"

"我还想……真的吗？真的行？"

涂刚笑嘻嘻看着她，一副逗弄神情，反问："你说哪！"语调慢悠悠，带点儿阴阳怪气。小静有点糊涂了，笑容在脸上僵住。涂刚愈发觉得好笑，"怎么不说话，我在问你，你说行吗，行还是不行？"

小静的脸涨红了，一下子变得很红，目光有些湿润，埋下头默默揉脚，手劲又猛又大。

"哎哟哟，疼哎！"涂刚叫出来。

小静不理，接着揉。涂刚的脚抽搐着直往后缩。

"要不换个人吧，你想让谁做。"小静已经站起身，目光低垂，不看他。

这回轮到涂刚糊涂了。怎么了，谁伤害小静了，他可一点也没想伤害她啊。

"你这丫头，这不是逗你玩吗！"

"人不吃烤鸭照样活，我不缺这一顿饭。"

天哪，她说到哪儿去了，"你小脑袋瓜胡思乱想什么！我是那意思吗，我是那样的人吗？"

小静不说话。

"你、你真急死我了。"

小静还是不看他，但是坐下来。涂刚心里微感犹豫，结果没有再说什么，默默伸出他的脚。小静的手不轻也不重，节奏比刚才慢了些，力度深入皮下。涂刚暗下决心，不说了，还是让事实说话吧。

涂刚要了两只烤鸭，还要了四个凉菜四个热菜，小静，娟子，丽丽，还有兰姐，加上他五个人，又吃又喝，很热闹。本来还叫了马晓建，可他临时有事没来。小静和大家碰杯，对每个人都说祝福的话，其实应该是别人祝福她的，可亢奋的情绪让她憋不住地想说点什么。涂刚发现兰姐很能喝，似乎比他还厉害，小静却一点不成，半杯啤酒就让脸庞像红布那么红，很好看。

饭吃到一半店里打来电话，说来客人了，兰姐让娟子回去，娟子起身离席，一脸的不甘心，小静帮她抹掉嘴角上沾着的酱。快吃完的时候兰姐的手机又响了，那边说吴阿姨来了，是小静的客人。

"过生日还不休息一天，不去。"涂刚无所顾忌地说。小静却看着兰姐。

"二哥，这顿饭太丰盛了，我都要撑死了。我吃过好多回烤鸭，就这回最香，真好吃。咱们可说好了，下回我请你。"

在兰姐的提议下大家干了杯中酒，然后把没吃完的菜打包，拎回店里。

那天晚上店里很忙，吴阿姨刚走又来了三个客人，小静没有再顾上涂刚，不知道他什么时候走的。娟子凑过来，在她耳边悄声说："嗨，一会儿吃蛋糕。"

"什么蛋糕？"

"生日蛋糕呗。"

"你买我就吃。"追着娟子的背影小静开玩笑地说。

给最后一位客人做完已经十二点半，兰姐指着台子上摆着的一个圆形花纸盒，"那儿，二哥给你买的生日蛋糕。"

小静走过去，小心地打开盒盖，蛋糕上一圈粉色奶油花边，上下两簇小黄花，衬着绿叶，中间红色草莓酱写下祝福：小静，祝你生日快乐，生活幸福，越来越美丽。二哥看着这辈子第一个生日蛋糕，小静的心怦怦直跳，快活得涨红了脸，大声喊："来啊，来吃蛋糕啊！"

后来躺在床上，大家都睡了，她却兴奋得难以入睡，二哥人真好，除了爸爸妈妈还有谁对她这么好？没有。她该怎么报答呀。他怎么就对她这么好呢？脑子一下卡住，无法再自如地转动。

屋子里空空荡荡，墙壁被烟熏黑，她看见爸爸坐在长条凳上，妈妈靠着门，坐在小凳子上，房顶上的灯泡瓦数太小，灯光异常昏暗，简直让人连他们的脸都看不清。但她还是看见了，他们在对她笑，木讷地笑着。

没有烤鸭也没有蛋糕，永远也不会有，不可能有。胸口微微发堵，越来越堵，一直堵到嗓子眼，眼泪不知不觉顺着两鬓流下来。她翻身改变平躺的姿势，把半边脸埋到枕头里，还是憋不住，泪如泉涌，只得揪起被子蒙到头上。

"嗨，哪天带我去兰轩呀！"尤玲带着习惯性的命令口气问涂刚。

"你去干吗？"话冲口而出。

一对黑眼睛目光灼人，"废话，你说我去干吗！做美容，照顾她们的生意。"

"那，那我问问晓建……"

"哟，我只知道马晓建有个女儿，不知道他还有儿子。"

涂刚不明白，"他有儿子？谁说的？"

"你要不是他儿子干吗听他的。"尤玲憋着笑。

"放屁！"涂刚说。

尤玲笑出声，开心地嘎嘎大笑。

兰轩的姑娘们叫尤玲尤姐，马晓建对她们笑道，"错啦，中间少了一个字，应该叫她尤二姐。"说着冲涂刚挤挤眼。涂刚这才觉得自己的顾虑完全没必要，马晓建才不在乎撞见尤玲，他更在乎多个顾客就多挣钱。不管尤玲打的什么主意，看来都没戏。

"尤玲还有个姐姐是吗？"小静问涂刚。

"没有哇。"

"那干吗要叫她二姐？"

这问题让涂刚心中发笑。他告诉小静尤二姐是《红楼梦》里的人物，接着说出马晓建和尤玲的关系，他俩那死去活来、漫长曲折的感情，听着就像编出来的故事。小静听得入神，半天没有反应。涂刚问她在想什么，她张了张嘴想说话，却摇摇头，"没，没什么。"

"哎，这样可不好啊！跟二哥还有什么话不能说的，快坦白。"

"我、我就是觉得……"

涂刚等待着。

"女人不能和男人太好了……"

"为什么？"

"因为和他们永远也好不长。"

他们？涂刚心里咯噔一下，"哟，看不出呀，岁数不大经验不少，都几个男朋友了？"

"哪儿呀，一个也没有。"

"不可能。"

"不信算了。"

"真的，跟二哥说说，二哥能帮你出主意。"

"得了，你自己的事儿还没主意呢。"

这句一不小心冒出来的话让涂刚怔住："你说什么？我的什么事儿啊？"

小静不回答，双手猛力搓他的小腿，小腿很快发烫，像着了火。

涂刚知道了，他对小静的了解远不如这丫头对他的了解，差距之大，难以想象。而小小年纪竟能对一切事守口如瓶，也让他觉得不可思议，更不可思议的是他品出一股若有所失的难受滋味。

说到底他对小静知道些什么呢？什么也不知道，除了是湖南人，湖南妹子。

但很快他就开始了解了，小静的心开始对他敞开，开始说实话。而一旦能说心里话她变得很爱说，说自己的家，父母，弟弟，童年生活，最爱说的是自己怎么帮爸爸干活。

下雨了，好大的雨啊！就像老天爷织了一张白茫茫的大网，把天和地一起罩住。牛车陷在泥泞的田地里，爸爸在前面拉着牛，鞭子沾满泥浆，都甩不起来，她在后面拼命推车，雨点砸得睁不开眼，脚上的两只鞋被吸进泥里，找不着了，她急得一点也没办法，只有哭。还有蚊子，田里的蚊子有多厉害城里人根本想不到，穿长袖衬衫根本没用，必须再穿上一件外衣，用一块厚布蒙在草帽上，把脑袋整个裹起来，只露一条小缝。从小小缝隙里看到的世界白花花晃眼，景物像浸泡在水中，层层热流升腾而起，那是正午的毒太阳直射下来的效果。汗流进眼里很杀，身上抓破的包被汗水浸得又痒又疼。她还晕倒过一次，是爸爸把她拖到池塘边，用水泼醒。

她真的再不想下田干活了，实在太苦了。人活着怎么能那么苦呢！可她的书念得不好，只念了初中一年级。第一次离开家她十四岁，舅舅在长沙市郊开了个小超市，她去帮忙看店，很舒服，一点不累，就是不挣钱。舅舅只管她吃住。干了不到半年，妈妈病了，下身出血，浑身没力气，连做饭的力气都没有。正是割稻的季节，爸爸把她叫回来，让她陪妈到镇上的医院看病。检查花了两百多块钱。医生的脸上看不出任何表情，仿佛她妈并不存在，毫无顾忌说出检查结果：子宫癌，晚期。可以做手术，手术费大约三千块钱。她什么都顾不得了，问医生我妈还能活多久，医生的目光从她妈木呆呆的脸上扫过去，一两个月吧。

既然只有一两月，还浪费钱干什么！妈妈坚决不做手术，于是她们回家了。在长途车上，她妈的头无力地靠着她的肩膀，一股汗水合了灰尘的馊臭气味钻进鼻孔，她在心里说到了家立刻烧一锅水，给妈妈洗头洗澡，用她带回来的洗发膏，再抹上她带回来的擦脸霜，一路上想啊想，只想着这一件事。

可是你猜得到吗，现在已经是第四年了，她妈一直还活着。能做饭，能干家里的活，还喂猪，去年她家养了三头猪。她在家又帮着爸爸干了一年的活，然后就到北京来了。她一走田里的活只能靠她爸一个人，中午妈妈摇摇晃晃提着篮子把饭送到田里。去年弟弟考上县城的高中，她用自己挣的钱给弟弟交了学费，他爸特别高兴，只是不会表达。是弟弟告诉她的，爸爸都流泪了。

经历过的一切困苦开始向小静呈现出积极的一面，她能为父母出力，能减轻他们的负担，让她感到快活而又幸福。

这些事她讲得津津有味，对艰苦生活安之若素，听者却有所触动。从报纸上、电视里涂刚看到过各种农村人的苦日子，从来没有真正触动他。他不是没有同情心，但那都是别人的事，别人的生活，与他何干。然而这回不同，事情就发生在他身边，发生在小静身上，似乎也成了他生活的一部分。他能感觉到从小静身上焕发出的某种光彩，美好的光彩。美好，这个词竟然如此真切地出现在他的脑海里，所带来的感受无法被抑制，只能被体验。

房门虚掩，小静出去倒水去了，外面电视开着，传来电视剧里吵吵嚷嚷的人声，娟子在哏哏笑。

小静端着一盆热水走进来，抬起一只脚轻轻向后一磕，把门关上。房间里立刻安静下来。

升腾而起的大团白雾表明了水的温度。她弯身把盆放到地上，人也顺势坐下，伸出手，手指小心翼翼地在水面搅了搅，飞快地从盆里拎起毛巾一角，毛巾冒着白烟，烫得她倒吸一口气。

"烫不烫？"涂刚的语气满是关切。

"我的手不怕烫，练出来了。"说着小心地躲避着吁手的热气，揪住毛巾两角，双手一把把拧动，把毛巾拧干，用热腾腾的毛巾包住涂刚的双脚。

涂刚下意识呻吟出声，灼热的舒适感。这已是尾声，足疗就要结束，小静的手就要离开，马上就要和他脱离接触了。忽然，他欠起身，伸出自己的手抓住小静的手，让毛巾掉到盆里，溅出水花，再稍稍使点儿劲，拉她坐到自己身边，隔着衣服感觉她身体的热度，把脸贴到她脸上。她会一动不动，紧紧依偎，还是咻咻笑，把脸扭开，也许会推开他，生气地跑走，把他一个人扔在屋里？

一股灼热的悸动袭击涂刚，使他动弹不得，呼吸困难。

小静面带温和的笑意，"怎么了？"她问。

"没什么，挺好。"

但小静的心却有点乱了，脸也微微发热，极力装作没感觉，"二哥，你脚指甲够长的，我给你剪剪吧，好不好？"

"好。"涂刚闭上眼睛。

金属截断硬物发出"咔咔"的细小的脆响，那么美妙。窗外有汽车呜呜驶过，衬托出房间内的静谧。他们隔离于其他事物之外，仿佛沉入水底。水面上的涟漪、波涛、浪花都按照应有的模式运行着，但这里不同，水下自有另一番风景，值得用心享受。

"二哥，告诉你一个秘密，信不信由你。"

"我信。"

"我还没说呢。"

"那快说。"

"你知道我妈妈为什么能活下来？"

涂刚竭力调动想象力："看中医，江湖郎中？"

小静摇头。

"民间土方，灵丹妙药？"小静继续摇头。

"拜佛，求神仙保佑。"

"不，是我妈自己跟自己说话，天天说，一直说，说她是一块石头。"

"石头？什么石头？"涂刚完全糊涂了。

"是我妈告诉我的，她说她知道自己只有等死了，可心里不想死，不甘心，但是没办法，怎么办呢。后来她想到一样东西，石头，石头又坚又硬，没听说过石头会生病，更不会死。树会死，草会枯，水塘也会干，只有石头。她想自己要是块石头就好了，她就和自己说想当石头，我就是石头，我没有病，我死不了，我是石头。"说着不由闭上眼睛，似乎她就是她妈，"她不停地念叨，一说说大半夜，有时候一直说到天亮。我从来没听见过，可我爸听见过，他还以为我妈疯了呢。"她笑了，眼睛湿润晶莹，像花儿带着露珠开放，"二哥，我说的是真的，你别不信。"

涂刚在发愣，不知道自己在想什么。他信吗？不，根本不是信不信的问题，也许他信，他确实信。

"谁不信，我信。"

"那你说是怎么回事儿，为什么呢？是老天爷有眼吗？"

"因为……因为……"涂刚拼命让脑筋转动，希望自己说出的话能带点儿哲理，蕴含点儿意义，但可惜他想不出这样的话。他的想法很简单，非常简单，如果有奇迹发生，只因为老天爷喜欢小静，喜欢看那张脸庞上可爱的笑容，不喜欢别的。

三十四

尤玲赢了两百多块钱，容光焕发，说想吃水煮鱼了，她请客。

吃饭时大家一直在热烈地回忆牌局，哪个人出了什么牌，出得对与错，应该怎样出就对了，那样的话局面将如何，五瓶啤酒喝光，又要了一瓶，兴味盎然。后来涂刚忽然转移话题，说他知道一件稀奇的事，大家想不想听。接着讲了小静的妈妈，怎么得了癌症，医生怎么判了她死刑，而她怎么跟自己说自己是块石头，结果活得很好。戚海涛立即响应，说他有个哥们儿的爷爷，老头儿身体极棒，天天爬香山，检查身体查出了癌症，肺癌晚期，医生也说活不了几个月。他家里人想都快八十了，什么手术化疗，就别受那份罪了，根本就没有告诉他。结果老头儿还天天五点钟起来，去爬香山，到现在还爬呢，都八十二了，也够神的。

"你说的这种事有，我也听说过，"涂刚并不认同，"人家小静她妈是知道自己要死，愣说自己是石头，结果就没死，这种事谁听说过，没有吧。"

"嘁，"尤玲的嘴角向一边撇了撇，口红已经褪色，花了，"我学过医，海涛说的那种事有科学依据，你说那叫什么，什么石头，我还空气哪！石头会风化，空气就能让石头风化。一听就是编的，洗头妹还不是想怎么编怎么编，怎么花哨怎么编，就骗你这号的。"

"少他妈胡扯！"一股火腾地蹿至头顶，"你了解人家嘛！"

尤玲的脸一沉，"对，我不了解，你了解。"

"说对啦！我就是了解。"声音竟然有点发颤。

尤玲不说话，用眼白瞟着他，嘴角上慢慢泛起讥嘲的冷笑。

"干吗，看我干吗！？"情绪充满挑衅。

"我看你好玩儿，傻不傻啊你……"

"行了，别说了。"如果任由他，他想骂人，让尤玲滚蛋，让他们都滚蛋。他不明白自己为什么如此愤怒，仿佛有人往他身上泼脏水，朝他的脸吐唾沫，一心要侮辱他。不，也许他们要侮辱的不是他，是隐藏在他身后的人，他觉得小静也在场。

面对涂刚的愤怒，戚海涛面带疑惑，伸手拍拍他的肩膀，"怎么了哥……"

"啪"的一声，手被打开，涂刚已经从桌边站起来，并不知道自己想要干什么，干什么呢？

酒杯里还有半杯啤酒，他拿起杯子，仰头把酒喝干，咚的一声放下杯子。

"你们吃吧，我先走了。"说着向后撤了一步，碰得椅子腿儿与地面发出摩擦的声响,赶紧伸手扶住椅背。桌边的三个人抬眼瞄着他,没人说一句话,死气沉沉。

涂刚扭身走开,身影从饭馆门口消失。三个人缓了口气,互相看看,笑出来。尤玲收起笑容,用一种鄙夷夹带怜悯的口气说出自己的判断:"完了,太惨啦,二哥被彻底拿下。"

"小静,你觉得二哥人怎么样?"

"挺好呀。兰姐,问这干吗?"

"少跟我装傻。"

小静瞪大眼睛,表露无辜:"什么啊,我装什么啦?!"

"看看看,还装。我是为你着想,不愿意听拉倒。"

"谁不听了,你说呀。"心跳加速。

"二哥对你有意思,喜欢你,别说你不知道,谁都看得出来。我不知道你怎么想⋯⋯"试探地停顿,小静轻轻咬住嘴唇。"我想跟你说的是,要是他想跟你干那事儿,你得想好了,他可有老婆⋯⋯"

小静的脸红得厉害,忽然用手捂住脸,脚底下用力一跺,"妈呀,瞎说八道什么呀!"跑开了。

这件事迟早要发生,没人比兰姐心里更有数。她不明白的是自己的感情,内心的倾向。她希望小静和涂刚上床吗?或者换个说法,她希望看到涂刚得逞吗?这事儿让马晓建觉得很好玩,她也跟着打趣,想象在肥胖身躯的重压下小静的感觉会如何,希望不会被压扁,而涂刚那突出的大肚子没准儿造成难以想象的障碍,和马晓建你一句我一句，嘻嘻哈哈，可内心的感觉连她自己也弄不清。

兰姐和小静非亲非故，从不想对她负责，然而心里却觉得自己和她有某种联系。回忆第一次和男人发生关系，好像是十五岁，对，就是十五。他说他二十，不知道是真是假，她连他的身份证也没看过。来月经的时候也不放过她，脱下保安制服垫在值班室的水泥地上，弄得制服上都是血。很快有人向队长揭发，他被开了，她陪着他四处游荡，找工作。后来她找不到他了，人消失得无影无踪，就像这世上从来没有过这个人，一点痕迹都没有留下。不，还是有痕迹，来月经的时候她总是肚子疼。

头一个丈夫是老家的，是个老老实实的人，因为她只想踏踏实实过日子，哪怕穷点儿苦点儿。结婚后很快就怀了孕，可生下个女孩儿让他们家里人的脸变了颜色。那是冬天，西伯利亚刮来的寒风横扫广袤原野，村落匍匐在大地簌簌发抖。屋外一片狼嚎，然而那不是狼，是风，如同上百头狼在呜咽嚎叫。她躺在西屋的炕头上，小女婴躺在身旁。他们用东屋的灶做饭、烧水，他和他爸喝下一瓶"烧刀子"，倒在东屋的炕上睡着了。没人往这边的灶坑里续柴，没人管她们母女冷不冷。火灭了，灰烬也熄灭了，人像躺在一块大冰板上，身上的热气被吸得精光。只有眼眶灼热，一串串泪水滚落到又硬又凉的枕头上。这样的委屈她怎么受得了。和他结婚，留在贫瘠的老家就已经够委屈的了。这不是她待的地方，不是她的生活。

第二个丈夫是个大工，也是老乡，皮肤白皙，长发飘逸，一身黑衣紧裹瘦长身体，女客人会忍不住地说美发师好帅啊。一头漂亮的冷血畜牲。到现在她也不明白他为什么会和她结婚，是觉得她傻吗？看上了她的傻？可她并不傻，没有他想得那么傻。她只是不能自拔，因为她爱他。那是这一生最黑暗的日子，爱情夺去了她的一切，所有的知觉都失去了，除了痛苦。他不想要什么孩子，逼她去做人流，她骗他说做了。被发现以后他打了她，不理她，不和她同床。他有多少个女人连他自己也数不清，但是只有一个女儿，是她生的。她希望这唯一的女儿能留住他。希望落空了。现在她对他只有恨，其实连恨也谈不上了，他死或活着她一点也不在乎。

当她躺在马晓建身下，马晓建进入她的身体，快感和某种不快混合为一股高亢、阴沉的激流交响乐，冲刷一切，冲垮一切，什么都可以不在乎，什么都不能让她真正满足。

那天做爱完毕，还没有穿衣服，她想起一个问题，就问了，"涂刚干吗不离婚呢？"马晓建张嘴要答，却忽然顿住，像一把卡了壳的枪，发出怀疑的寒光，怀疑这问题别有用心，是针对他的。

兰姐的心一凉。虽然窗外是繁华都市，玻璃上看不到冰花，但寒冷程度可和老家的严冬媲美。被窝里的人冷得像冰块，呼出的气化为冷凝的白雾。所以才有后来和小静的对话，提醒她事到临头别忘了保护自己，心里想的是不管真假也要得到某种承诺，不能太贱卖了。

香槟酒色的本田车在郊区的公路上跑到一百二十迈，打开头顶的天窗，风疾速向后横吹，新鲜空气充盈车内，阳光毫无阻挡地照进来，让人感到快活。

涂刚发觉这辆 2.0 手动挡的车提速差，油门踩到底也不见什么动静，好像拉了一车秤砣，然而一旦跑起来，悠起来，跑一百二倒是轻松得很。

他们的目的地是百花山，名字这么好听景色应该也不错。马晓建坐在涂刚旁边的副驾驶座，后座挤了四个人，兰姐和她的两个女儿，十一岁的大兰和六岁的小兰，还有就是小静。

学校放暑假，大兰带妹妹来看妈妈，不管马晓建心里怎么感觉，却不能没有表示，百花山之游就是他的表示。

中午时分，郁郁葱葱的大山蒙着一层薄雾，在阳光下化为深蓝色。车停在山崖的阴影下，一行六人在靠近路边的小饭馆吃饭。马晓建让兰姐点菜，兰姐把沾满油渍的手写菜单递给涂刚。

"木须肉，炖腔骨，西红柿炒鸡蛋，椒盐里脊还是滑熘里脊？"他征求意见，马晓建一脸怀疑："真是里脊吗？别拿大肥肉糊弄我们。"

"你以为全世界就你精，分得出肥肉和里脊。"兰姐笑着，语带讥嘲。

涂刚还要开车，就要了两瓶啤酒，和马晓建、兰姐分喝，给女孩儿和小静要了一个大瓶的可乐。菜上来了，两个女孩儿吃得很香，一人一碗米饭不够又要了一碗。小静让一口可乐呛住，坐在她身边的涂刚伸出手去拍她的后背，神情关切，马晓建冲兰姐偷偷挤了挤眼。

饭后的路途变得沉寂，马晓建的头垂在胸前，发出鼾声。后座上，大女孩儿歪倒在妈妈怀里，小女孩儿躺在小静腿上，一车的人都在打瞌睡，除了涂刚。

昏昏欲睡的小飞虫在脑袋里盘旋，嗡嗡作响，有一会儿涂刚闭上了眼睛，随即惊醒，天哪，太危险了！伸手拿起放在仪表盘上的烟盒，点起一支烟。

有谁在轻声哼歌。

后视镜中，小静不知道什么时候醒了，脸上挂着不知觉的笑意正向外张望。景物层层叠叠，山峦不断改变着位置，阴影升高，道路被挤得越来越窄，岩壁笔直伸向空中，为看到峰顶小静把头探出车窗。突然间视线豁然开朗，汽车已在山巅。小静惊喜地"啊"了一声。涂刚笑了，不由对前方的景色充满期待。

那晚在度假村住宿，马晓建要了一个三人间一个二人间，把二人间钥匙递给涂刚时冲他坏笑，拍了一下肩膀。无须任何说明，也没人就此提出问题，事情在来之前就定下，否则小静就不会来。

但是在楼梯拐角处，小静还是憋不住地叫了一声兰姐，没有回应。兰姐装作没听见，拉扯着女儿，跟随马晓建迈步上了三楼。

在二楼，涂刚沿走廊寻找 209 房间，一边紧张地捕捉着身后的动静，听到小静跟上来了，松了口气。

轻松感转瞬即逝。钥匙插进锁孔，拧动，推开房门，一股紧张的浪潮迎面扑来，让呼吸变得困难，连脚似乎都难以移动。小桌上摆着一台二十一寸电视机，电视机救了他，他奔向电视机，按下电源开关。

子弹横飞，炸弹呼啸，巨大的音响把人吓得浑身一颤，慌乱中四下寻找遥控器，怎么也找不到。在一片巨响之中，小静走进来帮着一块找，最后在卫生间找到了。

"给。"她把遥控器递向涂刚，就像自己不会使用似的。涂刚接过来把音量调低，冲锋号响了。

"这是什么电视剧？"涂刚自语，没人接茬，他看一眼小静，"你想看什么？"依然没有回应。于是他把遥控器递给小静。

"给。"

躲避着他的目光，小静接过遥控器，频道一个接一个闪过，根本来不及看清内容。她一定是把所有频道都搜索了一遍，然后继续搜索。涂刚扭身走进卫生间，关上门。

水池前有一面镜子，他盯着自己看，继而用小静的目光竭力打量，大肥脸蛋，一圈多余的肉簇拥着下巴，一对小眯眼，短短的平头，稀疏的头发紧贴头皮，这个不好看、难看的胖子多么让人灰心沮丧啊。

终于从卫生间走出来，小静坐在床沿上看古装电视剧，立刻欠身站起来，好像他是个陌生客人。

"看，看你的。"涂刚让语调尽量轻松自如。小静坐下了。电视机的光亮把两个身影投向墙壁和房顶，一切都在不安晃动。涂刚咳了两声，否则说不出话，"你先看，我出去一下。"

"干吗去？"小静问。

"没事儿，抽根烟。"

走下楼梯，穿过空荡荡的前厅，来到外面。

真黑啊！黑暗之外是更深的黑暗。过了一会儿视力才辨别出大山的模糊剪影和头顶上寂寂眨眼的星星。从裤袋里摸出烟，点上，深吸一口再缓缓吐出。四下静极了，仿佛置身于巨大黑洞，飘移的气流引发回声。原来安静是可以听得到的。

一口口抽着烟，脑子里什么也不想。一根烟很快抽完了，接下来呢，该干什么？这问题横在面前，让他无路可走。是的，前面有一件好事儿在等着他去干，要不要干？欲望像蜂群在暗夜中疾速盘旋。那就干！干吧。可是为什么他还不站起来，在等什么？别人都干过，都是这么干的，没有什么了不得，很正常。

可腿就是不帮他的忙，不肯站起来。他知道问题出在哪儿，年龄。关键是他的年龄可以当小静的父亲，小静的爸爸说不定比他还要年轻。他没有问过，也不想问。这根刺一直扎着他，让他缩手缩脚，什么也干不成，现在依然刺在肉里。一瞬间他做出了决定，不能干，二哥绝不做欺负小妹的事。坚决不。

但是决定却建立在流沙上。

远处，那个发散着光和热的物体在震颤、闪烁，灼热的吸力凭空飚起狂飚，决心之塔无声倒塌，只剩下缥缈的幻影。涂刚把小静紧搂怀中，浑身燥热，一百个幻象像一百条蠕动的虫子在血液里流窜，让人难以忍受的折磨。他无法再忍受下去。

涂刚猛地站起来。谁是坏蛋，如果不是他那又是谁？就让他当一回坏蛋吧，死不了人的。小静并没有拒绝他，说不定她很愿意呢。就在这样想的时候，旺盛的心火弱了一截，视角变了，变成小静的角度，一个中年的胖子，要钱没钱，要什么没什么，只想占便宜。

256

这个人难道就是他吗！

冰水浇灭了心火，焦灼感戛然而止，缭绕的余烟也渐渐消散。恢复了的视力能够看见四周的景物了，涂刚忽然发现远方山头的轮廓变得清晰，似乎有什么光线越来越亮，啊，是月亮，月亮升起来了！多么像一面黄金的大盘子啊。

另外一种感觉，一种魔力，如烟氲般从地底下冒出来，袅袅飘荡。不是吗，地球上所有的东西都被善意地保护着。草丛里鸣叫的蛐蛐，月亮下发亮的树叶，拖着阴影移动的石头，流逝的时光，过往的一切，可爱的小静姑娘和爱慕她的中年男人。

月亮升高，给大地镀了一层水银，让夜色凝固不动，但又在凝固中注入微微悸动的欣喜和满足。从未有过的安宁之感、美满之感从毛孔渗入身内，让涂刚动弹不得，也不想动，浑身全部的力量只够他再点燃一支烟。

"二哥，二哥……"一个声音在轻轻叫，把他从沉沉的睡意中唤醒。懵懂之间，涂刚最先看见的是两个烁烁发光的小月亮，那是从小静的眼睛里映出的，而涂了一层银的小静就像一个金属人，发出金属的声音。

"你怎么睡着了，多凉啊。"

他还没有完全醒过来，仰着脸发怔。一只手攥住了他的手，他被一股实实在在的力量拉得从石阶上站起来。

"走，二哥，回屋睡去吧。"

三十五

　　"咔哒"一声响，钥匙并没有卡住，顺滑地转动，把锁拧开。担心毫无必要。无数次地推开家门，从来没有过这样的紧张激动。

　　没有伸手去开灯，而是伸手攥住小静的手，把她拉进屋里，把门关上。黑暗从四下里聚拢过来，拥抱他们，他转过身一把抱住小静，抱得很紧很紧。寂静中，知觉捕捉到怦怦怦怦的声音，他以为是自己的心跳，然而不是，是小静的，就像怀里揣着一只乱窜的小兔，惹人怜爱的小兔子。

　　嘴唇埋进头发里，贴在肉嘟嘟的耳垂上，热气吹进耳道，小静的头不由自主扭动，似乎在躲避什么，其实不是，嘴里发出哧哧的笑声，同时伸出手搂住二哥的脖颈。

　　负罪感灰飞烟灭，疑虑也无影无踪，而小静在和二哥的说说笑笑之间，眉来眼去之间，接受爱意，特别是在那个山间的夜晚之后，此情此景已是必然。涂刚把小静抱起来，抱进卧室，抱到床上。黑暗中涌起狂涛巨浪，淹没世界。

那天在度假村吃早饭的时候，马晓建满眼色眯眯的笑意，来回来去地瞟着他们："嗨，你们俩，别不说话呀。我们二哥怎么样，成不成，是不是特棒？"

小静低头喝稀饭，涨红的脸埋进碗里。

"你还记不记得，老二，在幼儿园的时候咱们飙尿，你比我飙得远多啦，你丫那玩艺儿……"

"少说两句，没人把你当哑巴。"因为嚼着油饼，涂刚的声音含混不清。兰姐随即在一旁帮腔，"就是，当着孩子瞎说什么。"

马晓建的目光从众人脸上扫过，带着讥嘲，然后夹起一片香肠放进嘴里。

后来小静把那夜的情形告诉兰姐。二哥说要出去抽烟，让她看电视，她就边看边等，不知道会发生什么。电视剧演完已过十一点，二哥还没有回来，她出去找他。一眼看见台阶上坐着个人，就是二哥。她拉他回屋，他说他都能当她的爸爸了，不能做欺负人的事。结果连衣服都没脱，两张床两人各睡一张。不知道二哥睡得怎么样，反正她睡得香极了。早上是二哥叫醒她，在卫生间的台子她发现二哥把牙膏都给她挤好了。说到这儿小静眼里有泪光浮现。

兰姐的第一反应是惊讶，转瞬间惊讶变成了感叹，又一转瞬，感叹变为嫉妒。她嫉妒小静遇到涂刚这样的男人，为什么不是她，为什么没有人对她说这样的话：我不能做欺负你的事。

她不是让人随便欺负的人，没人能随便欺负她。马晓建也不能。

但是干她这行的女人就像掉在泥坑里，很难洗干净。没有男人愿意了解她是谁，是什么样的人，他们在乎的只是他们自己的感觉。她的抵抗力很强，足够自我保护，因为她早就锻炼出来了，耳朵已经让下流话磨出了茧子。而小静讲出的事像一股清泉淙淙流过，冲刷掉心上的污泥，哪一颗女人的心不向往干净和纯洁！

要是换成她，说不定她真能让涂刚离了婚和她结婚。这样的男人太少了，简直不像真的，可她相信涂刚是真的。可惜的是小静还太年轻，眼睛被一层迷雾蒙着，看不透人生。也许她觉得二哥岁数太大，难以接受，他们确实年龄悬殊，但是那又有什么关系。男人的价值不在于年龄。

可兰姐错了，每个穷苦人家的孩子心里都有一个小算盘，不分年长年幼。有的人三下五除二，得出正确答案；有的手噼里啪啦拨动算盘珠，很利索，但得数是错的。

小静心里的那道题，如果用算盘算确实有些复杂，不是一下子能算得清的，也可以不用算盘，那就很简单，答案就摆在面前：二哥对她好，是个好人。她最终选择了不用算盘。

欣快感如鲜血窜至全身，涂刚感觉生命膨胀了百倍，火箭推进器燃烧、脱落，瞬间冲出大气层，前所未有的激烈、壮丽。

床单揉得皱成一团，但上面并没有血迹，没有出血，原因是曾经出过血了。和二哥的这一次不是小静的第一次，可她表现得完全像是第一次，羞涩，不知所措，害怕，甚至很疼。她的第一次没有和任何人说过，将永远无人知晓。

飞船进入了太空，围绕地球轨道寂静地运行，可以听到从地球深处传来的怦怦声，他们的心跳。月亮慢慢移进窗子，照着两个人，涂刚和小静像两个新生的婴儿，温暖地无力地躺在一起。

这些日子里涂刚什么也不想，连儿子都忘到脑后，只有小静。在儿子面前，他浑身不自在，连脸上的笑容都是假的，幸好和儿子见面的时候不多，时机由他自己把握，于是一个多月他都没见儿子一面。

"你忙什么哪，怎么回事儿？！"刘青打来电话。

"怎么了？"

"你这个爸爸也当得太舒服了吧，什么都不管。"

"你要我管什么？我能管什么！"涂刚的语气硬邦邦的。

"哟，你还挺厉害！"

"别找碴好不好，有什么事你就说。"

"怎么，你还有理啦！你什么态度？"

现在，在电话里他们都要吵架。除了让对方不愉快，再没有别的。但有一点刘青有所感觉，丈夫的声音与以往不同，多了一种激越的东西，一种莫名的活力。

小静把头发漂成一缕缕金黄，欢欢喜喜地忙碌着，洗毛巾，招呼客人，站台，扫去地上的头发，干完活立刻扑向镜子，左照右照，把头发扎到脑后，再松开，盘到头顶，再松开，不断变换发型，从镜子里看见涂刚走进门，脸红了，扭身躲进里间。

过了一会儿，没事儿人似的走出来，"来啦二哥！"满眼含笑。

没有一丝负疚感，只有喜悦。涂刚不在乎别人知道他和小静的事，他把自己变成一个靶子，让大家七嘴八舌地逗他，拿他开玩笑。

咧着嘴呵呵笑着，最后，笑得腮帮子都疼了。

"咳，你那儿还有钱吗？"牌桌上，尤玲问戚海涛。戚海涛把手伸进裤袋，掏出钱包，打开，把钱拿出来。四张一百的，还有几张是十块二十块，一齐放到尤玲面前的桌上。钱包空了。

"留点儿钱打车回家。"尤玲说。

牌友老杨一脸坏笑，"回什么家呀，住这儿不就得了。"冲戚海涛挤挤眼。

戚海涛微感紧张地观望尤玲的反应，而她只顾伸手摸牌，急于扳回输钱的局面。结果还不到十二点，戚海涛的四百多块也输进去了，手气实在背透了。

"还玩吗，玩不玩了？"老杨把散乱在自己面前的钱捋成一叠，环顾。

没人应声。尤玲脸上挂着一层霜，清楚地写着不高兴。大伙都怀着等待的心情，等待一场发泄。因为他们都知道她是什么样的人。遇到不如意总要以某种形式把怨气发出去，决不憋在肚子里。说不定会为了一个笑话而嘎嘎大笑，就此把一切抛开。

"走，吃夜宵去吧，我请客。"老杨提议。

"不去，吃什么吃。"尤玲黑眼珠骨碌一转，落到戚海涛身上，带着一丝赌气的狠劲儿，"赌场失意，情场得意，海涛，你别走啦。"

仿佛拧亮灯泡，戚海涛放光了。

今夜是这样，以往许多的夜晚，一年以来，她总是让戚海涛颤巍巍怀着希望，不敢完全肯定，只能等待幸运降临。而尤玲就喜欢看他手足无措、唯命是从的样子，有时莽汉的眼里甚至有屈辱的泪光闪烁，然而魔术师只须"叭"地打一个响指，天地骤变，顷刻间坠入极乐世界，欲死欲仙。多么好玩的游戏啊！满足了她天性中对淫威的嗜好。

永远要尽兴，要痛快淋漓，折腾出一身身大汗，半死地倒下，第二天浑身的骨节肌肉都微微酸疼。不破的规矩是完事后戚海涛就得走人，不能留下。多少次他乞求，哀求，都没有成功。

此刻狂风扫荡着黑夜，尖锐的触须钻过各类看不见的缝隙，在屋子里发出蛇一样嘶叫。

戚海涛光着身子去厕所小便，回来拉上被子盖住身体。

"咦，怎么又躺下了？穿衣服。"

"你听听，多大的风啊。"

"你有车怕什么。"

"我没开车。"

"车呢？"

"修去了。"

"那打车呀。"

"没钱。"

"嗨，别赖啊，该走了。"尤玲推他。

戚海涛不动，闭上眼睛。

"你走不走？"爪子一样的指甲掐进皮肉，很疼。

他忍着，干脆转过身去。一阵翻身下床的动静，戚海涛忍不住眯眼偷看，一个黑影横飞过来，砸在枕头上。是钱包。

"给你钱打车，起来吧。"

他还是不动窝，紧闭双眼坚持着。

好一会儿没有声音，睁眼一看，卧室里不见尤玲。他欠身坐起，"尤玲，尤……"

她出现在门口，已经穿好了衣服，"我再问你一句，你走还是不走？"

"为什么非得走啊？都半夜啦！住一晚上能怎么样，还要我怎么求你啊，就让我留下吧。"声音愤愤然，哀怨激荡。

"好，戚海涛，你不走我走。"

倏地，门口的人影消失，不等戚海涛有所反应，就听见外面"嘭"的一声门响。

那夜戚海涛连滚带爬套上衣服追出去。尤玲已经坐进出租车里，他冲上马路，用身体拦住开动的汽车，把司机吓出一身冷汗。最后的结果是尤玲下车，他上车。

汽车在无人的街道上疾驶，他靠在后座上，满心绝望，彻底明白了自己不可能征服这个女人。她是他的劫数，他的命运，又是他的报酬。

她几天都不理他，不接他的电话。他来找她，她不开门。难道真就见不到她了吗?

不,为了活命人什么都能办到。戚海涛冲下楼,冲向停得最近的一辆奔驰车,抬脚就踹,警报器啾啾啾狂叫,刺激得他热血激荡,欲罢不能,接着踹下一辆,刺耳的警报此起彼伏,夹杂着男人粗砺的嗓音:"尤玲,你下来,我有话和你说!尤玲!尤玲!!"

被惊扰的居民们都相信楼下的疯男人是受了电影《有话好好说》的影响。其实他们不懂,说张艺谋导演是从戚海涛这类人身上得到灵感才对。

尤玲站在窗前,脑子里在激烈斗争,是开窗叫他上来,还是打电话给派出所。如果按她此刻的意志恨不得窗下的野蛮小子立时粉身碎骨,化为污泥。但怎么可能。这时候尤玲感悟到世上没有免费的午餐,任何快乐都必须付出代价。其实这道理她早就明白。

要穿过一个门,你必须要低头,不然过不去,就是这样。她攥住窗户把手,指关节绷得发白,一咬牙打开窗子。

三十六

霓虹灯在墙壁上闪烁，红一下绿一下黄一下，刘青不用看就知道红的是"大连海鲜城"几个字，绿的是几道波浪，黄的是几只鱼虾。每天上床关灯后房间就在彩光中跳跃，拉上窗帘也挡不住，光线只会朦胧些。

屋子突然变黑，十二点了，海鲜城已经打烊。可她却睡不着，心头冒火。到底该怎么办，要不要大闹一场，让涂刚受惩罚，还是干脆离婚，让他滚蛋，从此和他没有关系，告诉儿子他的爸爸死了，是个死人。

这晚有个饭局，离家不远，她忽然想回家看一眼。钥匙插进锁孔却转不动，试来试去不行。她感到不安，怎么搞的，锁坏了吗？还是里面有贼？门里忽然传出一个女声：来啦！这么快就……

门从里面打开，四道惊愕目光怦然相撞，女孩儿脸上的笑容定住。不等刘青有所反应，门"哐"的一声在她眼前关上。

怎么回事儿？这女孩儿是谁，干什么的？一连串疑问的闪电照彻黑暗，照亮了一种可能，她立刻认定就是这样。

刘青攥起拳头，咚咚咚用力砸门："开门！你给我出来！不出来我报警啦！"

隔壁的门哗啦啦打开，一头卷发如狮子狗的女邻居探出头来，"怎么啦？！出什么事儿啦？！！"大嗓门和一脸的虚张声势把刘青吓住，张了张嘴，一句话都没有说出来，扭身离开。

来到楼下她拨通涂刚的手机，响了第二声就传来他的声音："干吗？什么事儿？"

"那个女孩儿是谁？在咱们家干什么！"

没有回答就等于回答。

刘青使劲吸了口气，"你也太不要脸啦，胆子也太大啦！敢把人带到家……"

"你等着，我马上来。"手机挂断。

在楼门口转来转去的时候，刘青如旋涡中一片落叶，激烈旋转，不自觉地接近事物的核心。生活还有可能改变吗，还会比现在好吗？这个婚姻到底要不要？如果涂刚向她提起大索她怎么回答，有什么话可说？一阵气短，让她失去了思考的能力。

涂刚的身影出现在 8 号楼的拐弯处，向这边跑来，跑得气喘吁吁，手上的两个塑料口袋装满东西，不停碰撞他的腿，而他的双腿难以支撑肥胖身躯的重量，直打弯儿，可他并没有停步，而是奋力往前冲。刘青下意识一闪身躲到灌木丛后边。眼看着涂刚摇摇晃晃从眼前奔过去，踉踉跄跄冲进楼门，消失了。

这么心急，完全不顾一切，当然不是为了她，是为了那个女孩儿。

四周涌起黑暗的寒气，刘青打了个冷战，仿佛站在冰洞里，人冻透了。回家去面对他们，和他们打一架？神气活现的邻居会窜过来，手舞足蹈地为他们助兴，把整个楼惊动起来。不，她不能，无法面对那样的情形。

霓虹灯熄灭后屋子里黢黑一团。长时间的思索而无结果是可怕的，黑暗化为令人窒息的重量挤压过来。她倏地坐起，拧亮床头灯。

眼前的一切是熟悉的，安全的，不会失去。而该失去的她已经失去了。她想到大索，在他眼里她仅仅是一个可以百分之百放心的人，没有一丝其他影子。生活的痕迹能够被抹得如此干净彻底简直不可思议。不是没有机会，有人拉她去别的公司，业务十倍不止。不知道大索是不是有所耳闻，过节时给她的红包让她觉得还是不动窝的好。而这样考虑的结果绝没有夹带什么感情因素。

如今再也没有男人用异性的目光打量她，家庭、孩子加丈夫就是她的性别。剩下的就是身上的牛皮癣了。似乎被提醒，长癣处一阵奇痒，不顾医生叮嘱不要挠，狠挠至皮肤出血，仍停不下来。

门无声开启一条缝，继而大大敞开，田兰荣身穿松垮睡衣，像套在一个布口袋里，"干吗呢，还没睡？"

"痒……"刘青费力抓挠后背，恨不得长出一百只手来。

手被妈妈一把攥住，"别抓啦！药呢？"

拉开抽屉拿出药膏，仔仔细细为女儿在患处涂抹，轻揉，让药渗透皮肤。刘青垂头坐着，披散的头发遮住脸庞，喉咙里有一股热乎乎的东西在往上涌。为什么不能对妈妈诉说呢，她的嘴里已经尝到了眼泪和话语的滋味。

"妈……"

田兰荣全身心对付牛皮癣，竟没有留意。

为女儿小心地盖上被子，尽量不让被子把药膏蹭掉，但在所难免。拖鞋嗒嗒嗒敲击地面，房门轻轻关上，妈妈走了，她什么都没有说。这样也好，不然混乱和痛苦不知又要膨胀出多少倍。

没有更好的生活在前面等着她，那几乎是不可能的了。既然如此他也别想得逞，不能让他自由，不能离婚。但是他必须滚出去，滚出那个家。那房子不是他的，他根本没有权利住在那儿。一分钟也不能拖延，立刻交出钥匙。

让我搬到哪儿去，我没地方住。他一定这么说。

你爸爸在干休所的房子还不够大吗，还不够你和你的小情人住？她知道涂刚最不愿意的就是父母介入他的生活，也许她就该这么做。告诉涂尖里和范云。为什么不呢！他难受就是她的快乐。想到过瘾处，刘青的心跃跃欲试，恨不得立刻见到涂刚。

钥匙顺滑地转动，锁"咔哒"开了，今后再也没人能把门从里面锁上。涂刚不在，还没来，离约定时间还有十来分钟。刘青四下睃视，屋子真整洁，怎么这么整洁？谁收拾的？厨房的台子上一样东西也没有，卧室的大床平平展展，罩着一条蓝白相间的旧床单。奇怪，没有枕头也没有被子。她走向衣柜，打开，一下愣住，衣柜里竟然是空的！鞋柜也是空的！这是怎么回事儿，东西上哪儿去了？

手机铃响了，献给爱丽丝。

"我在外面送货，堵车，不知道什么时候能到……你到了吗？"

"没，快了。"不知为什么说出假话。

"我跟你说，我已经搬走了，不在家住了。房门钥匙放在鞋柜底下……"

"你搬到哪儿去了？"

"我租的房子。"

"你干吗搬走？干吗要租房子住？是和那女孩儿一块吗？"

"是。"

"你混蛋……"

电话挂断，来自涂刚的信息在空气中消失，无法捕捉。她再拨他的号码，没人接听，再拨、再拨、再拨，关机。

刘青发现自己被晾在一边，这样的情形是她无论如何没有想到的。这个人是她的丈夫，她丈夫从家里搬出去她竟然一点不知道。怎么会发生这样的事，怎么可能！难道他想就此消失？

"我没想消失。那是不可能的，我还有儿子呢。"

"儿子？"切齿的冷笑，"别想了，你没有儿子。"

"成，你爱怎么说怎么说……"

"不是说，是事实。"

"什么事实?"

"反正你别想再见到儿子。"

"我不想吵架,没用,没意思。"

"那你想怎么样?"

"我……我就想像现在这样。"

"你说清楚,什么样?你到底想要什么?"

"我想见见儿子。"

"你呀,别做梦啦。"

刘青把电话挂断。

"你不是想知道我怎么想吗,我可以告诉你,就怕你不爱听。"

"说,你说!"

"……我爱小静,我想和她在一起。"

没有声音。

"喂,喂……刘青……"

"呸,死去吧你!"

忙音向空中播撒无限的怨恨。

涂刚再没有和刘青通电话。但是刘德榜和涂尖里都给他打来电话,问他过得怎么样,有什么打算,想和他好好谈谈,虚假的平和口气让他既反感又惧怕,只有拒绝。

晚上十点多钟,手机响了,是田兰荣。她问涂刚在干什么,睡觉了没有，问他住在什么地方，想要看看他。

没这个必要，再见。

第二天晚上手机又响了，是范云，问题几乎是同样的，想知道他住在什么地方。

你就别管了，过你们的吧，我好着呢。反正也和你们没关系。再见。

他们轮番轰炸，然而对涂刚丝毫不起作用，因为没有一颗炮弹能落在他脚下，他和他们根本不在一个世界，这一点没人想得到。

休息日，阳光穿过半掩的花布窗帘在发丝上闪耀七彩光芒。直到中午他们仍然躺在床上，四肢慵懒，快活轻飘得像两个漂在水面上的葫芦。

一居室，建筑面积四十九平方米，月租金一千五。离"兰轩"不到十分钟的路程，这钱花得很值。

早上小静能在床上赖到差一刻十点，睡眼蒙眬冲出门，冲向"兰轩"，从不会迟到。晚上，涂刚先打个盹，闹钟把他叫醒，去"兰轩"接小静。路上他们去吃羊肉串，吃麻辣烫，或者在家里煮一锅骨头汤，下面条吃。

在邮局，小静一笔一画填写汇款单，把存的钱寄回家去。涂刚发现她把汇款人的地址写错了，向柜台里的人又要了一张，填写清楚。家里盖房子欠了债，弟弟交学费，买书，都需要钱。这三个月小静存下两千五百块，以前是不可能的。现在她很少花钱，喜欢的衣服二哥会给她买。

去年买的牛仔裤费了好大劲才穿上，绷得厉害。休息时二哥陪她逛街，买了一条裤脚带绣花的牛仔裤，六十五块钱，买了带蕾丝的胸罩，粉红色的，还买了一条牛仔短裙，在膝盖以上，是为夏天穿的。她让二哥监督她减肥，绝不再多长一斤肉。二哥笑嘻嘻答应。可到了吃饭的时候照样是那句话：多吃点儿多吃点儿。看她吃得香他就从心里高兴。有一个男人对自己这么好，小静感觉到了做女人的幸福。

而涂刚也非常幸福。

入夜，一种撩人的悸动潜入梦中，他惊醒了。身边，紧挨着他，有个散发着暖融融气息的女孩儿，这是一件多么不可思议的事啊！他带着欣喜、温情和痴迷想着。

一个人的时候，他忍不住照照镜子，胸脯上挂下来的两坨肉就像女人的奶，真难看。他为自己的体型感到害臊，但这是没有办法的事。

星期二小静休息，他请假没去上班，买了鸡、鱼，还有他以前连听都没听说过的红菜苔，四块六一斤，很贵，还有豆角和蒜苗。湖南人爱吃辣，小静炒菜要放很多红辣椒，满盘红彤彤。涂刚像大热天的狗那样拼命哈气，吐着舌头，逗得小静直拍巴掌。他喜欢看她像小麻雀似的喳喳乱叫，有时候咬着细碎的牙不出声地笑，有时候哼哼唧唧撒娇，偶尔还会哭上一鼻子。

工资花光了就取存折上的钱，他有一个活期存折是刘青不知道的，里面有五千多块。这些钱花完了以后呢，他没有想，好像不必想，生活是无法预测的。他怎么能想到生活里会出现小静这样一个年轻女孩儿，这么年轻，实在太年轻了。

　　后来小静不在了，有一天他想着想着猛然呆住，是不是自己从一开始就对结局有所感知，也许正是自己的做法注定了小静和他不可能长久，最终会离他而去。

三十七

尤玲脱下内衣,轻轻扔到旁边的按摩床上。刚换的干净床单有点凉,躺下时赤裸的身子不由打了个寒战。小静拿起瓶子,把精油倒在手掌上,搓匀,忽然瞥见尤玲乳房上有两大块瘀青。

"天爷,这是怎么搞的!"

一丝暧昧的笑纹浮在嘴角上,"猜,你猜猜。"

"不猜。"

"为什么?"

"我可猜不着。"其实她已经猜到。隔着一道门,戚海涛坐在外面守候着,瘀青当然出自他手。

"真会装,你这丫头。"

"我装什么啦!"十分委屈的语气。

"还装。没有你不懂的事儿,全让你二哥教坏了。"

小静憋住笑,开始推油。尤玲舒服地闭上眼睛。

刮起了强劲的东南风，春天伸出触角。劲风把一粒沙子刮进马晓建的眼里，磨得很疼。他心急地推开"兰轩"的玻璃门，想让谁帮他把沙子弄出来，看见一个穿警服的人坐在大厅的椅子上，脑子一蒙，怎么，出什么事儿啦？

在这女性的温柔乡，男人们总是下意识怀着陌生的敌意。警察乜斜着眼，眼皮沉重，梗着脖子。突然间马晓建心中电光一闪：妈的，还能是谁，一定是那个傻逼，大名鼎鼎的戚海涛！而戚海涛也以警察特有的敏锐，猜到这个一身贱相的男人就是他耿耿于怀的尤玲的前情人。二人已心照不宣。

先让小娟帮他把沙子从眼睛里弄出来，小娟悄悄告诉他尤二姐正在里面，这位警察……她没有说，使了个眼色。

下面的戏该怎么演马晓建有两种选择，一是转身走人，避开见面，或是打招呼，自我介绍一番。马晓建选择了后者。

"你好，我姓马，马晓建。"笑着，向戚海涛伸出右手。

于是别无选择，戚海涛只能抓住这只手，"戚海涛。"

做完推油又做了美容，尤玲的皮肤如白瓷般光滑发亮，衬着鲜活的五官，一对大眼睛眼波流转，温和的火在周身缓缓燃烧。如果说在"兰轩"碰上马晓建的可能性很大，那么此刻是理想时刻，是她的最佳状态，加上倾慕者兼保镖在一旁衬托，多么完美！

"真行啊，一点没变样儿！"克服了最初两秒钟的尴尬，马晓建在行地演起戏来，上下打量，夸张地赞叹。

尤玲似笑非笑，眼风里藏着千万颗小针，"你可变样儿了。"

"我怎么能和你比，老啦！"他不由搓搓手，似乎要干点什么，"走，一块吃顿饭吧，我请客。"连自己都有些意外，马晓建发出了邀请。

等着上菜的时候，马晓建从裤袋里掏出钱包，把女儿马小咪的最新照片拿出来展示给大家看，博得一片赞美。

只有尤玲眯细眼睛端详，"不像你嘛。"

马晓建微怔，转而问兰姐和小静："不像我吗，你们说。"

"对，你们看，哪儿像他？"尤玲高举照片。

小静味味笑。兰姐出来解围："还是有像的地方，鼻子就挺像，尖尖的小鼻子……"

"别误会，我没有恶意，我只想说女儿比爸爸好看，简直是一个天上一个地下，这就是我的意思。"说完把照片还给马晓建，结束了这个话题。

隔着桌子，几个人彼此睥视。凉菜上来了。菜肴的味道不错，东北菜的特点是家常味道，不那么油腻。

戚海涛眉头紧锁，不参与谈话，因为感觉无话可说，耷拉着眼皮闷头咀嚼，鲁钝的样子让尤玲看着生气，觉得给自己丢了脸，但又不能说出来。

几杯啤酒下肚，马晓建的笑声高了两个调门儿，人放开了，"老弟，你是怎么搞的，怎么听不见你说话呢，你可是大名鼎鼎的人物！"

"什么大名鼎鼎？你什么意思？"尤玲时刻警觉着。

"你不知道吗，你这位情人太了不起啦，我可都听说了。如今他这样的男人在地球上绝对是稀有动物，估计快绝种了。"

"你少胡扯。"

"别误会，我绝不是贬义，我是赞美。说句实话也只有你这样的女人才配。"马晓建把目光调至色眯眯的波段，对着尤玲发射。

戚海涛看在眼里恨不得一脚下去把他踹到桌子底下，让他的牙去啃大理石。幸亏他对喝酒不感兴趣，基本没碰酒杯，否则事情很可能发生，那马晓建就倒霉了。

微醺的尤玲瞟着两个男人，马晓建，戚海涛，她要给哪个人笑脸？或者要把哪一个打倒在地，啐上一口呢？还是各给两个人以全套待遇。

"马晓建，你不觉得自己很贱吗。"尤玲锁定了目标。其实目标从来没有变过。

"民警同志，你听见了，她说我贱，这算不算侮辱人，人身攻击？"声音因酒精而发黏。

戚海涛不吭声。

"不说话？看我不顺眼，不愿意理我是吗？我可没惹你……大伙都可以做证。"

"行了，老马，人家可是警察。"兰姐小心劝阻。

酒精让马晓建失去了正常的判断力，哈哈哈哈喷出大笑，两手助兴地连连拍击桌面，震得杯盘直蹦，"吓死我啦，原来他是警察啊！"笑声戛然而止，瞄住戚海涛："警官，请问罪犯在哪儿？你能告诉我谁是……"

"我看你就像罪犯。"回答如投掷石块。

"哦，是嘛！"似笑非笑，"我犯了什么罪？"

尤玲眼中的景象是别人看不见的，戚海涛的头顶已经冒烟，枪已经掏出，枪口黑洞洞张着大嘴，要让对方死得好看。一瞬间理智恢复，急忙端起酒杯，另一只手伸出去搂戚海涛的脖子，"宝贝儿，理他们呢。来，咱俩喝。"杯子凑向他嘴边。

马晓建有所感觉，不再出声。尤玲的手感觉搂住坚硬石柱，加紧抚摸，增添温柔热力，脸颊，头发，耳朵，鼻子，摸上摸下，顾前顾后，一桌人目不转睛看着。终于，火力十足的目光从马晓建脸上移开，端枪的手改端酒杯，咕咚咕咚一饮而尽。

尤玲望着他，眼睛如星星闪亮。

结账的时候再次出现危机，戚海涛和马晓建两只手同时伸进裤袋掏钱包，另外两条胳膊互相架着，形同打架：我来我来我来！

结果马晓建适时退让了。

越刺激的游戏越好玩。马晓建开始出现在尤玲家的牌局上。很多时候是尤玲，戚海涛，马晓建，涂刚，一直玩到深夜，兰轩关门后兰姐会带着小静一块来，然后涂刚就撤了，和小静一起离开，剩下尤玲，戚海涛，马晓建，兰姐，四人组合。

内心深处，戚海涛对马晓建敌意依旧，但能做到不表现出来，甚至也能演点儿戏。输赢不仅仅是钱的事儿了，添加了另外的含义。

马晓建输的时候总是表现得毫不在意，戚海涛就比他更不在意。两个人的不同之处在于马晓建的脸色会泄露天机，而戚海涛却是表里如一，刚领的工资一晚上输光又算得了什么，他才不在乎呢。

牌桌上，马晓建滔滔不绝地讲述赌船上的经历。

香港不是澳门，除了赛马会，赌博都是不合法的。可这又难得住谁。包围着港岛的是什么，是大海啊！在公海上杀人都治不了罪，何况赌博。中环皇后码头，尖沙咀公众码头，还有尖东，都有驳船载你去公海，而滔滔海上巨大的豪华邮轮正等着你。

邮轮经过改装，泰坦尼克号的电影看过吧，就像那样，更高级，时代不同了嘛。中餐西餐，桑拿，按摩房，卡拉OK，健身房，泳池，免税店，有四个字恰如其分，人间天堂！

赌博大厅赛过足球场，惊心动魄的豪赌场面你们大概在电影里看到，在这儿可是真的。他就亲眼见过台上放着上亿的筹码，眨眼之间输赢已过百万。有人跳进大海，也有人是被扔下去的。信不信由你。他信。

一天晚上他登上甲板，夜黑风高。海风从四面八方伸出一万只手抽打你，把咸腥的空气灌入你的肺，要把你吸走，吸进无底的洞穴，让人心里阵阵发毛。还有一天早上，他赌了一夜，百家乐，二十一点，麻雀，就没停手，输了两万多，心情可想而知。回到房间睡不着，只觉得满腹的晦气非吐出去不可。登上甲板，天哪！猜他看见了什么？一张金碧辉煌的大网把他兜头罩住，简直让他喘不过气。去你的吧，哪来的什么外星飞碟，是日出！

朝阳的赤红光辉点燃清澈天空中万朵小云，为它们镶上金边，马晓建不知觉地眯起眼睛，仿佛那无与伦比的美景再现，"傻了，真傻了，我都忘了自己是谁，还存不存在，从来没有过那样的感觉，那感觉就像……"像什么呢？他张着嘴，却找不到语言。

"噗"的一声，尤玲笑了，戚海涛跟着大笑出声，涂刚也哏哏笑得欢。

"你们这帮人哪，狗屁不通。"美景消失，只有牌桌上烟雾缭绕。

但是他讲的其他事他们都很感兴趣。

赌船上，三顿自助大餐，长长的台子能把人转晕，涂刚这样的吃到肚歪也难罢休。还送夜总会门票，俊男靓女一通狂秀，看到你没感觉。知道香港一般旅馆多少钱一晚？起码五六百。一碗云吞面也得二三十。赌船上，房间里有独立卫生间，床单都是浆洗过的，电视节目五花八门，可惜没时间看。收你多少钱？猜猜看。

马晓建神气活现，逐个面孔看过去。

"猜个屁，说得啦。"尤玲在桌下不由踹他一脚。

"二百港币。"

戚海涛深受触动，"操，非他妈去一趟不可！"

"你是警察，难。"

"那我可以不当警察。"

"那你当什么？"

怔了怔，白眼一翻，"当你爷爷。"

一桌人呵呵呵大笑。

"嗨，老二，你猜我在船上遇到过谁？"

"谁？"

原来他遇到了罗英奎，他的前老丈人。在赌场里两个人突然间打了照面，那老家伙挽着个小姐，足够当他孙女，大波波，露出的肚脐眼上金属环闪闪发亮，肯定是只鸡。

"天哪，你没看见他那样儿，真奇怪，以前我怎么没觉得他那么丑，又老又丑又龌龊，龇着大金牙……"他也龇了龇牙，摇头以示鄙夷。

"嘿，马晓建，那你呢？"尤玲问。

"我怎么了？"

"你挽着谁？不会是你老婆吧。"

"操，别这么一针见血好不好。"

大家哧哧哧乱笑一通。没人想到兰姐的感受，抑或觉得她也该笑，有什么可在乎的呢。兰姐确实跟着大伙一起笑，只要把马晓建当作客人就没什么过不去的，这道理她懂，但心仍然在下沉。

出事的那天很平常。牌打到晚上十一点没有什么大输赢，气氛有些沉闷。屋里的烟雾令人窒息。兰姐来后就打开窗子。小静还有客人没做完，没来。

涂刚起身上厕所，让兰姐替他摸牌，回来就坐在兰姐身边。马晓建瞟着手上的牌，打了个哈欠，用手捂住嘴。

"困啦？"兰姐随口问了一句。

马晓建咧咧嘴："还不是你，昨晚上把我折腾的……"

兰姐的脸立刻浮起红晕，"少胡说，别这么不要脸。"马晓建眯眼看着她，"我胡说了吗？你自己说你是怎么干的，我不怕折腾，欢迎折腾……"桌面下，手伸过去放在兰姐的大腿上连摸带揉，当着众人的面毫无顾忌。

"讨厌，打你的牌！"兰姐语音低沉。

马晓建轻松出牌，一边哼出靡靡之音，身子一边向后抵住椅背，压力使椅子的两只前腿翘了起来，他继续往后靠，椅子越翘越高，全靠两只后腿支撑，马晓建则用脚钩住桌子，身体摇哇摇哇，悠然自得地保持着平衡。

兰姐斜睨着他，怎么忍也忍不住："马晓建，难怪人家说你贱，真的，你就是贱。"

没人出声，甚至能听得见呼吸。

"你说谁？再说一句。"

"说你。"一股豁出去的力量充斥全身，促使兰姐在说话的同时伸手一推。

谁都来不及反应，只见马晓建已经倒在地上。在倒下的过程中脑袋撞上身后柜门的金属把手，血流如注。

混乱中，涂刚吃力地架着浑身血迹的马晓建下楼，因为他的眼睛被血糊住什么也看不见。戚海涛大步冲到马路中央，一辆出租车急刹车停在面前，他掏出证件："我是警察，把人送医院！"回身帮涂刚一起把马晓建塞进车里，"嘭"地关上车门。汽车突突开动，从车窗里，涂刚看到兰姐站在尤玲身后，路灯下的脸色像使用多次的

283

肮脏塑料袋。

在医院里，医生给马晓建缝了七针。涂刚身上的钱不够，给尤玲打电话，结果兰姐来了。

马晓建坐在走廊的长椅上，因为疼痛，一直紧锁眉头咬牙不语，看到兰姐肝火猛烈蹿升，难以抑制："操你妈，你来干什么，滚！"

兰姐拿着单子去交费，诊疗费药费共计九百八十三块，然后提着一口袋消炎药回来。

"走不走，我送你回去……你想住在这儿啊！"

马晓建泄了气，以虚弱的声音回应："好，走。"

红色富康出租车驶离医院大门，驶向空荡荡的街头，拐了个弯消失。涂刚脑袋晕沉沉，四肢发软，站在路边愣了一会儿，抬起手腕看看表，已是半夜两点十分。

不管发生什么，结果怎样，对涂刚来说并不真的重要，他做了他该做的，其他，只是好玩不好玩而已。他只想让自己把事情讲得有声有色，博小静一笑。

小静却没有笑，歪着头，若有所思。

"嘿，宝贝儿，想什么哪？"

"你说，马哥他到底爱不爱兰姐？"

"爱个屁！"涂刚脱口而出。

"那你呢，你是真的爱我吗？"

涂刚怔住，心怦然激跳。就像害怕魔咒，嘴里从来不敢吐出"爱"这个字，从未对小静说过，小静也一样。因此这句突然冒出的问话带来的效果强烈，像一铲火红煤炭倾倒在胸口。但他还是没有说，说不出，只用发直的眼神看着小静，低声反问："你说呢？"

小静没有说话，也看着他，两个人的眼圈都有点发红，猛然小静扎进二哥怀里。

一朵镶着灰边的瑰色云团难以觉察地移进朝西的小窗，铁丝上，晒干的衣服染上夕阳的余晖。两人一起收衣服。牛仔裤很硬，得用点儿力才能把裤脚压平，内衣滑软，要仔仔细细才能叠整齐。因为地方太窄，洗过的衣服都要放进床底下的箱子里，连同收入箱子的是太阳干爽的气息。

四月的晚风在嫩叶间沙沙轻唱，生命萌发，勃起。

五月，气温升高，连空气都发了晕，在谈恋爱。一段时间以来戚海涛内心躁动不安，渴望和绝望两种情绪轮换着控制他。深夜，为了去留问题再次爆发争吵，尤玲用双手捂住耳朵："住嘴！我不想听见你的声音！"

白炽灯下，戚海涛腮帮上的肉在颤抖，"我不懂，我就是不明白……"

看到他的嘴在蠕动，尤玲把耳朵捂得更紧，连眼睛也一齐闭上。一分钟后睁开眼，人仍在眼前。

她放下手，换一副哀求的腔调："我求求你了戚海涛，我只有这一个要求，别再烦我了好不好。"

"我看出来了，你不爱我，一点不爱……"

"天哪！你刚看出来啊！"故意夸张地感叹。

"这么说你真不爱我？"

"还要我说几遍。"

"那你能告诉我为什么吗？"

老天爷，尤玲简直要被逼疯了，"戚海涛，你是大笨蛋一个，什么也不懂。我和你根本不是一类人，你让我怎么爱你，没法爱。永远不可能。咱们分手吧，别再纠缠我了行不行？我真的求你了……"说这些话的时候尤玲心中微感紧张，准备着大闹，然而戚海涛的表现出乎意料，什么也没有再说，倏地转身走向门口，换上皮鞋，开门走了出去。反倒让尤玲愣了，甚至感到一丝的失落。

第二天他出现在她回家的路上，开着一辆尤玲从没见过的白色捷达，犹豫了一下，她坐进车里，戚海涛立即开动汽车。在该左拐的路口捷达没有左拐，提速，直行开过绿灯。尤玲憋不住了，问："上哪儿呀？"

回答她的是发动机加大的轰鸣。

仪表盘上，指针冲到八十，要知道这是上下班的高峰，这样的车速无异于要制造一场车祸。尤玲感觉不妙，脸色有点变了，不是害怕，而是愤怒，一股火气冲上来。

"停车，我要下车。"声音尖厉、微颤。

捷达车像是表示反抗，猛然左打，强行插入快车道，后车司机猛踩刹车，轮胎发出刺耳尖叫。疯狂驾车人的侧影一晃而过，太阳穴上蹦跳的青筋令人胆寒。跟随其后的司机做出明智决定，放慢车速，远远离开这个要找死的人。

在那一瞬间尤玲不由闭了一下眼，危险和恐惧的刺激是那么强烈，心中那只锁住许久的野兽放了出来，人感觉置身旷野，在自由奔窜。

戚海涛握住方向盘的手骨节绷紧、发白，眼角余光瞥向身边的人，心头一紧。难道他看错了？不，那张脸确实在微笑，奇幻的享受般地笑着。

咬紧的牙关猛然松开，他必须说话，澄清事实："我今天没有别的目的，就要听你说，你到底爱不爱我？"

前方，一辆蓝色波罗的后窗上一只毛绒玩具猴在晃荡。尤玲明白现在还来得及，她可以选择说爱，那么事态会缓和下来，有什么事以后慢慢再说。人和动物一般都有这种趋利避害的本能。

可她不是一般人，咬了咬嘴唇："对不起，该说的话我昨天都说了，你不至于忘性那么大吧。"

"什么？我不记得了。"

"那你听着，这是最后一遍，我不爱你，不可能和你好，以后、将来、永远都不可能。"

戚海涛的脸庞化作一块生铁，"这可是你说的。"

"没错儿，我说的。"

瞬间的沉寂。

"那好，那咱们都别活。我把油箱灌满了，现在咱们俩一块去撞天安门。"

天安门?！尤玲的眼睛瞪大，眼中世界被哈哈镜映照，凹凸扭曲，无比可笑。"好哇，随你，爱怎么样怎么样。"说完她干脆闭上眼睛。突如其来的黑暗中，心脏如鼓，怦怦跳动。

捷达车全力向天安门进发，为什么非要去天安门，这问题没有提出。可惜捷达不是直升飞机，不可能越过淤塞的车河，若不想直接撞上前车只有减速，甚至停车。

有一会儿，捷达被迫摘成空挡，油门轰轰响，发动机空转，车速表指针从六十迅速回落，向零靠拢，说时迟那时快，尤玲打开车门，蹿下车去。敞开的车门在滑行中像一面扇子悠悠摇晃。戚海涛来不及反应，眼睁睁看着她从一辆辆铁马的夹缝中钻过，沿护栏向反方向跑远。

那天途经西二环阜成门桥一带的汽车被堵了将近两小时。清障车终于开到，不见司机，只得把白色捷达拉走。七点半交通才逐渐畅通。

恢复理智之后，戚海涛的说法是发现了被通缉的疑犯，顾不得那么多了。对他来说这样的行为不是第一次，该如何处理这位胆大鲁莽的警员让领导们颇费思量。最后决定：降一级，调到办公室做内勤。

三十八

一段平常、杂乱，好事不多坏事不少的日子。

首先涂刚被公司辞退，因为在拉货途中货物丢失，而他中途有一段说不清去了哪儿。其实不是说不清，只是不愿说而已。在路上他接到尤玲一个电话，说她昏倒了，叫涂刚快来救她。他想也没想，立即掉头往尤玲家飞驶，一路狂摁喇叭。敲门没人开，以为人不行了，找物业，找居委会，物业又找开锁公司。开锁公司的师傅带着全套家伙赶来，正预备撬锁，手机响了，是尤玲，声音依然虚弱，问涂刚怎么还没到。原来她去了印刷厂。

四十分钟车程赶到郊区印刷厂，尤玲已恢复正常，不再眩晕，反过来宽慰涂刚，"没事儿，死不了。以前也有过，大概是脑供血不足。"她不让涂刚走，非拉他去农家乐吃虹鳟鱼。

噼啪乱蹦的鱼开膛破肚，抹上盐，烤得金黄，皮脆肉嫩，香极了。尤玲吃得很少，主要看涂刚吃。吃到一半公司来电话问货怎么还没送到，涂刚顺嘴编出理由：刹车不灵，怕出危险，先去修车了，一小时之内就到。

近两年，做服装生意的姜老板定期飞伦敦、巴黎、米兰，身上洒着大卫·杜夫的海洋气味的香水，身穿灰粉格子的阿玛尼休闲上装，出入各路时装展示会，感染熏陶的结果是品位逐渐提升，挑选采购回来的服装越来越时尚，优雅，有时甚至古典。唯一不变的趋势是价格越来越贵。而那些肯花几千块钱买一条 Gucci 的围巾，上万块钱买一件 Burberry 的风衣的女人们逐渐知道了他的店，不时光顾。

三个月前他选中商务区开一面新店，请来法国人设计，冰雪般纯洁的全白世界，梦幻般的光线，空气中弥漫着花香和乐声，一切的一切都是为了烘托主角，他的进口名牌成衣。

午后一点半货车终于到了。涂刚从驾驶座下车，转到背面打开后车门，卸货，清点。结果发现少了四件毛衣，一条长裙、两个皮包。

虽然涂师傅在姜氏公司的几年里没有出现任何不轨行为，算得上是个值得信任的人，可这一次却露出破绽。修车的事子虚乌有，是他编的，最后他说出是儿子病了，送儿子去看病。这话谁又能信。

得知此情况姜老板脸色阴黑，灼热岩浆在地下涌动，而火山四周一片死寂。火山没有喷发原因是多方面的，正常的承受力、理解力和人的恻隐之心不提，多次欧洲之行，和西方人打交道，不光让他学会赚钱，也让他的心理比过去复杂。

"我是个商人，商人是最实际的人，可我难过不是为了损失东西，而是因为人,人心!"隔着桌布雪白的餐桌,姜老板向自己的法文翻译、外语学院毕业一年的学生、他新近的女友抒发人生感慨。多么悲哀啊!人心的叵测、现实的丑陋是他不愿看到但不得不正视的。

女友直直的长发遮住半边脸庞,露出一只眼睛射出一束清纯光焰,女童般的嗓音纤细悦耳,为什么不能相信涂师傅呢?那你就不会感觉受伤,东西就是被人偷了,涂师傅确实什么也不知道,他是无辜的,之所以说谎只是因为……害怕吧。有一会儿姜老板心中释然,清澈溪水从石缝间流过,浇灌了他的田园。但当女友离开,水分随之蒸发,土地重归干涸。回到公司后他没有再犹豫,叫来秘书,下达了辞退涂师傅的决定。

半月后尤玲到"兰轩"美容,兰姐闲聊说起马晓建为涂刚找工作。

"找什么工作,他有工作哇。"尤玲不解。这时候她才知道发生了什么。

兰姐说涂刚很憋气,胃疼,吃不下东西,倒好,减肥了。尤玲马上抄起手机,拨号,拨到半截忽然停住,一时间仿佛有些气短。到她的年龄,阅人无数,伤痕累累,身边的人又有谁没有伤害过她?想事情她几乎不会把二哥考虑在内。他既存在又不存在,离她很近又很远。可恰恰就是他,二哥,是那个对她无所求,而又真心维护她的人。

"唉……"扔下手机,长长一声叹息,却没有语言能跟上。多年前的一首歌从大脑的褶皱中飘荡升起。

天上的星星

为何像人群一样的拥挤

地上的人们

为何像星星一样地疏远

此时生活中另有一桩麻烦事儿。

后妈于海燕多年前辞去公职，办了一家留学中介公司。靠丈夫在教育系统的关系，业务开展顺当，和新加坡各大学都是战略伙伴，打出免担保金，免材料认证，免北京面试，签证只需三至四周等。

这种夫妻配合的模式在尤国臣退休后终止。其实退休前尤的作用就已逐渐削弱，几乎没有什么问题非他出面解决，于海燕完全能自己摆平。反而是他在体检时戴上了冠心病帽子，离不开药物，让人不免操心。

情况至此都算正常，问题出现在退休之后。清早起床，尤国臣不需要出门，也无处可去，只能旁观妻子急匆匆洗漱，化妆，吞下几口早点，喊一声：再见，消失。鲜明对照使他很不平衡，提出参与公司管理。于海燕没有理由不同意。但一次不很严重的心绞痛发作让她有了理由：心脏病绝对不能劳累，必须安心静养。这样尤国臣就彻底赋闲在家了。

对待爸爸和后妈，尤玲的态度一直是不冷不热，再加一点不屑，但内心里对爸爸还是有感情的。那是一种以爸爸的娇宝贝自居的感情，虽然时过境迁，多少年过去，情结依旧。说到底双方其实彼此彼此。

一天中午她偶然回家，来开门的爸爸双手湿淋淋，正在厨房里洗碗，锅里的剩面条还没来得及倒掉，几片破布条一样的白菜叶混杂其间。另外一次是晚上，爸爸边吃晚饭边看电视新闻，依然是黏糊糊的面条，盘子里的香肠硬得边缘翘起。

"怎么老是面条呀！"

"省事儿。"

再问爸爸一天天怎么打发时间，都干些什么，尤国臣眼角的鱼尾纹牵动，露出不值一提的浅笑。

第二天尤玲给于海燕打电话，提出雇一个保姆照顾爸爸。

"对,应该,我也这么想,你帮忙找一个吧。"于海燕的回答很痛快。

保姆找来了，但不是一个，而是一个接一个，半个月里换了四个。有家政公司的，有兰姐介绍的，最后一个是尤玲自己跑到劳务市场挑的，尤国臣都不满意。其实是习惯问题，他不习惯家里有生人，而且还是女的，只是碍于女儿的好心。

"行，你愿意怎么过、愿意天天吃猪食都随你，我再不管了。小徐……小徐！你出来！"

小徐，一个三十多岁的黑脸女人从厨房挪进客厅,讪讪地傻笑着。第一眼看到这人尤玲脑子里冒出小时候爱说的一句话：掉到煤堆里都找不出来，不由被这种皮肤黝黑、神情木讷的朴实劲儿打动。可现在这副模样让她心里冒火。扯过皮包，摸出钱包，从里面翻出一张百元钞票。

"给，你干了两天半，给你一百行了吧。"粉红色钞票在指间飘飘悠悠。

小徐像是没有听懂。

"你明白不明白，我爸不喜欢你，所以不能用你，你只能走。"

依然没有反应。

去她的吧，双腿一伸，从沙发上站起来，"钱放这儿，我走了……"

"大姐！"

"还要干吗？"

"钱我不要……能不能明天走，这会儿有点儿晚了。"

"别问我，这不是我的家。"

尤玲气呼呼地离开。那天晚上小徐没有走，第二天也没有走，待了下来。应该说是女儿的疾言厉色让尤国臣动了恻隐之心。于海燕对小徐的评价是：反应迟钝，先天愚型。但这样也没什么不好，也许比一个机灵的更好呢。

家里几乎听不到什么声音，一只魔术师的手在变戏法，把屋子变整洁，把饭菜变到桌上，把灰蒙蒙的玻璃变得透亮，像没有一样，迷惑得男主人竟然磕了头。男主人的体重也有所变化，重量增加，女儿回家探望的次数也有所增加，心想安徽的乡下菜怎么这么好吃。

生活的溪流潺潺，时而闪现小鱼蝌蚪的影子，太阳光反射出七色彩虹。小徐在家门的钥匙上拴了一只塑料小花猫，花二十八块钱在自由市场买了一件杏黄色 T 恤，胸口上英文单词 Cat 银光闪闪，算起来应该是她买过的最贵的衣服，去年的一件过冬棉衣才花了三十八块。坐在小板凳上择菜的时候，喉咙里不由发出声音，像是在哼小调。一墙之隔，客厅里的尤国臣放下手中报纸侧耳谛听，听不出唱的是什么。接近正午的阳光瞬间移到正确位置，照亮茶几上的茶杯，杯口的热气如轻纱般缥缥缈缈。宁静中，墙上的时钟径自嘀嗒震响，阔步向前。

溪水流过山涧、岩石、大树的裸露根部，流进安静的水塘中停歇，朵朵白云映出美好倒影。直到有一天……

那天于海燕一早飞长沙。飞机起飞半小时后，广播说由于天气原因需要在郑州机场降落。乘客的惶恐情绪被控制在最低程度，看来隐瞒机械故障自有其道理。在乱哄哄的候机室于海燕接到秘书电话，报告她某市教育局新局长到北京公干，来电话问中午是否有空，可见面聊聊。抬腕看表，她当机立断，让秘书定下后海边的私家菜馆，而自己乘十点四十分的班机飞回北京，再乘出租车赶往家中，准备换一身衣服，十二点钟准时到场迎候。

屋子里静悄悄，静得有点儿奇怪，女主人下意识止步不前。半掩的卧室门忽然打开，小徐快步走出，没有朝女主人看一眼，径直奔进厨房。

于海燕的心咯噔一下。水塘平静不再，混浊淤泥一团团搅起。

"我心脏不舒服，让她给我倒水吃药，有什么错！"

"那她为什么不敢看我？"

"笑话！她怕什么！"

"你问我？"

"告诉你，那是因为根本没有看见你，谁也不知道你回来。"

"好哇尤国臣，订好攻守同盟了是不是？"

压低的争吵像咒语，使空气中充满阴谋与罪恶的气味。为结束这种令人厌恶的状况，于海燕提出辞退小徐。

"不，我不同意，这样一来你就得逞了。"

"这话什么意思？"

"到时候死无对证，你的诬蔑就成了事实。"

"本来就是事实。"

"什么事实？你能说出什么事实！"尤国臣的嘴角迸出两点白沫，眉头微蹙，用手捂住胸口。

"你……怎么了你？"

"别，别出声，静一下……我的药……"

尤玲回家时感觉到气氛不对。

"出什么事了，爸？"

心跳加剧，却极力显得平平常常，"没有哇，很好。"

尤玲溜到厨房，"小徐，家里有什么事儿吗？"

"什么事，不知道哇。"呆板的神情毫无破绽。

晚上正在打牌，电话铃响起来，话筒里传来于海燕的声音。

"小玲，我有话和你说，现在方便吗？"

"什么事儿说吧。"

"就你自己还是有别的人？"

好奇心被调动起来，"就我自己。"

于海燕说出的事让尤玲目瞪口呆，本能反驳：不可能，绝不可能。

296

但所有的人生经验都指向肯定的答案。

挂断电话回到牌桌，很快就输掉两百多块，让她彻底明白了血缘的厉害。管他们呢，关我屁事！下狠劲说服自己，却不起什么作用。天平上有些东西分量很重，然而无形无色，也说不清道理。

挣扎到第三天，终于憋不住去看爸爸，心里又气又恨。在楼下碰上出门的小徐，极力隐忍着，"干吗去呀？"

"买菜。叔叔想吃笋烧肉了，去看看有没有笋。"

一时间尤玲觉得脑子有点不够用，这可是极少有的感觉，难道她错了，他们是清白无辜的？

说话间，小徐的眼神不时向上瞟，尤玲下意识随她望去，忽见三楼背阴的窗户悬挂着一张白脸，吓得她胸口发凉。

尤国臣的脸倏地消失，仿佛根本没有出现过。再看身边的小徐，已来不及地扭身走开，面口袋一样敦实的后背，粉红衬衣紧绷。阳光在楼顶乍现，在尤玲脚下形成一个椭圆形黑影，她站在强光下发怔。

缓过神来，她感到震怒。这个乡下女人，以为自己是谁！居然敢骗她，眼睁睁的。她决不能忍受，这口气非出不可。

尤玲和于海燕结成同盟，一起和尤国臣谈话。没人听他的解释，妻子不信，女儿也同样不信，甚至不顾他的胸口一阵阵闷疼。事已至此，只有一个解决办法，让小徐走人。如果他不肯去说，那尤玲就去和她说，她恨不得送这个"老实人"两个耳光作为补偿。

小徐的鼻孔堵塞，呼吸困难，接下尤叔叔递过来的纸巾，用力擤出大坨鼻涕。

哭泣总算止住，"我、我不能就这么走……"

"那你要怎么样？"尤国臣的心抽紧。

声音像木板那么平直，说出从未透露的隐情。丈夫在广东工厂里打工，又有了女人，住在一起，根本不认她。儿子天生残疾，跛子，在家里养着两头猪。给儿子娶媳妇是她唯一的梦想。家里的房子摇摇欲坠，不盖新房不成，砖头水泥已经买好，其他就等她春节回去。两层小楼算下来总共需要六万多块。

六万这个数目让尤国臣久久缄默，终于转身走出房间。十分钟后回来，手里拿着一个信封，思虑掂量的结果。

"你知道，我家的财权由于老师掌握，我只有这一点机动，希望能对你有帮助。"

信封里装着三千八百块钱。

此事，结局才是最精彩的部分。小徐走后尤国臣清早起床，梳洗，穿戴整齐，藏蓝西装配明黄条子领带，和于海燕一起出门，到公司上班。

"为了我不再犯'错误'，为了你不再怀疑，我别无选择，唯有和你保持步调一致。"

一个星期后，于总派秘书小刘去印制了两百张名片，浅米色皱纹纸朴实无华，黑色楷体字微微凸起发亮，内容和电灯泡一样简单明确：董事长，尤国臣。

尤玲笑了，一个人，在床上像疯子似的笑得打滚。

头上的伤早已结疤，说起那晚的事马晓建自嘲地咧嘴笑笑，"妈的，女人沾不得，看来活得还是不够明白。"

"你丫永远明白不了。"

"谁说的。我已经想好了，不乱跑了，东跑西颠太累，回家守着闺女多好。怎么样，跟我走吧。"

涂刚不说话。

"想什么呢，还有什么可犹豫的。"

涂刚依然不吭声。马晓建伸手拿烟，递给涂刚一根，涂刚摆摆手拒绝，于是他自己点上。狠吸一大口，随即吐向空中，再用鼻子扫荡，一丝一缕都不放过，把整团烟雾深深吸进肺里，好一会儿鼻孔里冒出淡淡青烟，好不痛快！

"你呀，老二，不是我说你，你一个大男人活到这份上，还顾虑什么！"马晓建一心想说服涂刚到南边去开始新的人生。

涂刚这时开口了，语气生硬，"我活到什么份上？你说给我听听。"

"哟，还生气了……"

"没人生气，我就是想知道知道。"涂刚盯住马晓建的眼睛。

"成，刚才的话我收回。您哪儿也别去，就在这待着，挺好。"

"我根本就没打算去。"

"那就对啦，太好了！"

"你还没回答我呢，我这个大男人怎么了，活到什么份上了。"

马晓建无言，摇头。

"摇什么头呀，别来这套。"

涂刚忽然翻脸，让马晓建无法接受，"操，你丫有病啊！"

"你丫才有病哪！！"

屋里的空气密度迅速增加，令两个人感到压抑，想爆发。

"不愿意伤你自尊心，你就别来劲了。"马晓建克制着情绪。

"什么叫自尊心？啊？！"涂刚大喊。

"真不懂吗？那我问你，你中午吃的什么？"中午请涂刚吃涮羊肉，就因为他说好久没吃了，想吃。昨晚涂刚把没吃完的菜打包，满满两塑料饭盒给小静做夜宵。只要吃饭就是他买单，已成规矩。此时这么说只为刺痛对方，刺得越狠越疼才好。

果然，涂刚两眼发黑，"好，我吃了你的，我吐出来！"张大嘴，伸进一只手向喉咙深处猛探，引发刺耳的干呕，却没有实物吐出来。羊肉、百叶、粉丝混合成黏稠物正向消化系统的下端移动。

世事难料，情况如何急转直下，到这种地步！症结在哪，又有什么逻辑？马晓建简直不知该作何感想，本能上前搂住涂刚的肩膀，"得了哥们儿，咱俩谁跟谁，犯得着嘛……"

不争气的眼泪盈满眼眶，迫使涂刚扭过头去。

马晓建觉得需要解释，"我没别的意思，完全是为你好……"

"不需要。"咬牙嗫嚅。

"好好好，我错了，向你道歉，对不起。"

但阴影无法抹去。一个多星期后马晓建又约涂刚吃饭，他回答说没时间。

"操，你丫在家待着，就剩时间了。"依然故我，才不管对方感受。

马晓建就是这样的人，或者说他和涂刚就是这样的关系。

"来吧，有好消息。"听声音喜气洋洋，涂刚犹豫了一下，答应了。

斟满两杯酒，煞有介事地噘噘嗓子，马晓建宣布了他的好消息，老婆又怀孕了，是个男孩儿。涂刚自然而然地笑了，举起酒杯，"你小子行啊，彩旗飘飘，红旗不倒，还闹了个儿女双全，老天爷太照顾你了。"

马晓建得意扬扬，"是啊，老天爷就看我顺眼，我有什么办法。"伸手端起酒杯，"来，为我儿子。"

碰杯之后涂刚却端着酒杯，没有喝，"我说……"

"什么？说啊。"

"老天爷看你顺眼，看我不顺眼是吗？"

马晓建一脸诧异，忽然明白过来难听话脱口而出："操，你丫什么时候变这德性了。"

"操你妈我就这德性。"酒杯用力撞击桌面，险些破碎。

邻桌的一对老夫妻迅速地投来惊恐一瞥，随即埋头吃饭。服务小姐端来凉菜，"卤味双拼，请慢用。"

涂刚低垂的下颌堆积起三层下巴，涨红的脸庞渐渐褪色。是的，问题确实出在自己身上，这么一想心结解开，一仰头把酒喝干。

"没错儿，我知道我活得不怎么样，一事无成……"

"别，别这么说。"

"可这是事实。"现在谁也拦不住他了，"其实你说得对，我这人不行，真的不行，要什么没什么，弄到现在一无所有了都……"

"你有儿子，长得比你都高了吧。"

"他不理我，见了面连叫都不叫。不叫就不叫，拉倒。"

"那刘青……"

"别提她，不爱听。"

"她可是你老婆呀，难道已经不是了？"

"是不是又怎么样。婚姻就是一张破纸，擦屁股都嫌硬。"

马晓建哧哧乱笑，"说得好，精辟。那还耗着干吗，赶紧离呀！离了再找。这林子里别的动物不敢说，如狼似虎的单身女性成群结队，能把你撕了，生吞。"

"那你丫怎么还活着。"

"我呀，我不是名花有主了嘛。"马晓建捏着嗓子，翘起兰花指，摆出夸张的媚态。

涂刚被逗得哏哏笑，"真他妈恶心，我还有主呢。"

"谁？"马晓建问得很认真。

"你说谁，小静啊。"话一出口，心忽然有力地跳动起来。在这个世界上一切都可以不算数，可以失去，但有一个人是属于他的，他也属于她。那就是他的小静。

马晓建却对此不屑，"你觉得你们俩真能有什么结果吗？"

这是一个涂刚不愿面对的问题。他多次问过自己，却从无肯定的答案，于是干脆背过身去。此刻马晓建的提问把他逼到墙角。

"结果，要什么结果！结果有什么重要，我才不在乎，重要的是过程。"涂刚从来不爱看书，没有在任何一本书中看到类似的话，说出的这些话完全出自内心的真切感受，激昂有力。

而就在这一刻，他发现了答案，发现自己找到了答案。世界原来如此简单明了。

本来马晓建想打击他，此刻却无言反驳。他又何尝没有这样的想法，只是身不由己。人生，有一个时间逞英雄，胡作非为；一个时间恋爱，不惜上刀山下火海；还有更多的时间要挣钱，创造财富，还要有时间生儿育女；现在到了哪个阶段他自己也说不清，模糊混沌。而群树生花，溪水流淌，阳光摇晃，那样的美景只存于记忆深处，上了锁的抽屉。

"老二，想不到啊，什么时候成哲学家啦！"

"嘁，哲学多少钱一斤？"

"爱情多少一斤？肯定比爱情贵。"

"爱情无价，这都不懂。"

"错！"马晓建以掌猛击桌面，音调拖长，煞有介事："生命诚可贵，爱情价更高，若为自由故，两者皆可抛！"

邻桌的老夫妻正在打包，无声交换眼色。

造物主怜惜人类，让粮食发酵，变为叫作酒精的物质，过程简单，易于掌握。这样，人在任何情况下，无论沮丧、绝望、苟且、猥琐，都可以抛开，直接奔向自由王国。勾肩搭背，拍拍打打，粗声大气说出的话句句发自肺腑，随酒精发散到空气里，没人记住。服务小姐拿来账单：两百六十九块。涂刚摇摇晃晃站起身，一手拦住马晓建，另一只手伸进裤袋里掏钱包。马晓建要和他争，被猛力推倒在椅子上，椅子几乎倾翻，幸亏他以手撑住地面。

　　日子依然平常，有坏事也有好事，更多是不好不坏，只是日子而已。直到有一天霹雳打到头上，身体焦糊冒烟，在那之前没人会感知自己已被厄运盯住。

　　涂刚开着一辆黄绿相间的"现代"在大街小巷穿梭，早已习惯夹在钢铁的车河中，他能够让自己不急不躁，保持必要的清醒。不同的是以前拉货，现在拉人，他开上了出租车。宁师傅的儿子宁卫东是一家出租车公司的老板，给了他这份工作。

　　多年来，每逢春节他必去看望师傅，聊上半天，喝一顿酒。儿子小时候他带儿子一起去，刘青也去过，但那都是很久以前了。他没有向师傅透露自己婚姻的真实状况，一方面因为师傅是媒人，另一方面……没有原因，就是不想说。

　　屋门打开，师娘看到涂刚，"哟，又是一个人儿，刘青呢，怎么没来？"

　　"没来就是有事儿，你管哪！"师傅直通通阻止。

　　"谁管了，问问怕什么。"

　　"怕！怕你操心太多累死。"

　　"那成，今儿我累了，不做饭了，你愿意啃桌椅板凳我也不管。"

　　"好极啦，刚子，走，咱外面吃去。"

　　习惯了听他们斗嘴，涂刚只在一旁笑，直到师傅拽着他的胳膊要往外走，才开口。

"刚进门，让我喘口气。咱爷俩先坐会儿，聊聊，待会儿我请客。"

"谁要你请！别说一顿饭，天天外面吃都成。是她非要做，就怕下岗。"

"放你的狗臭屁！"老太太跺脚。

宁师傅不缺钱，儿子给的。有这么一个能干又孝顺的儿子是他们老两口的福气。现在宁卫东是涂刚的老板，车份儿钱减半，每月只收他一千二。涂刚感激师傅，但也知道师傅并不需要他感激。

隔一个礼拜小静就把车内的椅套摘下来，拿到店里，用洗衣机洗得雪白。每晚十一点前，快下班的时候会接到涂刚的电话，告诉她是否收车。如果还想拉活，又离得不远，就接上小静。但有的客人看到车里有人，会迟疑，甚至不坐他的车。

夜间的热闹地方是歌厅、夜总会。打车的小姐蓝眼圈赛熊猫，睫毛如扫帚，大片的裸露肌肤让人不由自主心跳加速。车子在"钱柜"门口停下，两位男士付钱下车。一位身材高挑的小姐挽着男人从门里走出来，"嗨，车，等一下！"

涂刚如同聋子，一踩油门，驶离。

"混蛋，妈的神经病呀！"叫骂声随风飘进车窗。坐在身旁的小静扭头向后望，随即回过脸，"怎么了，干吗不拉？"

"那样的女的不配和你坐在一起。"涂刚回答。

霓虹灯像城市的媚眼眨个不停，小静抬手撩开额前的头发，瞥一眼二哥，"你呀，你为什么不说那个男的。"话语简短，声音不大，却让涂刚心头一震。

以后他尽量在小静下班前收车。除非运气太糟,没拉到一个好活,长时间空驶,那样他才会加班,延长时间。他们搬家了,从单元房搬到地下室,房租便宜五百块。涂刚能感觉到小静的情绪有些低沉,可他又能拿什么来安慰她呢?

他给小静讲一个二十四岁的青年在二环路上飙车,警察设四道路障拦截才把他拦住。这家伙跑二环一圈只用十三分钟,人称二环十三郎,真他妈不可想象。小静却反应平淡,她不会开车,没有概念。

第一个月,扣除车份、油钱,收入两千出头。一天下午他把车停在大商场门前的马路边,和收费的人说他实在尿急,憋不住了,小个便就出来。

柜台里闪耀着一片金光银光,他紧盯着价签上的数字,只看打头是2的。他本想买戒指,到了最后时刻又犹豫了,戒指的含义过于明确,而他还有老婆。一条项链吸引了他的目光,价钱是2050,标签上写着:锆石,14K金。

售货小姐用钥匙打开柜台后面的锁,"这个?"

"不不,旁边那个,两颗心的。"

两颗心像两个倒挂的桃子一个压住另一个。来自四面八方的光汇集在它的刻面上,闪射魔幻光彩。从来没有这么仔细地看过女人的饰物,涂刚被迷住了。

"行吗先生?"

"行,就是它,开票吧。"

看到项链小静呆了一会儿，目光隐含疑惑："是真的吗？"

"给，你看。"递过去证书和发票。

效果超出他的预想。门口挂了面镜子，足足半小时，小静的活动范围只在镜前一米见方，美滋滋打转，做出各种 Pose，最后竟脱得精光，赤条条只戴着项链，就像涂刚看过的三级片里的女人。那夜，小静抑扬顿挫的呻吟如唱歌，涂刚灼热的躯体不时碰到冰凉水滴，两颗锆石的心。

是个晴朗的月夜。无论透过高大的落地窗，还是只露出地面半截的窗户，月光都一样银白无瑕，洒在交叠的赤身裸体上，照亮有情人的生命律动。事毕，他们沉入梦乡。

涂刚的鼾声如轰炸机盘旋，低沉、广大，无畏。心形锆石垂挂在左侧乳房上，如黑暗中的眼睛。

三十九

天黑了下来，云层越来越厚。低垂的云团反射城市灯光，夜空现出吓人的硫黄色。

涂刚拉了三个外国人去机场，乘红眼航班。帮客人从后备厢提下沉甸甸的行李，用唯一会说的英语道一声拜拜。之后他犹豫要不要在机场等候，拿起手机给小静打电话。

手机响了七八声，他差点挂了小静才接，声音低低的："我干活呢，你在哪儿？"

"机场。什么时候下班？"

"不知道，今天客人多……"

"那我也多拉会儿，下班给我打电话。"

"知道，拜。"

这是涂刚最后听到小静的声音。

在机场排了半个小时的队，拉上一个去前门饭店的客人，好活儿。

停在饭店门口，抽了支烟，有人拉开车门上车，去北大医院。接着又拉了两个小活儿。小静还没有打来电话，他拨通她的手机，听到的是"您拨打的用户已关机"。

警方估计凶案发生的时间是午夜十二点一刻到十二点四十之间。因为兰轩的老板和员工证实，小静做完最后一个客人，离开兰轩是十二点十分的样子。另一个依据就是涂刚打的那个电话，打电话之前他看了车前的表，已经过了十二点半。

从兰轩回地下室有两条路，一条路要穿过整个住宅小区，而小区用铁栏杆围着，夜间只有两个口能出入。另外是一条新修的马路，马路这边是小区，对面是即将开工的楼盘，目前还是长满荒草的土坡。

小静的尸体是在马路对面的灌木丛里被发现的，身上没有伤口，头部有被硬物击打的伤痕，而死因是被掐住咽喉，窒息而死的。

雪亮的车灯熄灭，土坡重归黑暗怀抱。四辆警车开走三辆，一辆留在路边。凶杀现场，曾经躺着尸体的地方依然用白色带子围着，剩下的只有泥土。

天光渐渐发灰。

四十

　　终于一个人了。涂刚坐在床边，肥厚的手巴掌捂住流满眼泪的脸，很快呜咽有声，肩膀剧烈耸动，身体如中弹般"咕咚"向后翻倒，平躺在木床上，大口吞咽苦涩的泪水。

　　痛彻心扉的悲伤，除了承受，没有别的办法。好在小静的父母从乡下赶来，需要他照应，分去了大半的精力。

　　无论是父亲还是母亲，从他们身上看不见一丝小静的影子，他们像干巴巴的泥土，乱蓬蓬的杂草，不起眼，蕴含生命活力，只按照自己的方式存在。

　　尸体火化回来，母亲瘫坐在地下室的走廊上号啕大哭，手掌拍打水泥地面，发出硬邦邦的噼啪声。父亲垂手肃立，似乎在等待某种必要的仪式结束。地下室的住户们倾巢而出，观看。母亲的痛哭让在场的女性们动容，两个女孩儿上前想把她扶起来，但根本不可能，只得放弃。

直到涂刚买回饭菜，母亲才在父亲的帮助下从地上爬起来，回到他们的小屋。

侦破工作节外生枝。一个下晚班的小区住户骑车回家时看到一男一女站在路边说话，然后一起走过马路，时间正是十二点半左右。他们是否就是凶手与被害人？如果是，那么被害人是否和凶手相识？

根据那位目击者的描述，警察各方调查被害人是否认识一个秃头的男性。经辨认涂刚被排除了嫌疑，那个秃头男人是个瘦子，而他的体型显然不符。

尤玲通过戚海涛从内部获得以上情况，第二天就去找涂刚，想告诉他。

昏暗中，微微发臭的空气像一块抹布捂住口鼻，令人呼吸困难。尤玲在门口站了好一会儿，才辨认出室内三个灰乎乎的人影挤在一处，原来在吃饭。看到来了一位浓妆艳抹的女人，小静的父母瞬间变为泥塑，呆滞目光死死盯住来人，令尤玲不快。

她觉得没必要理睬他们，直接和涂刚打招呼："嗨，跟我出来一下，有话和你说。"

没有反应，涂刚稳坐不动。

"怎么了，没听见啊？"

"有什么话你就在这儿说吧。"莫名的敌意让尤玲怔住，尴尬而又恼火。

犹如鬼影闪现，门口的身影蓦然消失，幸亏有高跟鞋发出一连串噔噔声响，证实刚刚确实有人登门，正在离去。脚步声很快远去，消失。空气重新凝结成块，压在三人头上。

"吃，吃吧。"涂刚简短地说。

木块般的手掌伸出，抓起筷子，无声扒饭。

半个月一眨眼过去，小静的母亲放不下上学的儿子，回老家去了。又过了半个多月父亲也走了。这时案件仍然没有破，凶手还没有抓到。但天下事互相关联，任何一个都可能成为另一个的原因，隐秘轨迹难以寻觅，除非你是当事人。

小静死后的一个月里发生了一件事，分居多年而没有离婚的涂刚神速离婚，其间的因果关系除涂刚没人明白。

是钱，他需要在短时间里得到一笔钱。

四十一

洗完澡，把身子擦干，刘青迈腿站到磅秤上。指针"啪嗒"冲到六十，摇晃、抖动、定住。又长了两斤，看来不节食不行。随着年龄的增长人人都说她越长越像爸爸了，其实她明白就是越来越胖的意思。

量完体重擦药膏。多年来最忠实的伙伴就是牛皮癣了。由于它，刘青从不穿裙子，永远的长裤。夏天，半长的头发油渍渍向后梳，用黑色束带在脑后扎成硬撅撅一束，留出额头光光便于擦汗。女人的爱美本性让位于实际需要，说明人生大餐已经快见盘底。

梦中，春天，厂区里的那几棵桃树开花了，粉白相间的花团在微风中摇曳。一个男子骑自行车的身影从树下闪过，想看又觉得不好意思，扭身走开，心波荡起涟漪。醒来后刘青躺在床上，呆望着投射金色晨光的房顶。

早饭，刘德榜吃下两个煮鸡蛋，两片面包，一杯牛奶。哗啦啦、大开大合地把报纸翻过一遍，没有什么特别值得关注的新闻。说不清从什么时候，国际国内的时局发展、种种社会问题逐渐从视野中淡出，热情和精力投入老干部合唱队，甚至动心参加中老年模特表演，买了套白色西装，遭到妻子和女儿的冷嘲热讽，最终加入街头交谊舞的行列，身姿健硕沉稳，满面春风。

单位给身为局级的他最后调整了一次住房，面积扩大为一百八十平方米，四室两厅。落地窗，大阳台，两个卫生间，一间五平方米的工人房用作储藏室。每天下午两点半，钟点工准时上门，晚饭后，一切收拾停当，七点半离去。其间五个小时田兰荣都在运动，前前后后围绕钟点工打转，做好监督指导工作。刘德榜拿老伴调侃，建议她开个家政服务公司，一定成功。

涂亮，初中一年级时个子猛蹿，身体突然拉长的结果是人瘦了下来。Lee 牌牛仔裤成了他的最爱，衬衫 T 袖一律扎进裤子里。再也不怕上体育课，八百米跑跑进全班前二十名，虽然差点儿吐血，但感觉好极了！可惜好景不长，高一一年，一米七三的身高再没有变化，变化的只有体重，从一百二十斤迅速蹿升至一百六。四十斤肉放到案板上该是多么大的一坨啊！简直令人绝望透顶。绝望的涂亮索性敞开肚子大吃，对家人的提醒警告还以白眼。

在家的时候他的房门总是上锁，刘青只能隔门探听，隐隐怀着特务的感觉。门内传出噼里啪啦敲打键盘的声音引起联想，想起小时候看过的电影《永不消逝的电波》，地下工作者向延安发送紧要情报。

晚饭后，刘青端着一碗洗好的草莓给儿子送去，忘了敲门，门恰巧也忘了锁。电脑显示器上的女人酮体把她吓呆了，还没来得及反应人已被儿子推出门外。

她不敢和父母提及，甚至下意识躲避和儿子正面对视。该怎样面对发育期男孩子的性问题她完全束手无策。丈夫的缺席很少让她困惑，此时却感触良多。困惑化为怨恨，两种情绪此消彼长，互相推波助澜，严重失眠。

医生开了二十片舒乐安定，叮嘱她一次一片。她咬牙吞下三片。十分钟后，所有的沉重思绪分化瓦解，化为粉尘，飘向混沌的睡梦中。从此，除医治牛皮癣的"卤米松乳膏""糠酸莫米松乳膏""卡泊三醇软膏"，用于抗焦虑、失眠的安定，学名"艾司唑仑片"，也成为生活中不可或缺的药物。

曾经，田兰荣问过女儿："你心里怎么想，到底是分是合，总不能……"

"你是想我离婚吗？"女儿的脸瞬间板起，截断母亲。

"不，那倒也不是……"

"那是什么？"

"是……"可惜田兰荣也不知道怎样好。也许还是维持现状最省力。

拎着满满当当的提包，内装钱夹、手机、揉皱的纸巾、钥匙链、不知谁的名片、口香糖、揉成一团的塑料袋、别针、药片、一段线绳，各类碎渣中有一张皱巴巴的小纸，纸上写着两个字：离婚。不，应该是四个字：离不离婚。现实就是这样。问题始终存在，你一直带着它生活，时间磨去了它的锐角，气味散尽，以至于可以丢到脑后。

一星期之后刘青再次迈上磅秤，心中隐隐担忧。只见指针"啪嗒嗒嗒嗒"抖动，最终定在五十九上。她松了口气，看来节食起到作用。

电话铃响了两声，她伸手抓起话筒，听到涂刚的声音微微一怔。已经记不得他们多久没有联系了。

"你什么时候有时间，我想和你见个面。"

"什么事儿？"电话那头没有回音，刘青以为电话断了，"喂，喂？"

"离婚，我想要离婚。"

涂刚提出要五万块钱，就这一个要求，别无其他。离婚的代价这么低出乎一家人的意料，构成一定诱惑，事情的可能性大增。

田兰荣的意见是钱可以给，但涂刚作为爸爸，每个月要付给儿子一千块钱抚养费。她已经算清账，一年一万二，不到涂亮大学毕业，五万块钱就全部收回。刘德榜低头沉吟，随后扬起手做制止状："算啦算啦，又不是不了解这个人，他一个月能挣多少钱，总不能让他饿死吧。"

"那就不许见儿子，断绝父子关系。"田兰荣依然不甘心。刘青说这不可能，法律不会支持。

"那怎么？就白白给他五万块钱！"

"就这样吧，挺好。"这句话一出口刘青忽然感觉很轻松。

是个星期天，吃过午饭大家各自回屋。床上洒满午后的阳光，刘青在一片白炽的光照里躺倒，不知不觉睡着了，睡得十分香甜。

银行里取出崭新人民币，一万一沓，五沓。从没看过这么多钱摆在面前，小静的父亲眼神发直，皮肉快速绷紧，颧骨仿佛在向外突出，就像人中了弹马上要倒下。他坚持住了，没有倒下，顺从地把五沓钱收进随身带来的黑色人造革提包里，没有向涂刚提任何问题。

涂刚开车送他到火车站。熙熙攘攘的站台上，一个乡下人怀中紧抱着一个黑包，格外显眼。涂刚张了张嘴，却什么也没有说出来。默默站立在车窗前，目光东张西望，直到火车开动才尴尬地挥手告别。

高楼大厦向后移动，迅速变换着位置，直至变为地平线上一条细长发亮的剪影。火车继续奔驰，穿越河北平原，穿行于鄂州乡野，越过长江，二十一个小时后到达衡阳。再乘六小时长途汽车，之后步行三里地，回到家中，一屁股瘫坐下来。

女人从田里回来，推开门，听到一阵鼾声，扭头张望，看到坐在长凳上的丈夫，背靠着墙、张开的嘴巴有如黑洞，细细亮线流下嘴角，怀里抱着破人造革包。

她走近两步想叫醒男人，男人如诈尸般一跃而起，护住手上提包，吓得她惊声尖叫。

317

四十二

　　离婚的这一年涂刚四十五岁，一无所有，继续租住在地下室里。

　　夜晚躺在床上，四下里乱糟糟的声响此起彼伏。有人打架，有人做爱，有人吃麻辣烫，有人放屁。他希望手里有一支枪，最好是机关枪，向所有发出声音的地点扫射，消灭它们。或是用手枪瞄准街灯射击，把路灯一个个射爆，玻璃碎片如雨点洒落，砸在路灯下打牌人的脑袋上，再不用听他们吵吵嚷嚷。他希望黑暗把整个城市吞没，四下漆黑一团，黑得伸手不见五指。从无边的黑暗之中有一只柔软的小手伸过来，落到他的脸上，那么、那么地柔软。他不由自主地抬手去抓，摸到的是凉凉的黏滑的枕头。他抓住枕头，慢慢搂入怀中。

　　为了逃避痛苦，为了活下去，他照常开车拉活，每天在路上的时间长达十六七个小时。一对穿着光鲜的男女坐上他的车，嘻嘻哈哈调情，话语露骨，谈论着男人的尺寸问题，既而用动作求证。

"怎么样，差不多吧……"

"谁说的，差，差多了。"

"来，再来，它不咬人……"

涂刚恶心得想吐，恨不得开车撞墙，撞死这对狗男女。这么想的同时脚踩住刹车，用力踩死。

车子骤然停住，后座上的人向前猛冲，发出惊叫，"天哪，怎么啦？"

"下车。车坏了。"

"怎么坏了？"

"告诉你坏了就是坏了。"

男人不依不饶，要投诉。

"那好，不愿意下就走，撞死活该。"涂刚发动汽车。

"别，等等！"女人拽着男人下车，用力摔上车门，"神经病！"

涂刚咬牙瞪视他们远去的背影，握住方向盘的手骨节青白发亮。

半个月后他开车和马路护栏刮蹭，喷漆花了八百多块。再后来又和一辆奥迪追尾，奥迪毫发无损，他的现代前脸撞瘪，引擎盖像揉皱的纸巾，幸亏系了安全带，人没受伤。他清楚地回忆起追尾前的几秒钟自己睡着了。

一个星期六的早晨，他没有起床，一直睡到中午，醒了也不想起，迷迷糊糊一直躺到天黑。第二天同样。他忽然觉得其实一切都无所谓，死还是活着都无所谓，又有什么不同。没有。

月底他没有挣够份钱，自掏腰包凑上一千五交给公司，不再开车。

尤玲再去"兰轩"已是半年以后，发现已改换门庭，变为"玫瑰人生"。店内，浇过水的花朵散发着潮湿的刺激的香气。大号玻璃瓶里插满肥硕的百合，红黄蓝白四色玫瑰娇艳欲滴，康乃馨扎成紧紧的一束束，菊花在陶罐里朴实无华地开放。

"小姐，您需要什么？"

"我……美容院上哪儿去了？"

电话里，兰姐告诉了尤玲一个新地址，很远，在南城。

"来吧，我还说要给你打电话哪，这儿条件挺好的，比原来大多了。"

"别逗了，那么远。"

"你的卡上还有钱哪。"

"那行，哪天我去，你把钱还我。"玩笑的口气。钱不多，不到一百块。

"没问题。来吧，可想你哪！"

是兰姐告诉她二哥离了婚，分得的五万块钱全给了小静的父母，这消息让尤玲心中一震。前些日子兰姐给涂刚打过电话，手机停机，没有再打。

手机确实停机了。戏剧性的不祥之感迅速登台，促使尤玲一心要见到涂刚，确定他的生死。

地下室的空气永远微微发臭，污浊，人满为患。但是却没有人认识一个姓涂的，只有人听说有一个曾住在这儿的女孩儿走夜路让人捅了几十刀，脖子上戴着上万块钱的大钻石项链，相好送的，是个大老板。没有这个命就别臭显，臭显的结果就是为一条项链送了命。可怜还不到二十岁，人家大老板扭头就找别的小姑娘了……

从阴暗的地下来到地上，阳光刺目，尤玲一时不知身在何处。涂刚仿佛从这个世界上消失，还能去哪儿找他呢？

只有一个地方，他父母家。

米色门上钉着红字：306。清爽醒目。尤玲抬手按下门框左上角的门铃，一阵"我爱北京天安门"的旋律隔着门都有点儿震耳。

"谁呀？"一个女人平直的声音。

自己是谁？怎么回答？恍惚间心跳加快，那是一个小姑娘的咚咚心跳，混杂着渴望见到心上人的急切和怕见到家长的胆怯。一瞬间尤玲甚至担心来开门的人会不会是涂强。

门锁转动发出咔哒一声，门开了，是涂强的妈妈，她见过她，能想起她的样子。

"你找谁？"范云问。

"对不起，您是……这儿是涂刚的家吗？"

"你是谁呀？"低低的嗓音充满怀疑和戒备。

"我、我是他同学，细管胡同小学的……"谎话开了头立刻顺畅起来，巧手飞快编织出生动图案。一个老同学，当年和涂刚同桌，借给他橡皮尺子铅笔，让他抄作业，考试抄答案。认识他的哥哥涂强，哥哥是将军他是小兵，白白胖胖特可爱。多年不见还那么胖、那么可爱吗？

眼神中的疑惑迅速消退，代之以微微的痴迷，听着听着范云的眼圈红了，天哪，连她都把自己的大儿子忘了，一晃多少年了啊！模糊而温暖的记忆冲击着大脑的堤岸，泪水夺眶而出，想止都止不住。

看到母亲的眼泪，尤玲有点发怔，随即从包里摸出纸巾递过去，这举动反而起到刺激的作用，母亲泪水横流，呜咽有声。而她只能微微紧张地注视、等待，没有别的办法。甚至，她也有点想哭。

几分钟后范云平静下来。尤玲默默看着她擦眼泪擤鼻涕拢头发，收拾一通，觉得可以问话了。

"涂刚，他现在怎么样，好吗？"

雨过天晴，眨眼间大地干涸，布满沟壑，置身其中的尤玲彻底惊呆。

"他呀，"范云恢复了自己的本来面貌，让声音和姿态显露出严肃的批判意味，"我不想骗你，他现在很糟糕，一事无成，要什么没什么。告诉你吧，连他儿子都不愿意认他。我和他爸爸，我们都觉得不能怪孙子，要怪只能怪他，是他没有当好父亲。这么大岁数的一个男人，如果连自食其力都做不到，别人还能有什么话说！没有，我们一句话都说不出。其实我们早就放弃希望了，不管他的事，随他怎么样都和我们无关，但是不成啊！他没有地方住，生活困难，不回家又能怎么办。"

尤玲深深吸了口气。

"他离婚了，他妻子，前妻，什么都没给他，让他净身出户，他竟然就答应了。要说这女人心也够狠的。我们革命了一辈子，时代变了，我们也老了，该休息了，怎么会想到落得这样的结果。俗话说可怜天下父母心，是啊，当父母的就是活该，总不能看着他睡在大街上吧。"缓过一口气，范云沉吟不语。

"阿姨，其实……"尤玲想说其实涂刚是个好人，一激灵，打住。差一点儿就说漏嘴。

"你见过涂强，他哥哥？"做母亲的想安慰自己，为自己鼓劲，"记得他的样子吗？"

尤玲点头。

"我那个大儿子啊，要是活着就好啦。一定会有出息，能干出一番事业。他爸爸说他是当将军的料。老二和他真是不能比……"

午后的斜阳里，灰尘的颗粒飘浮着，聚集成形，变幻出涂强的形象，闪闪发光。

"你等等，我去给你拿照片。"

老旧的相片簿几乎解体，无论糨糊还是胶水都因时间而失效，再也粘不住东西。相片四散，滑落到地上，沙发底下，范云惊叫："哎呀！"

涂强的形象如刀锋，锋利地划破岁月的幕布，露出深邃的空洞，令尤玲手脚发凉。那张黝黑、英俊、年轻的脸啊，远离尘世，像婴儿一样干净，目光如炬。

尤玲无法言语，也无法把目光从照片上移开。范云的手伸在照片上指指点点，她感觉难以忍受，仿佛是自己被戳来戳去。

人游离出现实，怎么也回不来。范云和她说的话不能完整地进入大脑，只留下片片印象。告别离开，走在回家的路上，记忆愈发膨胀，像充气的气球带她脱离地面。

她看见结冰的湖面反射惨白日光，如一面刺目的大银镜。公园里一片萧瑟。他们踩着冰面，拉着手，"哧溜"坐了一个屁蹲儿，他拉她起来，自己反而摔倒。笑声像冬天的小麻雀扑棱棱飞起。后来他们坐在假山后面，寒气逼人，一团团白雾从嘴里喷出，两个晕乎乎的脑袋渐渐挨近，紧贴在一起。心中的花朵陶醉地开放。

"我想……"

"想什么？"

"想、想亲你一下。"

尤玲只觉得自己的身子都要熔化了，"不，别……别今天。"

"那……什么时候？"

"下次。"

无风的午后，一片静寂。假山后面闪烁着偷窥的眼睛。

"那你说话算话。"

"唔……"

他们是三个人，身穿和涂强一样的黄军装，肩背军挎，猛然从山石后冲出来，要抢涂强头上的羊剪绒军帽。细节沉入岁月的泥沼，难以挖掘。在尤玲的记忆里涂强手握冰鞋疯狂砍杀，誓夺得他们的冰鞋。那三个人狼狈逃窜，一只冰鞋在空中划出闪亮的弧线，砸中其中一个男孩儿后背，落到地上，插进泥土里。

混乱倏忽间过去，世界仍在发怔。"扑哧"一声响，空气振动了一下，尤玲笑出来。接着两个人相对大笑，笑得像疯子一样。

记忆打着旋拉着尤玲往下沉，让她感觉微微窒息。她需要一个出口，需要诉说，太需要了！可是和谁呢，谁能理解她？没有别人，只有一个人，涂刚。

手里攥着涂刚的电话，是他妈妈给的。

临出门的时候范云拉了拉她的胳膊肘，神神秘秘："刚才没告诉你，最近涂刚没有回家住，不知道住在哪儿，谁知道是不是又干了什么见不得人的事……"

什么事儿呢？尤玲想，在人流熙攘的街边她不由停住脚步。

涂刚坐在靠角落的桌前，这是他的专座。中午时分，饭馆门前排起出租车的长龙，烟气从排风扇里呼呼往外冒，把油烟味吹散到街道上空。屋内一片响亮的咀嚼声伴随着大声喧哗，司机们边吃饭边交换各种信息，以前他也是其中之一，现在他不再开车，身份变得暧昧。常来吃饭的司机一见他就叫老板，还冲他挤眼睛。这时涂刚的脸就会涨红，原来他以为没人知道，看来是没人不知道。

饭馆真正的老板叫贾秀英，是个胖墩墩的中年妇女，扭来扭去的大屁股被司机们津津乐道。由于出汗多，脸总是油光光，头发总是一缕缕的。丈夫曾经也是司机，因车祸死亡，责任在他，没有任何赔偿。儿子已成年，在一家保安公司当队长。

开出租的时候他常来这儿吃午饭，要一碗炸酱面，几瓣大蒜，或者两张肉饼，一碗小米粥，或四两韭菜馅饺子有时是茴香馅。小静去世，涂刚再去是在深夜，从没见他晚上来过，贾秀英面露惊异："哟，大半夜的，怎么没回家呀？"

一把盐撒在伤口上，他咬牙忍住疼痛，阴沉着脸，一言不发。

邻桌四个人在喝酒，其中有涂刚认识的银建的郑大头，他打了个招呼，但拒绝了一块喝的邀请。要了拌豆腐丝、肉皮冻、一瓶小二，听着闹哄哄的谈笑，机械地喝酒，十分钟不到就喝光一瓶，抬手招呼小姑娘再拿一瓶。

酒拿来了，涂刚说不对，他不要小瓶的，要大瓶的。贾秀英从柜台后面走过来，语气里透出关切："行吗你，别醉了……"

涂刚眼珠上翻，瞪着她，"什么意思？"

旁边的老郑一拍大腿，"操，这还不明白，关心你呗！"

"去，滚一边去。"贾秀英扭脸走开，让小姑娘拿来大瓶二锅头。

初夏夜风清凉，城市上空星光闪烁。大瓶二锅头转移到邻桌，转了一圈，拿回来还剩半瓶，涂刚兜底倒入杯里，满满一杯，欲举杯畅饮，被老郑拦住。

"等等，咱不能喝闷酒，说两句。"

"说……说什么，没的说。"

"那不行，我先说。"老郑满脸红晕，用力嗽嗽嗓子，一口痰吐到三尺开外，张嘴说的是自己的女儿，姑娘是好姑娘，各方面没的挑，大了，有对象了，要嫁人了，那男的，要他看实在配不上他女儿，当爸爸心里的滋味啊！说话间又是摇头又是叹气。他的话刺激

326

了邻座男人，看上去年轻得多。当年结婚，他爸一定要他和媳妇给爷爷磕头，都什么年代啦！他还好说，媳妇一百个不情愿，但也没辙，只有磕。谁想到第二天早上老爷子就没再睁眼，走了。想想要是没磕那个头不得后悔死，幸亏啊！你一句我一句，人人想起生活的酸甜苦辣，有的面露失神的微笑，有的气哼哼、骂骂咧咧，没人注意涂刚，都把他忘了。

他默默听着，默默端起酒杯，分几口把酒喝光，像喝白水一样，脸上表情没有丝毫变化，再把杯子倒过来检查一下，确实光了。想把杯子放回原处，可惜手上已经没准儿，"当啷"一声，玻璃杯掉到地上，碎了。众人一齐朝他扭头。

"哟，高啦！"老郑理解地感叹。

远处，一辆拿掉消音器的摩托车呼啸而去，余音留在空气中。涂刚缓缓抬起一只手，抹了抹嘴。大家都瞪眼看着他，像是等他说点什么。

"好，好极了，痛快……"他摇头晃脑，似喃喃自语，突然一巴掌拍到桌上，"老、老板娘，再来一瓶！"

大家纷纷离座，向他凑过来，他不明白他们要干什么，更不明白郑大头的脸上怎么有血，伸手去摸，又一片红，原来血是他的血，玻璃碴扎进掌心，口子很深。然而他什么也顾不得，只顾把肚里的酒菜全数吐出，还没完，再一阵阵干呕，鼻涕眼泪稀里哗啦。被众人七拉八扯站起来，腿像面条，根本站不住，只能躺倒，横卧在黄黄绿绿的呕吐物上，呜咽犹如狼嚎，好像在呼唤什么。

如此不堪入目的丑态超出了正常醉酒的范畴。那不是醉酒，而是堕入痛苦深渊，死去活来地挣扎。贾秀英看到这一幕，相信一定是出了事儿，这男人遇到了要命的灾祸。

窗帘的一角被风微微掀起，光线半明半暗，嗅觉捕捉到一股熟悉的霉味儿，难道他又回到了地下室？

艰难地欠起身，想分辨一下所处的环境，但房顶门窗骤然倒转，吓得涂刚赶紧闭上眼。胃里一阵痉挛，又想吐。

大约中午的时候，饭馆的小姑娘来了，用托盘端来一大碗香喷喷的白米粥和两样小咸菜，说是老板娘让她来看看叔叔好点儿没有，喝点稀饭吧。原来这里是贾秀英的家。

小姑娘走后他喝了几口热粥，胃里感觉舒坦了点儿。掀开窗帘往外看看，是一处小院。屋檐围出方形天空，薄云从一角进入，向斜刺里飘移。涂刚感觉房屋在倾倒，咬牙站稳，让身体保持平衡。巨痛像锥子狠狠扎进后脑勺，龇牙咧嘴扑回床边，倒下。

四十三

就在当天，尤玲就和涂刚通上了电话，熟悉的声音，陌生的语调。

"你怎么知道我的电话？"

"你说呢，想知道就能知道。还活着哪，活得怎么样？"

"挺好。有事儿吗？"

"废话。"

涂刚不肯答应和她见面，也不告诉她住什么地方，勉勉强强说了几句话，就把电话挂断。

如此结果让尤玲难以接受，既生气又勾起好奇。不管什么，只要想了就一定要达到。这才是她。

两天后再打电话。

"老二，是我。我只想问你一个问题，可以吗？"

"什么？"

"我问你，涂强离开多少年了？"

这问题完全出乎意料。

"你是不是忘了，那我告诉你，1976到2006，三十年了。"这句话一出口，尤玲的心竟然一颤，而这小小的颤抖竟然通过电波抵达涂刚的心上。眼睛一下子湿润了，当然尤玲不可能看到。

他们约在一家茶馆见面。

菊花茶五十块钱一壶，尤玲要了一壶。细瓷的茶具精致漂亮，尤玲端起茶杯喝了一口，很烫。她从来不懂得喝茶。

"好吗？这茶。"她问。

涂刚喝了一口，"行，挺好。"

"好什么呀，你懂吗？"

"不懂。"

尤玲扑哧笑了。这一笑一切都回到了从前，什么都没有发生。但有些烙印是不可能抹去的。眼前的涂刚，脸色灰黄，眼皮微微发肿，衬衫上掉了个扣子，咧嘴一笑黑洞闪现，竟缺了一颗牙。

看清了这些，尤玲的心在下沉，甚至感到一股莫名的气恼。这个人，本来这辈子她都可以不理他，就当不认识。

"老二，你怎么搞的，怎么牙都掉了？"

"磕了一下，还没来得及补。"

"你现在在干什么？住哪儿呢？"语调中的谴责意味愈发明显。

涂刚感觉到了，"管那么多干吗，和你没关系。"

为什么，为什么他总是误会她的好心！尤玲忍无可忍。

"涂刚，姓涂的，你别没这么良心！为找你我费了多大劲，干吗呀我！你又不欠我钱，我也不想跟你借钱……"

"想借也没有。"

"说对啦！连你儿子都不愿意认你这个爸爸。也就是我，说实话我都不明白……"尤玲的嘴半张着，小口的温湿气息在嘴里进进出出。她不知道自己为什么忽然卡住。也许是感觉到了来自对方的反应。空气迅速凝结成冰粒，冷空气突降，阻隔在他们之间。

尤玲奋力想撕开它。

"告诉你，我不图你的！你有什么可让我图的，你自己想想！有个歌，崔健唱的，'一无所有'，会不会唱？你现在唱最合适。说实话我自己都不明白，你是谁呀，我非要找你。你说，你好好想想，我干吗非要见你。我有病是吗！吃饱了撑的是吗！我瞎费这个劲。你给我听着，听清楚了，我找你不为别的，什么也不为，就为了……"再一次卡住，到底是为了什么呢？尤玲竭力寻找理由，感觉心里有一块柔软的地方，柔软程度超乎自己的想象。三十年前她认识了这个人，老二，二哥，三十年后他坐在她面前，目光低垂，双肩塌陷，后背弯曲如弓。

"其实我也不知道为什么，"她说出实话，"嘿，你听见没有，就不理我是不是？"

支撑涂刚身体的某种物质在瓦解，迅速化为乌有，他翻起眼皮扫一眼尤玲，"没人不理你，我在听你说话。"

气氛瞬间缓和下来。尤玲告诉涂刚自己怎么找到干休所，他妈妈开门的时候她怎么一眼就认出来了，好像一下回到从前。那本旧相册怎样打开了时空隧道，让她坐上一列开向过去的特别快车，那么多的往事涌向她，简直要把她淹没。她看见了涂强，真的看见了，而且他一直跟着她，她甚至觉得可以伸手摸摸他的脸。

尤玲说得活灵活现，难以停下。涂刚默默听着，脸上浮现出不知觉的微笑。久违的和谐像花朵慢慢开放，散发迷人气息，给人感觉置身于另外的世界。

尤玲边说话边一眼眼瞥着涂刚，忽然把话锋一转，"老二，你知道我为什么找你？"并不等他回答，"跟你说句实话吧，我听说你干的事儿了。真没见过你这样的人。我可不是说你不好，我是想说……你呀，你这家伙真让我吃惊，都把我感动了。"

涂刚一点不明白她说的是什么事。原来是那五万块钱。

"你也太痴情了！怎么能那么傻呢？愣把五万块钱给了一个根本就不认识的人，你看他的身份证了吗？知道他是谁吗，要是冒充的怎么办？"

涂刚愣住。可能吗，不，不会的。

"我知道你是为了小静，小静是挺惨的，那么年轻，可你也太痴情啦！就算你爱她，爱到极点，爱到头了，你也不能一点不为自己想啊……"

涂刚本以为自己会有异样反应，胸口发堵，呼吸粗重，心跳加快，竟然都没有出现，只是直直盯视尤玲，目光发怔。

就像自杀与缓慢屈服之间的区别，现在涂刚屈服了，或者说明确地感觉到自己的屈服。他没有死，也并不想死。他活着，活得很糟糕，但依然活着。

再也没有什么需要保护的了。怀着一吐为快的冲动，他向尤玲和盘托出，两次事故，放弃开车，没钱租房只得回家住，和父母之间难以消除的隔阂与敌意，最后是贾秀英的出现，发展成今天的关系他觉得自己是稀里糊涂的，不知道怎么就和她在一起了，也许因为她对他表现出关心，而他呢，站在悬崖边，什么也不用想，只要往前迈出一步。

他掉下去了，掉到哪儿无所谓，反正都一样。活着本来就是那么回事儿。说到这儿有一股热乎乎的东西突如其来堵住喉咙，接着连视线都变得模糊不清，他觉得自己好像要哭，赶紧埋下头。

"她长什么样儿？多大岁数？嘿，问你哪！"

泪水迅速退下，"你说贾秀英，不，不清楚。"

"什么？你说什嘛！"声音因激动而高亢。

"嚷什么，别这么激动好不好。"涂刚压低的嗓音和尤玲形成鲜明对比。但尤玲怎么会听他的，才不会受他影响，"你装什么，装个屁呀！睡都睡了，还有什么不能说的！"

可涂刚根本没装，他从没问过贾秀英的年龄，因为觉得没有必要。至于长相，有什么可说的呢。肥硕的大屁股吗，还是散发油味的头发。

"你这可是冤枉我，我真的不知道，没打听过……你别瞪眼，想吃了我呀。"

"我减肥，不吃肥肉。"

"那就好，你用不着这么气呼呼的。我可没招你也没惹你，是你来找我的，没错儿吧。"

"你再敢说一遍！"

"哪句说错了？"

"没错，是我找你的，可我为什么找你，你说！"

"为……为……"

尤玲目不转睛地盯视，等待对方说出正确答案。可涂刚却闷着，也许是知道而不想说。

尤玲突然打出一拳："好哇你！跟我装傻玩儿……"拳头落在涂刚的左肩上，再挥拳想打脑袋，涂刚连忙用双手护住，"别，别再打傻了。"

"打的就是你这猪脑子。"忍不住笑出声，"你说你是不是猪脑子？"

"也许。"

"什么也许，就是！要不然能凭白无故给人五万块钱，还不如给我呢。"

涂刚看着尤玲直笑。

"笑什么？"

"我笑，你那么有钱还能稀罕我那点儿钱。"

"谁说我有钱？你怎么知道我有钱？"

"凭感觉。"这回答让人抓不住把柄。尤玲微微板起面孔，"那你说，我有多少钱？"

"多少？"

"想知道啊，"笑眯眯的，"可惜，不能告诉你。"

"怕我抢？"

"怕你心里不平衡。不过你记着，将来你老了没人养，我可以养你。"

"我现在就没人养。"

"真不要脸，怀里搂着老板娘，有吃有喝还不知足……"

涂刚的神情有所变化，阴云笼罩上来。"行了，咱们别提她了。"

"为什么？你是怎么打算的？"

"我……这事儿你就别问了。"

"不，我要问。"

"那就对不起了，我不想说。"目光移向窗外的街道。

尤玲死盯着面前的人，盯着盯着，忽然伸出手去拿皮包，拉开拉链，在里面摸来摸去，"咦，哪儿去啦？"

"找什么？"涂刚问。

"镜子。"

"镜子？"

"对，我要让你自己照照。"

涂刚很敏感，立即明白了她的意思，"用不着，别逗了，我还不知道我自己什么样儿嘛。"

尤玲停止寻找，手依然插在包里，歪头注视着涂刚："真的，说实话我真有点看不下去……"

"那别看，闭眼，要不我走……"说着做起身状。

"我没和你开玩笑。老二，你要是这么不把自己当回事儿，那怪不了别人。"

"我怪谁了？我谁也没怪。"

涂刚看见饭馆里嘈杂一片，看见站在柜台后面的贾秀英嘴上斜叼着烟，冷着脸，眼睛眯成一条缝，看见她那游手好闲的儿子，年龄不大，一脸横肉，长得和他妈很像，从第一次见面到现在涂刚和他说的话不会超过二十句。透过饭馆的窗子望出去，正午的日光在车顶闪耀，汽车排成一排，一直延伸到马路尽头。路边的槐树投下树荫，一个蹒跚的背影在树荫下慢慢挪动，像是有点走不动了。那个渐行渐远的人就是他，是他不久的将来。一辆出租车开得飞快，车窗里闪过一个姑娘的侧影，多么像小静啊，可惜来不及看清。平房里灯光昏暗，贾秀英在床上摊手摊脚地睡着了，两坨软塌塌的乳房随呼噜声起伏……

一种难过而又夹杂着羞愧的感觉，是的，是羞愧。可他为什么要羞愧，他做错了什么？

一切都可能错了，一切。

涂刚躺在黑暗中，听到钥匙插进锁孔，转动。灯亮了，他闭上眼假装睡着。

一阵洗洗涮涮的动静过后，空气中飘来烟味，是贾秀英在抽睡前的最后一支烟。涂刚翻动身躯，看她坐在桌边，"哟，回来了，几点了？"

疲倦的贾秀英对这样无意义的问题不作回答，加紧吸了几大口，把烟扔到地上用脚碾灭，走向床边咕咚躺倒。涂刚闻到她头发里散发出的熟悉的油烟味。

他扭身平躺，眼望房顶，默默地深呼吸。贾秀英瞥他一眼，"想什么呢你？"

涂刚不朝她看，死死盯住房顶把话说出口，他要搬回家住。

"为什么？"贾秀英继续斜睨着他。

理由是突然冒出来的，实话实说的勇气在一瞬间土崩瓦解。

"因为……我爸病了。"

"什么病？"

"癌症，肺癌。"话一出口自己吓了一跳，但随即就接受了，感觉仿佛是真的。后面的话越说越顺，涂尖里住进部队的301医院，两人一间病房，条件还可以。先要做全面检查，然后才能动手术。没开刀还不能确定是不是晚期，但情况不容乐观。他爸这辈子都不抽烟，也许在某种不得不抽的场合抽过三两根。以前还有人给他送烟，都放在柜子里，过上一段他就偷偷顺走，后来知道他确实不抽烟，就没什么人送了。他爸的病情不敢和他妈说，七十多岁的人了，血压高，经常头晕……

涂刚越说越感觉气氛不对。因为身边的贾秀英没有动静，没有任何反应。他顿住。

"你听着呢吗？"

没有回答。在异常的寂静中涂刚感觉贾秀英会听得见自己慌乱的心跳，急于掩饰，伸手拍拍她，"嗨……"

"啪"的一声，手被推开。

"怎么啦，生谁的气？"

冷笑带着烟味从鼻孔里窜出，"成哇，姓涂的，看不出你还挺有两下子，挺能演。"

"什么演，演什么？"

一个鹞子翻身，贾秀英坐起来，甩头把一口唾沫啐出床外，"呸！告诉你，我见着你前妻了。"

什么！谁？电闸啪嗒跳断。可怕的死机。

"怎么不说话了，哑巴啦！给你脸了是不是？装他妈什么蒜啊你！"皮肉紧绷，眼露凶光，"当你是个老实人，怪可怜的，什么叫知人知面不知心，以前不明白，这回可他妈懂啦！我谢谢你，小子！告诉你姓涂的，咱那条街上有三条流浪狗，见了我都跟我摇尾巴，摇得欢着哪，我喂过它们呀！你，操，狗都不如！长一副人模样儿没长人心……"

"你见了谁，我前妻？"

"呸呀！"这一口啐得不够集中，抬手抹抹嘴角，"什么他妈东西，还舰着脸找我来啦！妈了逼的，见过不要脸的，没见过这么不要脸的骚娘儿们儿，贱到家啦……"

"你骂的谁呀？"涂刚依然糊涂着。

贾秀英却认为他在为"前妻"说话，护着那女人。手边没有别的武器，只有枕头，抓起枕头狠砸下去。面对铺天盖地的打击，涂刚本能用胳膊肘抵挡，左眼被狠狠刮了一下，剧痛，泪水糊上来，什么也看不见了。下意识反手抓挠，一下揪住枕套一角，死死揪住不放手。贾秀英奋力争夺，牙缝里发出嘶嘶声。涂刚眯缝着眼，喘着粗气。不管是何种感情，此刻已荡然无存，理智更是灰飞烟灭。几下胡乱的滚翻，贾秀英已经下床站到地上，拼尽全力想把涂刚也拉下床。枕头成为两人之间的纽带。

"滚……滚下来……"

几乎下意识，涂刚的手忽然松开，贾秀英如出膛炮弹，向后猛冲，突出的大屁股把椅子撞倒，桌子撞得歪到一旁，桌上的茶杯骨碌碌滚到地上，摔碎，最后是沉闷的訇的一声，贾秀英跌倒在地上。

涂刚从床上一跃而起，想去搀扶她，贾秀英飞起一脚端端正正踹中心窝，"你妈逼，滚你妈的蛋！"

出现如此的打斗场面完全出乎涂刚的意料，尤其是和一个女人。倒退两步站稳脚跟，发怔地看着坐在地上的贾秀英，两人面面相觑。

心脏低沉有力地跳着，像一只笼中怪兽，从另一个世界来的东西，必须放它出去，必须走，再没有别的选择。

身上只穿着背心裤衩，涂刚扭身找衣服。裤子掉在床下，走过去捡起，匆忙套上，防备着再一次攻击。

穿好裤子穿衣服，内衣，外衣，袜子……听到奇异的声音，是压抑的啜泣。贾秀英瘫坐在地上，手巴掌捂住脸，泪水从手指缝里渗出。

涂刚的心微微抽紧。但是能有什么办法呢？事已至此无法挽回，他也不想挽回，生活的这一页只有这样翻过去。

后来他知道了那个所谓的他的前妻是谁了。是尤玲去找了贾秀英，说要和她谈谈，谈谈她和涂刚的关系。贾秀英问她是干吗的，她顺口说了前妻，也就不好再改口。两人话不投机。据尤玲说她把贾秀英问得哑口无言，她问她去没去过涂刚家，见过他父母没有，觉得两个人合适吗，涂刚可能和她结婚吗？针针见血。而贾秀英除了骂脏话不会别的语言，太没文化了，百分之百是个没有文化的粗人。

　　"我也一样，也没文化。"涂刚突兀地冒出一句。

　　尤玲的眼睛像两个黑色玻璃球，一动不动瞪视。

　　"怎么了，干吗这么看我？"

　　"老二，我是不是帮倒忙了，啊？"

　　涂刚愣住，叹气，做出苦脸，"唉，你就别气我啦。我从来也没想和她在一起，谁知道怎么搞的……"

　　"我知道呀。还能怎么搞，上床搞，"嘴角一撇，尽现轻蔑心情，"你们男人不就想的这个。"

　　"那你们女人呢？"本能反问。

　　尤玲注意地看看他，眼睛眯细。涂刚以为她要发火，要灭他，却见她眉梢一挑，歪头做思索状。

　　"女人啊……"

　　涂刚耐心等待。

　　"我想过这问题，终于想明白了。女人爱演戏，爱装，装纯情，装受侮辱，装得自己都觉得是真的了。其实才不是。要是这女的光和一个男人上床，不想别的，那只能说明一点，她根本就不喜欢做爱，性、冷、淡。"最后三个字如三发子弹，嗖、嗖、嗖。

涂刚愣怔着，忽然张嘴发出呵呵笑声，"厉害，太厉害啦！你怎么这么厉害啊！真他妈深刻。"他怎么知道此话是费导名言，尤玲发挥而已。

四十四

涂刚有过一闪念，要是他爸真得了癌症呢，似乎也没什么不好。这念头吓得他后背出了一层冷汗。

涂尖里好好的，虽然很瘦，但没毛病。也有点小毛病，外痔，轻微白内障，脚气。

父亲七十五岁生日，涂刚想有点表示，提出请客。

"钱谁出呀？我可不想自己请自己。"涂尖里的尖刻劲儿压不住地往外冒。

涂刚憋得脸红，才没有骂出去你妈的。当然这并没有多可怕，毕竟人一年才一次生日，七十年才一次七十岁生日。拿出打碎牙往肚里咽的劲头，涂刚还是和父母去全聚德吃了烤鸭。因为涂尖里喜欢吃烤鸭。结账的时候父母目光齐刷刷盯着他，看他从裤袋里掏出钱包，一种意味深长的怪异的沉默连服务员都感觉到了，不由抬眼扫视他们。

那天事情还没完。走出饭馆，涂尖里抬头望天，没有月亮也没有星星，只听他长叹一声，"唉，惨哪……"

涂刚诧异，什么惨？他是要为空气污染而哀叹吗？直到坐上出租车也没有听到下文。

在车上范云把不同饭馆的烤鸭做比较，价格和味道，她更重视价格。涂尖里打断她，"我说你啊，什么便宜了贵了，有什么要紧。你都没想想，我更期望什么……"

"什么？"范云没想到。

"还能有什么，七十五岁生日连自己的孙子都不来，不能见一面，烤鸭烤鸭，烤鸭和我什么关系？"

原来如此。他说的是这件事。他是故意的，故意要让涂刚难受，否则他心里怎么能舒服。这就是他们父子间的关系，水与火的关系。

范云站在丈夫一边，只是角度略有不同，"是啊，他们刘家人做得太过分了。"

"喊，没给改姓就不错。"涂尖里冷笑。

"那可不行……"

"笑话，你说不行管用吗？你的话屁都不顶。"

"怎么不顶，涂亮是你的孙子，他身上流着你的血，难道不是吗？"

"你问我？"

两人你一言我一语地过瘾。涂刚咬紧牙关，在内心和自己说，应该感谢老天爷，他们没有在吃饭的时候谈这些。司机用眼角余光从后视镜里瞥着后座的两位老的，顺带飞快地扫一眼身边的胖子，弄不大清他们说的孙子和这位胖子有什么关系。

斗嘴、感叹终于止息。车内安静下来。涂刚无比真切地感觉到冰冷的怪罪的目光定在他的后脑勺上，弄得脖颈都有点发僵。

五年前，涂尖里七十岁生日，他给儿子打了电话，告诉他爷爷要过生日，希望他能来一起吃个饭。话筒里没有回音，他以为电话出毛病了，喂了两声，就听到刘青的声音传来，儿子把话筒递给了妈妈。刘青的回答极其简短，儿子要考大学，没时间。

从那以后他再没有和儿子有过任何联系，心里的苦也没有和任何人说过。而涂尖里，他的爸爸，看他的时候眼里经常流露出知情的鄙夷的神色。他知道什么！知道个狗屎。从小到大他都没有了解过他。永远也不会了解。

现在又能怪谁！谁让他在外面转了一大圈又转回来，回到父母身边。也许这就是对没出息的儿子的惩罚。是他活该。

他买了个小电视，放在自己的房间里，从不和父母一起看电视。广告时间去厕所小便，听见客厅里传出父母的谈话。

"行了，别说了。"范云在劝阻。

"不说不等于不存在。事实抹煞不了。没工作，没钱，活了半辈子连个睡觉的地方都没有，要是没有我们怎么办……"

"那你能怎么办，谁让你生了他。"

"我可没生，是你生的。"

"废话。"

一阵冲动，涂刚想冲进客厅，告诉他们他马上就走，他们不会再看见他。没他们他也死不了，一样活！

"我让你去问，你去没去呀？"涂尖里的声音。

"去了。"范云回答，"那套房子最低四十五万，不能再少了。"

"那么贵！也太贵了吧。合多少钱一平方米？"

"八千三，我算过了。"静了静，"要不再说吧，反正家里有他住的地方……"

他们在说什么，什么房子？难道他们想给他买房子？！

客厅的灯光在门口投下黄色方块，涂刚站在明暗交界线上，脚上的塑料拖鞋裂了个口子。他慢慢向后倒退，不让脚步发出一点声音，最后终于退到房间门口，转身进屋，轻轻关上门。许久，心都怦怦怦跳得很厉害。

尤玲终于想出切实可行的办法：为戚海涛找对象。只有这样才能彻底摆脱他。她找涂刚帮忙，涂刚说我哪认识什么女孩儿呀。尤玲说不用他认识，已经有了，是她自己在网上找的。在网上尤玲有若干名字，其中一个名字：郎心如铁。

她让涂刚作为"郎心如铁"去赴约，同时拉着戚海涛一块去。保险起见她不想让戚海涛知道她参与其中。

这事有点可笑，但也挺好玩。尤玲用涂刚的手机拨通"白蛇"的号码，迅速把手机塞到他手里，他毫无准备，就听到一个女人的声音："喂，是郎心如铁吗？"

时间地点很快定了。微微出乎意料的是戚海涛表现得很好奇，几乎兴致勃勃，还不忘叮嘱一声：别告诉尤玲。

情况尽在尤玲的掌握之中。

"白蛇"个子中等，披肩发，一张软绵绵的脸，眼珠微微发黄，穿的是一身运动服，好像故意要显得无所谓。具体年龄不便问，但涂刚认为应该在三十以上。老姑娘。"白蛇"对肥胖的"郎心如铁"明显冷淡，而戚海涛那不苟言笑、生硬的男子汉作风似乎对她构成某种吸引。戚海涛告诉白护士自己还没有结婚，但有对象。

"护士配警察，你觉得有戏吗？"尤玲问涂刚。

"那谁知道，看看吧。"

"郎心如铁"给"白蛇"打电话没人接听。回复的短信总是：对不起，没时间。加班。

尤玲在网上找到白蛇，问她为什么不理自己，是不是看上了英俊警官，得到的回答很不客气：你觉得和你有关系吗？不动声色观察戚海涛，未见异常。

但之后不久，戚海涛三天没有给尤玲打电话，一个星期没在她家的牌桌上出现。

"老二，你给戚海涛那小子打个电话，问他干吗呢。"尤玲边说边甩出一对红桃9。

"你打呗。"

"我凭什么打，我才不给他打哪。"

等候老杨洗牌的时候，她再次命令涂刚："嗨，打电话去呀。"

"现在？"

"对，现在怕什么。"

想不到她这么心急。涂刚拿起手机拨号，手机里一阵吵人的音乐，戚海涛接了电话，开口就问什么事，涂刚说三缺一，尤玲让他快来。他微显迟疑，说不成，自己在郊区开会。涂刚让他等一下，把手机递向尤玲。

尤玲接过手机，眨眼间变出狐媚表情，伴之以嗲声嗲气，"海涛，你够狠的呀，一消失好几天连个电话都没有，昨天晚上我都没睡好……你说为什么……当然了，就是。"冲对面的老杨挤了挤眼，"什么会那么重要，来嘛！我要你来都不行吗………那好吧。拜。"挂断电话，"妈的，不来。"

涂刚笑嘻嘻开口："警察配护士，看来真有戏。"

接下来的牌局不知为什么变得有些沉闷，只听噼噼啪啪牌响，少了人声。谁都能清清楚楚地感觉到尤玲的情绪不高，但要真正究其原因又有谁能说得清。

三天后戚海涛来到尤玲家，逼问之下承认了自己和白颖约会的事实。原来白蛇真的姓白。

尤玲告诉他一切都是自己的安排。她怎么在网上以男性面目出现，寻找猎物，孜孜不倦。和白蛇谈得怎样投机，如何让涂刚打电话提出约会，并拉他同去，讲得绘声绘色，暗自以从未有过的细心观察戚海涛的反应。

戚海涛微显紧张，问一句答一句。

"你们俩到哪步了，不会都上床了吧？"

"哪儿能呀！不可能。"

"不许骗我。"

"我敢吗。"

"那约会都干什么？"

"瞎聊呗。"

"光动嘴不动手？"

"差不多。"

"差不多是什么意思？"

"请她吃饭，算动嘴还是算动手我不知道。"

"别贫。跟我说说她哪儿点吸引你？"

"哪点儿……"用重复问题代替回答。

"三十多了还没结婚，为什么？"

"没问过。"

"傻子，怎么不问哪！"

"成，那下回我问问。"

下回。就是说他们要继续约会，继续聊，由动嘴逐渐转为动手，当然，肯定是这样。尤玲感觉到新人竟然真的登场了。

生活，或者说人生的道路，对尤玲来说绝非平坦顺畅，但是无论经历了什么、多么大的事，她都一往无前，从不退缩，甚至连眼皮都不眨。事实上从一出生她就站在山顶上，面对一个倾斜的大坡，只要放松自己，往下滑就是了，尽尝飞翔的感觉。

可现在坡度变小，地势越来越平缓，甚至微微上坡，惯性正在失去作用。两耳再也听不到振奋人心的风声，眼睛也看不到那令人流连忘返的美景。世界慢慢停滞下来，多么可怕！

戚海涛和白颖的相识、约会本是她一手造成，但事情成真却对她刺激很大。一个一直忽略的事实现在凸显出来，无法回避。她的魅力在减弱，对男人的掌控力在减弱。

而这一切的根源在于……

家里有两处灯光最明亮，一是浴室的镜前灯，一是梳妆台两旁的四盏白炽灯。夜深了，尤玲穿着睡衣坐到梳妆台前，屋子里安静异常，鬼都没一个，电话也沉默不响。镜子里的眼睛依然黑漆漆，闪着光亮，皮肤也依然白皙。看来花钱买贵的美白护肤品是值得的。但眼睛下面两团下弧形的阴影却无法抹去，用手轻轻触摸，虚虚泡泡的感觉。"叭"地按下开关，熄灭两盏灯，光线立即变得柔和。镜中，美人儿若隐若现，但是她知道不能欺骗自己。

早就想到要整容，现在不要再想，必须行动。马上，立刻，刻不容缓。打开电脑，在百度上打出"眼袋"二字，再点搜索，一系列矫治眼袋的内容翻滚而来。

随着年龄的增长，地球引力的持续作用，眶隔膜支持力下降，眼轮匝肌张力减退，在眼眶下缘形成袋状膨大，颊睑沟加深，形成所谓的眼袋，这正是面部老年性改变的标志之一。"老年性改变"几个字如重锤砸得她心碎。老年？！难道她已经和老年牵连上关系了吗。

这一年是 2006 年，尤玲四十六岁。

赵医生的诊所不大，布置得温馨简洁，有一股淡淡的消毒液的气味。他本人从日本学成归来，戴一副精致无框眼镜，显得清爽干净。矫治手术通过下睑缘切口取出多余的眶隔脂肪，再取下多余皮肤以消除皱纹，说话时语调低沉、措辞严谨委婉，令人信赖。

手术前尤玲特地去买了一副紫红边框、由闪亮钻石装饰的超大墨镜。效果夸张，引人注目。后来才觉得买错了，本应该尽量让人不注意自己才对。

术后，虽带着墨镜也不能完全遮住红肿的眼睛，而摘下墨镜的她简直吓人，不能容忍。不愿、甚至害怕照镜子，可又忍不住一次次照，期盼改变的端倪尽早出现。一个星期过去，红肿略消，但下眼皮却向外翻着，让她想起小学的一位同学，外号疤瘌眼儿。

赵医生说话的声调依然沉稳又柔和，让她不要太心急，眼袋手术后由于水肿瘀血等原因，下睑的轻度外翻一两个月左右会恢复正常。

啊，要两个月！尤玲的喊声已带哭腔。

接下来的每天每小时每分钟都是煎熬。她无心做任何事，也不见任何人。恰逢出版社在进行改制，合并，尤玲本来就不是正规编制内的人，一咬牙，让他们都见鬼去吧。

改变迟迟不出现，躲在家的洞穴里，身心整日在文火上烤。难道眼睛再也不是她原来的眼睛了吗？！在屋里尤玲也戴着墨镜，甚至连看电视都不摘，恨不得整个世界都坠入黑暗深渊。

天气预报说有雨，站在窗前眼望阴沉天空，天地间充斥着暴雨将至的气息，在她幼年的记忆里曾有过一场暴雨，大水淹没街道和城市。一道蛇形闪电直劈向不远处的玻璃建筑，避雷针激起光辉一现，尤玲看见自己手中举着枪，对准赵医生的脑门儿，霹雳如枪响，医生倒地死去。去超市买食物，想象自己遇到黑社会绑票，黑布蒙住眼睛，被捆绑着带向未知的险境。夜晚来临，她想象着自己爬上高高的楼顶，看城市在脚下的感觉，飞身一跃。多么可笑，她知道自己实在很可笑。她怎么会自杀，永远也不可能。然而脑子里确实不断生出与灾难、毁灭有关的念头。

她拿起话筒拨号，打的是涂刚的手机。

涂刚来了，看见戴着墨镜的她，笑道："嗬，够酷的。"

一句玩笑，尤玲忽然感觉浑身一松，巴掌"啪"地打到胖脸蛋上，"讨厌你。"

手术后在外人面前第一次摘下墨镜。涂刚的心咯噔一下，天哪，怎么不像她了。但是却装得若无其事，继续逗乐："是有点变样儿，可要是一点变化没有，那咱的钱不是白花了嘛。"

这回尤玲的拳头"咚咚咚咚"又重又狠。涂刚背身躲闪，嘴上"哎呦呦"直叫。憋在体内的郁闷之气用激烈的动作得以发泄，憋了多日的话也拧开了龙头。

她懊悔死了，当然不是懊悔美容，而是有那么多选择，却偏偏选了那个日本狗。不是日本纯种，是去日本转了一圈又回来的人模狗样儿的家伙。打麻药的时候就很疼，分离下眼睑难受得别提，取脂肪简直就是把肉硬生生往外拽。猜他怎么说的，不疼，只是会有一点点异样的感觉。妈的。关键是效果，要知道她学过医，那家伙说她现在的情况有些水肿、瘀血，属于正常并发症，不必做什么处理，会恢复的。骗谁哪！明明是他脂肪切多了，而且双侧还不对称，眼睛一大一小。

涂刚看了又看，说不明显，看不大出来。

用不着，用不着安慰她，尤玲说，她要告他，让他赔偿。此言一出打官司的念头猛然大动，即刻成真。手术费是小事儿，重要的是精神损失。这辈子所受的折磨加起来都没有这些日子可怕。

第一步，尤玲先让涂刚陪她去找赵医生。

之后的一个月，涂刚彻底陷入"眼袋门"的旋涡之中，专业知识大长。对于严重的下睑外翻，效果确实的修整方法，如：下睑板的部分切除，会造成下睑的缩短，改变眼形。而植皮、皮瓣移植，又会留下明显的痕迹，与美容的目的相背离……

朝北的客厅里，有理有据的陈述混合着恶语相加，上演着一幕幕法庭戏。被害人时而激动亢奋，时而阴郁冷静。涂刚的身份时时变换，法官，双方的辩护律师，甚至被告本人。

那一段时间，等涂刚到家的时候父母往往已经睡了，轻手轻脚走进自己的房间，摸黑躺下，一分钟鼻息变得粗重，三分钟发出鼾声，五分钟之内鼾声震耳。

而"本案"的关键在于被害人、患者，情况究竟如何。

情况似乎在好转，但来得太慢太慢太慢，让人忍无可忍。除了外出、睡觉、吃饭，其他时间尤玲几乎都在镜前度过。左照右照，端详来端详去，仿佛出现了某种希望看到的转变，可一时间她失去了基本的判断能力，无法判断变化的方向，是往好还是往坏。

涂刚几乎不离左右，他是尤玲唯一可以面对且毫无顾虑的人。一天中不得不多次充当裁判官的角色。

"说真的，我觉得好点儿。"

"哪儿好了！你说哪儿好了！"

他说不出来，"那就是没好，我真看不准。"

"看不准你瞎说什么。"

涂刚在心里反驳：是你，你非要我说。嘴却闭得紧紧的。尤玲本来就不好惹，现在更不是时候。

在尤玲的一生中有过多次失去理智的时刻，但有一点，她从未怀疑过自己的美貌。而这次不同。每个人的脸都躲不过岁月的恶鹰啄食，但不是每张脸都曾经美艳动人。美的火焰灼过的伤疤更甚。她渴望自己变得年轻，美丽，因此判定自己变得更丑了。也许这正是人生悖论。

还有一个重要条件，她率性炒了出版社的鱿鱼是因为她不必为生存操心。她是银行的金卡客户，年轻的客户经理西装革履，胸前佩戴银色胸牌，笑容可掬。除了部分定期存款，他建议尤玲做一些理财产品。她一一照办。

还有一条保证。只要她想，随时能进入自家的公司。爸爸尤国臣是董事长，而当初和后妈站在一条战线，齐心协力把小徐赶出家门，谅于海燕也不能说一个不字。

涂刚的情况完全不同，依然没有工作，在父母谴责的视线下生活与尤玲受文火煎烤的痛苦程度相差无几。如果他能够麻木自己，让身体变得如一块木头就好了。可他却是有感觉的。感觉这东西很难杀死。因此每天早上离开家，到尤玲家报到，对他来说是件好事。

但"好事"自有代价，要经受尤玲的轮番发泄。有时她会坐在镜子前自言自语，令人紧张不安，有时候故意找碴和涂刚吵架，不接招的话就没完没了，逼着他给赵医生打电话，威胁咒骂，涂刚略显迟疑，她就骂他，声音很大，连电话另一头都听得清清楚楚。

"你没事儿吧？没关系，会好的。相信我。"电话里，赵医生的语调那样镇定自若，凸显出尤玲的失态与疯狂。

性格帮了涂刚的大忙，温和，善于隐忍，只在心中冷笑，鼻孔冒出两股凉气。而尤玲浑身上下充满恶狠狠的活力，甚至跟自己发脾气，把梳妆台上的瓶瓶罐罐一股脑拂到地上。涂刚撅着屁股钻到床底下，摸出一管乳液，再一支口红，再一杆眉笔。

喘吁吁站起身，"行了，你这是图什么呀，不是自己折磨自己吗？"

"我愿意！"

"好好好，你愿意，愿意……"

一次，赵医生的手机不在服务区，半个多小时，涂刚被迫连续拨打，最终他把话筒一摔："他妈的有完没完！也不想想都多大岁数了，还想年轻，可能吗！打你的官司吧，我不管了。"

涂刚拔腿要走，尤玲冲上来揪住他的胳膊。

"敢！你敢走！"

涂刚试图挣脱，尤玲的眼眶里已泪水汪汪，溢满之后扑簌簌滚落。

"干吗对我这么厉害，有你这么狠心的吗，你、你混蛋！"手一松，扭身冲进卧室，扑倒在床上失声恸哭。

涂刚当然没有走成。

后来赵医生点播了他：尤玲是更年期。

"更年期"一词近些年听得不少，这个人更年期那个人更年期，但凡看着不顺眼、又上了点年纪的人都被冠之以这个称号。涂刚留意观察，发现尤玲的脸会忽然间变得亮光光，一层汗，头发甚至都会湿。而他那么胖都不觉得有那么热。可厕所纸篓里带血的卫生纸又让他不解。向赵医生咨询，更年期月经开始不规律，不等于没有。

那么男人呢？更年期有什么感觉？

因人而异，一般来说女人的症状更明显。

既然医生这么说了那还有什么可说的。不管尤玲怎样表现不往心里去就是，而且涂刚可以做得更好。

想方设法哄着尤玲，赞美她的时候一定要装得不经意，这是赵医生教他的。他和赵医生似乎形成某种患难与共的关系，真有意思。他认为赵医生不是坏人，很愿意听他说话，那种特有的不紧不慢的语调让人的心感到安定。

在尤玲家吃得最多的就是面条，因为做起来简单又很好吃。肉丝汤面，排骨汤面，西红柿鸡蛋面，打卤面，花椒油面，涂刚试做了两次担担面，味道不怎么地道。尤玲做的意大利肉酱面却意外成功。西红柿切丁，再切点洋葱蘑菇，先炒牛肉馅，然后放到一起翻炒。超市买来通心粉，煮哇煮，总算煮软，盛到最大的大盘子里，浇上大堆的肉酱。尤玲用叉子吃，吃得像模像样。涂刚用筷子，吃得嘴唇四周一圈红通通。

有时他们也吃速冻饺子，有时还叫外卖。直到有一天尤玲说：咱们出去吃吧。

涂刚微微一怔，随即高兴得笑出声来："好哇好哇，太好啦！"

变化就这样悄然来临。

再一天涂刚敲门，只听屋里喊着来啦来啦，却迟迟不见人。门总算开了，他吓了一跳，脸上青绿和褐黄相间，是黄瓜片和土豆片，贴得严严实实，只露出眼珠。后来加以改进，用搅拌机把土豆搅拌成泥，糊在眼睛上。荸荠和莲藕也同样处理。棉花在冻牛奶中浸泡，敷眼，冻牛奶有消肿作用。蜂粉一匙、蜂王浆一匙，均匀敷上一层，蜂王浆含氨基酸，能促进新陈代谢。甘菊茶包浸水，放进冰箱，冷却后敷在眼皮上。

洋溢着一股奇特、执拗、神经质的精力，尤玲在她那口烟气腾腾、咕嘟作响的锅里熬炼着她的仙药，小鬼被支使得团团转，四处采购原料。翻新的花样、奇异的气味、亦真亦幻的效果，吸引得小鬼都着了迷，一起期待创造出美容界奇迹。

赵医生淡出视野，消失在城市灰尘弥漫的天际。

四十五

自尤玲进入公司，不祥信号就在总经理于海燕心中频闪，一路加强。

上下班的时间规定对她等于不存在，想来就来想走就走。业务方面的事完全不懂，也不想学习，根本不爱学习。申请材料需要什么她知道吗？最最简单的问题，照片的尺寸，白色还是蓝色衬底，都说不出来，一问三不知。关于工作她大概只说得出公司的那句广告语：轻松成就你的留学梦想。于海燕对丈夫冷笑道。

可是海外院校展会呢？请问，是谁请来多位使馆前教育领事，教育参赞，并留下美好寄语——认真做好自费出国留学工作，为祖国的腾飞提供更多人才支持和智力支持。未来的世界是属于具有国际化视野的年轻人，有志者请走出国门，踏上留学之路。

这些难道不是工作，难道是可以抹杀的！尤国臣为女儿辩护，言之凿凿。在这个问题上他们争的不是对错，而是权力。脑子里有条衡量权力的标准连他自己都没有意识，那就是：看一个人究竟有没有权，要看他能否能滥用这权力。看，他能。

尽管他们夫妻都是在私下争吵，但什么能瞒得住尤玲。她的想法是如果于海燕不这样倒奇怪了，自己的表现、所作所为本会带来这样的效果。只要工资奖金一分不少，其他她懒得计较。给自家干活理应心甘情愿，如若有被逼迫的感觉她才不干。最真实的想法只能隐藏在心底，不能透露半点：于海燕这个总经理完全可以换成她，自信会比老女人干得出色。

睡觉的时候她枕着三个枕头，让脑袋高高在上，可防止面部肿胀。也许这才是最要紧的。如果美丽不再，一个女人还怎么保持自信，还能过什么好日子呢。想到这儿尤玲就让自己别想了，赶快睡觉。睡眠对女人十分重要。

打开自己屋里的小电视，只看了一会儿眼皮就变得沉重起来。不知什么时候忽然一激灵，睁开眼，球赛已结束，输赢不知道结果。关电视关灯，涂刚沉入黑暗。又是一天，前面还有明天，后天，大后天，像一列缓慢爬坡的运货火车，一节车厢接着一节车厢，一模一样的车厢，在地平线上投下单调的影子，让涂刚逐渐感受到很久以来没有体会到的宁静的心情。死亡离开他走远了，把难以理解的无情打击也一并带走。如果他想活得稍微好一点，似乎是可能的。

四十六

经人介绍涂刚去了一家房地产公司，为老总开车。老总住在自己开发建造的楼盘，黄金地段，顶层复式。公司为他在同一小区租了一套小户型，便于老总召之即来也便于他休息。

城市像个轰轰隆隆的大工地，灰色火柴盒一片片消失，亮晶晶的玻璃大楼几天就变出一座。每次经过北四环，看到钢铁的鸟巢，涂刚都不由多看两眼。

老总在后座发问："怎么样，喜欢这个建筑吗？"

"挺壮观的。"

老总认为"壮观"一词用得得当。效果确实很壮观。

四环堵车，车速减至二十迈。"莲花"藏蓝色车头如镜子反射一座座建筑的尖顶，水波一般滑过。涂刚受到鼓励，又说，他是北京生北京长的，二十岁以前他没见过高楼，老北京饭店是他所见的最高的楼了。而现在，天哪，一座座大楼简直就是"拔地而起"，他可算理解这个形容词的意思了。

"你错了，拔地而起不是形容词，是动词。"老总笑着纠正他。

在另一维度,生活不再是你的眼睛所看到的样子。人人戴着面具，像一场化装舞会。

"我觉得你长得一定很美，而且声音也一定很好听，我确信我的判断。"

"人不能太自信了。知道吗。"发送。

"可我从来就是一个自信的人。"

"如果你错了呢？小心，很可能我是一条恐龙哇。"发送。

"你吓不倒我。再说和你聊天我已经很愉悦很满足很陶醉……"这是一个名叫"踏破铁鞋"的网友。还有一个"爱你没商量"。

"我想我应该叫你一声妹妹。"

"我想我应该叫你一声爷爷。"咿咿笑着，发送。

"哈，我可没那么老。"

"哈，我也没那么小。"抿着嘴，发送。

"你多大？如果不是秘密的话。"

"不是秘密，比你大。"发送。

"可你怎么知道我的年龄。"

"你说你希望找一个人愿意和你共同创业的人。这还不够吗？"眉梢微挑，发送。

"能告诉我你的职业吗？"

"职业介绍所的。"憋住笑，发送。

"呵呵，骗人。"

"呵呵，信不信由你。"发送。

尤玲的脸一团银白，大眼睛反射出两个电脑屏幕，手指微翘如兰花，灵活敲击键盘，发送芬芳信息。坐在家中广结异性，不排除也有同性，思维敏捷，攻防有术，尝试各种隐晦暗示，勾搭勾搭，骂骂人，希冀着浪漫感觉，最后往往沦为性生活经验的交流。

现实尽管无情，她不再年轻。然而世界是那么大，大到无限，随你尽情发挥，百无禁忌。一开始她甚至还有点不习惯，放不开自己，但很快就群树开花，万涧奔流。

夜深了，黑暗中那张讯息的大网扑天盖地，如漫天撒下迷幻药。透过显示屏尤玲看到美貌如花的自己被各色男人所包围，刺激和预兆向她涌来。

"我看到了你那幽深的湿漉漉的隧道，我的挺进激起波涛，让我们进入另一种强度，另一种结合，让我的犁头划破你肥沃的土地。"

看到这样的话，尤玲的下身起了反应，热乎乎的。

终于，她克制不住蠢蠢欲动的心绪，答应了和"神秘脚印"见面。

"我徘徊在丛林中，留下神秘的脚印。"最初正是这句话给尤玲留下生动印象。而后来发展到湿漉漉的隧道和挺进的犁头，更是让她情不自禁，多次自慰。

但见面却让她很失望。

"神秘脚印"头顶亮如灯泡，脑后一圈黑漆漆毛发蓬散至肩上，好似妖道中人，招来回头率。肤色灰暗，领口有油腻痕迹。带一点儿南方口音的普通话听起来倒还顺耳。

就您这副模样，也只配留下神秘脚印，尤玲暗笑。

然而"神秘脚印"性情开朗又活跃，和尤玲谈天说地，征求她的意见是否愿意参加网友聚会。尤玲爽快地回答：行啊！那次来的四男九女年龄在四十至六十岁之间，彼此都知道，都聊过。以后的聚会有其他人来来去去，但总是以他们为核心。

真是如鱼得水啊！对尤玲来说没有比这种虚虚实实、真真假假的交流再来劲的了。随心情编出一段段趣事、往事，引起哄堂爆笑，偶尔也勾出伤心感叹。她编谎话没有目的，并不是想糊弄谁，只是给自己找点乐子。置身于一拨又认识又不认识的人之中真好。

大家排出大哥二哥三姐四妹，色情的话当面谁也不好意思说，但色眯眯的眼神和媚眼儿，像小鸟在空中飞来飞去。

休息日，涂刚去尤玲家，进门后怔住。客厅里，五六个女人、十几道目光刷地聚焦在他脸上。一时间他几乎想转身逃跑。

尤玲笑吟吟上前，攥住他的手腕："介绍一下，他是我二哥。这几位美眉不是我姐就是我妹。"

一一握手，一片你好你好。有个女的心直口快，"怎么一点不像啊？"

"不像吗？"尤玲的头猛地一歪，亲密地挨上涂刚的脑袋。

一阵意味深长的上下打量，涂刚脸发热，极力让自己显得轻松，开起玩笑，"还是有点像吧。我们俩都长得挺白。"

尤玲被逗笑，抬手在胖脸蛋上拍了两下，"说得对，没错儿。"

那天涂刚过得很愉快。知道了他的真实身份，大家嘻嘻哈哈拿他和尤玲打趣。看尤玲并不反驳，他也跟着起哄，说自己还是个小男孩儿就认识尤玲，被她迷住，追到今天还没追上，不知道这辈子还有没有戏了。

尤玲举起茶杯，像举酒杯，冲他扬了扬，"继续努力，祝你成功。"

女人们又笑又拍手。

坐在尤玲身旁的女人头发一缕缕挑染成金黄色，蓝眼圈，嘴唇深紫，伸出瘦长的手臂搂住她的肩膀，"你性格真不错，跟我走吧。"

"去哪儿？"

女人说她丈夫是个美国人，不是华裔，是爱尔兰血统。婚后一年零两个月，去年被一场车祸带走。现在她自己住一座两层楼，有地下室，有大院子，还有保险公司的赔偿金。但实话实说，她可算尝到了寂寞芳心的滋味。女人耸耸肩，像外国人那样做出遗憾表情。有个邻居，鳏夫一个，老向她献殷勤，可惜年龄太大，她担心性生活无法保障，说着再次摊开双手表示遗憾。

"试试呀，不试你怎么知道。"尤玲的话得到了语惊四座的效果，伴随着哧哧笑声。

女人张开马嘴哈哈大笑，用手点向尤玲，"你呀，你去了一定能找到人，一点问题也没有。我保证。"

"可我不会说英语。"

"那也没问题，美国人简单，有一说一有二说二。"

"行，反正我会说 one，two，three，four，five……"尤玲顺口数起1、2、3，女人拍起巴掌，笑得一头卷发乱摇。

美国人没什么新鲜的，尤玲说，她的第一个情人就是个美籍华人，辜先生，向她求爱的时候她差点淹没在玫瑰花海里，说好在中国举行婚礼，去欧洲度蜜月，从纽约飞过来，途中突发心脏病，年纪轻轻，被上帝直接接到天上去了。

悲痛没有把她被击倒，她成了电视剧里的女主角，一个红军女战士。时间太早，剧名大概不会有人记得。那时候的电视剧哪有这么长，四集就算长的。

她的前夫是局级干部，床底下塞满人民币，根本数不过来。他们就在几百万人民币上做爱。因为受贿被抓的时候她已经怀了他的孩子，最终做了人流。孩子无罪，不能生下来就没有爸爸。抬手指指涂刚，"是二哥陪我去的医院。"

涂刚一直憋着，这时再也憋不住，哏哏哏笑得像个小姑娘。

"笑什么呀，有什么可笑的。"尤玲的语气那么平平淡淡，让人难辨真假。

好不容易止住笑，涂刚开口："说真的，这位大姐，您干脆把她弄出去吧，别让她祸害我们中国同胞了，祸害外国人去得了。"

尤玲望着涂刚，眼中显出凑趣的笑意，先耸肩膀，再摊开双手，一副夸张的遗憾表情，"我走了，你可怎么办啊?！"说完冲涂刚挤挤眼。

涂刚当然明白她讥嘲的对象是谁，一时间觉得她真是又风趣又可爱。

自从有了住的地方涂刚很少回家。一天他正在金融街等候老总，手机铃响，是家里的号码。

范云开口就问："我问你，你们公司有没有给员工体检呀？"

"不知道。没听说。"

"那怎么成啊！你得体检。"

原来涂尖里刚刚从 301 医院体检回来，碰到马参谋，得知老邻居的儿子马晓建得了癌症。

星期二晚上老总照例去俱乐部打网球，准备和朋友在俱乐部的中餐厅吃饭。让涂刚去吃饭，等他的电话。

涂刚猛踩油门，开车回家。

涂尖里和范云正在喝粥，涂刚也跟着喝粥，一边听爸爸回忆白天见到马参谋的情形。老马的头发白得厉害，差不多全白了。他关心地问他身体如何，他叹气，咧嘴苦笑，涂尖里立刻觉得有问题，追问，他才说出儿子得了癌症。

开始是便血，不是那种暗红色，是鲜红，以为是痔疮引起，后来不断拉稀，才怀疑到肠子。直肠癌。在北京做的手术，化疗在这里做了一半，人伤得厉害，回深圳的家去修养一段再做。他妈妈刚从深圳回来，说恢复得还可以。是去年年底的事情了。是否转移没有说，他也不好问。应该没有吧。

"这家伙为什么不跟我联系？"涂刚嘟囔。

"你可以给他打个电话。"范云对儿子说。但涂刚没有打，这个电话他不想当着父母的面打。

把老总送回家，回到住处已经快十一点，涂刚还没有打电话。他对自己说等会儿，先上厕所。洗手洗脸，换下衣服，在沙发上坐下时屁股硌了一下，掏出手机放到茶几上，默默发愣。

说什么呢？这时他理解了马晓建为什么不给他打电话。他想象人得了癌症、被死亡威胁着的感觉，胸口逐渐发堵，压在胸上的石块越来越沉重，不由使劲呼吸几大口，把石块掀开。啊，一股来自生命深处的喜悦感觉激荡而起，在脸上浮起微笑的涟漪。他是健康的，很健康，癌症和他没有关系。多么幸运。一欠身抓起手机，拨的是尤玲的号码。

电话只响了一声，尤玲就接了，语气随便。

"干吗呢？"

"你干吗呢？"

"看电视。有事儿吗？"

"告诉你一件事……"

"说呀！"

"马晓建，他得癌症了。"

电话那头一团静默。他默默等待。

"你怎么知道的？"

涂刚讲述了得知消息的过程，同时说出内心感受，"我一听都傻了，心里真不是滋味。他才多大岁数，怎么都轮到咱们头上了？"

"没轮到你头上就不错。"从语气上很难判断尤玲的情绪，"你没给他打电话吗？"

"还没，不知说什么。你说我怎么说？"

"我怎么知道。"声音低微。

扭头看看墙上的钟，"哟，都十一点了，太晚了。明天再说吧。"

没有回应。

"成，那先这样……挂了。"

"等等，打了电话别忘了告诉我。"

"知道。"

马晓建的号码停机，涂刚的心一沉，不会是人不在了吧？所有的顾虑荡然无存。遍找马参谋家的电话找不到，打给家里让爸爸帮忙。涂尖里略微沉吟一下，让儿子过十分钟再打来。

通过干休所，很容易就问到马参谋的电话。

涂刚打过去，是马参谋接的。两个人的对话干巴巴，没超过十句，问到了马晓建家里的电话和新的手机号。挂了电话涂刚有些后悔，自己的表现实在糟糕，连一句安慰的话都没说，也忘了问候谢阿姨，但是也无法补救了。

马晓建接了电话。这个电话足足打了一个多小时，打得涂刚的手机都没电了。马晓建那头可以用"滔滔不绝"形容，涂刚基本上是在听他说。

他说自己正在用一种瑞士的进口药，最新发明的，很贵。因为他是会员，所以享受打折，一个月三万八千多，不到四万。这种药还在临床试用阶段，不能治愈癌症，但可以控制癌细胞的发展。一个曾和他同病房的病人，和他得一样的病，手术也是主任做的，化疗坚持做了六个疗程，开始效果不错，现在已经快不行了。还有一个病友，两人同一天手术，人已经不在了。当然他们都没有用这个药。而他，昨天他女儿过生日，他还喝了一小杯啤酒。

"真的，还是那句话，老天爷垂青于我，这药简直就是为我发明的。另一方面的条件就是钱，如果我没有钱也白搭。挣钱是为什么？我敢说没人比我的钱花得值。前半生努力奋斗，现在得到最好的回报。回报的是你的生命。你说是不是这么回事！"

涂刚说是，那还用说。

谁能想得到，生活竟然向马晓建呈现出前所未有的积极意义，鼓舞着他，令他慷慨激昂。正是经历了这场病，他才真正懂得了人生的价值、真谛。世上最美好的音乐是什么，是女儿的笑声。当女儿的手为他按摩，一切病痛都可以消除。说了女儿又说妻子，老天爷对他实在是好上加好，给了他一个好女人，无比善良无比贤惠，对丈夫忠心耿耿。半年里人瘦了二十多斤，别人看了都以为她是病人而不是他。要知道真是辛苦啊，却从来没有一句抱怨的话。他现在明白了，人活着一定要懂得感恩！感谢老天爷，感谢上帝。

香港有一位神医，连晚期病人都治愈了。他半个月去一次香港，找他看病、开药，已经吃了三个多月的药了，神医对他充满信心，冇问题！马晓建说了句广东话，兴奋得笑出声来。

"想收我，没那么容易。就算为了老婆孩子我也得活着。我不能扔下她们，我舍不得。现在我活得很好，比以前任何时候都好，因为我懂得了两个字：珍惜。你懂吗？"

涂刚不知道自己懂还是不懂。

"你不会懂的，没有我这样经历的人不可能懂。珍惜吧，哥们儿，凡是拥有的都值得珍惜。有人让我信佛，我说我就是佛，我信我自己。我可不敢瞎说，六祖坛经上就这么说，心就是佛，什么是顿悟，我这就是顿悟了……"通话在充满哲理的声音中结束。

晚上涂刚去了尤玲家，向她转述了电话的内容，说的时候依然带着微微的惊异，甚至觉得有点儿好笑。尤玲凌厉的黑眼睛一直盯住他，一直等他说完，忽然开口说话。

"他可真行，就不想着给老婆孩子留点钱。"

这问题涂刚没有想过。

"他有钱啊。"糊里糊涂答了一句。

"喊，他挣多少钱我还不知道。你看着吧，到时候他一走了事，他老婆孩子可就倒大霉了。"

"你这话也太狠了，人家现在活得挺好。"

"好，不说了。希望他好，希望他长命百岁。"忽然想起什么，"他女儿不是出国留学去了？怎么回来了。"

涂刚说他不清楚，没问。"你怎么知道他女儿的事儿，你们俩还有联系？"

尤玲神秘地一笑，"我是谁，什么不知道啊。"

第二天白天坐在车里等候，涂刚想到了尤玲的那句狠话，确实，如果得癌症的人是他，那当然只有死路一条了，而马晓建还活得挺好，挺得意。人哪……

手机响了，"知道了陈总，我马上就到门口等您。"

抬手攥住车钥匙，打火，发动引擎。

四十七

涂尖里在院子里散步，走向小花坛，忽然看到前楼赵主任家的阳台门从里面推开，老赵牵着小孙子的手走出来。他立即扭身往相反方向走去，加快脚步。他不愿意看到爷爷带孙子散步的情景，嘴里也说不出逗弄孩子的话。

多年来父亲的角色似乎无足轻重，有时涂尖里甚至会完全忘到脑后。有时候是故意不去想，因为想起来就不高兴，就烦。现在人家连爷爷的角色也不让他当。他气愤过，争取过，但最终只得放弃。没有办法，谁让他有这么个不争气的儿子。

时常他自己都能感觉到自己的不愉快。不愉快的感觉是那么实实在在，几乎像一件摸得着的东西。他怀疑身体里出了问题，体检的结果令人放心。可他依然不愉快。

儿子又住回家里来，似乎更增添了他的不愉快，但也不全是。深夜被开门声惊醒，时光倒流，儿子还是少年，他也还年轻。可惜午夜梦回，一切都一去不返。

更多的时候他相信如今糟糕的心境要归咎于儿子，如果他事业有成，如果他家庭和睦，如果……即便他自己有地方住也好啊。经历种种冲突、矛盾、不快，涂尖里终于明白，世上没有好儿子，也没有坏儿子，只有他们生出的儿子。

他不再犹豫了。打开书桌上锁的抽屉，军人证，老干部证，结婚证，奖状，最下面才是存折。他拿出存折。此前他多次看过房，可以考虑的一处房子已经被别人买走，还剩两处，他决定买的是一个 75 平方米的两居室，离家很远。

范云反对，建议买另一处，因为离家近些。

"要那么近干吗，眼不见心不烦。"

"还便宜两万多块呢。"

"便宜便宜，不买更便宜。"

"要不问问小刚，他愿意……"

"屁话！他愿意管个屁用，是他的钱吗！"

但后来他还是对范云让步了，买了那处便宜的。

签订购房合同，缴税，办房产证他都不管，他所做的只是把存折交给儿子。

接过存折的一刻涂刚百感交集，困惑使他说不出话。确切地说存折不是他接过来的，是涂尖里把存折放在桌上，他从饭桌上拿起来的。低垂的目光紧紧盯住自己的手，绝对不能抬头，不能和爸爸对视。他想过拒绝，但只是一霎那，比夜空的流星长不了多少。

可以庆幸的是毕竟父子性情相近，表达感情对他们近乎于受折磨，而宁愿让感情麻木、再麻木，这样对付起什么事来要容易得多。

"知道为什么给你买房子？"涂尖里以提问题的方式发表感言，并不期待回答，"第一点，这样你总算是自立了，你妈也不用老看着你，为你担忧为你发愁。第二，你这么大了，以后你自己对自己负责，是好是坏和我们没有关系，一切咎由自取。我还要声明一点，我们再没有一分钱给你。"

如流星再次划过天空，拒绝的念头又冒出来。但涂刚紧咬牙关。

"第三……"涂尖里眉头微蹙，挣扎着说还是不说。一生崇尚军人作风，儿女情长的一套还是见鬼去。"算了，就这样，你抓紧去办。"

而第三点其实才是决定性的一点。那就是马晓建得了癌症，马参谋的儿子得了癌症。人为什么悲伤、哭泣，这是他以前从不去想的，但是马参谋眼里的泪光让他心中一震，想象力被激发，涂尖里想象到有那么一天，如果发生在马参谋身上的事发生在他身上，他变成了马参谋……

一种害怕的感觉占领了他的心，倒不是怕别的，是怕自己会后悔。后悔什么、为什么后悔他不愿再多想，想也想不出名堂。已经发生的事谁也无法改变，能做的就不要再犹豫。

拿出积蓄，一了百了。

四十八

尤玲是涂刚家的第一位客人。站在四白落地、陈设简单的屋子里，她发觉没有什么可评判的。

"不错，挺好，不错。"她点着头说，并非虚情假意。这套两居室朝向不错，两间都朝南，面积都不算小。涂刚告诉她一间十五米二，另外一间十四米九。

从随手提来的包里尤玲拿出一套高级床上用品，"给，送你的。"

"又不是结婚，送这干吗。"涂刚逗乐。

"那就留着结婚的时候用。到时候我还省了呢。"

"好哇，那你告诉我和谁结。"

尤玲眼珠骨碌碌转，想说出更有趣的话，"要实在没人的话……"狡黠一笑。

涂刚猜到她要说什么，几乎本能地反应，"得啦，你饶了我吧。"

"你知道我要说什么，就饶了你。"

涂刚被问住，干脆一拉脸，"你不就是要说，实在没人就是你了。"

他的话绝对没错，尤玲正是想开这么个玩笑，可现在她坚决不承认了，笑着啐了一口，"呸呀！我是说给你在网上找一个。做什么梦哪你！"

话一出口，气氛有点不对，两个人似乎僵住了。

头顶上，椅子摩擦地面发出刺耳声响，接着一串咚咚咚的脚步，跑过去又跑过来。真要感谢楼上淘气的制造噪音的孩子。

"呵，干吗呢，楼上住的什么人？"尤玲抓住时机发问。

涂刚回答不知道。话题随即转移到房子上面，位置、价钱、周边房价，前房主当年多少钱买的、赚了多少、中介公司有没有猫腻，值得讨论的问题真不少，当当事后诸葛亮。

尤玲边说边东看看西看看。在卧室床前，小静的笑脸映入眼帘。那是柜子上的一张彩照，装在小镜框里。

"哟……"不自觉地"哟"了一声，走过去拿起照片。桃花丛中，女孩儿笑得有点傻，但很可爱。她扬了扬手上的照片，"还忘不了哪。"

涂刚一言不发，上前拿下照片，拉开柜子抽屉放进去，再把抽屉关严。尤玲默默盯着他。

"看什么？"

"有件事，是兰姐告诉我的，愿意听吗？"

"说呗。"

那时候小静还在，和涂刚住在一起。有一天她们聊天，兰姐问小静是不是真爱涂刚，小静回答说，不，不爱，可二哥是个好人，她小小年纪进入这一行，就没见过几个好人。兰姐问她有什么打算，她说二哥为她花了不少钱，她不能让他白花，那样也太不够意思。这就是她的回答。

涂刚沉默着，面无表情。

"怎么了你，怎么不说话？"尤玲注意地看着他。

涂刚咧开嘴想笑，皮肤有些发紧，两只手捂住面颊用力搓了几下，然后露出实实在在的笑容，"没什么，我根本不在乎，反正都过去了。"

小静的照片静静躺在抽屉里，在黑暗中笑着，会一直笑下去。

床底下的帆布箱里还有几样东西。纪念品。一件马裤呢军装，一顶毡绒帽，是搬家收拾东西时在壁橱里发现的。

这套行头的主人，涂强，早在上一个世纪就消失，灰飞烟灭。鲜活的生命不知去向，衣服却保存完好。呢子军装硬邦邦地弯曲着，岁月的皱折长入一根根纤维里，涂刚用力展开，抖了抖，不管三七二十一把手臂伸进袖管。居然，两条胳膊都套进去了，但系扣子绝对没戏，胸口裂开半尺宽，肩膀皱巴巴耸起，感觉像戴了枷铐。

镜子里是一个可笑的老胖子，不，还不够可笑，顺手拿起帽子戴到头上，当然戴不进去，只是搁在头上，像顶着一条咸鱼干。

这下子他把自己逗乐了，不由喃喃自语：看，哥，看我这样子，真他妈够逗的……

自从和白蛇约会，戚海涛从尤玲的生活中淡出，消失。尤玲成了货真价实的单身女性，只可惜青春不再。而年龄问题是她最不愿意面对的，只想背过身去。

网友聚会中，她总是最活跃的那个，和人人都那么亲热，又带着那么一点点心不在焉。但是只要来了年轻女孩儿，她就只能眼睁睁看着那些男人扭身凑过去，像苍蝇专叮臭鸡蛋。有时候因为一阵气恼，中途离场，事后发现竟然没有人留意到。

手指愤怒地击打键盘，如冲锋枪扫射。

"别狡辩了，你们男人都一个德行！都是色鬼！"

……

"我才没指责你，那是你们的本性。我警告你，也可以算是提醒，那女孩儿可不是吃素的，你身上有多少肉，够她吃吗？"

……

"别美了。红烧肯定太少，炒肉丝还凑合。筋头巴脑可以绞馅。还可以做一盆血豆腐。放心，浪费不了。"

随意变换着花样儿骂人的感觉真好。可沮丧有时不请自来，无情的失落感如潮起潮落，低谷时她对聊天完全失去兴趣，电脑碰都不想碰。

去他的郎心如铁，玫瑰之刺，陶俑，神秘脚印，都他妈滚一边去！

还是牌友好，更可靠。

可惜二哥身不由己，时刻准备着接听老总的电话，发动汽车。她劝他别干了。

"生命诚可贵，爱情价更高，若为自由故，两者皆可抛。听见没有，自由，自由才是最可贵的。你现在一点自由都没有，这么活着有什

377

么劲,太没劲了。"

"唉,本来也没什么劲。"前一天涂刚只睡了三个小时,很疲惫,"不干也成,只要你给我发工资。"

尤玲忽然冷笑一声,"哼,我还想有地方领工资呢。"

听到这句话涂刚十分诧异。

原来她终于和于海燕闹翻,离开了公司。

发现没有奖金,她冲进于海燕办公室,两人面对面争吵。她骂她黑心骗子,揭她的短,那些欺骗行径,气得于海燕浑身哆嗦,一把抓起手边茶杯。尤玲下意识躲闪,以为杯子会向她飞来。杯子砸到地上碎成八瓣,茶叶渣像黑色蛾子溅到白墙上。尤国臣最终还是选择了妻子。她不怪他,她又不能陪着他过。其实她早就知道会有这天,只不过期望更高,期望于海燕被她气得四肢抽搐,口吐白沫,翻白眼儿,要是一命呜呼更不错。她爸嘛,干脆找一个小保姆,公司归她。

狠毒的话毫不犹豫,只跟二哥说。他了解她的过去,知道她是谁,用不着装样儿。别的人,就让他们被她骗得晕头转向吧,不然多没意思。

夏天,南方来的客人要去坝上草原。涂刚开车。

行驶在八达岭高速上,忽然感觉到一阵不可思议的异动,车子出什么毛病了?思索间,振颤加剧,不祥之感骤然增强,脑子里涌出各种可能与不可能，后背冒汗，脚随即踩上刹车。制动的力量从右脚往上直冲，冲至头顶，灌满车厢，但涂刚却听不到刹车片、轮胎摩擦的声音，感觉就像飓风来临，身后涌起倾斜巨浪要把一切吞没。那是三辆，不，四辆改装车，一辆马自达，一辆高尔，两辆宝莱，如魔影扑来，又如出膛炮弹，紧贴涂刚的莲花不到一米，画出生硬的弧线，飞过去。空气如布帛般撕裂，路面瞬间扭曲成面条，再一瞬间化作冒烟的黑点儿，留下余震。

道路恢复成直线。涂刚的心咚咚咚跳得山响。

"操他妈的，这帮畜牲，妈了逼不想活啦……"喷出一连串脏话，忘了身后的客人。早听说过飙车族，这回亲眼看到。够刺激。

剩下的路程他和客人交谈甚欢，向他们介绍了当年的二环十三郎，那小子跑二环一圈只用十三分钟，因此得名。警察如何设了四道路障才把他截住。他估算了一下，刚才那几个家伙车速起码在二百五十迈以上，绝不会低于这个速度。他是老司机了，错不了。

奥运会，这位伟大的魔法师，一口口吹拂仙气，让马路展宽，镶上整齐绿化带，为水泥森林涂上美丽的颜色，把低矮破旧的城中村化作泥土和肥料，上面长出碧绿草地。洒水设备在平展展的草坪上缓慢旋转，水滴在叶尖闪烁，阳光下彩虹道道。

尤玲的家离奥运场馆不远，变得像花园一样。看到如此的变化她的心情实在很愉快。

现在她已不再当专业猎手，但捕猎的技能就像骑自行车，游泳，一旦会了就忘不了。何况很多猎物自愿撞上枪口。眼前就是一个。

楼下的道路已铺上彩色地砖，凸起的盲道笔直伸展。从楼后面拐出来，尤玲看见马路对面一个男人双手插兜，沿盲道溜来溜去，直觉告诉她肯定就是毒虫。

果然不错。

"毒虫"是那种不好判断年龄的人，皮肤粗糙晦暗，一头硬邦邦的黑发显然染过。但尤玲凭经验从眼袋判断，此人起码五十以上，属老色鬼一级。看到翩翩而至的"荆棘鸟"，脸上铺开亲密笑容，好像见到老相好。

开张不久的好运酒家运气确实不错。落座不过两分钟就没有了空位，再来的客人需要拿号。两人相视而笑。

毒虫把菜单推向荆棘鸟，让她点菜，但荆棘鸟又把菜单推还给毒虫。点菜，是了解一个男人最好的途径，是否大方可交，细心或大大咧咧，有什么不良习惯，所传出的信息绝对可靠。

毒虫不再客气，很快点了清蒸鲈鱼，西芹百合，凉拌木耳，生焗牛蛙，木瓜汁一杯，啤酒一瓶。测试下来成绩不俗。

似乎感到有些热，荆棘鸟脱下外衣，露出超低领口，毒虫不由自主分心，但极力掩饰。啤酒上来，两人端起酒杯碰杯。新鲜泡沫粘在嘴边，炸裂消失。

"我想告诉你，你很像我以前认识的一个人。"

"像你以前的情人。"尤玲眼都不眨。

毒虫微微怔住。尤玲看着他忍俊不禁，"你们男人呀，怎么就这么懒，都不能动动脑筋想出点新鲜的。"

毒虫缓过神来，悠然一笑，"哪里，是你们女人实在太心急，新鲜的在后面呢。"

竟然如此凌厉地接招，尤玲的精神为之一振。这条毒虫不简单。有意思。

有一种谈话，互相刺得越疼越高兴，越彼此欣赏。这对男女使出浑身解数，时而隐喻揶揄，时而挖苦讽刺，荆棘鸟抖擞着火焰般的羽毛，毒虫下流而神秘转着眼珠。啤酒换成了白酒，话题也延伸至性领域。在酒精的作用下他们越来越大方，坦诚，声音也随之提高。

"瞎说，你再说一遍，性高潮能维持多长时间？！你了解人体构造吗，我可是学过医的……"尤玲感到邻桌投来的目光，恨不得把话说得再露骨才过瘾。毒虫的眼神有些空洞，盯着她，又似乎穿透她，端起的酒泼洒出一半："鸟医生，我们先干了这杯再、再说高、潮的事。"

尤玲想说不喝了，喝多了，但手却已然把杯里的酒倒进口中。有时候她划定范围，希望事情顺顺当当，让自我感觉保持良好，但想法一变，管它会不会冲出界限，撞飞护栏，冲出悬崖，把身体交给嘶嘶作响的气流，不管最后掉在什么地方，摔成什么样子。

这杯酒下肚尤玲开始迅速坠落。想不到毒虫的坠落速度更快，身体在椅子上岌岌可危，双手不停搅动空气，像在空中游泳，三下两下打翻杯子，碰倒酒瓶，服务员赶过来收拾。

"对、对不起，结账。"可他找不到钱包，找到了又掏不出来。尤玲帮他摸出钱包，帮他结了账，把找回的二十几块钱塞进他的口袋。

"让、让我，谢谢，来，抱歉……"毒虫语无伦次，为了想从椅子上站起来，他揪住尤玲的手臂。

事情在短暂瞬间发生了质的改变。此刻的毒虫口鼻喷射污浊毒气，黏稠毒液从毛孔渗出，尤玲只觉得被一种脏兮兮黏糊糊无法忍受的东西缠住，她使劲抽出自己的胳膊，"再见，我先走了。"扭身向门口走去。

身后领班追上来，客气但坚决地拦住她，"对不起女士，您先生醉成那样您不能走哇。"

到了这一步尤玲别无所求，只望解脱。离开这个鬼地方，这个可恶男人，但怎样才能办得到？

饭店门口的石头狮子歪着硕大的脑袋做顽皮状，迎接宾客。涂刚大步迈上台阶。

他赶到时事情变得愈发危急，毒虫似乎失去了知觉，昏迷了。他和饭店保安连抬带架把人弄进车里，尤玲站在车门旁不肯上车。

"我晕得要死，二哥，你把他送医院吧，我受不了，求求你了……"边说边往后倒退，想让自己缩小，消失。

她差一点就消失，涂刚一把拉住她。

"妈的，我都不知道这家伙是谁！"

"我也不知道。"她依然想挣脱，被涂刚拉上车。

狂风中的鸽子还是被吹走了。在急诊科门口，涂刚一转身看不见尤玲，知道她跑了。

还好，状况没有恶化下去，酒神的把戏适可而止。酒精中毒患者迷迷糊糊醒来，脸庞下坠发青，呆愣愣瞪着送他来医院的胖子。

"我说我不认识他，你们还不信。你认识我吗？"涂刚逼近醉鬼，大声问。

男人嘴唇翕动，吹出微弱气流。涂刚把脸贴上去，"我是谁？嘿，问你哪！别闭眼！"

合起的眼皮无论如何也睁不开。作为回答，脑袋痛苦地摇来摇去，不，不知道，不认识，别问我。

"刚才还有个女的，哪去了？"医院里有一位眼尖的护士。

涂刚很镇静地告诉这位护士，他既不认识这个喝醉的家伙也不认识那女的。他知道自己有爱管闲事的毛病，在努力克服，一不留神又犯了。

一旁的小护士被他的话逗笑，露出一对可爱的虎牙。看来真要感谢这位师傅，世上毕竟有好人啊。

谢谢谢谢。双方互相道谢。当事人发出低沉鼾声应和。

涂刚呵呵笑着转过身，大步走去。留下那个倒霉鬼、被欺骗的护士，为自己的机智有些得意，也有一股怨气生出。想到尤玲自己偷跑，把麻烦扔给他，幸亏他人生经验丰富，得以脱身。莲花稳稳开动，开进城市夜色。穿过蓝光与紫光交替闪烁的霓虹灯，从银白刺目的巨大广告牌前驶过，鼻子闻到一股烤羊肉串的烟气，突然，一辆平板车从胡同里窜出，吓得他一激灵，闪进里道。侧视镜里瞥见蹬车人那张乐滋滋、不知死活的脸。四下环顾，难以想象的怪事奇事不断发生，做个地球人实在不简单。

有一点他不懂，从人类学的角度，最后总是按照常规生活的人照顾非常规的人。公平不公平全看你怎么想。

第二天晚上尤玲要请涂刚吃烤鸭，全聚德的烤鸭。可涂刚没有时间。第三天也没有时间。

烤鸭飞了。

四十九

涂刚倒吸一口凉气，举着手机的手半天没有放下。

药物失去效力，癌转移到肝上，马晓健换了肝，但又复发了。

冰冷麻木的感觉从手指开始迅速蔓延至全身，整个人像放进冷藏室的猪肉，硬块一坨。感觉敏锐的老总觉察到司机师傅不对头，肯定有什么问题。但涂刚否认。

"没事儿，什么事也没有。"

"有事说出来，我不会看错。不安全的隐患就是这样埋下的。"

略微沉吟，涂刚说出他从小的一个哥们儿得了癌症，要不行了。老总泰然端坐，眼睛眯着车窗外向后飞逝的街景，片刻，伸出一只手拍了拍涂师傅的肩膀，再靠回座位。

"涂师傅，你信佛吗？"

"哟，这我可不懂。"

"是啊，我以前也不懂，现在也不能说懂了。不过懂一点有好处，对你的人生会有帮助。"

车内没有了声音。涂刚瞟瞟后视镜，老总已经合上眼睛。

在通往外科病房的走廊上，尤玲站住。涂刚走出一段距离才发现。

"嗨，走哇。"

"我、要不我还是别去了。"

"为什么？"

尤玲说不出。也许是怀着正常人对死亡的恐惧心理，也许不止这样。她不知道自己对马晓建怀着什么样的感情，搅起沉寂的死水，从水下会冒出什么。一些已经抚平、存盘的往事，未经许可一次次访问，会让人很难受。可是她还是来了。现在后悔好像已经来不及，只有硬着头皮跟上老二。

空气中弥漫着一股深深的怪味，有点油腻，发酸，微微腐败。消毒剂、药品都压不过它。毫无疑问，气味是从病床、从病人的身体散发出来。然而那个躺在病床上的病人又是谁？

这样的相见场面涂刚再也没有想到，他竟然一点也认不出马晓建了。心在结冰，直打哆嗦，嘴唇也冻住了。还是尤玲比他厉害，和站在病房里的一个女人招呼道："你好，我们来看晓建，你是……"

还能是谁，当然是马晓建的老婆。凭着那异常憔悴的脸色就知道她的身体极度虚弱，快要垮了。但是没人关心这点，需要关心的人不是她，她的丈夫病得要死了。

奶白的天光从窗外倾泄到室内，光线减弱，亮度全部集中在马晓建的脸上，那张肿胀透明的脸放着光。被子下面的身躯很大，沉重虚泡，露出一只穿着袜子的脚像只硕大的粽子。一条细管从被子里垂下，连着挂在床边的尿袋，瘪瘪的。

没有人听见护士走进来，"没有尿吗？"目光瞥向瘪袋子。

马晓建的老婆点点头又摇摇头。白色身影消失。

寂静像枪口顶着太阳穴。唯一移动的只有马晓建的目光，先是望着涂刚、尤玲，又望向护士，再望一眼自己的老婆，又望向涂刚，这时候他的嘴咧向一边，像是笑了。

不，就是笑了。

涂刚走近两步，再走近一步，挨到病床，挨到微微探出床沿的胳膊肘，他想躲开，却不知怎么搞的攥住了马晓建的手。

"晓建……"叫出一声。

"看见了，哥们儿这回惨了。也是，谁能斗得过老天爷，谁都没门儿。都一样，早晚的事儿。"

"咳，没到那步……"

"只差一步了。我知道。"

"尤玲也来了。"涂刚不知道再说什么话。

马晓建的手微微用力从涂刚手中抽出，"楠楠，她就是尤玲，尤二姐……"竟然咧嘴一笑。

"你好。"

"你好。"

妻子楠楠和曾经的情人又一次郑重地互致问候，相视的目光里并没有交流任何其他内容，只有一道沉重的阴影闪过。来自死亡的重压使人感觉透不过气，必须说些什么，把空气刺破。可没人有足够勇气。连尤玲也只是沉默着。

见面的仪式结束，病人的精神无力再集中于一点，目光涣散，再没有目标，顺着墙壁缓慢地爬上屋顶，飘向淡蓝的窗帘。

妻子凑向床头，"要不要喝点水？"

"不，"声调低微，"等尿了再喝。"

无法再待下去了，只有离开。这样对双方都好。

"好好养，再见。"隔着三米的距离，尤玲轻声道别。

马晓建难以觉察地点了点头。涂刚也想说点什么，可喉咙里堵着一团泥沙，拼命咽下一丝唾液，只咕哝地吐出"再见"两个字。

"你小子，减肥吧。"马晓建对涂刚说了最后一句话。

楠楠送他们到病房外，她注意到尤玲的眼圈红了。而涂刚走出一段距离，背对她们。

"谢谢，谢谢你们来。不用再来了。他不喜欢别人看他。"

"你也要保重身体。"尤玲望着楠楠，不自觉地伸出一只手轻轻抚过她的后背。

八天之后，马晓建走了。

尤玲拒绝参加追悼会。她说她已经很后悔去了医院，那样的记忆是她不想要的，而马晓建可怕的病容将永远无法删除。

火化当天涂刚一早去了医院，从楠楠手里接过新买的白色贡缎薄被去了太平间，看着太平间工作人员把冰冻的马晓建从格子里拉出来，他把被子盖到他身上，披整齐，再用鲜花围绕，铺成一圈。预定的接尸时间是八点，车迟迟不到。涂刚第二次见到马晓建的女儿马小咪，第一次时她是个抱在爸爸手上的小小幼童，而现在黑衣黑裙衬托出少女窈窕身材，簇立的头饰如黑色鸡冠，脖子上一串黑珍珠幽光点点。年轻姑娘靠在妈妈怀里哭得很伤心，没有心情和任何人打招呼说话，连叔叔也没有叫一声。而她的妈妈根本连哭的劲儿都没有，涂刚不由担心她会晕倒。

马叔叔告诉他谢阿姨病了，经受不了这样的场面。陆续又来了几个大院的孩子。

八点二十，车终于来了。规定可以有三位家属陪同死者，结果是马参谋和涂刚两人，其他人乘坐别的车去。到火葬场后，涂刚陪楠楠去业务室，交验死亡证明，选购了骨灰盒，领取火葬证，办交款手续。没有租吊唁厅，只租了告别室。

几十平方米的长方形空间，生死两界。

马晓建公司的人送来硕大花篮，由一个西装革履的人简单致辞，表示悼念之情，祝愿死者安息。然后由涂刚带领到场人员默哀一分钟，接着再向遗体三鞠躬。前后大约五分钟时间。没人录像或照相。最后还发生了一点小情况，推去火化间的时候，工作人员提出鲜花太多，过重的水汽有碍焚烧，大家七手八脚把鲜花捡出来。

火化全过程由微电脑控制，焚烧过程中不断供应着燃料和助氧风，使尸体在各个燃烧阶段都处于最佳燃烧状态。污染物的排放达到国家一级标准，排烟黑度接近林格曼 0 级。

之后马晓建被收进一个方形木盒。盒上雕着松树、山峰、云海，雕工精细，还镶嵌着黑白条纹的大理石。售价两千八百块。不是最贵的。骨灰盒由马小咪抱在怀里。女孩儿的眼睛因哭泣而红肿着，谁也不理，径自走向汽车，黑色裙摆如黑色大丽花盛开。马参谋低着头，木然地尾随在孙女身后。

涂刚和楠楠道别，楠楠对他说了一句话，是马晓建说过的话，她单挑出这句告诉他。

"你知道他临死前两天和我说过什么话？"问的时候，她望着涂刚的眼睛。

涂刚默默摇头。

"他跟我说，'人都要下地狱，你也一样，地狱见。'真的，他就这么狠，就是这么说的……"

涂刚本能反驳，"瞎说八道，他不会下地狱，你更不可能。"

"你怎么知道，你根本就不知道！我一直在地狱里……"她的脸色和姿势僵硬到微微发抖。

涂刚瞪着楠楠，觉得口干舌燥。

隔着两排汽车，马小咪从车窗探出头，"妈妈，走不走啊！"楠楠的身体轻轻晃了晃，挤出一个苦笑，"好，那我走了，真的非常感谢。再见。"

"再见。"

默默注视着白牌的华晨宝马开动，离去，涂刚转身走向莲花，一边从裤兜里摸出钥匙，离车还有十米距离拇指轻巧一摁，就听"叭"

的一声。

缓步走到车旁，站立。贴膜的深色玻璃映出他的身影，一个曲曲弯弯的飘忽的变形人。就在他抬手开车门的一刻，一只手搭到肩膀上，晓建！

他抬着手，一动不动。头顶上的天空晴朗、高远，浮云无声掠过地面，投下希冀的影子。云影在头顶笼罩了几十秒钟，这段瞬间马晓建就站在他身后，他感觉到肩头上手掌的温度和轻微压力，甚至听到隐隐坏笑。云的白帆静静飘过，阳光普照，感觉消失。

涂刚依然没有动，开车门的手依然伸在半空，如同电影定格。

一秒、两秒、五秒……继续放映。

五十

"你知道你是什么人吗？神人。我活这么多年了，能认识你这样的人，难得，不容易，很荣幸。"

"嗨，想说什么直说。"尤玲斜睨着涂刚。

"你真太神啦。今天一个明天一个，一勾搭一个准儿，几十年如一日，毁人不倦，佩服，实在是佩服。有时候我真有点害怕，你是人还是狐狸精变的？"

"没错儿，老狐狸精了。"尤玲眯细眼睛，高高挑起一侧眉梢，做狐狸精状。

"我就不明白……"

"不明白什么？"

"你干吗不找个人结婚。"

"找谁？"盯住涂刚，"找你？"

"别，我可不行。"话脱口而出，涂刚并不明白是什么意思。

"傻瓜，结什么婚哪！这样多好，想干吗干吗。"

"你多大了，还想干吗，还能干！"

尤玲本想翻脸，忽然改成撒娇地嗔叫："讨厌你！"

"那你这辈子都不结了？"

"谁说的，我说的是现在。老了再说。到时候找个老王八蛋搭伴。"

谁能想到，半个月之后尤玲就要求和涂刚搭伴。

尤玲的理由非常充分，与奥运紧密相连。奥运会是巨大蛋糕，想吃吗？一点不难。她有朋友在房屋中介公司工作，说奥运场馆周边的房子租金可观，价码上万。尤玲听了跳起来，"那我家就是！"

第二天这家伙打来电话，说他手里有客户，一家外地的设备公司，有两个员工为场馆提供服务，需要租房，时间半年，租金五万。

尤玲在电话里和他讨价还价，把家里收拾了一通等他上门看房，甚至请人在楼下的好运酒家吃了顿饭，最后定下来房租六万，时间半年。

美味蛋糕摆在了盘子里，刀叉也准备好，她肯定要吃，还要分给涂刚吃。办法就是把她的房子租出去，她在涂刚家借住一段，租金有他一份。是一份，而没说具体钱数。

"反正你有地方住，又不住家里。"尤玲劝导。

"你是要我半年不许回家？"

"谁说啦，想回就回，随时。"

"那算怎么回事儿？"

"有什么，你是我二哥嘛。"

"不行不行……"

"行，绝对行，百分之百没问题！要多合适有多合适，你想想！"尤玲的大眼睛忽闪忽闪，发出喜洋洋的光彩。涂刚沉默。

"嘿，同意啦，老二？"

他不知道同意还是不同意，但是知道他同意或不同意都没有什么意义。

浴室架子上排满瓶瓶罐罐，日霜晚霜保湿液按摩膏防晒油，台子上扔着小镊子小剪刀口红睫毛膏粉饼，而涂刚的很多东西都找不着了，有的干脆出现在垃圾箱里。也有一些新玩意，榨汁机，漂亮的小茶壶，宜家的黄色大玻璃碗，水池里结着一层乳白油脂的平底锅，沙发上色彩鲜艳的靠垫。

休息日，将近中午尤玲的房间依然关着门，没有动静。涂刚靠着软垫子翻看报纸，觉得挺舒服，眼角余光瞟见餐桌底下什么东西银光一闪，原来是一只高跟鞋。继而发现椅背上挂着鲜红披肩，大花裤子垂下一条腿，鹅黄色睡衣吊在浴室的门把手上。近在眼前的茶几上一只手镯闪耀金属光泽，旁边有个鼓鼓囊囊的塑料袋，欠身抓过来，扁圆的大杏仁又香又脆，以前他从没有觉得杏仁这么好吃。

之后不断发现各种果仁，脆片，五彩闪光纸包装的巧克力，喝了一半的酸奶，一块留下月牙形齿痕的点心，发皱的苹果，干硬的橘皮如小船般翘起，涂刚看在眼里心里很满意，他喜欢爱吃的人，只要想到吃，情绪就乐观起来。

他到电话局申请了来电显示，只要看到是他父母家的号码尤玲就不接电话。这样父母就不会发现有女人和他同住。他们只在他搬进新家时来过一次，从没想过再来。

大约一两个月他会回家看看，吃顿饭。饭桌上有白菜烧豆腐，海米烧冬瓜，芹菜炒豆腐干，凉拌黄瓜，茄子，豆腐丝，藕片，就是没有肉。

"我们现在吃得很健康。过去不注意，不懂，现在明白了。人的饮食习惯对身体好坏起决定作用，你吃那么多肉，很糟糕。"

"让你去医院检查你查了吗？"

"不用查，我敢说他是三高分子。血脂，血糖，胆固醇，肯定都超标。不信咱们打赌。"

"首先得减肥，不减肥不成。不是体型美观不美观的问题，肥胖的人脑梗比正常人高一倍。"

"还有冠心病，高出常人两倍。"

"还有中风。"

"中风就是脑梗。"

"那、还有什么来着？"

"糖尿病嘛！"

"对对对，糖尿病糖尿病！"

书柜里，军事方面的书籍转移到最下层，方便拿到的是《不生病的秘诀》《老年营养食谱》《糖尿病吃什么》《将长寿进行到底》。

范云打开书柜，拿出一本《健康饮食一百问》递到儿子手里，"给，这是给你买的，别不看，别让我们白买。"

饮食、肥胖、糖尿病，永不枯竭的话题。

内心里，涂刚有自己的想法，而且有理由这么想。眼看着父母的年岁一年年增长，但一切照常。出门买菜，回家做饭，不紧不慢打扫屋子，可以用钟点工而不用，可以向司机班要车也不要，宁愿坐公共汽车。不管看电视看到几点早上都很早起床。他妈的头发一多半还是黑的，他爸每天坚持爬楼回家。基因究竟是什么样子他不知道，像是一些符号，要不就像显微镜下密密麻麻的组织，或是一串串透明链条，不管它，反正科学证明了基因的存在，那么他遗传的基因应该不坏。

有时脑子里还有另一套想法。一天天的日子是怎么过的，无非是白天吃饭，晚上睡觉，说些没用的废话，被日常的小烦恼微微激动一下。既然活着不过如此，死又有什么可怕。天下万物都盛在碗里，最终在血管里沉淀，淤积，直到把血管堵住。

"队长，我一个月都没歇了……"

"有一个月吗？"

"当然，上个月八号。"

涂师傅提出休息的要求让队长皱眉头。可涂刚不想管那么多。他最盼望的事就是老总出国，那样他晚上就没事儿了。

回家的路上他吹起口哨，刚一吹就停住，心中吃了一惊。多少年没有吹过了。溪水不会倒流，自己不会再年轻，口哨声却依然清越，像一只小鸟在头顶盘旋。

掏出钥匙，打开 703 的邮箱，有信。超大的信封邮递员折了一下才塞进去。涂刚随手撕开，竟不是广告，一张大红请柬上烫金的"喜"字被折成两半。2008 年 6 月 8 日，戚海涛和白颖举行婚礼，敬请涂刚、尤玲光临。

涂刚对凑这个热闹并不感兴趣，完全无所谓。尤玲却在去与不去之间来回冲锋。一个念头是去他妈的，坚决不去；下一个念头是干吗不去，一定要去，甚至立刻想到去做头发。

最后的决定是尤玲做的：去。她立即行动起来，不光要打扮自己，还有涂刚，拉着他去买衣服，逛了三个大商城，七八个专卖店。在这件事情上涂刚很聪明，把自己完全交出去任尤玲摆布。请假时谎称母亲病了，假装没看见队长皱眉表示不满。

7 号一整晚尤玲都在自己的房间里试衣服，试过一件就扔到床上，其中包括两套新买的衣裙。小山越堆越高，烦躁情绪在增长。

"快看，皮埃罗把球传给了卡卡，卡卡带球从左路突破……"解说员的声音轻飘而急促，"天哪！好险！球离门框不会超过一米，绝对不会。门将布冯吓得脸都变了颜色。"

涂刚正在为喜爱的 AC 米兰深深叹息，隔墙传来尖厉叫喊："别看啦成不成！烦死啦！我到底穿什么啊？"

眨眼间，一天过去，到了 8 号的晚上。缀满贝壳色亮片的黑色吊带裙挂在椅背上，一双高筒皮靴横躺在地下，靴筒里飘散轻微臭气。晚风从窗口吹进来，把羽翼般透明的薄纱从扶手上吹落，悄然无声地在地板上卧成一团。床头柜上，耳环和项链上的钻石争相和天上的星星窃窃交谈，诉说大家如何竭尽全力完成了使命。

厕所里水声哗哗，热气蒸腾。

洗完澡，尤玲拿起吹风机吹头发，脸上冷笑的表情仍然没能洗下去。她无法不冷笑。那身婚纱简直吓她一跳，她以为自己是谁？玛丽莲·梦露？居然还敢袒胸露背！戚海涛的最爱有谁比她清楚，酷爱大波啊！现在让他摸什么，天天摸搓衣板？她无法想象，只有窃笑。新娘的笑脸也让她不寒而栗，一笑露出粉色牙龈，别人怎么感觉她不知道，反正她觉得很恶心。头发少得都能看见头皮，烫也没有用。皮肤死白，放到蜡像馆最合适，保证难分真假。这些话她已经说了无数遍，但还差得远，还要继续说下去。

整个婚礼上，尤玲表现完美，精神抖擞，笑容灿烂地祝福新人，气质甚佳。她把全部的怨气，无名火，不可理喻的刻毒留给了涂刚，路上，回到家，洗完澡，他看电视的时候，就没有停，尖着嗓子说哇说哇，四溅的毒汁落到地上，连地砖都冒烟儿了。涂刚实在受不住，脱口而出，"你有完没完，后悔了是不是！"

心倏忽间悬空，等待再一下心跳的时间是那么漫长，令人恐惧。难道她真的身陷后悔的泥沼，后悔放过戚海涛，把他推给别人。难道她爱他？

有一会儿尤玲离开了涂刚，离开这套单元，来到一张柔软的大

398

床前，和戚海涛双双翻倒，撕扯着滚来滚去，品尝汗水的咸味，牙齿咬进肉里，渗出粒粒血红的珍珠。啊，回来吧，那火热的人，回到我的床上来吧。

有些事情就像截肢，你永远不可能从中恢复。有些时候表面很快乐，似拥有一切，内心却浸泡着邪念。不要试着去拆开、解开、分开，在午夜和黎明之间时针从未有一刻停顿。归根到底你就是你，只会做你要做的事，没有后悔可言。

"你刚才说什么，我是不是后悔？"尤玲微带挑衅地瞪视涂刚，"告诉你那是不可能的。我这个人不做后悔的事，这点你还不了解吗？"

涂刚不出声。

"我和你说过，我根本就不想结婚，你难道忘啦？"

啊，涂刚想起来了，她确实说过。尤玲说她喜欢现在的自由自在，想干什么干什么，等老了再找个老王八蛋搭伴。

那么他是谁，那个老王八蛋？会是他吗？涂刚一低头，扑哧笑出来。

"你笑什么？"

"没有，什么都没有。"

电视机的遥控板掌握在谁手里要经过一番激烈的斗嘴，做饭和洗碗也要斗嘴。房间被色彩、声音、气味所充斥。这让涂刚感觉自己的身份变得丰富了，像个有家的男人。

经过招聘，公司里来了个复员军人，在部队开了四年车，立过三等功。小伙子光滑的脸盘时时放出青春光彩，天生眼神带笑，招人喜欢。一个月后他接替涂刚给老总开车，再一个月涂刚选择解聘，离开公司。

搬回家住的第二天，尤玲把一个厚厚的信封放到桌上，里面有一万块钱，他的那份。一个季度的。

五十一

　　他们买了很多好吃的，酱牛肉，五香带鱼，猪蹄，素什锦，台湾猪肝，酸黄瓜，新鲜的大虾和青菜准备回家自己做。还有酒，一瓶张裕大香槟，一箱听装的燕京精品，还有冰激凌，八喜的，朗姆酒口味。

　　空气中激荡着兴奋的分子，人吸入体内，释放出更多更兴奋热烈的分子。一种大事将临的感觉在四处涌动，整个大气层都颤微微的。一切的一切都准备好了，唯有等待。

　　天黑下来，气温丝毫不减。上升气流非常微弱，低层的水汽无法扩散，致使空气湿度居高不下，相对湿度超过55%。潮湿燠热。然而自然界的任何因素在此时此地都只产生一种作用，向着一点汇集，积聚能量，迎接宏伟壮丽的爆发。

　　第一颗小石子投向黑沉沉的海面，荡起一圈一圈闪光的涟漪，向宇宙扩展。古老的时针转动，铿锵钟声从海底传来。海水从中心开始冒泡，沸腾，五，四，三，二，一，看啊！黄皮肤的天神跃出水面，身披银铬的胄甲，抖动双翼，洒下瑰丽的钻石雨，鞭策着千万匹驽马，奔腾，上升，在五千年时空中盘旋起舞。

奥运开幕式之夜，买来的吃的根本没顾得上吃，塞满冰箱，吃了三天才吃完。接下来的每一天涂刚和尤玲几乎不干别的，只守在电视机前，吃饭也不离开。体内的肾上腺素一天数次激增。8月10号广东的冼东妹卫冕女子柔道五十二公斤级冠军，教练抱起运动员，扛到肩膀上。第二天，11号，老将陈艳青坚毅、刚强，勇猛如小老虎，获得五十八公斤级的女子举重冠军，连续两天，忘情地呐喊使涂刚的声带受损，一说话嗓子就疼。

尤玲最喜欢的两个女人是伊辛巴耶娃和郭晶晶，她们长得那么美丽，身材好得无可挑剔，征服了她那颗女人的心。但是她的心只为一个人发狂，那就是菲尔普斯。

在电视机前，她尖叫，跳跃，动作过于剧烈撞上茶几、沙发扶手，腿上留下多块瘀青。下载照片，为珍藏飞鱼的形象专门买来2G的U盘。她爱他的每一下举手投足，每一寸肌肤，他的大耳朵，长臂，十四码的脚，柔韧性超好、弯曲度超过常人十五度。宽阔的肩膀，超出身体三英寸的惊人臂展，爱戴两顶泳帽，在水中潜艇一般向前冲。泳池是他的摇篮，他可以漂在水上睡觉。不承认不行，菲尔普斯不是地球人，他来自火星，世上的游泳运动员们只能默默祈祷，也许有一天他玩腻了，从太空唤来一艘飞船，接他回家。

8月17号，一整天，激动的热流在体内上下冲刷。尤玲无比热爱的男人无比惊险地获得了 4 × 100 米混合泳接力赛冠军，得到他的第八块金牌，还打破了世界纪录。3 分 29 秒 34！

同一天，在神奇的水立方，郭晶晶获得了三米板单人冠军。这还不算，这面金牌是她的男朋友霍启刚的父亲霍震霆亲手挂到她的脖子上的。为了备战奥运，这对恋人很长时间不能相见，赛后，霍启刚接受采访说他很激动，也很紧张，因为另一位俄罗斯选手的表现同样出色，最后晶晶发挥了很高的水平，他很开心。这还不算！！霍家送给未来媳妇的聘礼是一处价值近亿元的四合院！跳水皇后，豪门霍太，比赛之外的八卦新闻更是让尤玲着迷。

涂刚津津乐道的是牙买加飞人博尔特那标志性的射箭动作，不时模仿，引来尤玲嘲笑。但 9 秒 69 的百米纪录谁敢不服。镜头慢速回放，绷紧的大腿，肌肉群如波涛滚滚，闪耀着黑非洲的光芒，冲过终点线的一刹那，飞人轻松地拍拍胸口，我，这就是我！世界无双。

接下来是一个伤心日。8 月 18 号，国家体育场爆满，一百一十米栏第五组比赛完毕后，九万观众齐声呼喊着一个名字:刘翔! 刘翔! 刘翔!

世界纪录保持者刘翔出现了，欢呼的声浪简直要把圆形体育场掀翻，热度引爆八月的正午。然而很快一切希望化为泡沫，他没有跑，痛苦地放弃了比赛，把巨大的呆滞的虚空留在体育场里。电视机前的尤玲和涂刚面面相觑，不得不承受这难以想象的打击。

半夜，涂刚被什么声音弄醒，一种奇怪的痛苦的声音。神志霎时清醒，翻身下床。厕所的灯亮着，里面的情景让他大吃一惊。尤玲披头散发跪在马桶前，两手环抱着马桶盖，小小空间充满粪便的臭气。

"怎么了这是……"他惊诧地问，想上前照顾，却又犹豫。

尤玲几乎半裸，睡裤掉下来堆在脚腕上，无力回答，只发出呻吟般的喘息。突然间头扎向马桶，爆发出一阵剧烈呕吐。

涂刚倒来水让她漱口，扶她坐回到马桶上，然后去找药，黄连素，马丁啉，看着她一脸痛苦地吞服下去。端着杯子站在一旁等待，看还需要做什么。腹痛发作，疼得直不起腰，在马桶上几乎坐不住，涂刚靠近扶住她，让她的脑袋抵住自己的胖肚子，全靠他支撑。

涂刚感到尤玲在发抖，问她是不是冷，尤玲眉头紧蹙，摇头，心里知道是水分过度流失导致的体温下降。泪水不知觉地涌出，太难受啦！恨不得立刻死去才好。

又吐了一次，吐出的只是棕色黏液。再漱口，清除掉嘴里的残渣，再小口地喝一点热水，再用热毛巾擦脸，似乎略微好了一点。是的，略感轻松。

挽着尤玲在床上躺下，轻轻盖上薄被。只见她双眼紧闭，无声无息，汗湿的头发黏在额头上，脸色难看之极。后来涂刚关上屋顶的大灯，只开着床头小灯，轻手轻脚在椅子上坐下，随即又站起来，拿开椅子上一堆乱七八糟的衣服。

夜深人静，一种难以言传的安稳的感觉在悄悄蔓延。如果没有他，今夜将会怎样呢。可是有他，不会没有他的。活了这么多年之后，他在此等候，并不知道等候什么，也无所谓。尤玲睡着了，他听得见一出一进的鼻息，微弱而清晰。困倦如绵长的海潮缓缓涌起，身体随波逐流。打了个哈欠，眼角渗出一滴湿润的泪珠，眼皮变得沉重，下垂，合拢。然后又突然惊醒。一切正常，昏黄的灯光里尤玲姿势未变地睡着。

不会有什么事了。应该不会。他站起来，朝床边走近两步，犹豫要不要关灯，最后决定还是开着。慢慢倒退着离开，走出房间，回到自己屋子，扑向可爱的床。

第二天尤玲只喝了白米粥，就一点酱豆腐。他们讨论来讨论去，究竟吃了什么坏东西。有多种可能，剩菜变质，西瓜是否有点馊了，有毒的蘑菇，可所有这些东西涂刚一样没落都吃了，不比她吃得少。因此没有明确结论。

有一点没人提及。尤玲在涂刚面前露出最狼狈的样子，在任何人面前都没有更狼狈过。她本想说声谢谢，但想到自己那副丑态还是什么都不提的好。

凭栏看风景，气象瞬息万变。唯一不变的是人类自身，从呱呱落地到呜呼哀哉都对自己不满足，咬碎牙也要让生命进入另一种强度，创造纪录，欢庆胜利。

天下没有不散的宴席。奥运会，地球上最大的盛宴结束了。饕餮者们需要暂时歇息，消化。尤玲的房子继续出租，租给一对白领夫妻，租金降低为一月三千三。

麻雀虽小也是肉。

五十二

出门买菜时，涂刚穿上那双皮鞋，后鞋帮早已踩扁，可以像穿拖鞋一样随意把脚伸进脱出。而尤玲不管去哪儿总是穿着时髦漂亮的好鞋。有一天涂刚意外发现尤玲穿着家常的拖鞋去了超市。他很高兴。

还有一件让他高兴的事，像发酵的白馒头，尤玲一天天发福，身体变得浑圆。但他把高兴藏在心里，绝不表露出来，怕提醒她减肥的念头。

一场秋雨，被雨水冲洗过的月牙清清亮亮挂在天上。晚饭吃得太饱，他们想到出门去散散步。十月是北京温度最适宜的月份，到了十一月人就会感觉冷嗖嗖的，十二月就是实实在在的冬天了。而十月的好天气里,夜晚是多么舒服啊。只要晚饭后没有别的活动安排，一段好时光就来了，吹着干爽的微风，沿着路灯下树影斑驳的马路边走边聊，想到什么就说什么。

"好多话我不愿意和别人说，没意思，跟没说一样。"望一眼身边的尤玲，"只有你，一说就明白。"

"废话，我都经历了，能不知道吗。"

共同的记忆是化解孤独的良药。什么都是假的，只有经历过的事情才真正属于自己，是生命的一段。

他们多次谈起马晓建。这个世界害怕死亡，然而又被它吸引。一个人悬思其间感觉很沉重，两个人凑在一起就轻松许多。涂刚把楠楠告诉他的那句话告诉了尤玲，马晓建说人都要下地狱，地狱见。

你信吗？地狱天堂那一套。涂刚想说不信，可想想又觉得难说。人死了以后去了哪儿？是否有灵魂这样东西，是否有前世今生，有轮回？如果有，谁是从那边的世界回来的？有一种可能，我们都是从那边来的，只是失去了记忆。

幽暗中似乎有一样神秘而有翼的东西，他们听到翅膀盘旋的声音，试图捕捉到它，但失败。然而也并非一无所获。

回顾从前，哪些是生命里的重要时刻？

七六年夏天的那个夜晚，地震，涂强的死。黑砖头一样的录音机里传出邓丽君的歌声，香山清凉的风，马晓建第一次拉了尤玲的手。学车，借来老华沙载着一家人去玩，儿子从云团里看出马的影子。所有护士都学着把白大褂改了，掐了腰。还有尤加马……

天哪，尤玲几乎忘了还有过尤加马。多么不可思议，你不拥有的东西正是你拥有的。

"现在不是尤加马了，是尤加涂。"涂刚玩笑地说。尤玲喷出大笑，引得涂刚也笑起来，傻笑不止，一洗心中的种种隐痛，以至于对生老病死的恐惧和痛楚。

那晚回到家他们没有开电视，涂刚去厨房烧了水，沏了两杯淡茶，在沙发上坐下接着聊。肚子里有一股气慢慢膨胀，窜来窜去，涂刚使劲憋着，让气往下走，终于放出一个响屁，尾音拖得很长。

"呵，真痛快。"尤玲随口说。

尽情享受排除浊气的快感，一点不觉得尴尬。赖以生活的持续可靠的程序就是这样建立起来的。墙上的钟指到十点，十二点，一点，两人开始打哈欠，张着大嘴你一个我一个，打完都笑了。

躺到床上尤玲却睡不着了。隔墙传来涂刚的呼噜，说睡就睡，真行。自己却越躺越清醒，清醒到思考起人生来。当然不是真正的思考，那她可不擅长，是一种莫名的困疑感。自己为什么躺在这儿，这是什么地方？其实也不是真正的疑问，而是一种神秘的虚空的感觉，感到自己小小的一生漂浮着，好难过啊！

没有别的，没有儿女，只有自己。很多人从她的生活里穿过，男人们。水面上漂满乱七八糟的东西，废物和垃圾，有些东西沉入水下，是什么她不知道，甚至也不想知道。而不得不正视的是她的身边空无一人。隔壁有一个人，那鼾声如天边低沉的闷雷，充满黑暗空间。

黑暗的水面上，道道波纹无声扩展，面积越扩越大，水面越来越平静，趋于凝固，尤玲沉入睡眠。不久，灰色晨光降临。

在平淡、按部就班的表象下永远潜藏着复杂暧昧的暗流。说不出深意何在，但人的心情绝对会受它左右。

在报纸上看到费节省的名字让涂刚吃了一惊，这名字在信息的潮汐间漂浮，闪烁了一下，险些就被席卷而去。交不起堕胎费男子杀死女友，妇人遗体太平间神秘失踪，浓浓大雾万余旅客滞留机场，假处长凭借"特殊"车证和一件扔在后座的上校军衔军服，先骗感情再骗钱，骗得六十八万，女演员自述如何与导演发生肉体关系，事后导演费节省根本不兑现承诺给她的角色，把她拒之门外，还羞辱她。演艺圈里的潜规则。

涂刚的第一反应是把报纸拿给尤玲看，这想法只维持了几秒钟，手就把报纸一揉，扔进垃圾桶里。是一种别扭难堪的感觉支使他这样做的。

然而潜规则事件闹得沸沸扬扬，相关报道很难错过。他不由关注着尤玲的反应，猜测她会说些什么。

不管涂刚内心有何种期待，却都落空。尤玲就像是聋子或瞎子，什么都听不见也看不到，要不就是得了健忘症，根本想不起费节省是谁，和她有什么关系。还有一种可能，她确确实实不知道。那么要不要主动提出，刺她一刺呢。可他还是压下这念头。尤玲不愿意提起应该是好事儿，说明……也许可能说明……

涂刚发现越想弄明白的事越糊涂。不由想到人们常说的"难得糊涂"四字，似乎是一种很高境界。难道说他的境界已经很高，可能吗？对他来说糊涂是多么容易，明白是多么难。

世上有的事却不容人糊涂。

有一天涂刚下午三点多钟从外面回来，用钥匙开门进屋，门厅里半明半暗，尤玲房间的门关着。奇怪，难道还没起床，病了吗？心里一阵不安，想也没想就要去看看，差两步就到房门口时忽然听到一声呻吟，男人的呻吟，还有一种吱嘎吱嘎的有节奏的响动，男声变为女声，尤玲哎哟哟叫得起劲。

涂刚呆立。

门下一条笔直的光亮流泻而出，那么刺眼。

他扭身走进自己屋子，砰地把门撞上，站立在那儿。事实上已经没有声音，一点声音也听不到了，但是他的耳朵里却一片轰鸣。他不想看见什么人，什么都不想看见，他必须走，只有离开。

晚上十点他回家了，心里已经做出决定。他把自己的决定告诉尤玲，"我不想多说，没什么可说的，你搬走吧。"

尤玲也做了充分的准备，"哎呀我的好二哥，干吗生这么大气呀，不至于吧。"边说边笑嘻嘻凑上去，伸出一只手去搂二哥的肩膀，被对方使劲拨开，"别动，少来这套。"

尤玲有意攥住手腕揉哇揉，"都把人弄疼了，干吗呀！"

"我已经告诉你干吗了。搬走！"

"我不搬。"干脆摆出一副若无其事的样子，"我在这儿住得挺好，干吗要搬。"

涂刚强压怒气，"告诉你，我这儿不开窑子！"

"你说谁？"

"说你。"语气斩钉截铁。

"天哪，真逗！"尤玲幽幽地瞟着涂刚，在椅子上一屁股坐下，"行，你让我走可以，但是你得告诉我为什么。我真的不明白我怎么得罪你了。你能不能说出来。"

涂刚憋了一下，吸口气，"那男的是干什么的？"

有两种选择，一是好好回答，说出真实情况，求得谅解。但性格使然，尤玲选择了另一种态度，眼光轻蔑地一闪。

"管得真不少。你是我什么人，管得着吗？"

话一出口她就感到后悔了。涂刚的脸憋得发紫，连眼珠都红了，握拳的手暴出发白骨节，如果他控制不住情绪打出一拳也没有错。他真的不知道自己该怎么做，身体微微颤抖。

尤玲是凭本能行事的人，不等涂刚有所行动她已经行动了，猛然从椅子上跃起，伸开双手扑过去，紧紧搂住涂刚的身子，脸贴在胸前。

"我错了，二哥，我不该说这样的话，我太没良心。那男的什么都不是，就是个……"卡住，因为她自己也说不清楚，是一次胡闹，最后的疯狂。

"二哥，我再也不会了，相信我吧。别生气了好吗？"

身体像石桩，冰凉僵直。然而真正的涂刚却飘了起来，飘离躯壳，从头顶上方看着自己，看着这场面。她搂着他，说着道歉的话，从动作和声音里传达出真情实意。一种既清醒又迷惑，既难过又欣慰的气氛如雾气般弥漫开来，时间随之凝固。

后来她的身体终于离开了他，手却仍然攥着他的手，眼睛烁烁发光，声音低低的，弱弱的，有一点神秘，"其实我知道，我知道你心里是怎么想的……"

涂刚不由在心里问：你知道什么？

尤玲仿佛听见，回答："你心里有我，一直有，你是这个世界上对我最好的人，我知道。"

不，不是。我讨厌你，恨你。你太可恨了。涂刚的心在反驳。可尤玲没有听见，她的手开始拉他，人开始倒退，一步步退向她的房间。她要干什么？妈的，她把他当成什么人啦！

心脏剧烈挤压，血液愤怒冲击，轰轰声震耳欲聋。身体却没有相应表示，没有任何反抗的动作，而是跟随着这股力量迈过房门，来到床前，继续跟随着，躺下，任尤玲的脑袋伸过来枕到肩膀上。

一切是那么不真实，像梦魇，令人着迷。灯光半明半暗，似乎越来越暗。尤玲向他翻过身，用双手抱住他的脖子。

"二哥，你想不想？来吧，没什么不好意思的。"

涂刚依然僵硬地平躺着，一动不动。他从来不习惯表露感情，从来没有很好地表达过自己。此刻尤玲就在身边，可以感到她热乎乎的体温。

他想不想？想干吗？要不要干，该不该干？他不知道，什么也不知道。再次陷入糊涂状态。所幸尤玲不再说话了，只是那么舒舒服服地依偎着他。不知过了多久，他感到她的呼吸变粗了，拖长了，原来她已经睡着。

他跨上她的身体，他的重量压得她有点喘不上气。激烈的抽送像火车冲入山洞，冲向炙热的心。她能让他活，也能让他死，她能让他兴奋而死，陶醉而死，迷恋而死，补偿这么多年来的损失。是的，她能。

在想象中，他获得了她。

后来的事情就如水到渠成，他们有了性生活。确实，来自涂刚沉重身躯的压力让尤玲微感不适，但还是有晕乎乎的快感。丰满的大腿朝天直立，涂刚彻彻底底地跌进温软的肌肤之海，潜入水下，钻得很深，绵长的快感让他发出战栗。

总有那样的瞬间人会忘掉一切。

五十三

吃饭的时候尤玲说想买一辆车，征求涂刚的意见。

"有这个必要吗？"涂刚问。

"什么叫必要，吃肉还有害呢，你怎么还吃。"

从尤玲的眼神里涂刚读出这样的内容：一辆车不算什么，她有这个实力。

最终他们决定买一辆马自达6，优惠价十六万五千。尤玲把上网查到的各种数据让涂刚看：独特的3H高刚度车身、双横臂独立式前悬架和E型多连杆式后悬架，六个安全气囊，三十七米制动距离，当今最前沿的MDI技术等。

涂刚觉得这些数据并不多么重要，看本田、大众都会有一样醒目的闪光点。关键是谁出钱谁做主。

车买回来了，耀眼的红色在阳光下让人不敢正视，太鲜艳了。晶亮的银色车灯如临近熔点，再看两眼就会被熔化掉。钻进车里，一股淡淡的皮革味道很好闻，轻轻打火，引擎声那么温柔，温柔得几乎难以觉察。这辈子涂刚开过多少辆车，竟然会感到微微有些激动。

他们驾车出游，看到了一些好看的风景，有时在农家乐住上一夜，没人怀疑他们不是夫妻。但是在家里他们还是保持各住各的房间。两人都觉得这样更自在。

晚饭喝点儿酒，尤玲露出半醉的人兴致勃勃的样子，一首接一首地唱歌，轮到涂刚就用吹口哨代替，像有一只小鸟在屋子里轻盈地飞旋，时快时慢，很美。有时候两个人没什么话说，脑袋像空空荡荡的操场，就什么也不说，享受着令人熨帖的沉默。

性欲在减退，这是没有办法的事。再没有那种强烈的难以抑制的要求，进行过程中会出现力不从心的现象，最后那一下的成功反而让涂刚松了口气。学过医的尤玲讲给他听，性中枢兴奋的根源主要在于性激素。男人分泌雄激素，但也有微量的雌激素，如果体内的雌激素增多，乳房就会增大。

"就像你。"说着戳戳涂刚软软下垂的胸脯，弄得怕痒的他直往后缩。尤玲索性追着戳他，挠他的痒痒肉，他又叫又笑，难受无比。

在一本杂志上他看到一句话，作者说："我最尊重的一种人，是那种具有屡败屡战精神的人。"涂刚有所触动。尤玲的脸从空气中显形，浓妆艳抹，充满张扬的活力。他觉得她就是这样的人。没有什么能打倒她，她才不怕呢。应该把这句话告诉她。转念又一想，也许她根本就不会承认自己失败过，绝对不会。这才是这种人能不断战斗下去的理由。

而这一刻，尤玲正坐在梳妆台前出神，那次床上约会的情景从镜中飘过。那个人，他们曾在网上谈情说爱，他约她去新疆玩，可乌鲁木齐实在太远了。再也没想到忽然接到电话，说他到北京出差，想见见她，难为他竟然还记得她。

　　确实需要勇气，所幸尤玲这方面并不匮乏。她见了他，他比她年轻很多，一头微卷的黑发浓密闪亮，可他并没有失望，起码她没有看出来。这让尤玲满心欢喜，证明了自己还是一个有魅力的女人。没人提出问题，什么也不需要知道。在床上他表现得很好，她也全情投入，然后就听见了"嘭"的一声门响。停下动作，谛听，然后继续，尽量让自己不受干扰。

　　告别时连再见都没有说，因为不会再见了。

　　镜子里的女人神情发怔，无声长叹，你真的已经被时代淘汰抛弃了吗？女人不作回答。身后的背景有如置身于朦胧的灰色地带，心上有一点孤零零的感觉。

　　但尤玲并不是孤零零的。只要想，她随时可以到涂刚的房间，爬到他身上，不让重量压迫自己，膝盖对膝盖，肚子顶肚子，撞击时肚皮发出啪唧啪唧的清脆声响，一种滑稽感让尤玲忍不住笑出来。性生活多了嬉戏的成分。

　　报纸上连续用大量篇幅纪念改革开放三十周年。两行黑体字的大标题引起涂刚的注意：注射死刑第一针，耗时30秒的报道。记忆从浓雾中钻出，这报道他似乎看过。细看文章，没错，那是 1997 年，昆明中院首次对两名死刑犯执行注射死刑。他感兴趣地细细读完整篇文章，一个被判处死刑的毒贩，当强烈的麻醉剂注入静脉，他对执行死刑的法医说的最后一句话是：我现在觉得挺舒服的。他们中的多数甚至躺下时未经捆绑和戴械，自己挽起衣袖。死后多数无痛苦，无抽搐，无明显面色改变。文章写道：从一枪到一针，是人们对生命尊严的认识的深刻变化。

放下报纸，他陷入恍惚的沉思。人生百态以晃眼的高速在面前闪过，什么都看不清。霎那间一切静止，生命悬在半空。窗外的树枝纹丝不动，街上汽车的喇叭突然变哑，更高的云层里掠过一线闪光，来自阳光下缓缓移动的民航班机，比孩子的玩具还要小得多。天空下出现发亮的光带，是一条大河，淤积着有生以来的沉淀物缓慢移动，流向大海，它最终的目的地。

阳光西斜，影子从地上爬到墙上，阳台上快要晒干的衣物被夕阳的余辉抚摸着。屋子里渐渐发红，然后很快变暗，尤玲逛商店还没有回来，涂刚盼望着响起心急的敲门声。

五十四

时间进入 2009 年。涂刚和尤玲从超市回来，一月的寒风猛烈地灌进喉咙，像固体一样。他们买回红白相间的羊肉片，洗好白菜，泡好粉丝，尤玲调作料，涂刚把香菜和葱切成碎末，等待客人到来。客人是涂尖里和范云，他们说好来吃晚饭，见见儿子的女朋友。

做出这个决定很不容易，讨论了很多次，每次心情都不愉快。这个世界离他们的道德标准越来越远，这是不争的事实。那么他们该怎么办？死去吗，还是妥协，采取默认的态度。

涂尖里和范云决定采取默认的态度，毕竟他们只有这一个儿子。但是坏天气使他们改变了主意，等等再说吧，总之不是什么光彩的事。范云打来电话说风大，天太冷，他们怕感冒，不来了。

天黑以后风力减弱，夜空像一块深蓝色的玻璃，闪烁着晶莹的星光。家家窗子里透出温暖的黄色，涂刚和尤玲美美地吃了一顿涮羊肉，身子暖烘烘的。

很快到了大年三十晚上，他们没有一起吃饭，各自回了父母家。吃饭的时候涂刚说起那天准备了羊肉，可惜他们没来，什么时候再来呢。无人回应。不过他觉得无所谓。年夜饭不全是素的，有肉，好久不做肉了，范云感叹手艺下降，涂刚安慰妈妈说好吃，很好吃。喝了两小杯白酒，涂尖里面颊泛红，回忆起自己小时候过年的情景，雪下得那个大呀，足有两米深，比他人都高。

两米这个数字引起涂刚的怀疑，能有那么深吗？那房子呢，地面上的一切就都消失了呀！涂尖里却对自己的记忆没有一丝怀疑，因为他清清楚楚地记得他爸怎么用镐、铁铲子，在家门前铲出一条路，两边堆起的雪比他要高出……忽然他顿住，停止争辩，意识到自己错在什么地方。那是幼年的记忆，一个四五岁的孩子身高能有多高，不会到一米。于是他转移话题。

范云也喝了一杯啤酒，看着又吃又喝的儿子，忽然问："你和涂亮联系没有，有什么消息吗？"

涂刚垂下眼皮，简短地吐出两个字：没有。让这问题滑过去。这是他的、也是他们的隐痛，最好的办法就是不要触碰。现在已经很好了，他对哪一个人都不再抱有怨恨的情绪，谁也不恨。将心比心，他觉得儿子也不会怨恨他的。如果真的能够用自己的感觉去揣摩、衡量儿子，他甚至很乐观。曾几何时他恨他爸恨得咬牙切齿，即便现在有时候也还是能咂摸到那种滋味，可他还是接受他了，全盘接受下来。因为他是你爸，你别无选择。只是这一天还没到，也许还要等很久，他并不着急。

电视里，一年一度的春节晚会开锣了。没有什么节目能上演一百次仍然吸引人看，但是总要欢庆春节，有什么办法。看第二个小品的时候手机响了，是尤玲。

"你什么时候来接我？"

涂刚说随时。

"那你就来吧。"

苍黄的路灯下，马路宽敞极了，顺畅得可以轻踩着油门保持八十迈的车速，这样最省油。黑暗的空中不时蹿起一簇簇火花，像在进行巷战，单发连击，枪声不断。

快到的时候打了电话，尤玲已经站在楼下的路口等着他了。上车后她问他的第一个问题是吃的什么，他回答了，然后也问她同样的问题。尤玲说阿姨回老家过年去了，是于海燕做的饭，还装了一饭盒笋干烧肉让她带走，回去涂刚可以尝尝，挺好吃。

笋干烧肉亮晶晶油汪汪，深色卤汁中很难分清哪是笋哪是肉，肉香浸入笋中，笋香浸入肉里，涂刚左一筷子右一筷子欲罢不能。

"怎么样，你丈母娘的手艺还行吧。"尤玲带着逗乐的神气望着他。涂刚嘴里塞着肉，唔唔点头，油腻腻的嘴唇甜美地蠕动，把肉咽进肚子，"可惜啊，我这女婿不能上门儿，要能常去吃多好。"

"美得你。还嫌不够肥，看看你那肚子……"

"停！求求你了，你可别学我妈，千万别。"夹起一块肉，"你也再来一块吧，真好吃，特别入味。"

"那容易，我问她怎么做，咱们自己做呗。"

电视里上演着花红柳绿的舞蹈，屋子里充满笋和肉的鲜香。快到十二点的时候他们端着一个纸盒子下楼，里面装着花炮。

城市在爆炸，整个夜空都在爆炸，离得再近也听不见对方说什么，只能看到彼此兴奋的脸在红黄蓝绿地闪耀。黑漆漆的空中飞溅着红宝石蓝宝石，火树银花盛开，脚下感受着闪光雷的震动，直冲向心脏。生命从午夜钟声响起尽情燃烧一小时，逐渐熄灭，化为灰烬下的炭火。

你有的，你就一生都有了。

气温一天天上升，春天来了。细小的新叶闪烁着嫩绿的光，一眨眼变大，再一眨眼颜色变深。一团团扬花在马路上滚动，堆积在街角、下水道口、楼前的台阶底层，来往的脚把它们踩烂成泥，无影无踪。

4月末，一个明朗的好天，涂刚去看师傅。宁树柏问徒弟："听说咱们原来的厂子变得挺有名，你去看过吗？"

那天涂刚拉着师傅去了798。眼前的景象让他完全傻了。工厂还在，甚至还是原来的一砖一石，但是却像到了外国。车间里，巨大的红衣女郎顶天立地，一幅接一幅，都是她，有站着的，有坐着叉开两条腿的，有屁股撅得高高、尽显一条黑缝的。两人匆匆扫视，很快退出去，就像少儿不宜，师徒也不宜。

食堂里挂的画要好些，每一张和另一张都长得很像，近看标题：溺，系列。青绿色的死水潭里水草纠结成团，水草里隐约露出人的脸，手，脚。溺水者们有的在痛苦挣扎，面容可怖，有的已化作水怪，跳着自由而邪恶的舞蹈。一个女妖给涂刚留下很深的印象，张着空荡荡的嘴，嘴里也是水草，不知道是要人救她还是召唤人来陪她。来，来吧！我这儿可真不错啊！涂刚觉得更可能是这个意思。

食堂里阴凉，空空荡荡，涂刚不由想起从前的热闹景象，时间在变魔术，从空荡到熙攘再回到空荡的魔术。宁师傅不想再看了，什么乱七八糟的，胡扯蛋。走，吃饭去。

太阳在迅速下沉，高大的杨树挡住了西向的光线，空气变得一团金红。风中的树叶翻向一个方向。树下烛光闪闪，每一张小桌上都点起蜡烛，照亮白皮肤黑皮肤黄皮肤。咖啡的香味随风轻飘。

那天师傅带涂刚去了一家春饼店，小米粥、棒糁粥、白粥随便喝，炒合菜上摊着整张的鸡蛋，酱肉十八块钱一份，很香。饼很薄很软，又有嚼头，但师傅却感叹：退步了，不如从前了。

又有什么能和从前比呢。想想吧，想想从前的北京城什么样儿，北京人的日子什么样儿。穿越时空隧道，他们望见整整齐齐的灰瓦屋顶像灰色的绵延的海，其间冒出葱茏的树冠。一根树枝摇动了两下，啊，是只小麻雀站在上边，小脑袋扎进翅膀里，清洁着自己。从高空中一切都看得一清二楚，因为空气透明清亮。小孩子背着书包走出家门，伸出手摸摸门口的石头狮子，狮子的脑门儿被小手摸得油亮亮的。鸽群飞了起来，倾斜着，绕着城门转圈飞，鸽哨忽远忽近在头顶盘旋。城门楼上，粗大木檐下的小燕子在窝里吱吱咋咋，也闹着想飞。正午的街道在绿荫中沉睡，知了叫得震天响，钻进午睡人的梦里。北海公园的荷花开了，船头静静掠过水面，岸上的人坐在茶座里，遥望着白云的倒影。

师徒二人沉浸在美景中，半天都没有说话。

他们没有想到这一刻和下个世纪的关系。更不知道这时有一艘大油船撞上了礁石，海上漂浮着一层黏糊糊的黑油，海洋生物的尸体漂在上面。北极的冰山在悄悄融化，海平面在悄悄上升，气温也在悄悄升高……这些事与他们无关，因此他们绝不会想到。

宁师傅回过神来，一拍大腿，"哎，不想那么多，没辙！"

还是说点家常话吧。师娘的身体不如从前了，不是嚷嚷腿疼就是肩膀疼，要不胸口疼，真不知道她到底哪儿疼。儿子带她去医院看了，没大事儿。他的身体一直挺好，应该说一切正常。涂刚告诉师傅自己也算是一切正常，暂时没找工作，生活没有问题。他犹豫着要不要说出尤玲，但天下所有人都有连带关系，尤玲连着刘青，连着涂亮，还是给师傅卷一张春饼吧。

正常这个词含义非常广大，只要把飞来横祸排除在外，我们的情况都可以归于正常范畴。就是这样。

但飞来横祸不可避免。

6月26号早晨，八点刚过电话铃就响起来。涂刚正在刷牙，满嘴泡沫从厕所里冲出来接电话。一个女人的声音："二哥，尤玲起了吗？重要消息！"

迈克尔·杰克逊于美国当地时间6月25号下午14点26分在洛

杉矶因心脏病逝世。

一个远在万里之遥、隔着太平洋、几乎像另一个星球的人死了，竟然带来海潮般汹涌的反应，涂刚既不理解，也难以想象。只见尤玲一手攥着话筒另一只手端着要喝的牛奶，"啊，真的吗？天哪！我的天哪……"牛奶倾倒在地上，等发现为时已晚。

之后她就没有离开电话，一个接一个地打下去，电波因为承载了过量的震惊、痛心、悲伤，发出艰难的吱吱喇喇的杂音。然后又扑向电脑，一边浏览网上论坛一边互相通报，直把无绳电话打到没电。后来又转身冲向衣柜，翻出所有黑色衣裙，说晚上什刹海有活动。

她挑选了一条高领黑色长裙，涂刚忍不住提醒她今天报纸上报的气温是三十八摄氏度，别找罪受。尤玲的额头亮光光一层汗，抬起手抹了一下："嗨，你怎么搞的，怎么跟没事儿人似的？"

"你要我怎么样，哭哇。"这句话涂刚确实是笑着说的。

尤玲被激怒，"你还挺高兴，还笑！你知不知道迈克尔·杰克逊？"

"废话，谁不知道。"有些话他没说，这个迈克尔·杰克逊脸白得像鬼，每次看见都让人担心他的鼻子会不会掉下来。好像他还喜欢小男孩儿，那种事有个说法，恋童癖。

这天城市就像被放在一个巨大蒸笼里，闷热混沌，湿气黏稠如胶水。涂刚开车送尤玲到积水潭地铁口，那是活动的集合地点，然后自己开车回家。路上，有些场景从脑海中浮现，大院操场上，一群孩子个个埋头努力学着走太空步，那种原地不动却向前飘飞的步子，一个个像中了邪。

回家后发现尤玲的电脑没关，坐下来随便看看，越看越吃惊，惊讶于记忆的不可靠，原来他看过迈克尔·杰克逊演唱会的录像带，早就看过。竟然忘得精光。

冒着白烟的风从脚下疯狂刮起他的衣摆，头发，就像一个正在飞腾的天神。拨动手中吉他，如开动超级发动机，整个世界一起震颤。他想起来了，完全想起来了。没错儿，那曾是他顶礼膜拜的人物。

黑衣黑裤，闪亮黑皮鞋，漆黑乱发遮住面颊，唇红如血，似幽灵、魔法在身的女巫、哭泣的野兽、外星人、圣洁天使……

天光渐暗，路灯亮起。屋里越来越黑，涂刚不得不起身打开灯，回到电脑前坐下接着看，几乎忘了时间的存在。

尤玲听到左面传来抽泣声，扭身寻觅，在人头攒动中没有找到哭泣的人，但是看到两个戴着墨镜、梳着长长马尾的小伙子，彼此紧搂着，其中一个的脸被超大的白色口罩遮得严严的，口罩上一行英文字母：I LOVE MJ。一个姑娘怀里抱着一大捧白玫瑰，更多的人袖子上戴着白箍。而尤玲胸前的白花是积水潭地铁口一个女孩儿给她的。

夜色中，小白花星星点点，一股强烈的令人欣慰的归属感让尤玲的眼眶不由湿润了。

有人点燃一枚枚蜡烛，有人放起《Heal the world》，尤玲对这支歌并不熟悉，但也跟着大家哼唱。一些人走进空地中心，用点燃的蜡烛摆出心形。小小火焰在纹丝不动的空气中摇曳。歌声毕，发起人宣布默哀三分钟，并提醒大家关闭手机。

地球另一面正是白昼，倾泻着更为滂沱的泪水，情绪加倍地绝望癫狂。相比之下这里的表达方式比较含蓄，或许是因为被埋得更深。

人群开始移动，绕着后海行走。站得太久，尤玲的腰部有点下坠的不适感，脚脖子也酸了，和同来的女伴走散，但她依然跟着，想再看看。果然看到有人把蜡烛放入纸船，送入黑沉沉的水中，眼睛再次发潮。

让她决定离开的是一个小姑娘，正要和同伴拍照留念，尤玲恰好挡在相机前。小女孩儿叫道："阿姨，请让开一下，阿姨！"

原来是在叫她。尤玲赶紧躲开，心情陡然发生变化。再看看四周，都是年轻的脸，虽然夜色很帮忙，但女孩儿毫不费力就认出她是个阿姨。到了撤退的时候了。

有评论说，迈克尔·杰克逊是在深深的耻辱感中，作为一个名誉丧尽的人离开这个世界的。他献出自己的身体为这个时代做试验品，也有人用了另外一个词：自我毁灭。他有一首歌，歌中唱道："殴打我，憎恨我，你们永不会撕碎我；操纵我，打击我，你们永不会杀死我；抹黑我，控诉我，所有人都在搞我踢我，但你们永不会左右我。"

这首歌的名字叫作《他们不在乎我们》。

最后，风终于变凉。气压不再那么低，空气中的湿度不再那么高。

天开了。

9月15号是涂刚的生日，他并不觉得自己来到世界的这一天有多少纪念意义，常常会稀里糊涂忘掉，等想起来已经过去。这次他没有忘，但是也没有向谁提起。

下午尤玲约了女伴出去逛街。天气太热她已经很长时间没有逛商店买衣服了。她穿了件胸前一大堆闪亮字母的低胸T恤，外罩黑色带流苏的网眼小坎肩，白裤子把丰腴的大腿绷得紧紧，在高跟鞋和矮跟鞋之间犹豫。涂刚及时提醒，"怎么，忘了上次逛街光着脚回来的。"

穿好鞋，最后再照照镜子。涂刚问她回不回来吃饭，她说不一定，扭身开门，拜拜！

涂刚从不自恋，也不会自悲自怜，但是谁都把他的生日忘了，不免有点不是滋味。真恨不得自己也忘了就好了。

电话铃响起的时候洗衣机正在轰隆隆甩干，他差点没听见。话筒里传来妈妈的声音，"老二，今天是什么日子你知道吗？"

"不是生日吗。"

"我还以为你忘了呢。你一个人吗？"

"不是。"

"那好吧，我和你爸，祝你生日快乐。"

"谢谢。"

竟然对老妈说出谢谢，实在有点傻。但是他也没有想到他妈会郑重其事地说出祝他生日快乐这样的话，从未有过的事，不说谢谢说什么呢。放下电话心情有所转变,转动的洗衣机奏出有节奏的音乐。

晾好衣服,大部分是尤玲的,只有他的一件汗衫和一条裤子,涂刚觉得肚子里有了一点饿的感觉,开始思考晚饭吃什么,自己做还是出去吃,还在犹豫不决间,有人咚咚咚拍门。

"谁哇?"

没有回答。他觉得是尤玲,果然不错。

尤玲冷着脸走进来,气哄哄把皮包往椅子上一扔走进厕所,像是和人生了气。涂刚跟到厕所门口,"怎么了,生什么气呀?"

"没事儿,帮我倒杯水。"尤玲坐在马桶上说。

涂刚倒来水,她接过杯子咕嘟咕嘟喝了几口,把杯子还给涂刚。

来到厅里,涂刚很自然地问:"晚上吃什么?"

"还吃哪!不吃。"陡然提高的嗓音带着怒气。原来尤玲在和自己生气,恨自己的腰变得那么粗,肚子上那么多肉,好看的喜欢的衣服一件都穿不下,试来试去,越试越没情绪越沮丧。她决定减肥,从今天起晚上不吃饭。看着尤玲皱眉嘟嘴的样子,涂刚笑了。

"我有个建议,你的计划能不能从明天再开始实行,成吗?"

"干吗?!"

"今天是我生日。"

尤玲眼瞪瞪看着他,"哇"地大叫一声,"真是的,我都忘啦,对不起,太对不起啦!"

他们去了附近一家饭馆吃饭,不用开车,可以喝酒。一次次碰杯,说了很多祝福的话。祝你的肝儿好,祝你的肾好,心脏好,别变成坏心眼儿，脑子好，别老年痴呆……

后来尤玲伸出筷子夹起一片木耳，慢悠悠放进嘴里，眼睛瞟着涂刚，眉梢微微挑起，目光里满是风情，向涂刚发送出明确信息，今晚在床上将会举行另一场庆祝活动。

涂刚并不感到激动，渴望，心被一种满足感轻轻抚慰。

在幽暗的光线中，他忽然醒来，感觉身边有人，一惊。是尤玲。他想起来昨晚睡在尤玲的屋子里，竟然没有离开。

外面天亮了，但窗帘拉得严严的，看不出是什么时候。

尤玲的身子侧向他这边，一条白胳膊搭在肚子上，随呼吸起伏，睡衣领口的扣子开了，露出半个乳房。极小心地向后撤退，尽量不弄出动静，但床垫还是发出些微响声。尤玲的手抽动了一下，喉咙里发出咕哝声，她梦见了什么？

涂刚一动不动地又躺了一会儿。忽然，窗帘上不知不觉出现一道金色的竖条，那是从两座高楼之间照射过来的朝阳，金色竖条一点点变宽，屋里的光线一点点变亮。

走出尤玲的房间，先上厕所，然后洗漱，来到自己的房间穿衣服。窗子一夜没关，清凉的气流从屋子里穿过，远处传来唰唰的车流声，城市永不沉寂的背景音乐。

秋日的朝阳在窗台上播洒开来，涂刚的心一动，把椅子拉到窗前，坐下，置身于暖融融的阳光里。太阳在他脸上移动，消失，被楼挡住，然后再次出现，热度高了一些，感觉更温暖更舒服了。他就那么坐在椅子上晒太阳，从早上坐到中午，什么也没有干，也没有人打扰他。

又一天早上，尤玲醒得很突然，睁开眼看见窗帘上布满金黄的光，屋子已经被照透。她的心一动，一骨碌爬起来拉开窗帘，明晃晃的阳光刺中眼睛，下意识抬起手挡了挡。先去上厕所，然后洗漱，回到房间打开窗子透气，清凉的气流从肌肤拂过。她拉过一把椅子，在窗前坐下，让自己置身于暖融融的阳光里。太阳在脸上移动，消失，被楼挡住，然后再次出现，感觉更温暖更舒服了。就这样坐在椅子上晒着太阳，静静感受着生命的流逝，从早上坐到中午，什么也没有干，也没有人打扰她。

图书在版编目 (CIP) 数据

纸饭馆 / 万方著 . –– 北京：北京十月文艺出版社，
2021. 10

ISBN 978-7-5302-2125-9

Ⅰ. ①纸… Ⅱ. ①万… Ⅲ. ①长篇小说—中国—当代
Ⅳ. ① I247.5

中国版本图书馆 CIP 数据核字 (2021) 第 038044 号

纸饭馆
ZHI FANGUAN
万方　著

出　　版	北 京 出 版 集 团	
	北京十月文艺出版社	
地　　址	北京北三环中路 6 号	
邮　　编	100120	
网　　址	www.bph.com.cn	
发　　行	新经典发行有限公司	
	电话（010）68423599	
经　　销	新华书店	
印　　刷	北京盛通印刷股份有限公司	
版　　次	2021 年 10 月第 1 版	
	2021 年 10 月第 1 次印刷	
开　　本	850 毫米 ×1168 毫米 1/32	
印　　张	13.75	
字　　数	237 千字	
书　　号	ISBN 978-7-5302-2125-9	
定　　价	58.00 元	

质量监督电话　010–58572393
如有印装质量问题，由本社负责调换。